文芸社セレクション

空気読無蔵（くうきよめないぞう）のア・ホ・ニ・ナ・レ・ヨ

小林 俊文

文芸社

１．０１倍返しだ

「空気　読無蔵」
くうき　よめないぞう

・　・　・　・　・　・
ア　ホ　ニ　ナ　レ　ヨ
｜　｜　｜　｜　｜　｜
愛　奉　忍　仲　礼　余
情　仕　耐　間　儀　裕

で

多面的に観て
ちょっとだけモノ申す！

・・・・寄り添うって何・・・・

読めない（４８９１）星での出来事とは？

目　次

【プロローグ】

●プロフィール

○○○○年。地球に巨大隕石が近づいてきたの。それでね！　世界地球移民機構は、地球と似た環境である「4891（よめない）星…以後4891星」への希望者移民を開始したのね。しかし、巨大隕石の地球衝突は寸前のところで免れた。そのため２つの星「宇宙船地球号住民」と「宇宙船4891星希望者移民」の活動が開始したの。

また、「どこでもドアー」の普及により、地球と4891星の交流はとても盛んなの。

だから人々は「地球と4891星」の「行ったり来たりの生活」をしているの。この話はね。そんな星「4891星」の「ある人物」の物語。その人物の名は「空気　読無蔵…（くうき　よめないぞう）」…以後（読無蔵）。

座右の銘（人生のモットー）は「アホニナレヨ」。職業は田舎のおっちゃん（元塾講師）。性格は「究極の発達障害児」発達障害は良い意味だよ。得意なもの（自負）は「運動整理学」&「擦過ー」なんだ。そんな読無蔵の生活を綴ったこの本の題名の由来とは？「読無蔵の人生」は波乱万丈ではなく、「波乱蛮笑」なのね。先駆者に付きものな「中傷、いじめ、パワハラ」を受ける（これってウケる…「いじめは後になれば笑い」）って考えないとやっていられないかな！ある人がこんなことを言ってるの。

「弱き者に対しては自分自身が弱者であり寄り添うこと」

「強き者に対しては自分自身が強者であり筋を通そうとすること」

世の中には「巻かれていく人間」が多いよね。けど時には「読無蔵」のような「型にはまらない人間」も必要なのではないだろうか。そのことを決めるのは「みんな」なのね。誰が「正しい。違っている」白黒をはっきりさせることが人の道ではないかと思うの。

あのね！「どんなに地位がある人」でも「ホームレスの人」でも「間違えたら謝る」「しくじったら更正しようとする」そのために「人に寄り添う」、それが読無蔵のモットー!!

そんな「読無蔵」の生き方を批判する人、共鳴する人、一読して「感想、意見」をもらえればこの上なく嬉しいな。宜しくね！

●色んな決め事とは？

★いろんな「例え」は地球での出来事を参考にしてあるからね。

★このことをみんなはどう考える？　略して
「**この**こと**を**み**んなは**ど**う考える」…「**ここみどう？**」
「このことをどう考える？」の略だからみんなに考えてほしい事柄だよ！

★発障訓とは読無蔵の教訓で発達障害訓（良く言えば自己発展性が旺盛な人の訓話）。

★クエティング（cething = creating & exploiting・クリエイティング&エクスプロイティング・創造して&活用するの造語）。

★リッピー＝listen（リッスン・聴こうとする）hear（ヒヤー・聞こえる）の造語。
意識してもしなくても聞いて「何でもかんでも絶対に聴（聞）いてということ」。
★GW（ゴールデンウィーク）とは「guess what＝何だと思う？」
★絵餅とは絵に描いた餅。
★「カバたん（河馬嘆・嘆（なげきかなしむ）」とバカちん「馬鹿珍・珍（珍しい存在）」

カバたんって、ずんぐりむっくりのデブ専さん。キャワユスなので、動物園でも大人気。だがこれはカバたんの真実の姿ではないのだぁ…。カバたんはかなり獰猛な性格をした草食動物みたい。それにね。世の中に馬鹿はいないと思うよ。馬鹿なんて人が勝手に決めたレッテル。みんなは馬鹿が出発点だってことを忘れてる。馬鹿って「白いキャンバスという土台」なんだと思う。馬鹿だからこそ進歩があるよね。けど、反対語の「河馬嘆」になると人という殻を被った野獣になる。見かけだけよくて獰猛な「人を蹴落とすという餌」を頬張る獣だよね。そんな人が社会的には認められる人なんだよね。

だからね。「馬鹿珍＝馬鹿という珍しい存在」でありたいな。「河馬嘆＝見た目は良いが裏では嘆きや悲しみを蔓延らせ、それが褒め称えらる存在」は失くしてほしいと思うよ。

例えなのでカバさんに罪はない。御免なさいね！

【本　文】

●1.01倍返し（1.01の法則）

「1.0」は何回かけても、答えは「1.0」だよね。「1.0」の365乗（１年）は「1.0」。けど「１」が「0.01」増えて「1.01」になると、「1.01」の365乗（１年）は「37.8」。逆に、「1.0」が「0.99」になると、「0.99」の365乗（１年）は「0.03」となるんだって。

*普通…１の365乗＝１。されど…1.01の365乗は37.8。マジに…0.99の365乗は0.03。そして「37.8は0.03の約1260倍」。

あのね。ようするに、ほんのちょっとの努力（＋0.01）では１年間で37.80倍。ほんのちょっとの怠慢（-0.01）では１年間では0.03倍。0.03なんてほとんど変わらない状態だということ。３年間「ジュニアユース（中学）塾やユース（高校）塾の就学年数・1095日）では53,939倍（約５万４千倍）になるんだって！　ちょっとの努力や気遣い、寄り添いが大きな成果になるっていうことだね。

松下幸之助（パナソニック創始者）さんの名言。「人と比較をして劣っているといっても、決して恥ずることではない。けれども、去年の自分と今年の自分とを比較して、もしも今年が劣っているとしたら、それこそ恥ずべきことである」。

●「一・１」の重要性

1.一の重要性（一を加えるとどうなるの）

①「一」度「止」まると「正」しい道が開ける！

突き進むだけではなく、しばしの休養（ゆとり）が本当の進歩を促すよ。

②「一」つの成長は「人」を「大」きくする。一人でも「大きなこと」はできる！

一つ一つの小さな積み重ねが人を大きくする…基本だよね。

③「一」つ頑張れば「辛い」を「幸」に変えられる！

何かの小さな踏み出しが大きな成功の基となるよ。

2.「一」の違いとは

①「人」の「一」は「一」の成長で『大』になるよね。一人と一人での「二人」は『天』になる…二人（協力）なら「天にも届くこと」ができるよ！

②「土」の「一」は『王』…自然（自然体）と親しめば「王」になれるよ！

③「口」の一は「日」…口を閉めれば（噂話＝禍をなくせば）みんなに日が当たるよ！

3.「1」の重要性（1cm・1秒・1％の人間力）

①1cm…ボール競技で相手と競り合うの。考えてみて！たった1cmでも相手より先にボールに触った方が勝ちなんだよ。（ワールドカップ三苫さんは1mm）

②1秒……あのね。ボール競技で相手と競り合うの。1秒あればスタートダッシュで2～3mの差が出るよね。どっちが早くボールに触れるかだよ。

③1％……100回やって99回負けるの。1回だけは勝つ可能性がある。だったらその1回を一番最初に持ってきたら勝ちなんだよ。

だからね。凄く「頑張る」って必要ないの。「顔晴れ」なの。ちょっとの[顔晴れ…清々しい気持ち」を持つだけで勝負って決まるんだと思うよ！
＊ちょっとこぼれ話「うんこ」
　うんこに１を足すと何になる…（う）に１を足すと（ち）になる？　答はパチンコ店火災。『分かるかな』うんこ＋１＝「○んこ」・パチンコ店火災で最初の文字が焼けてしまうと「○んこ店」、〈やだぁ恥ずぃ〉

●観点を変える

1.～だから

「～だから」の意味は「前に述べた事柄を受けて、それを理由として順当に起こる内容を導く語」なんだって。「**だから**」言い訳にもなっちゃう言葉。けど、「だから」から余計なもの（〃）を取ると「たから」になる。降りかかるごみ（〃）を取ると宝なんだよね。「良いことを繰り返しすと「だから」の点（ゴミ）が薄れて取れて「**たから**」になる。「だから」って言い訳を「たから」にしようね！　ものは考え方次第だと思うよ！

2.～のくせに

「～のくせに」って【「臭い＝くせぇー」・だから「臭一荷」】だと思うのね。だったら…「臭一荷」を「救世一荷」に変えれば「お助け物質」になるってことかな。
「～のくせに」は差別用語だと思うけど、観方（味方）を変えれば「お助けマン」になるのね。臭いものには蓋をするのではなく、臭いものを味方にすれば物事の本質が見えてくるってことかな。

3.「ア　ホ　ニ　ナ　レ　ヨ」

「＊ア…愛情　＊ホ…奉仕　＊ニ…忍耐　＊ナ…仲間　＊レ

…礼儀　＊ヨ…余裕」

＊愛情…愛って与えるものでも与えてもらう物でもない。互いに感じるものだよ！

＊奉仕…人に何かをしようとする気持ち（共に）は自分を伸ばす大きな力かな。

＊忍耐…我慢すること。耐えるって事ではないんだよ。忍耐強いって事は無になるということ！難しいけどそうあってほしいなと思う！

＊仲間…小さな力も集まれば大きな力になるよね。大きな悩みもみんなが集まれば小さなことになる。読無蔵はそういう世の中になってほしいと願っている。そして、このことが一番大切なことだと思ってる。「ここみどう？」

＊礼儀…礼節を尽くせってことではないの。みんなが聞く耳を持つと言うこと。純真さを忘れたら盲目になってしまう！「常に子供の心」を持とうね！

＊余裕…ゴムも引っ張り放しなら切れてしまう。一呼吸置くことが重要だと思う。切れないよう切れないように、みんなで取り組もうね！

そして咲顔（えがお）！　咲顔はただ（無料）の百薬の長と言われる。だから「いつも咲顔でアホニナレヨ！」(*^_^*) それが一番だね。そうなりたいな。みんなの合い言葉だよ！

「いつも咲顔でアホニナレヨ」!!

※注 (^ ε ^)　「咲顔」

心底笑うことなんだって。体の内面から湧き出るような微笑みっていう意味みたい。相手をね、時には傷つけてしまう可能性のある「笑み（えみ）」。それに対して相手に優しさや慎（つつ）みを含んだものを「咲み（えみ）」って言うらしいよ。

4．「擦過ー」？

よく頭の良い人のことを「あの人は切れる」というよね。頭脳明晰（めいせき）、行動にも隙がない。しかし、読無蔵の場合は「擦過症」。本当に頭が切れているのである。ようするに「アホ」であり、自己中心的で人の言うことはあまり聞かないタイプ。完全（究極）の発達障害児なの！そんな読無蔵の専門種目・さっかーは「擦過ー」。自己中の新しい分野。目指しているのは「作家ー・考え作り上げる」。

だから読無蔵は人生だけでなく、スポーツ分野でも「波乱蛮笑・はらんばんしょう」なの。先駆者につきものな「中傷、いじめ、パワハラ」は人生と同じでいっぱい受けるけどね。世の中には「巻かれていく人間」が多いよね。けど時には「読無蔵」のような「型にはまらない人間」も必要なのではないかな。そのことを決めるのは「みんな」なんだと思うよ!!　誰が「正しい・違っている」と白黒をはっきりさせることが人の道ではないかと思う。「間違えたら謝る」「しくじったら更正しようとする」。そのために「人に寄り添う」。そんな「読無蔵」の生き方に批判する人、共鳴する人、一読して、感想、意見を頂ければこの上なく幸いなの。「ここみどう？」。宜しくね！

5．議論を閉じる方向の分かりやすさ

リッヒー（聴いて聞いて）…こういうのはこうだっていう本が多いよね。それって考えずに読める本だから解りやすいんじゃないのかな？　本（ほん）来はね。考えながら「自分の意見はこうなんだけどどうなんだろう」って本の中で意見交換できていく本がいいんじゃないのかな。「こうだ」っていう一見結論だけの分かりやすい本（版）ではなくて「○×」ではない「△」の本もあっていいんじゃないかなって思うな！　だからこの本の「ひらがなや当て漢字」のところは「自分でこう思うという字」を当てはめて読んでね！

「人間は考える葦である」という言葉があるよね。「葦（アシ）」とは水辺に群生するススキに似た穂をつける多年草で、弱々しいものを代表しているんだって。だから人間というのは弱い面もたくさん持っているけど「考える」という働きがあるから偉大であるということみたい。読無蔵はこう思うの「人間は考える（アッシー）である」。アッシー（都合よく使われる人間）にも「考える」という能力がある。人を見下してばかりいるとその「付け」が回ってくる可能性を秘めているってこと。

　だからね。コミュニケーションと言うのは「使う・使われる」ではなく「寄り添う」って気持ちを大事にしてほしいなって思うな。

【きょういく変（編)】

●何がきょういく？

1.導くとは

＊み…みんなで　＊ち…力を合わせ　＊び…微力だけど　＊く…クリエイト（create・創作）する力。あのね。人は小さいの。何もできないの。だからね…寄り添うの！　これが大事だよね！　そして、何かをするの。この何かをするってことが大事かな！　でもそれは偉い（凄い）ことではないんだよ！　そこは勘違いしないでほしいな！

2.希・喜・輝愛（気合）で顔晴れ（頑張れ）アハハ（アホニナレヨ・ハイタッチ・ハグ）っと咲顔（笑顔）！

①きあい

「希愛だ　喜愛だ　輝愛だ（きあいだ、きあいだ、きあいだ)」って誰かが言ってたよね。

・「希望という愛・喜びという愛・輝きという愛」この３つが咲顔を呼び込むのだぁ～！

②がんばれ

無理して頑張る…「あんな状況でよく頑張ったね」って言われる。褒められた？　違う…バカにされたんだよ！「頑張らない自分」がいるから「頑張れ」と言われるのね。「さぼるなよ」ってこと。それが理解できないと成長はしないと思うよ！　だからいつまで経っても状況は打破できないんじゃないのかな。「無理して頑張る情況」を「無理しないように早めに予知する」。そうすれば「顔晴れた」になるよね。一生懸命にならないようにすることが大事なんだって思う。だって一生懸命は「一所、一緒、一笑…賢明」だから！

③がんばれって何！

・気合で頑張れ…これが「教育」での「頑張れ」。根性で必死になれって…戦争じゃないよね！「Don't work too hard（頑張りすぎないで）」

・「希・喜・輝愛」で顔晴れ…これが「今日行・きょういく」での「顔晴れ」。「希望と喜びと輝く愛」で顔は晴ればれ。清々しい気分だよね！　英語では「radiant face（レイディアント　フェイス）晴れ晴れ（輝く）とした顔」。

※注（^ε^）「気合とは（合言葉は〈気合だぁ〉ではなく〈筋繊維だぁ〉」

気持ちを込めると筋肉の束を成す筋繊維の動員数（筋繊維動員数）が増すんだって。沢山動員されれば力も強く発揮される。「気合＝筋繊維動員数増大＝速く力強く」だね。

＊ちょっとこぼれ話「気合と筋繊維」

リッピー！　ある大会で強豪チーム（全国出場）と当たったの。無名のチームが８：２で押し込んだ。そこの監督さん。気合だ・根性見せろとハッパを掛ける。読無蔵は筋繊維とハッパを掛ける。逆襲で点を取られて惜敗。やはり宗教（絶対君主監督）は強いと感じたのでした。（クエティングに関しては？）

④アハハっと咲顔の「アハハ」とは何？

・アハハの「ア」とはアホニナレヨ（愛情・奉仕・忍耐・仲間・礼儀・余裕）の「ア」。

・ハハっとの最初の「ハ」はハイタッチの「ハ」。ハイタッチすると身体はどうなる？　腕を上に上げることにより、胸の横隔膜（呼吸に関する組織）が広がるの。そうすると新鮮な空気が身体に入ってきてリフレッシュだぁ！　となるのである。

・ハハっとのもう一つの「ハ」はハグの「ハ」

ハグすると身体反応は？　オキシトシンという親愛ホルモンが分泌されるのね。オキシトシンとは「大切な存在を愛し尽くす」という「絆と愛情のホルモン」。けどもう一つの役目は「大切な存在を傷つけようとするものに対して攻撃する」ホルモンなの。母親（特に動物）が子供を守る時、子供への愛情と同時に他者への攻撃性も隆起して外敵に攻撃を加える。親和性なので「和・輪」を大切にしながらそれを守るためには攻撃する。「最強のホルモン」なんだよ！　リッヒー(聴いて聞いて)！　だから、「希・喜・輝愛で顔晴れ！アハハっと咲顔！」が合言葉だよね！

⑤「咲顔」とは！

咲き誇る微咲みだよね！　そして自分に正直であることかな。正直は「笑時期・しょうじき」だからね！　だって２人で向かい合って、お互いに「真剣（正直)」に顔を見つめ逢ってごらん！　笑っちゃうから！　ウフ！

※注(^ε^)　「オキシトシン・oxytocin」

ギリシャ語が語源で意味的には「quick birth・クイック・バース」。「時間のかからない出産」のことなんだって。分娩時の子宮の収縮を促して胎児が出られるように働きかけるものみたい。更に乳腺を刺激し、授乳を可能にする作用もあるらしいよ。

●笑顔（咲顔）や常識における世界との違いについて

1.イタリアでは？

イタリアでは謝る時に笑うと相手をバカにしていると思われるみたい。会話では良くないこととされているらしいよ。

だってロシアにおいて「指でつくるOKサイン」は卑猥（ひわい）な意味を表すし、スラブ系民族では目の前にいる人に対し、「侵略するぞ」という脅威（きょうい）を意味するんだって。「郷に従え」だよね。けど郷（世間）を知らなければ意味がない（人間関係に亀裂）よね。だから世界に目を向けるってことが大事かな。島国からの脱皮が新しい自分発見かも……

2.100点取らないと仕事をさせてもらえないの？

朝６時。会社に長蛇の列…１人また１人とパソコンの画面に向かい満面の咲顔を作って咲顔チェックしてる。この会社は広島市郊外を拠点とするタクシー会社。ドライブレコーダーも活用していて「愛想が悪い、ドアサービスなど決められた手順を守っていない」といったクレームが入った場合、ドライブレコーダーの映像を確認し、料金を全額返金する決まりになっているんだって。こんな会社ばかりだったら世の中に微咲みが満ちるのにね。

3.「笑顔競争」って何？　あるスーパーに行ってみると！

東京大田区のスーパーでは「笑顔のランキング表」って言うのを作成してるらしいよ。売り場ごとに笑顔の点数を付けて競わせているみたい。従業員250人は勤務前に笑顔判定機で笑顔をチェック。毎日の笑顔の点数がカレンダーに記録される仕組みなんだって。

笑顔判定機って「100万人の笑顔と笑顔でない顔」を機械で分析し「笑顔モデル」を完成させて「人間が作り笑いをしているか&そうじゃないかを区別するようになっている」スーパージャッジマンらしいよ（笑顔でのことなので咲顔は遠慮します）。

4．重太みゆき（美有姫）さん（一般財団法人スマイル財団創設者）

色んなセミナーに行ってコミュニケーション能力を学習する。これってとても凄いし重要だよね。自分磨きをするってことは自分に自信を持つってことだもん。けどね。何と簡単な方法があるらしいよ。「口角を上げて笑う」。（^O^）これだけで人の見た目は変わるんだって。何とこれなら無料だよ。えがおは世界共通の「グットコミュニケーション言語」って言われるのね。日本語って表情系をそんなに使わなくてもいい言語なんだって。特に母音の「お」から始まる挨拶が多くえがおにならないで済んでしまうみたい。

＊日本語は…「おはよう・こんにちは・こんばんは・どうも・おやすみ等」
＊「顔つきがえがおにならない」
＊英語は…「ハーイ　ハロー　ヒヤ　ユー　アー（Hi Hello Here You are!）」
＊母音の「あ」から始まると「笑って始まることが多い」

だから朝の挨拶は「おはよう」じゃなく、一日の活力となるように言語は「ハーイとえがお」。そして「ハイタッチ」で横隔膜を広げ口角の上がる挨拶にしてはどうかな。おはようでお辞儀。「頭（こうべ）を垂れる稲穂かな」もいいけどメンタル的に「気」は下向きだよね。気分は落ち込み傾向かな。

だったらポジティブに稲穂を上に向け「稲（いいな）穂（ホッ）」＝「いいなほっと」とするように顔（稲穂）を上げてみようよ。気分爽快な１日の始まるになるかもね！

①スマイル

スマイル時は少し胸を張ってニコ(^O^)。上の歯を出して「イヤミかぁ（おそ松くん)」キュンキュンして・速度は左右スマイルを少し早めで行なうといいみたい。あのね。「脳君」って笑うたびに刺激すると勝手に「幸せだ・楽しい」と思うようになっちゃうんだって。究極の勘違い脳だよね。それに、上の歯だけが見えて「頬が持ち上がっているえがお」は相手を信頼させてしまう効果があるらしいよ。

また、顔の中で白い部分は瞳と歯だけなんだって。だから目線が集中するみたい。人の印象は0.5秒（秒殺以上だね）で決まり、歯の見せ方と表情の作り方によって「与える印象が異なってくる」のね。えがおって凄い影響力を持ってるみたい。

行きつけの店で店員が咲顔で迎えてくれると「ちょっとウキウキ」。そして「またお待ちしております」なんて咲顔で言われたら「また明日もこよう」って思っちゃうよね。お世辞でも嬉しいのだ。(人間の勘違い脳のせい）かな。

感じのいい人のことを「ニッパチ人」って言うらしいの！「(シゴト）仕事」「(ヒト）人」「チャンス」の頭文字を取って「シ・ヒ・チ＝４×７＝28」。これら（３つ）が集まるからだって。反対に「自信がない・顔が嫌い・人に見られているのは嫌」。こういったタイプの人は明らかに「損な顔グセ習慣化人」みたい。「そ＝損・か＝顔・し＝習慣化」…「ソカシ人」と名付けてみたの。
「遡河（そか）し・流れを上流にさかのぼって行くこと（疎河するの運用系)」
「ソカシ人」とは人とは逆のことをしたがるウザい人のことかな。
②スヌーピーの作者のチャールズ・M・シュルツさんの言葉
「All you need is love. But a little chocolate now and then doesn't hurt.」(doesn't hurt・損はない)
（必要なのは愛だけ。でも、時々ちょっとチョコレートがあっても、かまわないけど。)
　愛という中にチョコレートという「小さな和み」が入っている可愛らしいメッセージだって。こういう小さな微咲みが大きなモノの原点だと思うな。「くすっと笑う（咲み)」って素敵だよね。

5．笑顔カレンダー

「東日本大震災の宮城七ヶ浜（吉川一利さん）…笑顔のままの言語で」
　笑顔カレンダーって知ってる？　あのね。笑顔の写真を撮影し、その人の誕生日のところに写真を入れてカレンダーにするのね。そしてその思いを書いてもらうカレンダーなんだって。365日分の笑顔で埋め尽くされたカレンダーみたい。
　吉川さんって七ヶ浜育ちらしいの。震災で自分自身の笑顔が消えていったことに気づき、自分自身の復興の為に『笑顔カレンダー』始めたんだって。
　始めた当初は「被災地で笑顔なんて！」と批判をされたみ

たい。それでも笑顔を届けようとこのカレンダー造りを続けたらしいのね。継続は笑顔の元かも知れないね。何か人と違うことをしようとすると横槍を入れる人が必ずいるってことだよね。横槍を入れる人って「何もできない人」が多いかも。自信のない人ほど吠える（野犬と同じ）。悲しいね！

●「感謝」とは

1．感謝って何？

感謝って何かの好意を受けた後、そのことに「ありがたさ」を感じることなんだって。けど世の中は「陥れる行為」に溢れてる。だから「感謝」なんてエモ「絵に描いた団子」だと思うな。団子って普通３つが仲良く寄り添っている。けど食べられてバラバラになる（仲間と信じていても裏切られるという意味）。

だからこそ「陥赦・かんしゃ」なんだよ！「陥赦」の「陥・かん」は過ちという意味。「赦・しゃ」は相手の失敗や罪を責めずに赦す（ゆるす）という意味。失敗や罪を責めずに赦すから「陥赦」なんだと思うよ！　失敗なんて誰にもあるもんね。

それを受け入れる行為が「寄り添う」ということなんじゃないのかな。そんな「寄り添う陥赦」が世の中に溢れたらいいのにね。「ここみどう？」

2．Sorry & How to & Thank you（英語と日本語で遊び英語を好きになっちゃおう）

SORRY（ソーリー）＆HOW TO（ハウトゥー）＆THNAK YOU（サンキュー）

①「SORRY…「すいません」は「ソーリー・ソリ」なので

滑って行ってしまう…何もない。
②「HOW TO …「方法」は「這うと」なので這い上がる……何かをしようとする。
③「THANK YOU…賛汲」
・サン（賛）……力を添える、褒め称える┐
・キュウ（汲）…導く ┴ 褒め称え合う心を導く。

だからね。
S「SORRY」………謝ってばかりでは何もできない（滑ってなくなる）からダメだよ。
H「HOW TO」……方法を考え這い上がろう！
T「THANK YOU」褒め称え合う心を導いていく。
行動の原動力は「SHT・スーパーハイテンション（Super high tension）」だぁ！　きゃぱいきゃぱい！

3．コンコルド効果（Concorde Effect）

「埋没費用効果（sunk cost effect）」。ある対象への金銭的・精神的・時間的投資をし続けることが損失につながると解かっているんだけど、それまでの投資を惜しんで「投資がやめられない」状態を指すんだって。

見返りがない寄り添いはコンコルドかもしれないよね。ようするに「希・喜・輝愛で顔晴れ」は寄り添いが基本。そして何をするのでもない。ただ投資という継続。見返りも何もない。人間関係においては、それが基本で重要なことかもね！　そんな人ばかっりなら争いはないと思うな。何で人って「人を蹴落とそうとするのかな」。

コンコルド人間が増えたら世の中「寄り添い社会」に変貌

（へんぼう）するのにね！

※注（^ ε ^）「SCE」

＊sunk＝サンク…沈没する＊cost＝コーストゥ…費用＊effect＝イフェクトゥ…効果

※注（^ ε ^）「コンコルド効果」

〈コンコルド〉という旅客機事業に由来。コンコルドは、英仏共同事業として開発・運行されていた超音速旅客機。

4．人とはでかい奴と小さい奴の自己本位行動

人とは！

①「人」という字は倒れる人を支える人がいる。助け合うという意味なんだ。

＊人を人が倒れないように支えている。助け合うことがとても大切なんだ！　とよく言われる。「きれい（綺麗）ごと・斬れい毎＝毎日が斬り合い」という意味ではね！「綺麗ごと」とは「斬れい毎（ごと）」。そう、これが伝統的な教育（今日逝く）での「人」を表してると思うの。

②あのね！　読無蔵の「人」

＊人とは大きい人が逃げようとするが小さい人が邪魔で上体だけ上に出る。逆に小さい人は大きい人が邪魔で足だけが先に出る。

２人とも自己本位なために逃げれない。自分勝手な行動が「人」なんだ。これが（今日行く）での人。現実の世界では人とはそんなものじゃないのかな。

それにね。「人」にもう一人加わって３人になると「大」になるの。「大きな争い」だよね。それにもう一人加わり４人になると「天」になるの。「天敵の仲」になっちゃうの。そしてはみ出し人間（上にも下にも突き出る状態）が加わると「未」となり、争いがこじれた人間関係に「未来」は無い。ドロドロだぁ……だと思わない？

※注(^ε^)「人」

人間なんて自分勝手な自己本位動物じゃないのかな。だからどうする？　これが本当はとても大事なことなんだと思うよ！　ようするに「人とはでかい奴と小さい奴（全ての人）の自己本位行動が人間関係を壊す元」だってこと！　二人（デカ＆チビ）の勝手な行動が死を招く「未来のないコミュニケーションを造る」元なんじゃないの

だから「何をしなければならないのか？」それを考えてみようね。人として！「ここみどう？」

５．正義は力ではない…正義は正義だ（地球説において）

正しいことって何かな？「天動説と地動説」って知ってる？太陽が中心。地球は丸い。そして回っている。何だって！地球が丸くて回っているだと！　モノや人はなぜ立っていられるんだ！　そして何人もの人が迫害を受けた。

明智光秀さんの本能寺の変。謀反が通説だよね。けど、最近は織田信長さんの所業の荒さに「このままでは世の中が治まらない」と感じた光秀さんが世のために謀反を起こしたという説が結構有力視されつつあるの。「ここみどう？」

６．自分を持て

物事を聞く時には納得して聞くより、否定的に聞いた方が

内容が覚えられるんだって。「こういう方法もあるよ」という時に「自分ならこうしよう」と思いながら聞くことだよね。そうすると脳の中のリアリティ（実在性）が現実になるみたい。脳は「思い込み脳」って言われるから錯覚を起こすのね。勘違い脳だからね！

大切なのは未来を先取って今を生きること。今を生きるとは今を変える（20年後を先取りする）ことだと思うよ。誰かを否定しながら聞くってことは「自己満足」とは違うみたい。自己認識が出来ているかどうかなだと思うな。自己満足って「ポジティブ思考」みたいだけど本当は「ネガティブ思考」。「自己認識がポジティブ思考」。自分をしっかりと把握することは人の意見が聞けることの基本だと思うけど。

気を付けることは「フラジャイル・ナルシシズム（壊れやすい自己愛）」。これがあると否定から入りやすいらしい（良くない意味で）。強気な姿勢で、自分に自信があるように振舞うんだけど本当は「不安に支配されている」ことを言うんだって。

自分に自信がない上にいる人。けど上司（責任者）として何かしなきゃ。そんな時無理に相手を従わせようとする。これが「フラジャイル・ナルシシズム」なんだって。自分のほうが上だっていう「上から目線・人にケチをつけたいという心理」は「河馬嘆」なのね。

弱さを上司という立場で覆い被そう（おおいかぶそう）とする。「自分の弱さ」の実力行使。こういうのは止めてほしいな。しっかりと立場を自覚してほしいよね。

部下が自分よりもいい実績をあげた時（自己のコンプレッ

クスを刺激された時）などがそれに当たるみたい。上に立つ者の人格で組織の円滑さが滲み出ることを上の人って知ってるのかな。上司さん…どうですか？

7．犯人探し（犯人と思う順位）先入観念で判断

人はすぐ見た目で判断するよね。あとはその人の地位。けど地位なんて「ただの職業」だと思うよ。長マンとは「社長や校長等」という職業であって人間的に偉いわけではない（実際には裏で何してるか解らない人が多いかも）。「透かし眼…裏まで観れる」が大切じゃないのかな！

こんな報告があるの…みんなはどうかな？

犯人と思う順位				
一般人	順位	会社	順位	本当に人って見た目の格好で人格まで決めちゃうんだね！
・制服の人	4	・長マン	3	
・汚い恰好の人	1	・顧問	4	
・ネクタイの人	3	・社員	2	
・普通の格好の人	2	・派遣社員	1	

●きょういく論

1．きょういくとは

①今日逝く　Today death（トゥデイ　デス）
こんなのやだよね！

②狂逝く　Crazy death（クレージー　デス）
未来は無いよね！

③今日行く　Today go（トゥデイ　ゴー）
明日が見えるよ！

④興行く　Enjyoy go（エンジョイ　ゴー）
みんなで楽しみながら行こう！

⑤教育　Education（エデュケイション）

詰め込みの何もない押し付けかな？

教育の矛盾って何？　個性、自主性より入試のための詰め込み教育…学歴社会！　教育って、時代背景にもの凄く影響を受けるものなんだって。及川古志郎さん（海軍大将）はね。もう明治時代に教育に疑問を感じてたの。西欧由来の海軍の統制教育に一説を投じているのね。「上官の命令に従うだけで本当に戦争ができるのだろうか、一人一人の兵隊が、その場その場で考えて、自分で判断できなければ戦いに負けてしまう」と考え、兵学校職員の意識の改革の準備を進めていたんだって。その後はこんなことも言っているの。

「日本は今、英米と戦争している。この主因の一つは軍人の教育が戦闘技術に偏（へん）したことである。政治と軍事の正しい関係とは何か、これを達成するにはどうすればよいか。文武の新しい統合の道を樹立しなければ日本は救われない。」

※注（^ ε ^）「及川さん談」

「軍艦を作るより人を作れ」…今にも通じる言葉だとは思わないかな？　探し物って見つけようとしいる時には全然見つからないよね。先入観念が邪魔してここにあるはずがないって決めつけるから。探していることを忘れた方が意外と出てくるものなのね。本物とは決めつけないことかな？　セオリー（確立された方法）をセオリーとして捕えていたら進歩はないのかな…「きょういく」をみんなで見つめ直してみようね。「ここみどう？」

2．きょうしとは

①今日死　Today die（トゥデイ　ダイ）

こんな人いるよね。

②狂死　Crazy death（クレージー　ダイ）
　　いないとは言えないね。
③今日志　Today hope（トゥデイ　ホープ）
　　志のある人いるかな。
④協思　Collaboration wish（コラボレーション　ウィッシュ）
　　共に歩もうね。
⑤教師　Teacher（ティーチャー）
　　人生経験のない頭でっかち？
「ここみどう？」

3．教師とは

世間では教師のことを「教える師匠」と捉えているけど、きょうしって何かな？
①今日死（その場が過ぎれば）②狂屍（狂った屍）もいる。
③共志（ともに志す）…今日志&協思
だから、教育（自分が一番だと思ってる指導者が行なうもの）はね。
・今日逝く（ただ過ごすだけの屍）と化している。
・今日行く（少しでも進もう）とはならない。
・協育（協力し合って共に育つ）はいつ来るのかな？
子供達にチャンスを与えるのは大人の仕事だと思うよ。よく考えてみてごらん。先生って何？　殆どの先生の学生時代はトップ（起業して社長）になろうとは思わない。だけど不良（極道さん）でもない。極端かも知れないけど当たり障りのない「頭のいい生徒」という生活を送った人がほとんどらしいの。それが短大か大学卒業して20代前半で人生を説くことになる。だから、殆どが机上の理論になっちゃうのかな。

いざとなったら絶対に動かない人がほとんどみたい。だって経験がないし理論に固まった人が動けると思う？

それに教師は淡水魚って言われてる。ササっと動くけど（フリだけは立場上するけど）持続性はないのかな。海の魚（回遊魚）の様に持続性で物事に取り組むことはあまりないかもね。地確（自覚）を持って地の確保（しっかりした土台）が大切だと思うよ。または「お地蔵教師」。寺社程崇拝されないけど敬われる。けど自分では動かない（動けない）。理論に固まった人は動けない。そうでない人、言い過ぎだと思う人、御免なさいね。究極の発達障害児の独り言だから！

※注 (^ε^)「病気と障害」

「お前病気か」って良く言う。けど「お前障害か」とは言わない。病気は治るけど障害は治らない。なら「お前障害か」言われたいな。治らないバカは素晴らしいと思うな！

「ここみどう？」

4．校長とは（BAD氏とGOOD氏）

・校長	「BAD氏」	「GOOD氏」
こう→	（講）釈ぶる	（好）感度のある
ちょ→	（チョ）ベリバの	（チョ）ベリグの
		（ワーイ・リバイバルギャル語）
う　→	（う）ざ○奴	（敬・うやま）える人！

君の学校の校長はどっちかな。

わぁ～い！「チョベリバ&チョベリグ」懐かしの言い方・今の管理職が若かりし頃の言い方かな…温故知新？

＊ちょっとこぼれ話「良寛さん」

良寛さんはね…じゃーん…豆知識。「表を見せて裏を見せて散る紅葉」（良いところも悪いところも見せて悔いはない）…こんな管理職さんいてほしいね？

5．きょういく理念とは

①合愛　あのね！（今日行く）とは愛し合うこと＝合愛

(1)ご　―「ごめんね」と内面から自分を表現できること。

(2)う　―「うれしい」と感じたままに感動できること。

(3)あ　―「ありがとう」と素直に自分が言えること。

(4)い　―「いいね」って互いを褒め合うことができること。

②あいとは？

・I　　自我　我　私。

・eye 視力、視覚、物を見る目、観察力、眼識。

・和　やわらぐ。おだやか。のどか。

・相　たすける。たすけ。たがいに。ともに。

・愛　あいする。かわいがる。いつくしむ。大切にする

だからね。

「I　eye　和　相　愛ランド　みんなで夢をかなえてる」ってどうかな（^O^）

・I（自分自身を見つめ）

・eye（観察力で真の姿を把握して）

・和（穏やかな心で）

・相（互いに助け合い）

・愛（互いを愛し大切にする）

・ランド（そんな居場所）

　みんなで夢をかなえてる（そうすればみんなで夢をかなえることができる）よね。ちなみにマラソン日本新記録２回で２億円もらった大迫傑さん。新会社社名は「I」。「I（アイ）」

は「私」であり、「今を生きるあなた自身」を意味するんだって。
※注(^ε^)「愛　愛　あい　あい　愛ランド　ふたり夢をかなえてる」
　歌名「ふたりの愛ランド」石川優子さん&チャゲさん。やっぱり「あい」は「アー！　イー」ね！　最高！　親父だぁ…ウフ！
③教育者の皆様へ
　自分に説いてみて下さいね…あなたは？
⑴「脅威苦」に携わる「狂屍」(きょういくにたずさわるきょうし)
「threat pain & crazy dead」=トレット　ペイン&クレージーデッド」
　意味は「脅して苦痛を与える　きちがい死人」
⑵「教育」に携わる「教師」(きょういくにたずさわるきょうし)
「education & teacher」=エディケイション&ティーチャー
普通に当たり触りのない頭でっかちのお地蔵さん
⑶「今日行く」に携わる「協志」(きょういくにたずさわるきょうし)
「today go & cooperation hope=トゥデイ　ゴー・コーポレイション　ホープ」
　一歩一歩前進する共に志を持つ人
　きょういくは「今日逝く=today die」ではなく「今日行く&協育=today go & cooperaion grow」だぁ「未来に向かってゴー」！

④パワハラ

⑴パ…パープリンのパンドラの箱。

⑵ワ…歪曲（わいきょく）で分からず屋で分け隔てするわざとらしい災いをもたらす奴。

⑶ハ…ハイエナみたいなはかない心で恥じることを知らない破滅的な腹黒い反感者。

⑷ラ…ラチがあかない乱心の乱痴気野郎。

パワハラする人を「汚い奴」と思ったらこんな風に感じていいんだと思うな。自分が思う感情だし人って自分勝手だから！　抑える必要はないよね。思うことは自分の中のことだから。抑え込んで自分をダメにする必要はないと思うな！吐き出すってことも重要なストレス対処法だよね。それを聞いてあげることが寄り添うということかな。「ここみどう？」

※注(^ε^)「パンドラの箱（ギリシャ神話)」

ゼウスさん（最高神）がパンドラさん（地上最初の女性）に持たせた「あらゆる災いの詰まった箱（壺)」。地上に着いた時、開けるなと言われていた箱を好奇心から開けちゃったの。そしたらすべての災いが地上に飛び出しちゃった。急いで蓋をしたので希望（エルピス…古代ギリシャ語で希望、予兆、期待）だけが残ったというお話だよ。あのね。この希望には２つの解釈があるんだって。

１.「人間の手元に希望が残った」「希望をもって生きられるようになった」。

２.「希望が残ったために人間は希望にすがることしかできなくなり、苦しみが増した」。

どう捉えるかはみんな次第だと思うよ。

⑤心

⑴こ…好感度 ⑵こ…ここに ⑶ろ…ロマンあり「好感度、ここに、ロマンあり」。心はロマンの媒体でありたいね！

⑥導く

⑴み・みんなで ⑵ち・小さいながら力を合わせて ⑶び・微力だけど ⑷・クリエイトする力

導くって何かをしてあげることではないと思うよ。指導って教えることではないと思う。少しずつ共に生きることではないのかな。

⑦学ぶ

⑴ま…迷いながらも前向きに ⑵な…何事にも仲間と ⑶ぶ…ぶつかり合えるブレーン集団

＊同じ「無い」でも「あったものをなくす」のと「元々ない」のでは全然違うと思う。

＊物事は難しくないの。難しくしているのは人間（学者や教育者）であって自分が分かっているから誰でも分かると思っているの。「こんなことも解らないの」と言う「優越感」が物事を難しくしているだけだと思うな。

⑧最悪な人達の教え（河馬嘆）

（校長は前述）勝手な意見ですので悪（あ）しからず

・校長

こう…講釈ぶって

ちょ…調子者（チョベリバ）

う…ウザい奴

・教頭

きょう…興ざめ凶の

とう…唐変木

・教え

お…押しつけ、脅し、怒る

し…叱り
え…偉ぶる
そうでない人もいっぱいいるけど（だからそうでない人御免なさい）。

⑨天気における勝ち負け判断

・大勝—快晴・勝ち—晴れ・引分け—曇り・負け—雨・大敗—台風・降水確率０％—大勝

＊今日は快晴・気分は晴天・絶好調でありたいな！　感情って天気（雲）なんじゃないかな。曇りも雨も嵐もあるけど必ず晴れる時が来る。天気って必ずみんなにあるものだと思うよ。

⑩いざとなれば心は晴れる…と思わせるためには？

そうなるために足りないのは助け（寄り添い）なの。「家族が凄いね」って言われたら私もきっと「凄いねって言われてる気分」になると思う。反対に「私が凄いね」って言われたら家族も「凄いねって言われてる気分」になるんじゃないのかな。だから寄り添う人が多ければみんなが「快晴・晴天」になっていくのにね…OKかな!!

⑪天気痛

雨の日は「ピエン」気分が落ち込むのかな。その不快感や悲しい気持ちは「天気痛」かもね！　雨が降る日やその数日前から、頭や首・肩などが痛くなるったり、気持ちが落ち込んだりする。また、身体や心が不調に襲われる。それは天気の変化に影響されて起こる「天気痛」かも知れないよ？　何…天気痛？？？？

身体って常に気圧と気温に晒（さら）されて、それらの急激な変化に対して体内バランスが崩れやすくなるんだって。症状は人によって異なり「低気圧が近づくと頭痛がする」「気圧や気温の変化が激しい秋は体調を崩しやすい」などがあるみたい。日本の患者数はおよそ1000万人。比較的発症頻度が高い症状らしいよ。「気象病・気圧に関する病」のうち痛みや気分障害に関するものを「天気痛」って言うみたい。

＊「天気痛」チェックリスト（せたがや内科・神経内科クリニック）

⑴ [　] 天候が変わる時に体調が悪い。
⑵ [　] 雨が降る前や天候が変わる前に、何となく予測が出来る。
⑶ [　] 耳鳴りやめまいが起こりやすい。
⑷ [　] 肩こり、首こりがある。首の外傷歴がある。
⑸ [　] 猫背、そり腰がある。姿勢が悪い。
⑹ [　] 乗り物酔いをしやすい。
⑺ [　] PC作業やスマートフォンの使用時間が長い。平均4時間/日以上。
⑻ [　] ストレッチや柔軟体操をすることが少ない。
⑼ [　] 歯のくいしばり、歯ぎしり、歯の治療が多い。顎関節症と言われたことがある。
⑽ [　] エアコンが効いている環境にいることが多い。夏冬ともに。
⑾ [　] 日常的にストレスを感じている。特に精神的なストレス。
⑿ [　] 更年期障害ではないかと思うことがある。男女ともに。

５つ以上は注意が必要みたいだよ。

天気予報で低気圧が近づくと不安であり、雨が降る前に「頭痛、だるさ、めまい、むくみ」を感じ、いざ雨が降ると「頭痛、だるさ、焦りや苛立ち」があり、季節の変わり目（春や梅雨の時期）に体調を崩す。天気痛かもね？

＊天気痛の原因は「気圧」

気圧って天気の移り変わりとともに変動するんだって。その変化を感じるセンサーは「耳の奥にある内耳」みたい。内耳がね。急激な気圧の変化を感知すると自律神経「交感神経（緊張）＆副交感神経（リラックス）」のバランスが崩れるらしいよ。

＊自律神経

・交感神経の乱れ……痛みの神経を刺激し、頭や古傷が痛くなる。

・副交感神経の乱れ…倦怠感や気分の落ち込み。

＊気圧変化

・気温差の大きい春先や低気圧が続く梅雨の時期。

・夏から秋にかけての台風シーズン。この時期は気圧が変動しやすく、身体影響も大きくなるみたい。

＊「天気痛」の予防法

まずは自己防衛。「自律神経を整えること＆睡眠と食事」なんだって。具体的には、

１起床時に日の光（最低約10分）を浴びよう。

２飯だぁ飯！　朝食をしっかりと。

３運動（ウォーキング等・適度な運動）をしよう。

４起床と就寝の時間を決めよう（早寝早起き・生活習慣を整

える)。

寝る前に部屋の照明（白から黄色にしたりする）を少し落とし、スマホやテレビゲームの使用を控える（交感神経を活発化させない）と睡眠の質が向上するらしいよ。

５持病や不調を治す。

天気痛ってその場所が天気でも、遠くで気圧の変化が起こっているとその影響でなる病。だから「こんな天気なのにお前の体調管理が悪いからだ」って言われてもしょうがないこともあるのね。コーチはそのことも踏まえて選手の健康を見てあげないといけないんじゃないのかな。これって選手に寄り添うことだと思うよ！

※注(^ε^)「フィリピン沖の低気圧で体調を崩す(weathernews)」

「事前にできる天気痛対策（佐藤純さん・愛知医科大学学際的痛みセンター客員教授・病は天気から)」より。

フィリピン沖で台風が発生する前から（あるいは熱帯低気圧の段階で)、頭痛やめまい、倦怠（けんたい）感などの天気痛症状が発現する人が少なくないみたい。日本から3000キロも離れている台風の卵が天気痛を引き起こすらしいの。「単なる気のせい」で片付けられない問題だよね。

通常は１hPa（ヘクトパスカル）に満たない気圧の変動はノイズ（不必要な数値）として捨てていたんだって。けど単位を100倍にして調べると、50Pa（パスカル）＝0.5hPa程度の微気圧変動がさざ波のように3000km離れた日本にも押し寄せていたの。

0.5hPaの気圧変動は家庭用の気圧計では測れないけど、微気圧変動が連続的に押し寄せて来れば、内耳にある気圧センサーに影響するんだって。

＊「読無蔵の発障訓」

あのね。コーチの皆さんに一言。フィリピン沖の低気圧で体調を崩す。そんなことがあるってことを知っててほしいな。自分（選手自身）でも分からないことが多い天気痛。こんなにいい天気なのにお前の体調管理がなってないからだ（寝たのかぁ・食ったのかぁ）…こんなコーチの一言で、選手は「私って駄目な人間」って思っちゃう。

そう思わせない（選手に寄り添う）ためにもコーチは色んな状況に対処できるように勉強してほしいな。プレーヤーズファーストだもん！（偉そうで御免なさい）

6．ベーコンのイドラ

ベーコン！　お腹ペコペコ…それはさ…「ベーコンエッグバーガー」の種類なの？　はにゃ違う違うよ！「親父だぁウフ！」ベーコンとは人の名。彼の名言は「知は力なり」みたい！　知識や知恵は力（武器）なんだって。だから真理を追い求め学ぶことが大切みたい。また、自然科学とそこから応用される技術開発は、人間に大きなメリット（健康・医療・仕事の円滑化など）があるらしいよ。だから「知」を学べという論理だって。

知は学べば学ぶほど分からなくなると読無蔵は思うのね。けど分からないことが多くなるってことは「分かることが多くなる可能性を秘めている」ってことだよね。知らないということを知ることが分かる原点じゃないかな。

さて本題。イドラ（idola）とは、イドルム（idolum）。偶像や心に現れる心像の複数形らしいよ。一般的には「偶像」という意味みたい。「イドラ≒偏見・先入観」と捉えてもOKなんだって。

ベーコンさんは「知を得るためには、一切の偏見や先入観を排除せよ」と主張したのね。ものごとの本質に辿り着くには思い込みや偏見が一番の邪魔物みたい！　まずはそこを排除しようしたらしいの。けど、私達は、過去の知識や経験によって蓄積された「独自の偏見」をもの凄く持ってるんだって。「教育者は立派な人だ」これだって偏見と言えば偏見だよね！「お金持ちは汚い人が多い。だからお金持ちは悪い」も偏見。そしてベーコンさんは「イドラ」つまりは偏見や先入観を、4つの種類に分類したのね。常識や当たり前の事の思い込みがいかに偶像的なものなのかってことかな。ではその4つのイドラって何？

①種族のイドラ（idola tribus）人間という種族偏見

人間という種族に存在してしまう思い込みのことを「種族のイドラ」って言うんだって。「人間共通の先入観」の事みたい。「人間の知性や感覚が正しい認識ではない」という事かな。「女性は家庭的、男性は経済的」これは先入観であり、人それぞれ違うらしいのね。個人・個体差があるのね。

②洞窟のイドラ（idola specus）個人的偏見

個人のバックボーン（性格や育った環境・文化の違い）から生まれる偏見。「個人の思い込み」かな。人にはそれぞれの異なる経験があるのね。だから様々な考え方が生まれるらしいの。今まで生きてきた生活環境や育成環境だけを正しいと信じ、その狭い価値観によって世界全体を判断してしまう。

「洞窟の中＝世界の全て」…「井の中の蛙」ってことからの偏見かな。例えば「彼女こそが世界で最も美しい！」と言っても、世界中に行ったことがなければ、それは自己評価（偏見）の可能性が高いのね。世界にはもっと美しい人がいるかもしれない。世界で美しい女性にめぐり合おうとしないのに「彼女が一番」って言ってるのは自己満足（偏見）でしかないよね。美人とは性格や人間性のことらしいよ！

③市場のイドラ（idola fori）言語による偏見

人と人とが出会う場所を「市場」と呼ぶのね。言葉の不適切な使用によって生じる偏見や先入観のことみたい。噂話や、人づてに聞いた情報（小さなコミュニケーションの範囲）で失敗したという経験。多分みんなが持ってることかな！ベーコンさんはこれを、市場で聞いた話によって作られる思い込みとして「市場のイドラ」と名付けたの。大切なのは「同じ言葉でも、１人１人の意味合いは少しずつ違うんだ」と認識することみたい。

④劇場のイドラ（idola theatri）依拠（いきょ・よりどころ）する伝統的思考による偏見

権威のあるものや権力者の言うことが正しいと無条件にすぐ信じ込んでしまう妄想（もうそう）。これをベーコンさんは「劇場のイドラ」と名付けたの。これは「権威や伝統から生じる思い込みなんだって。だって教科書に書かれている事も真実かどうか？

＊昔はいい国作ろう鎌倉幕府=1192・今はいい箱作ろう鎌倉幕府=1185

政治家や教育論者の肩書きも報道（意見）も…………本当

に正しいのかな？　だから、何が正しいかは、自分の目で観て考え判断する。「鵜呑みの怖さ」だと思うよ。

7．唐突だがイドラはギドラさん？（ゴジラの相手）

キングギドラさんの元祖はソビエト連邦の映画に登場した三つ首竜だと言われているのね。ロシア語では多頭竜ヒドラの事を『ギドラ』と発音するんだって。３つの頭部と、それを支える３本の首、２本の長い尾、全身を覆う黄金色の鱗（うろこ）、腕の代わりに巨大な１対の翼を持っている。飛行し、２足歩行もする。口からは稲妻のような形状の引力光線を吐くの。怪獣や人間を捕食する（あるいはそれらのエネルギーを吸収する）という設定になっているのね。

身長50メートル、翼長93メートル。護国三聖獣の一体で天の神。不完全体のままゴジラさんと戦うが、モスラさんのエネルギーを吸収して完全体・千年竜王（キングギドラ）となるのね。キングギドラさんの３つの頭はそれぞれ違う性格をもっているんだって。それにキングギドラさんの頭にはそれぞれに名前がついているのね。日本語の数字で

・中央の頭は「イチ」…この頭が司令塔で長男のような存在であり一番まじめ。
・右側の頭は「ニ」……この頭は周囲に対して好奇心を持っている。
・左側の頭は「サン」…ちなみに、なぜか「ケビン」という別名がある。左側の頭は攻撃的でしつこいところがある。

ある意味で三つ子のような存在で、似ているところもたくさんあるけれど、何とそれぞれ違った反応で行動するんだよ。キングギドラさんが南極で目覚めた際、キングギドラさんは

現代になってから初めて目覚めた「浦島太郎」なわけなの。銃を持った兵士なんて見たことない。だから最初の反応は「何これ」なの。だから右側の頭が兵士の匂いを嗅ぐの。好奇心の象徴ってわけ。この発想はドハティ監督（映画ゴジラ監督）さんの愛犬が、裏庭でトカゲで遊んだり匂いを嗅いだり食べちゃったりしていたことから着想したんだって。

※注（^ ε ^）「護国三聖獣」

古代王朝の時代から日本各地でその存在が伝来されている天の神のこと。陸海空を司る三匹の怪獣、婆羅護吽（バラゴン・地の神）、最珠羅（モスラ・海の神）、魏怒羅（ギドラ・天の神）の事。彼らは退治された後にその霊魂を慰めるために神として祀られ、新潟県の妙高山（バラゴン）、鹿児島県の池田湖（モスラ）、富士樹海の地底（ギドラ）にそれぞれ封印され「護国聖獣」と呼ばれるようになった。

8．さてここでイドラさんとギドラさんの関係は？

４つのイドラさんをギドラさんの頭に当てはめてみようよ。まずは、

①種族のギドラ

ギドラさんの３つの頭は同じじゃないよね。先入観だと同じだと考えてしまう。人それぞれ違うようにギドラさんの頭も違う性格なんだよね。

②洞窟のギドラ

ギドラさんは浦島太郎さん。だけど３つの頭にはそれぞれの考え方がある。狭い考え方のギドラさんなら銃を持った兵士をすぐに攻撃してしまう。けど兵士を敵とせず、まずは好奇心を覗かせる。直感的自己評価（狭い価値観）ではないと

ころが「洞窟のイドラ」ではないギドラさんなのかな。

③市場のギドラ

ギドラさんについての詳しい情報を私たちはあまり知らないよね。ギドラさんは怪獣だから「悪」と決めつけるのはどうかなって言うこと。ゴジラさんと戦う怪獣は悪者っていう情報は正しいものなのかどうかは分からないよね。人づての先入観念で物事を決めつけてはいけないよね。

④劇場のギドラ

映画評論家（一般人は権威ある人と思う）にも色んな人がいるよね。その一人の人からでしか情報を得ずそれが正しいと信じ込んでしまったら本当のギドラさんは分からないままになってしまうよ。

こうしてみるととってもギドラさんってかわいい怪獣に思えてこないかな。モノの見方や考え方で嫌なものがとっても素敵なことに変わることもあるかも知れないね。絶対に変わらないこともあっても構わないけどね。人間（感情動物）だから！

＊「イドラ」に囚われるな！

思い込みって自分では気づかない。だから自分の考えを客観的に観る能力が必要になってくるよ。簡単に「凄い」と思ったり「偉い」と思ったらそこには真実はないと思ってみてね。「凄い・偉い」と肩書だけで思ってしまうこと。これが社会に浸透してしまっているから世の中から「いじめや蹴落とし行為、中傷」がなくならないんじゃないかな。もっと裏を見る眼を持ってほしいな。

⑤帰納法・演繹法（きのうほう・えんえきほう）「問題解決

のための推論」

⑴帰納法と演繹法

物事の傾向や対策がどうなってるのかを観る場合、様々な可能性や事実を基に「諸説」を立ててみるらしいのね。この諸説には大きく２つの種類があるみたい。それが帰納法（きのうほう）と演繹法（えんえきほう）なんだって。

⑵帰納法とは

帰納法とは、「様々な事実や事例」から引き出されるもの（傾向）から「結論を導き出す」方法みたい。多種多様な事例に共通するモノをまとめて、他者に「納得感」を与えることらしいのね。例えば、「ビタミンCの効能」がCD出版された。チームメイトも毎日ビタミンCを摂取していて体調が良くなったという。栄養系雑誌でもビタミンCが体に良いと紹介されている。よってビタミンCは体調維持に効果がありそうだという考え方の場合、「CD、チームメイト、雑誌」といった事柄を総合して「ビタミンCが体に良い」という結論を導き出しているのね。

このように、色々な具体的事実から同一傾向を導き、結論に持っていくのが帰納法なんだって。それに「CD、チームメイト、雑誌」と３つから情報を得るため、「間違いの情報」ではないという印象を持つみたい。だから納得感を与えやすいらしいのね。だけど、情報入手が一つの場合は「複数の事実から導き出された結論とは違う」ため、帰納法とは言い難い存在となってしまうらしいのね。

＊ギドラ論１

ある放送局がギドラさんは怪獣。ゴジラさんの敵。地球を破壊する。このように放送したらギドラさんは悪い奴ってなっちゃう。１つからの情報では本当は何もわからないよね！　１人の人間の言うこと（特に周りから偉いと言われている人）を信じていいのかな。偉いという評価はその人の立場であって、人間的な部分で尊敬することとは関係ないことだと思うよ。絶対に勘違いしないでほしい事柄だよね！

⑶演繹法とは

演繹法とは、一般的な普遍的（全てのことに共通していること）な事実（ルール・セオリー）を前提として、そこから「結論を導きだす」方法みたい。三段論法とも言われるもので、「ルール」（または一般論）と「観察事項」の2つの情報を関連付け、そこから結論を必然的に導き出す思考法。演繹的論理展開とも呼ぶんだって。

例えば、ＡとＢという情報に基づいて、Ｃという結論に至るというものらしいよ。

＊例…初期のコロナ対策。

「私は日本人」という情報と「日本人にはアベノマスクが配られる」という２つの情報があるのね。それでは結論。「私は日本人なので、アベノマスクが配られる」という結論に達するの。ここで大切なのは「日本人」と「アベノマスク」という２つの別々の情報が「日本人にはアベノマスク配布」という１つの新しい情報にまとめられた」という点みたい。

＊ギドラ論2

じゃね！　ギドラさんは怪獣だよね。怪獣は地球を破壊するって言われてるの。だからギドラさんは地球を破壊するってことになるみたい。

大切なのは周りに左右されるなってこと。自分を持て！　自分に「自芯・自分の芯」を持て！　っていうことらしいよ。揺るがないものを持つことが土台であり、それが全体理解となり、共感を得るようにするためには、「誰にでも理解できる筋道」を立てることだって。

それが仲間の力となる。「寄り添う」ことの土台だと思うよ！「えっ」て思うかも知れないけど「常識というのはイノベーションには邪魔になる」ってことかな。イノベーション（innovation）って物事の「新結合」「新しい捉え方」「新しい活用法」を創造する行為のことらしいよ。「ここみどう？」

※注(^ε^)「安倍晋三さん」

ご冥福をお祈り申し上げます。

9．子どもが育つ魔法の言葉

「子どもが育つ魔法の言葉」（この詩は日本では「インディアンの教え」として広まったの…本当は誤解らしい）

アメリカの家庭教育学者ドロシー・ロー・ノルト（Dorothy Law Nolte）さんの詩

『親のあり方で子どもは変わります』

子どもたちは、こうして生き方を学びます。

批判ばかり受けて育った子は、人をけなすようになります。

いがみあう家庭で育った子は、人と争うようになります。

恐れのある家庭で育った子は、びくびくするようになります。

かわいそうだと哀れんで育てられた子は、自分が哀れな人間だと思うようになります。

ひやかしを受けて育った子は、はにかみ屋になります。

親が他人に対して嫉妬ばかりしていると、子どもも人を羨

（うらや）むようになります。
侮辱したりけなしたりされて育った子は、自分に自信を持てなくなります。
励まされて育った子は、自信を持つようになります。
寛大な家庭で育った子は、我慢することを学びます。
ほめられて育った子は、感謝することを学びます。
心から受け入れられて育った子は、愛することを学びます。
認められて育った子は、自分が好きになります。
子どものなしとげたことを認めてあげれば、目的を持つことの素晴らしさを学びます。
分かち合う家庭で育った子は、思いやりを学びます。
正直な家庭で育った子は、誠実であることの大切さを学びます。
公明正大な家庭で育った子は、正義を学びます。
やさしさと、思いやりのある家庭で育った子は、他人を尊敬することを学びます。
安心できる家庭で育った子は、自らを信じ、人をも信じられるようになります。
和気あいあいの家庭で育った子は、この世の中はいいところだと思えるようになります。

10. 子育てって？（子育て温泉より）

子育てって大変ですか？　悩みは多いですか？　１日の殆どを子供と過ごす狭い環境の中で悩み多きママ。些細なことに腹を立てて苛立ち、子供を叱る。泣く子を見て、我に返って自己嫌悪。子供の寝顔を見て、何とかしなくちゃと思う日々。子育てなんて楽しくない。

何で言うことを聞いてくれないの？　何で分かってくれないの？　私が悪いのかしら！

子育てのために自分の時間を取られ、自分を犠牲にしている。いつものように愚痴を言い、さめざめとした気分の時、ある人が一言。「子育てってそんなもんじゃん」「何てお気楽な人だろう！　一瞬怒りがこみ上げたが、次の瞬間「そうか！　私もお気楽人になればいいジャン」。ママとはいつも家事に子育てに一生懸命でなくてはいけない。何て思い込んでいたから。一生懸命って「一所懸命であり一緒懸命であり一笑懸命」。だって事忘れてた。

一つのことを家族一緒に咲顔で行うって事。子育てってお気楽人！　子供を分かろうとするからいけないんだ。子供と私は別の人格。大人と子供。分かるわけがない。だから子供にもママのことは分からない。

何十年生きているママが分かるわけないのに、数年の子供に分かるわけがない。それなら１人の人として子供を見て、もっと気楽に子育てしよう。分かるわけがない。無理して分かる必要もない。相手を大切に思っている親子同士、無理しなくてもいつかは分かるし、分からなくても尊重できる。ゆったりとした気分で子育てしよう。子育てのために自分の時間を犠牲にしているのではない。こうやって過ごしている子育て時間こそが「自分の時間なんだ」。そう思い始めると、子育て時間のなんて幸せな事。いつも家の中は咲顔と笑い声が溢れている。

無理は禁物。楽しくなければ続かない。子供だって同じ。同じ時間を過ごすならイライラするより、子育てを楽しもう!!

＊子育て＝（孤疎駄手）or（顧礎拿手）
GW「ゴールデンウィーク＝guess what（何だと思う？）」
⑴孤　孤立して　・疎　おろそかな　・駄　つまらない
・手　やり方
⑵顧　顧（かえり）みて　・礎　石ずえを
・拿　掴む　・手　やり方
「ここみどう？」

11. 3Kとは（コミュニケーションにおいて）

①3K
⑴「感謝・コミュニケーション・協働」（石井クンツ昌子さん・お茶の水女子大副学長）
⑵「きつい・汚い・危険」の頭文字「K」3つを取って「3K労働」。労働条件が厳しい職業のことを指す。
⑶「帰れない」「厳しい」「給与が安い」などの言葉を「新3K」と呼ばれる。
⑷「気配り・許容・共存」
・気配り　相手を思いやり、スムーズに物事が進むよういろいろなことに気を付けること。
・許容　本来は許せないことを、大目に見て許すこと。許して容認すること。
・共存　二つ以上のものが互いに損なうことなく、うまく折り合いをつけて同時に存在すること。
②「3K」って色々あるけど「一緒にいる人で人生は変わる」。だから「自分も人も＆良くも悪くも」人を変える存在であるということを忘れないでほしいな。

12. ある日の出来事

こんな話知ってるかな？　ある小学校の校庭で、地域の子ども会が集まって、バザーを開きました。全てのプログラムが終わった後、お父さんとお母さんが後片づけにかかりました。どこかのお父さんとお母さんが大きな鍋を洗っていました。お母さんが鍋を支えて、お父さんが洗っています。夫婦ではないでしょう。とても良い空気が流れていました。

しかし、周りには子供の姿が、一人も見えませんでした。よく見るとそれぞれ忙しく後片づけをするお父さんとお母さんだけの姿がありました。

子供達のお楽しみバザーなのに「準備や後片づけ」に参加してない子供達の姿がそこにありました。最高の「綺麗な空気」を吸えない子供達の姿がそこにありました。

「子供のために、子供が楽しんでくれれば」それだけが主体となってしまえば、子供は親という空気を吸えません。親は子供の空気です。親の清々しい姿が、子供の爽やかな空気となって、それを吸う子供達が成長していくのです。

普段は気にもしないけれど、また、見えないけれどなくなっては困る物。そして絶対に必要な物。いざとなった時には必要性を痛切に感じる物。それが空気という親なのではないでしょうか。子供は親という空気を吸って生きています。空気が汚染されていれば障害が起こります。大気汚染は汚染者が知らないうちに起こってしまいます。親という空気は、親が知らないうちに汚染されてしまうのです。だからこそ、親という空気は常に清浄化されていなければいけないのです。

子供はそういう中から色々な役割を担って、そして大人になっていくのです。集団においても同じです。集団の親が、子供達を育てる健康的な空気であったならば、ゆっくりかもしれないが心の中に何かを育て、そして集団の力を強めるのです。強い絆の集団なのか、病的な道を外れた集団なのかは、その集団の親という空気で決まるのです。

それにはまず、家庭という身近な「静養所が活動」することです。忙しいからといって、ただ物を与えても親という空気は吸えません。一緒に供給する時間があるからこそ、子供は親という空気を吸えるのです。

その時、親という空気が愚痴や小言を言っているのか、夫婦喧嘩をしているのか。または、親という安心な空気を吸いながら、子供が学校の話をしているのか、友達の話をしているのか。どちらも家庭に漂う空気です。

親の朝の「おはよう」は子供の深呼吸の源です。集団の全ての家庭という静養所が、良い家庭の空気を発生させていたら、その集団は息切れすることなく、良い酸素を供給され、日本一の集団になって行くでしょう。「だからこそ、親は子供の空気でありたい！　だからこそ親は純粋な空気であれ!!」

読無蔵はある地域で幼児達と共にサッカーを学んでた（普通は指導と言うみたい）の。

そこでは「準備も後片付け」も幼児達がするのね。最初の頃は20分位かかるの。けど最後（数回実施すると）には5分位で終わっちゃう。

幼児達が簡易ゴールを解体して運ぶ。危ないって誰が決めたの？…勝手な大人の意見。幼児でも幼児なりに考えて注意して後片付けをするのね。

＊大切なこと

⑴幼児……ねぇ次は何すればいい？

大人……じゃ「これこれ」をお願いね。

⑵幼児……ねぇ次は何すればいい？

大人……どれをすればいいと思う？

幼児……これこれする。

大人……じゃお願いね！

この⑴と⑵の違い。頼られる大人（大人が決めている）より子供に頼れる大人（子供が決めてそれに寄り添う）大人になれ！「ここみどう？」

13. 見当識

見当識とは「いつ」「どこ」「だれ」「何を」を認識する能力なんだって。「今日は月曜日だからＡさんとＢ商事に打ち合わせに行かなくちゃ」など、人は無意識のうちに自分の置かれている状況を把握して行動しているみたい。こうした「ここはどこ？」「いつ？」「なぜここに？」「一緒にいる人は誰？」など、自分の置かれている状況や、周囲との関連性を考えることのできる機能のことを言うらしいよ。「(ここは何処？　私は誰？)・今は死語みたいだけ昔はどうにもならない時の慣用語だった。」

通常は見当識が日常生活に支障をきたすことはないけれど、何かの原因でこうした認識が崩れると「休日なのに仕事に出かけてしまう」等の問題が起こるんだって。こうした状態が「見当識障害」と言うみたい。それは１・「時間」２・「場所」３・「人間関係」の順で分からなくなると言われてるよ。立花隆さん（ジャーナリスト、ノンフィクション作家）はこう言ってるの。「真の人間性は自然状態の中にある。自然人においてこそ花開いている。そもそも我々人間がやっている文化的営為、それはいったい何なのかという問題があるわけです。」境界を無くす。そうすれば誰が偉いとかはなくなるよね。そういう考えが社会に広まればいじめ等もなくなるのにね。ある人が言ってるの。

「見当識とは現在自分が生活している状況および自分自身の存在を客観的に正しく捉える精神機能をいい、人間の意識的な行動の出発点になるものである。周囲に対する認識を意味する指南力という言葉にも当てはまる。見当識は、現在の日時に関するもの、場所やその時の状況に関するもの、自分自身や周囲の人に関するもの（生年月日、年齢、職業、家族関係など）に区別される。現在置かれている状況を洞察・展望し、照合確認することが見当識であるから、注意や認知、思考、判断、記憶などの精神機能の統合が不可欠である。

読無蔵にはよく分からないけど「見当識って人間の本質的なもの」なのかな？　だから読無蔵は思うの。「検討志気」（けんとうしき）。

物事を「よく調べそして吟味」して、それでいいのかどうか「物事のよしあしを色々な角度からしっかり把握し、行動を起こそうとする意気込み（志・こころざし）と気（き）力」。こういうことが大きな輪となって「いじめ、中傷」を失くしていくのかな！

14. アドラー心理学のポイント

＊子供が素直に伸びる20のしつけ法

①100％引っ込み思案の子はいない。

②子供が失敗した時の叱らない叱り方。「子供の嘘は責めてはいけない！　等」。
③「ものは考えよう」でマイナスの性格がプラスに変わる。
④「〜せよ」ではなく「私は〜と思う」という言い方にする。
⑤冷たい命令より、自分の感情を伝える。
⑥悪いと思ったら、子供に謝る。
⑦子供は責めるより勇気づけよ。
⑧家の手伝いを積極的にやらせる。
⑨最初にまず親子関係をよくする。
⑩無理矢理頑張ろうとさせるのではなく「要領」を教える。
⑪子供に約束を守らせるようにする。
⑫子供に自分で解決させる。
⑬子供の行動を制止しないで、どんどん体験させる。
⑭体罰よりも、言葉で言い聞かせる。
⑮勉強を無理にやらせる必要はない。
⑯子供に合わせた勉強のやり方を指導する。
⑰自分の子供と他人の子供を比較しない。
⑱いちいち細かい事まで、親が世話を焼かない。
⑲きちんと出来たら「代わり」に何かを与えてあげる。
⑳小さい子にもお金の管理は自分でさせる。

15. 子供にしつけるべきこと、子供に任せること

①子供の可能性をいかに引き出すかが親の役目。
②親の価値観と子供の価値観の違いを把握する。
③子供が見て見ぬ振りをしないために大人が無感性ではないこと。
⑤人を尊敬しない子は自分も尊敬されない。

⑥発言できる勇気を持たせ、体験させ、そして勇気づける。
⑦「自分のことは自分で」で自分の行動に責任を持たせる。

16. 子供に接するための大人のポジティブシンキング

①肯定的な表現を使う

「私は愚痴を言わない」は愚痴という言葉から「愚痴を言っている自分」をイメージしてしまうみたい。「何々をしないで下さい」と言えば、多くの人は「そのしないでということ」を思い出しちゃう。なら、そこで「私はポジティブなことを言う」と宣言すれば潜在意識は「ポジティブな言葉を発する自分」をイメージするらしいよ。「私はすぐ怒らない」よりも「私は冷静である」と表現する方が効果は高いみたい。前者の場合は怒りっぽい自分を強化しかねない言葉なんだって。

②「〜になる」という表現をしない

例えば子供が良く言う「お金持ちになりたい。お金持ちになるぞ」という言葉の潜在意識は「今はお金持ちではない」という自分をイメージしちゃうんだって。そして、イメージした通りの自分（お金持ちでない自分）を維持しようとするみたい。潜在意識は全て現在のこととして受け取ることになるらしいよ。「未来には健康になるぞ」と宣言すれば「今は不健康なんだな」と受け取っちゃう。潜在意識の中で「自分は不健康なんだから」が底辺となり、だから「健康になる」と基本的には「自分が何か不健康な感じ」がしてきちゃうかもね。だからね。「〜になる」という表現ではなく「〜である」「〜をする」という表現が有効なんだって。例えば、今お金に困っているのに「私は豊かである」これではしっくり来ないよね。こんな時は現在進行形を使ってみるんだって。「私は日々どんどん豊かに成り続けている」がいいらしいよ。
③主語を私にする
「他人を主語にしない」ってことだって。「他人と過去は変えられないが、自分と未来は変えられる」つまり変えられない他人に対してのアファメーションは意味をなさないってことかな。例えば、あなたがＡさんから誤解をされていて、そのためＡさんとの関係が悪化している。あなたは何とか仲直りをしたいと思っている。
　ここで「Ａさんは私のことを理解してくれだろう」とか「Ａさんの誤解は解けるよね」とＡさんを主体にすると、「他人のＡさんに依存」していることになるんだって。そうすると「私は誰・自分は何処」にいるの？　になっちゃうみたい。それなら主語を「私」にして「私はＡさんと腹を割る」とか「私はＡさんに仲直りのための話し合いを提案する」などとすると自分が主体となる行動だよね。
※注(^ε^)「例」
「全ては上手くいく」「人生は全て学びだ」「人生は気合(希・喜・輝愛)だ」これらもOKらしいよ。それから「座右の銘」もアファメーションとなるみたい。自分の好きな言葉や尊敬する人の言葉からアファメーションの文章を探すのも有効なんだって。
　そして、自分のアファメーションの言葉を、特に夜寝る前と、朝起きた直後に10～20回決めて毎日繰り返して宣言してみるの。もちろん日中にも行えたら最高だよ！　アファメーションの言葉をカードにして、持ち歩いたり、部屋に貼ったりするの。ここまですればアファメーションは完璧。
※注(^ε^)「アファメーション」
「〜したい・こうなればよい」という願望を「〜だ」と断定（肯定的宣言）して繰り返す「自己暗示」方法。効果はとても強力で、恋愛、お金、顔（表情）までもが変わると言い、「夢がかなう魔法」とも言われているよ。ようするに思い込みだよね。

あるスポーツではこれを合宿中＆日常生活（起床時、朝の散歩時、朝昼夕食前後、午前午後練習前後、就寝時）と一日中唱えたの。そしたらなんと！　これだけではないと思うけど世界のトップ10（無名のチームが）となったのね。

④楽しくって何？
「楽しくいろんなことを行う」と自然と力がつくんだって。

その要素は
⑴環境…「楽しいと感じる環境」
⑵発想…「自分の発想が認められる」
⑶仲間…「仲間と一緒にできる」
⑷余裕…「時間が十分にある」

子供って言うのは感覚的動きでその動きを繰り返す傾向があるらしいの。意義としては
⑴体力、運動能力の向上（運動調整能力の発達）
…怪我や事故の防止
⑵健康的な身体の育成（運動習性の形成）
…生涯体育の基盤
⑶意欲的な心の育成（成功体験による意欲）
…心を育む要素

⑷社会適応能力の発達（ルールを守り、自己を抑制）
…コミュニケーションを育む
⑸認知的能力の発達（状況判断からの運動の実施）
…思考判断、知的機能の発達

欲求と快楽（楽しみ）は人類を進歩させた要因と言われているからね（例えば鳥になりたいが飛行機を生んだ）。

⑤握手実験

⑴目隠しをして握手し、会話は交わさない
（結果…誠実、優しい、信頼できる）
⑵話も握手もせず、向かい合って見つめる
（結果…冷たい、横柄、大人げない）
⑶握手しないで会話だけする
（結果…距離がある、形式的）

※注(^ε^)「肌の触れ合い」

体温共感が相手に良い印象を与えて、更に会話をしてハグすると相乗効果となるんだって。触れ合いって大切ってことだな。

⑥不完璧最高

子供の不安や恐怖心は周りの大人が安心感を与え続けることで克服できるらしいの。不安や恐怖を誰にも癒やされないとトラウマになるんだって。周りの大人が繰り返し繰り返し「大丈夫だよ」と言ってあげれば克服できるようになるみたい。こんな方法を取ってる人がいるのね。

＊大丈夫大作戦

・物事の評価基準は大人ではなく、子供の目線でね。そのためにはしゃがんで子供の目線と同じ高さで接することだよね。

・子供を大人と同じとだと思わない（追い込まない）１歩ひく（余裕）を持たせること。

・悩みとゆるゆるに付き合う（重箱の隅を突くと良いことはないよね）。

完璧ではない子育てが「子供が一番健やか」に育つみたい。適度なフラストレーション（欲求不満）を自分の力で跳ね返して、多少不完全だからこそ、足りないものを補おうとする。最初から完璧なんていう子はいないのね。いたらかえって不自然。だから不完全って正常なんだと思うよ。そう考えて子供と一緒に進歩しようね。「Good job（グッドジョブ）＝良い仕事」かな。

※注(^ε^)「子供基準って」

公園である親子が遊んでたの。親はもうちょっとしたら帰るぞって。５分位経った（時間になった）から親は「帰るぞ」って。子供はもっと遊びたい。親は「もうちょっとしたら」って言ったじゃないと主張する。さてどうかな？（子供５歳・親35歳）

・子供の５分…子供（５歳）の残りの人生は80年。

・親の５分……親（35歳）の残りの人生は50年。

80年の中の５分と50年の中での５分。同じ５分でも感じ方が違うの。子供の５分って親の５分より長いのね。だから親は「ゆとり」を持つことが必要となって来るのかな。

●指導論

1．指導者（コーチ）の条件

①松下幸之助さん

「自分より優れた人を使えるか」。優秀な人材を集め、あるいは育てること。いくら優秀な人でも、人には限界があるんだって。なんでも一番ということはないよね。自分より優秀な人はいっぱいいる。だから、指導者がなんでもオレがオレがでは「オレオレ詐欺・何も出来ない」になっちゃう。むしろそういう自分より優れた人を傍（そば）に集めてその人たちを活かし使うことが出来れば「その人は立派な指導者」って言えるんじゃないのかな。けど、指導者という人は自分より優れた人を遠ざけちゃうのね。自分が「偉い」と思ってるから他人の実力が怖いの。そうだから「自分の実力程度にしか成功しない」のね。

１本をただ伸ばすより、折れれば本数が増える。そうすれば色んな取り組みが出来る。それを太くして伸ばせば大きな業績となっていくってことかな。

②劉邦さんと韓信さん

有能な人物を使えるか？　漢の高祖・劉邦さんがある時、部下の名将・韓信さんに尋ねたの。

・劉邦さん「私は、どれぐらいの兵の将になれるか」
・韓信さん「陛下なら、せいぜい10万人の軍隊の将でございます」
・劉邦さん「それなら、貴公はどうだ」
・韓信さん「私は、多いほどよろしゅうございます」
・劉邦さん「それだけ、有能な貴公が、なぜ私の部下になっているのか」
・韓信さん「陛下は、兵の将ではございませんが、将の将となれる方だからです」

大軍を指揮して勝利を収めるという才能では韓信さんのほうが劉邦さんよりずっと上手なのね。けど劉邦さんはその韓信さんを使いこなせる人物だという中国古典だよ。

※注(^ε^)「高祖（こうそ）劉邦（りゅうほう）さん」

今から2200年以上も前の紀元前202年に中国の漢王朝を築いた人物。「韓信さん」とは卓越した作戦能力で常勝し、「国士無双（比べられる者がいないほど優れた者)」と呼ばれた人物。

2．何が必要

「良匠（りょうしょう）は材を棄（す）つること無く、明君は人を棄つること無し」

「(原文・帝範　審官・帝王としての心得を説いた書物）の語訳」

優れた大工はどんな材料でも捨てたりはせず明君は人材を用いないことはしない。

（解釈）

資材にしても人材にしても、使い道がないといって安易に手放すことはしないということみたい。表だけで判断して裏を観ない。裏だけを見て表を判断する。人には必ず悪いところがある。けど悪には悪なりのいい所もあるのかな。社会は駄目と決めつける傾向があるよね。駄目って誰が決めたの。決めた人間に駄目なところはないの？　そんなことはないと思うな。だから駄目を補い合うのが社会愛の本質じゃないのかな。

3．監督とは

①寛篤（かんとく）

・寛　⑴ひろい。心がひろい。ゆとりがある。「寛恕（カンジョ）」「寛大」「寛容」
⑵ゆるやか。ゆったりしている。「寛座」
⑶くつろぐ。のんびりとする。
・篤　⑴あつい。人情にあつい。熱心である。
②陥瀆（かんとく）
・陥　⑴おちいる。おちこむ。攻めおとされる。おとしいれる。だます。
・瀆　⑴（トク）、瀆（みぞ）、瀆す（けがす）、瀆る（あなどる）の４種の読み方が存在。
世の中の監督さん。どっち（①か②）の監督さんかな？

４．成功する人の言葉（指導者）

①逆算思考。②自分を客観視する。③できることを考える。

けど忘れてはいけないのは「指導者の存在が大きい」ということは逆にめちゃくちゃにもなるということ。トップが変わって潰れてく職場っていっぱいあるよね！

だからトップというのはトップレス（女性が上半身裸の状態・めちゃめちゃになる）なのね。何だこりゃ……ｳﾌ

後ね。林修さんの名言「いつやるの・今でしょ」これって最高のポジティブな言葉なんだって。何故って…こんな言葉知ってるかな「人生で一番若い日は今日」。そう、人生で一番若い時は「今」なのね。だから「若気の至り…若さにまかせて血気にはやり、無分別な行ないをしてしまう」もOK。若年だって壮年だって、その人にとっては今が一番若いんだよね。若い「今」は「今」しかないよね。「オンリー１の今」ではなく「ナンバー１の今」にチャレンジかな！「ここみどう？」

5．サーバントリーダーシップ　Servant leadership（サーバント＝使用人）

「定義」。部下に対して明確なミッションやビジョンを示し、それを遂行するメンバーに奉仕するリーダーシップ（支援型リーダーシップ）。

部下に対する思いやりの気持ちや奉仕の行動を常に念頭に置くことが前提となっていて、部下を強い統率力で引っ張って行く「時には強引で傲慢（ごうまん）な面もある」という今までのリーダーシップとは正反対の論理なの。部下から「この人にならついていきたい」と思われるような人こそ、サーバントリーダーとなる人なんだって。

だから、「サーバント＝使用人」ということが主体になっているの。アメリカのロバート・K・グリーンリーフさんが提唱した「リーダーである人は、まず相手に奉仕し、その後相手を導くものである」というリーダーシップ哲学みたい。

上に立つ者といえど「チームや部署単位」では１人の雇われ者だよね。事業発展のために、先ずは部下の能力を認め引き出せるよう「部下に奉仕・支援すること」を目的とし、結果的に働きやすい環境づくりや、信頼関係の構築を行ない、部下の主体的な行動や成長が見込めるようにするのがサーバントリーダーシップなんだって。

じゃぁ「支配型リダーシップ」と「サーバントリーダーシップ」の違いって何？

①支配型リーダーシップ

強い意志と発言力を持ち、部下に指示や命令を出して動かしチームを引っ張るリーダーシップ。そのためリーダーに求められるのは強い先導力や卓越した知識やスキルなのね。
・リーダーの指示・命令に従い「義務感」での業務。
②サーバントリーダーシップ
「個人」よりも「チーム」としての成果を重視するリーダーシップ。部下の能力を見極め、それを引き出すような観察能力や誘引力が求められるの。また、重要なのが、部下における「目標や自己実現」の設定。
・部下の目標や自己実現を明確にし、主体的な行動を促して、結果的にチームとして同じ目標に向かうような業務。スポーツにおいてもこれからのチームはね。監督至上主義「監督が最上であり、それに勝るものはないという考え方…今までは監督による的確で合理性のある指示・命令（例えそれが間違っていても）に従えばある程度成果が出ていたため、多くの場合監督の経験や体験が主体…それが基」になっていたの。そんなのでは進歩はないよね。監督は選手の力（多面的は資質）を見極めて選手に寄り添い、選手の意見を取り入れながら選手とチームを発展させていく。

そのためのチーム目標（みんなの意見）や自己実現目標（チームメイト評価も参考にする）を明確にし、言われたからやるっていう「ただ練習して時間を費やす」自分が何をしているのか分からない練習…こういうの「意味無し練習と言う」ではいけないと思うな。

合言葉は「やらせらている時間浪費」から「イノベーションへ」なんだって！

監督も選手もサーバントリーダーシップを理解してチーム

を作っていってほしいな。
※注(^ε^)「イノベーション（英：innovation)」
物事の「新機軸」「新結合」「新しい捉え方」「新しい活用法」(を創造する行為)

6．ダイバーシティ経営

ダイバーシティ（diversity）は、直訳すると「多様性」という意味。主に人が他人と自分は違うと判断する時に用いる特徴のことだって。「表面的な多様性」と「深層的な多様性」とに分類されてるみたい。

①表面的な多様性

人種・国籍・宗教・年齢・性別・学歴・身体障害など自分ではどうしようもないことで、一般的に多くの人が他人と自分を区別するために使っている特徴だよ。

②深層的な多様性

価値観・信念・特性・専門知識・個人的能力などで表面的には同様に見えやすいため、スルーされがちな特徴だよ。

これらの多様性を経営に取り入れようとすることがダイバーシティ経営なんだって。今までは終身雇用制度（経済的安定）が一般的だったけど、その反面、会社の決定（異動等）には従わなければならなかったのね。

しかし、現代では仕事への価値観が変容して通常に生活(趣味、子育て等）にも関心を示し、生活感の充実を求めるようになったの。企業側はそれに対処して雇用制度自体を見つめ直す必要が出てきたのね。

じゃチームつくりとしてのダイバーシティ経営とは？　ダイバーシティの意味を辞書で引くと「多様性」。チームにとっては全員でということになるのかな。
③経済産業省の見解？

ダイバーシティ経営を「多様な人材を活かし、その能力が最大限発揮できる機会を提供することで、イノベーションを生み出し、価値　創造につなげている経営」と定義しているみたい。イノベーションとは新たな考え方や技術を取り入れて新たな価値を生み出し、変革をもたらすことらしいよ。

だからチーム全員で持っている能力（新しい技術や考え方）を最大限に発揮し、チームに変革をもたらし、常に進歩し続けるチーム造りということかな。

多様な発想のため、視野が広がり新鮮なアイデアが生まれ、新たな戦術を生み出すことが出来ると思うな。だけど、ただ全員で戦おうではいけないよね。監督は表面的深層的な個々の才能を引き出すために選手に寄り添うことが大切かな。

それには「インクルージョン（inclusion）」も重要なのかな。インクルージョンは「受容」という意味なの。「ダイバーシティ＆インクルージョン」で多様性を監督や選手が認め合いながらチーム造りをしていけば「最強のチーム」が出来上がるのかも知れないね。

※注（^ε^）「イノベーション」

革新的なモノ・コト・仕組みなどによって、これまでの常識が一変するような新たな価値を創造すること。

7．アンガーマネイジメント（怒りの制御）

アンガーマネジメントとは、「怒り」を上手にコントロールすることなんだって。普通教育では「怒るな」って言われるよね。けど、人間は感情の動物だから怒って当然みたい。

「怒ってはいけない」って正常な自己コントロールではないんじゃないのかな。けど怒らなくてもいいのに怒ってしまうこともあるよね。ちょっとしたことでイライラせず、怒りを上手に「自己コントロールする方法」なんだって。

アンガーマネジメントの誕生は、1970年代のアメリカで、当時は、DV（家庭内暴力）や、軽犯罪者の矯正プログラムのために作成されてたらしいよ。現代では「多様なメンバーと協働するチームビルディングの手法」として欠かせない方法の一つとなっているみたい。

①怒りをコントロールする一つの方法…１

「怒りの６秒ルール」って知ってる？　怒りに対する対処法は「怒りに条件反射しないこと」みたい。あのね、大脳辺縁系（怒りを感じる部位）から前頭葉（行動を起こさせる部位）は直ぐには伝わらないらしいの。３秒から５秒かかるんだって。そして前頭葉が指示して反応（行動）を起こすまでに１～２秒。

だから「怒りを感じてから行動を起こすまでは最大６秒」かかるらしいのね。だからこの６秒を耐えることができれば怒りは収まるという訳。

②怒りをコントロールする一つの方法…２

けどそれでも怒りが納まらないことってあるよね。そういう場合は退散…「ちょっとトイレ」かな…冗談。もう逃げるが勝ち！（本当は逃げるのではないよ。場を変えるだけだよ）。怒りの対象から気をそらす（冷静になる）ということみたい。

③怒りをコントロールする一つの方法…３

６秒間の最中に怒りを点数化する。

⑴平静状態は０カウント。⑵怒り10カウントでノックアウト的怒り（MAX）。

「１～10カウント」でパンチの効き具合を評価するらしいよ。

今日の怒りは３カウント。まだまだ大丈夫。この前は６カウントだったから全然平気だぁ…なんてね！　そうすると相対評価だから本当に怒らなければいけないかどうかを自己診断できるみたい。

④怒りのコントロールの指標

⑴許せる……Ａ判定　⑵まあ許せる……Ｂ判定　⑶許せない……Ｃ判定

だから自分で（Ａ・Ｂ・Ｃ判定）の基準を設け、例えば今日は５カウントだからＢ判定（５～７カウント）みたいに成績（志望校合格判定）をつけてもいいかな。最近は怒りにおけるＡ判定が続いているから志望校（怒らない学校）へは合格だぁ…何てね！

⑤人間は「べき」という言葉に裏切られると怒る

合言葉は…ストップ「べきおこ（怒こ）」

あのね。「～すべき」という価値観を捨てることなんだって。「べき」って理想を追いかける（人を枠にはめる差別用語）だと思わない？　だからそれに反する（当てはまらない）と怒りがこみ上げてきちゃうみたい。「こうすべき」「こうあるべき」例えば「子供は親の言うことを聞くべき」は「べきおこ」言葉なんだって。

そうすると親に対する子供の意見は「口答えばかりして」になっちゃうみたい。拘り（こだわり）ってストレス要因の一つだから、それを「ユルユル」に変えてみるといいみたいだよ。そうすれば「口答え」が「そうか。そういう考えもあるんだね」に変わるかも知れないね！　元バレー選手の益子さんはね。選手生活の中で「自分で考えたことがなく楽しいと思ったことがない」んだって。だからね。こう言ってるの。「怒ることが悪いのではなく怒り方を上手に、自分の気持ちを伝えることが大切」。「怒ってもいいよ。言葉で上手に伝えよう」ってことかな。こうも言ってるよ。怒られることが怖く「監督の指示待ちだけで、前向きに自主性を持つことができなかった私のような選手を作りたくない」。これが「寄り添う」ってことかな！（益子直美さん…監督が怒っていけない大会主催者）

8．子供の修復行動を見逃すな

子供が親の頭を叩いたのね…そしたら子供がその叩いた所（親の頭）を「よしよし」したんだって。ここなので〜す！ここを見逃してしまったら…アウト・アウト!!　もしね。「ダメでしょ。謝りなさい」と言うと「本当にダメ」になってしまうのだぁ……

ならどうするの？「有難う」って直ぐハグするの。感情においては（どうしようって思ってる時）直ぐの「反応」がダメを打ち消し、喜びにしてくれるみたいだよ。

あのね。ネグレクト（neglect）って知ってる？「無視する、怠る、疎（おろそ）かにする」って意味だけど子どもに対するネグレクトは、育児放棄や育児怠慢（体罰や子供に対する暴言）と言われ、児童虐待の１つなんだって。ネグレクトなどの行為を受けた子供は、脳の特定の部位に「萎縮」や「肥大」といった変形が見られるらしいよ。脳の前頭前野の一部が萎縮しちゃうみたいなの。

また、暴力をふるい「親同士の喧嘩が絶えない家」の子供は耳の上側にある視覚野という部位が萎縮し、視覚的な記憶力や学習能力にマイナスの影響が出ちゃうんだって。

親から暴言を繰り返された子供は聴覚野の一部が肥大してしまうらしいよ。そうすると神経伝達の効率が低下してしまい、言葉の理解力、語彙（ごい）理解力が低下するみたい。要するにネグレクトが慢性的に続くと、脳にも悪影響が出てくるってことだね。

さらにマルトリートメント（避けるべき子育て）を受けている子供達に共通している症状は「愛着障害」。子供って親の安全地帯から他界に飛び出して行き、駄目だと思うと安全地帯に戻り、充電して他界にまた、探索に出かけるのね。それが出来ずに育った子供は、特に脳の「線条体の低下」が起こるみたい。そうすると褒められても感じなくなり、成功体験が得られず、意欲の低下を引き起こすらしいの。「みんなも喜んでいるよ」って自分の行動が「社会的に認められているんだ」ということが重要かな。

※注 (^ ε ^)「線条体」

運動機能への関与が最もよく知られているけど、意思決定などその他の神経過程にも関与している。

9．間違いをする・ダメとは何？

①世間って？

＊大人「ダメじゃないか」と怒る

＊子供「すいません」と謝る。

＊大人「素直ないい子だ」

・何がぁ？　何処がだよ！　と思わない？　それより「こうするようにします」が必要だよね。
②プレーにおいて
＊監督「今のはちょっとね」
＊選手「どうもすいません」
＊監督「分かったか？」
＊選手「はい！」
・これって意味無しだと思わない？　どうすればよくなるのかが大事だよね。はい！　はい！　昔は「はいマン」って言ったの。これは教育がそういうものだからじゃないのかな。「よく褒めて伸ばす」という。褒めるっていうのは「言うことを聞いたから」？　そうじゃないよね。褒めるっていうのは「次を言わせて」その意見に対して「そうかそういう意見もあるね。よく考えたね」って褒めて更に伸ばす。こんなコーチがいればいいのにね。

10.　1回きりのお客様を「100回客」にしなさい（高田 靖久さん）

あのね。新規のお客をリピーターにして、何度も利用してもらうことで、企業は儲かるんだって。リピーター利用率を上げることが重要みたい。固定客を集める方法は割引をしないことらしいよ。最初から割引で集めるとリピーターにはなり難いらしい。会社の理念等に共感してもらった人を顧客にした方がリピーター客になるんだって。それが長期的利益に繋がるのね。価値観に共鳴しない人は、価格で満足する。安く安くが第一となる。ということは価格は安ければいい。別に本社でもなく他社でもいいということになるんだって。1

回だけの利用客の割合は70％を超えるみたい。だから１回客を２回客に変えるだけで売上は上がるらしいよ。

リピート率の低いお客の特徴は割引客。逆に固定客になりやすいお客というのは価値観に共鳴したお客さん。そして客の情報を得ることがとても重要らしいよ。「どこの」「だれが」「いつ」「いくら」が最低限必要な情報みたい。それに誕生日、家族構成、趣味、将来の夢、出身校、特に重要なのが「累計の利用額」みたい（利用回数が多いということは来店が増える可能性が高い）。そして、最も大切なことは価値観を伝え、それに共鳴しやすい新規客を集めること。そのためにも起業ビジョン（展望）をしっかりと持ち、社員みんなで共有することが大切みたい。共有っていうのは「寄り添い」の現れだと思うよ。

これをチーム構成に当てはめてみてみようよ。新規のお客（新入生）をリピーターにする。セレクションとか部活説明会に来た新人をいかに入部させるか。割引という手を抜いた練習ではリピーター…入部選手にはなり難いみたい。会社の理念というチームコンセプトを持ったチームでなければならないということかな。価格の安さ…ただ楽しいだけのチームでは直ぐ他チームに移籍してしまうとか辞めてしまうことになる可能性が高いよね。それに選手の情報をしっかりと把握している監督は選手に信頼されやすい。これはね。累計の利用額が多いということになるらしいよ。それは練習に意欲的に参加しているかどうかだよね。起業ビジョン（チームビジョン）がスタッフや選手で共有しているか。それが重要事項みたい。だから100回客のチーム（最強のチーム造り）ができれば、この国のスポーツは変わっていくだろうね！

11. ちょっとダメなコーチになろう

選手が失敗するでしょ。そこでコーチはどう対処する？選手は失敗したと思ってるよね。

「何で失敗したの」という声かけはどうだろう？　失敗が主語になっているということは失敗の上塗りをしていることにならないかな。これは「不安増長行為」とも言えるよね。

コーチが選手に安心感を与え続けることで「不安やプレーに対しての恐怖心」は薄れていくみたい。けど、癒す行為がないと失敗は失敗を生むことになってしまうらしいよ。コーチがある程度繰り返し繰り返し「OK・ナイスチャレンジ」と声かけをしてあげれば「選手は次のステップへジャンプ」していくみたい。プレーの基準はコーチじゃないよ。選手の目線。選手を追い込むより次のプレーに対しての「ゆとり」を持たせることだって。

失敗を成功へと「しっかり」修正（これも必要な時もある）ではなく「湯る揺る（ゆるゆる）」とゆとりを持たせて導くこと（湯船の中で揺らしてリフレッシュ）。完璧ではない隙だらけと思えるコーチングって、選手にとっては「身近に感じる存在」かも知れないね。完璧なコーチングでないからこそ選手はコーチに親しみを感じ、自分の力で克服しようとする意識が芽生えるんだって。最初からすべてがうまくいくことの方が不自然なことだと捕えて選手と向き合うのが「ダメなコーチの真骨頂」じゃないのかな。100％完璧って負ける要素らしいよ。だってその通りでないとダメだから。

だから「完璧なコーチ」を目指すのではなく「ちょっとダ

メなコーチ」を目指してほしいな。「ちょっとダメなコーチ＝ゆとりのあるコーチ」だぁ…ウフ！

それにね。ヘッドコーチとは本当はね…ヘッドコウチなんだよ。それはヘッドコチコチなら困るからだよ。頭がコチコチならよいアイディアは浮かばない。コチの間に「ウ…潤い」を注入するの。そう…ゆとりを持たせるんだ。そう…コウチ＝巧緻となるのね。巧緻とは「たくみで細やかなこと。巧妙で緻密なこと」。だからヘッドコーチは「頭巧緻（ヘッドコーチ)」なんだ。柔らかい頭は柔らかい発想を生むからね。

こちらの勝手な想像や判断で何かをしてあげようなんて行為は相手を傷つけるの。「だから黙って聞く・または何かをしても見返りは求めない」それが寄り添うということだと思うよ。もし、最悪の行為だけど、どうしても何かをしてあげようと思うなら「今ここにいること（生きる）ってことがすごく幸せ」だと感じさせたてあげることかな。

※注(^ε^)「生きることが幸せ」

選手に息をさせてみよう。1分息を止めて！　普段意識しない呼吸の重要性が実感できる。

重要なことって「意識しないで出来ること」が多いかな。

※注(^ε^)「ちょっとした指導論」

＊人を使うとは人の業（能力）を使うことだよ。

＊１つのためには９個をあきらめられるかな。

＊野球の４割打者っていないよね。40点てダメな点数って言うけど本当？　だから40点って本当は凄いんだと思うな。

12. 満点の０点

ある人が言ってるの。「お前まだ新人だから」ではなく

「お前伸び率あるね」って。

①テストもそう。

⑴30点…おまえ30点しか取れないの、ダメだね。

⑵30点…お前凄いな。まだ伸び率70%もあるよ。

100点なら現状維持だよね。だから「どういうふうにもなる伸び率70%」の30点は未来を担う星だね。

②じゃ白紙答案

⑴ふざけんな！　何も書いてねーじゃねーか！

⑵自分の意見って大切だよ。真っ白なキャンパスなんだから何か書いてくれたら嬉しいな。「ここみどう？」

13. 最悪の大丈夫

①「大丈夫？」って聞かれるとなんて答える？「大丈夫です」としか返せないよね。

②「困ってる？」と聞かれると「困ってません」と答えるよね。

これはね。「結論先行理論」って言って「答えが先に来る」から話に発展性がないんだって。「ここまではとても良かったけど後はどうしたいの」って、「とてもよくできたこと」を途中までを褒めるの。さらに良くするためにはどうしたらいいって聞かれると具体策が出てくるらしいよ。

そして「それはチームのためになってるよ」（他にもいい影響を与えてることを自覚させるのね）個人を認めてチームへの貢献度を高めるんだって。選手もコーチも共に進歩するみたい。選択肢を与えるってこと、「ダメじゃん」ではなく「〜まではすごくいいよね」って。その後、もし、コーチの意見も入れたいなら「こういう方法とこういう方法があるけど他にもあるかな」って！　主体は選手だよね。

選手には「答えやすくしていくこと」が必要だと思うよ。そうすると自分で決めることになるんだって。次の練習でやってみようよ（今日はダメでも次「未来」があるってことを自覚させるってことかな）。けど、感情が高ぶっている時は避けた方がいいみたい。聞く耳持たないことが多いから。だから少し後に「この前の試合さ、どう考えた？」って！

読無蔵はね。選手に練習方法を考えて貰うの。練習ノートに今日行なわれたゲームの課題とその打開策の練習法を書いて貰うのね。そしてその練習を実際に行うの。その練習には考えた人の個人名が付くの。例えば[元気君が考えた練習]だったら、今日は「元ちゃん」をするぞって。そして練習目的は元気君が説明する。個人の「やる気」と「理解力」と「チームとしての統一意見」。そうすると「俺も」っていう選手が出てくるの。一石三鳥…常に主体は選手だぁ～！

14. 褒めるって

子供を褒める時どうする？

①OK（よっしゃ）行動…褒める

⑴気付きの行動

……「そのことに良く気付いたね」って。

⑵反覆する

……子供がね。こう言ったの「こんなことできた」。

じゃ大人はどう言う。こう言えばいいのかな。

「そうそんなことできたの」（子供の言葉を繰り返す）

⑶行動を言葉にする

……「お手伝いしてくれて嬉しいよ」

あのね。ある人が言ってるの。送る時は背中を押して、返ってくる時は抱きしめろって。実の周り（これから芽を出そうとする実＝子供という宝物）の小さな行動を１つ１つ認めていくことが伸びていく大きな条件（自信）に繋がるみたい。

②WITH（ウィズ・みんなも一緒）行動

本人自身を褒めるだけでなく「みんなも凄いって言ってるよ」という褒め方にする。「ナイスシュート・これで勝利を確信だね。みんなもナイスシュートって言ってるよ。今日のテレビのスーパーゴール集のトップだね」って！

③CONCRETE ACTION（コンクリート・アクション）具体的行動

具体的がいいよね「ナイスプレー」ではなく「今のシュート凄いバナナシュート。君にしか打てないぞ！」

「凄い」「カッコいい」など単純な感想だけでは、褒め言葉ではなくおだて的に聞こえてしまうこともあるみたい。「凄い」だけではなく「何が」凄いのかが必要なのね。「今のバナナシュート凄いね」などのように、その子供だけにしかできないようなことを具体的な言葉で褒めちゃう。そうすると相手は「自分のことをよく観てくれる理解者」って思うようになるんだって。その相乗効果で次の目標に向かうことができるようになるらしいよ。

だから「相手に自信とやる気を与える」ことかな！　それに「人は他人に期待されると、期待されたとおりの成果を出す傾向がある」。心理学の「ピグマリオン効果」だよね。

※注(^ε^)「ピグマリオン効果」

ギリシャ神話に出てくる彫刻家の名前でこの彫刻家は自らが彫った彫像に恋をし、神もその彫像に命を吹き込むという神話なの。他者からの期待を学習や仕事の成果につなげる効果なのね。

④INDIRECT ACTION（インダイレクト・アクション）間接的行動

間接的に褒める。「ウィンザー効果・Windsor effect)」って言うんだって。世間君が何か良い行動をしたのね。そしたら周りの人が世間君に「良夫君が世間君のこと褒めてたよ」って言うの。自分ではなく他の人（良夫君）が言ってたって言うのね。人は第三者からの賞賛を間接的に聞くと、直接褒められるよりも嬉しくなり、褒めてくれた人に、より強く好感を感じるんだって。褒めることが苦手な人も褒め上手になるかも？

⑤QUESTION ACTION（クエスチョン・アクション）質問行動

「質問法」って褒め方。例えば、「どうすればそんな凄いシュート打てるの？」て言えば、相手は自分の得意なこととして話し出すよね。相手も気分がいい。聞き上手は褒め上手だと思うよ。

⑥OUT（ちょっと待って）行動

「ヒヒメシ（飯）行動…ヒヒにご飯をやる時にはちょっと考えよう？」

⑴批判（こんなことできないの）

⑵比較（お兄ちゃんはできるのに）

⑶命令（しっかりやりなさい）

⑷質問（宿題やったの）

褒める時の他人と比較。これは絶対に良くないと思うな。「今ちゃんは全然だめなのに未来ちゃんは凄いんだね」などと、他人と比較での褒め言葉って褒めた人を鼻高にしちゃうんじゃないのかな。それに比較された人は落ち込んじゃうよね。「人の悪口から発展はない」って良く言われるよね。

⑦褒め方はどっちがGOOD?

普並（ふなみ）ちゃんは普通の少女。学校の体育大会の幅跳びで優勝したのね。

⑴父親…「凄い。頑張ったね。ご褒美は何が欲しい？」

⑵母親…「ね～。友達は喜んでくれた？」

普並ちゃんも咲顔、みんなも咲顔。WINWIN（ウィンウィン・両方とも利益あり）だね！

＊みんなはどちらかな？「ここみどう？」

15. インポスター症候群

何…インポ・スター？　インポはスターなの？　そうデス。インポの人は「自信がない」ということ。だから何もできない。けどほとんどの人が「自信」を持っていないと思うな。だから心配する必要はないじゃないのかな。要するに自信がないということは「控えめな性格で充電期間をしっかりと取っている」ということだと思うよ。それだけ慎重だということ。スターになれる人って殆どいないんだよね。けどスターになるように「何か」をする人はいる。それを褒めるということかな。

インポの語源はドイツ語のインポテンツ（Impotenz）。日本の医療はかつて、ドイツから学んだのでドイツ語が使われたの。インポテンツの定義とは広義概念として「性欲、勃起、性交、射精、極致感のいずれかひとつ以上が欠ける状態」。現在におけるインポの代名詞「ED」の語源は、英語のErectile Dysfunction（イレクティル　ディフォンシャン・勃起性の機能障害）。狭義概念としは「勃起障害」や「勃起不全」なのね。

だから「ED」とは、インポテンツの広い概念のうち、勃起にフォーカスした狭義的概念の言葉みたい。

じゃなぜ？　インポって差別用語なの？　インポが差別的な言葉であると言われるようになったのは、言葉が示す概念が「広義的概念」だかららしいの。定義は「性欲、勃起、性交、射精、極致感のいずれかひとつ以上が欠ける状態」だよね。「あの人はインポだ」と表現した場合、あたかもそのすべてに該当するような印象を与えてしまうからだって。

だから「インポ」＝「性的不能者」となり偏見的用語となっちゃったかららしい。こんなところでも「いじめ&パワハラ」を生んでいるんだよ。

「言葉と差別」について考え、差別がなくなるようにしていくことが必要ではないかな。

それでは本題…御免なさい…やだぁ！「横道それすぎ症候群？」でした。

インポスター症候群…自分の能力や実績を認められない状態。「これは自分の実力じゃない。運だぁ」などと思い込んでしまい、自分の力を信じられない状態なんだって。インポスター（Imposter・Impostor）って意味は「詐欺師」や「偽物」ってことらしいよ。自己評価が低く、必要以上に謙遜したり、自分自身を卑下（ひげ）したりするの。

「今は調子が良くても必ず失敗する。そしたら…どうなる？やっぱりだぁ」。成功も偶然と考える。インポとソックリ同じだと思わない？

けど、まだまだ「女性は女性らしく、家庭で控え目に」という考え方があるため、インポスター症候群は女性に多いと言われているよ。ここはインポと違う（女性だもの）よね。

「表現力がないため御免なさい！」

じゃぁ「インポスター症候群に陥る要因」とは何？　いじめや仲間外れによる孤独感等、そうなったらどうしようと思い込むことから「じっとしていて変わらないでいることに固執する」傾向があるんだって。これがストレスから逃げる方法なんて悲しいよね。世間からの孤立（バリアを張っちゃうのかな）。

また、自分の能力や実力に自信がなく、「社会の歯車としての自分」という意識が強く飛び出ることを嫌う傾向があるみたい。だから、ある人が言ってるの。「ポアポア」の自分が必要かなって。自己否定や完璧感からくる悲壮感は「出来ない自分」を追い詰めるだけだなんだって。「ゆとりを持ちなさい」何ていう教科書言葉ではなく「ポアポアだぁ」でOKらしい！　後は「実近な小さな成功の積み重ね」みたい。

凄い成功なんていらない（殆どの人ができない。できるのは一部の人だけだからね）。「失敗しても気にならない成功・まぁいいか的なもの」が自信を持つということに繋がるらしいよ。これらが「インポもインポスター」も克服する要因だよね。わぁ～ぃ…ウフ！

16. アンロックポテンシャル（潜在能力に鍵をかけない）

Unlock potential

親がね「さあやりなさい」「もう止めさい」って主導権を握るとどうなると思う？　子供のね「自分でやっているんだ」という気持ちを潰しちゃうんだって。ロック（親の言いなり）をせずに自由に扉を開け閉めさせて、子供がやりたい（ドアを開ける）とかやりたくない（ドアを閉める）を自由にさせるのね。やりたい（楽しい）と思えることに出会ったら、あらゆる方面からサポートしてあげるのがいいんじゃないのかな。

子供のポテンシャル「潜在能力・将来の可能性・発展性」などの意味を持つ言葉にはね。楽しんだり夢中になったりする力があるみたい。外で大いに遊ぶ子供もいれば絵本が大好きな子供もいるよね。けど好きなことに素直に取り組めることって「これが素晴らしい子供のポテンシャル」だと思わない？　どっちがいいのかなんて問題外なんだと思う。

それに子供は「既成概念」っていうのを持ってないみたい。だから発想が自由（大人は固定観念で動いちゃう）。だから大人が子供に「これやりなさい」って言ってしまう。悪気はないんだけど！　公園で「サッカーしよう」って子供と一緒に楽しもうとしている。けど主体性はもう大人が決めていると思わない？

だったらボール渡して「ねぇどういうふうにする」って言うと子供は子供の発想で何かを始めると思うよ。子供の発想は無限だから。その発想を見習おうとする大人がいっぱいおっぱい？　ヤだぁもう、親父なんだから……いっぱいいたらこの世の中は変わっていくのにね。黒は白かもしれないし、赤かもしれないよ。大人は黒は黒、白も白。赤も赤だけどね。それに子供は「これは何？」「なんでそうなの？」と素直に疑問を持ち、知らないことを知りたがる。その時に自分で調べようとすることが大切だと思うよ。

こんな話、知ってる？　あるアメリカの家庭。子供が「象を飼いたい」って言ったの。お父さんは「良し、飼おう」って。子供は大喜び。

父親……じゃ象は何処に住んでる？
子供…調べるね（百科事典で調べる）
父親……インドか！　インドって何処？
子供…地球儀で調べる
父親……どうやって運ぶの？
子供…船はどういう航路があるのか調べる
父親……何を食べるの？
子供…食物の種類を調べる
父親……象のお家はどうするの？
子供…お家の設計図を作成
父親……その総費用は？
子供…象飼えないね

最初から父親が「何言ってるの」って言ったら調べることは何もないし、子供も納得してないよね。けど飼うためにはどうするのかを調べることで大きく視野が広がり、最終的に自分でダメと結論を出しているの。

子供にとって目にするものや耳にするものを、ありのままに感じてもらうこと。親が先回りして答えを与えず、子供が自分で調べて結論を出す。これで観察力や物事を解決する能力を伸ばしていけるし、思考力も大いに上がると思うよ。「子供には思考力や判断力がないし解決する力もない」と思うのは親の判断。子供はね。子供なりに親以上に思考力があるんだよ。だから大人はね。大人の考えを押し付けず、子供の考えを習おうとすること。これが互いに成長する本当の勉強だと思うな。

17. どうするとは

「どういうふうにしたい？」って聞くのではなく「どうする」にするの。どういうふうにしたいは漠然的で聞いているようでどうしていいのか分からなくしている質問なんだって。「どうする」は行動を求めるものだから「具体策」を聞いているの。「私はこう思うけど」も相手の意見を引き出す方法かな。これが全てではないけどね。

それにね。「大丈夫ですか」ではなく「どうかしましたか」って聞くの、「大丈夫？」ではなく「どうかしたの」と聞くのね。大丈夫って聞かれて「大丈夫じゃない」っていう人はあまりいないと思うな（前述)。「どうかしたの」って聞かれて「どうもしない」って言う人もあまりいないかな。抽象的ではなく具体的な質問方法を取るってことが重要なんだって。そうすれば「これがこうなの」って言って貰える可能性が広がると思うな。「会話は聞き上手から」って言われるものね…！

18. 知らないは出来ない

ある人が言ってるの。

①知らない（解らない）から知る。②知るを解るにする。
③解るをできるに変える。

何かを伝えようとする…完璧じゃなくたってOK。黙っていたら伝わらないから。何とか伝えれば相手もアクションを起こす。そうすると一つのプロジェクトが生まれるみたい。

19. 指導者の合言葉は「チルってギャルピー（ルダハート…少し古いけど)」

指導って寄り添うことだよね。だから出来てないことに目をやるのではなく、できることに目をやるのね。駄目って言われても出来ることが必ずある。見過ごしてない？

だから感情っていうのは自然の気持ち。元の気持ち（自分で出来ると思う気持ち）なのね。それを否定するより受け入れる。怒る前に「怒られる自分を見つけてどう怒ったらいいか」を考え、自分の納得した怒られ方を見つけて、自分で納得して怒る。そういう怒り方が寄り添う怒り方だと思うな。だから大切なこと「チルッてギャルピー（ルダハート…咲顔ならこっちかな)」だよ。

・チルしよう

「チルする」は「のんびりする」「リラックスする」という意味みたい。「チルっている」といえば「のんびりしている」ような様をいうんだって。「チルい」は「ゆったりしている」「落ち着く感じがする」といった意味で用いるらしいの。「チル」とは英語のヒップホップ用語で、「chill out」(チルアウト）が語源。「チル」の意味は「くつろぐ・落ち着く・冷静になる」等「目的は特にないが楽しくのんびり」という意味らしいよ。

・ギャルピー

ピースを作り、手のひらの方を上に向けて、前へ突き出すポーズ。キャワユスだぁ・キャワタンだぁ・リバイバルワードだぁ！　だから「チルってギャルピー」とは「落ちついてくつろいでいてリラックス状態・そしてハート（愛）を込めてピース」。そんな指導理念（骨子）を持った指導者が増えていくことがこの世の中を変えていく要素の一つじゃないのかな。それにね。この合言葉はみんなの合言葉にしてほしいな。そしたらこの世の中「ほんわか感」に包まれる、みんなが寄り添える温かい社会になって行くんじゃないのかな。そうなったら読無蔵…沸いた！（嬉しい）

・ルダハート（愛の咲顔）

手で作ったハートで自身の顔を挟むポーズ

20. 選手を乗せれば指導者はいらない？

ある公式試合でのこと。読無蔵。ある州の田舎のユース塾の監督をしていた時のこと。選手には選抜と名の付く選手は１人もいない。けど選手の行なうさっかーは作家ー（読無蔵は必要なし）だったのね。何とどんどん勝ち進んで州のベスト16までコマを進めたの。あと一つでシード権獲得のベスト８。相手はユースナショナル候補選手のいる常勝軍団。

その時とっても熱心なメンタルコーチ（この人は今ではこの国を代表する人）がチームに随行してくれてたの。この人と相談して

①フォーカルポイント

ある１点（場所）を決めそこを見ると「集中が高まる・気持ちの切り替えができる」そのきっかけとなるポイントのこと。金色のボールに選手の心意気や、塾の講師等お世話になった人の寄せ書きを書いたの。通称「金玉」……やだぁ！

②セルフトーク

毎日、俺たちは州のベスト８はあたりめ？(イカじゃない)当たり前だぁって言うの。そしてチームと自分のストロングポイントも繰り返し言うのね。

③イメージトレーニング

１週間前に試合会場に行って、その会場でベスト８獲得の歓びの集合写真撮影。そして部室に飾ったの。先取りで脳をそういうモノだと思わせちゃう。脳って勘違い脳だから。

試合が始まった。一点先行される。その時、金玉を差し出す。みんなが咲顔でOKサインを出す。それでこの「試合勝った」と思った。案の定逆転勝ち。そして本当にシード権獲得の集合写真（１週間前と同じ態勢で）！　人って変われる。駄目な人なんていないの。駄目だと思い込んでるだけだと思うな。持ってる潜在意識って凄いのね。それを出して自分は凄いって思い込めば、凄いって言われることも「当り前」になるってことかな。ちなみに相手の監督さん。椅子蹴っ飛ばして「何であんなチームに負けるんだ」だって。

●色々な法則

１．100点の法則

さっかーはチームで11（フィールドプレーヤーは10人。けど今はGKもフィールドプレーヤー）人。フィールドプレーヤー（原則としての）10人で評価100点のゲームがしたい。だったら一人が９点でもいいの。足りない１点はその日調子のいい選手が11点にすればいい。だからね。いつも全員が10点の必要はないの。５点の選手がいる時だってある。そしたら後の５人が11点になればいい。怪我から復帰の選手には「お前は今日は評価点数を６点取ってくれ」ってお願いする。その日絶好調な選手に「今日は14点取ってくれ」ってお願いする。そすれば個人得点は平均して10点になりチーム得点は約100点になっていくよね。これがチーム！これが寄り添うってことかな。

個人競技なら一人で100点？　違うの、コーチと50点50点（選手をバックアップチームとして支えている場合は栄養士やトレーナ等で点数は変わる）。競技によって１点の意味が違うの。だから個人競技の１点と集団競技の１点では意味が違うのね（多数選手と個人選手のため）。けど「寄り添って支える」ってことは同じだと思うよ。

２．ザイアンスの法則

これはロバート・ザイアンスさんによって提唱された法則なの。人や物等に何度も接すると警戒心が薄れ、関心や好意を抱くようになるという心理的効果のことなのね。

だから、接触回数が多い人（ストーカーは駄目だぞ）は好きになる。知らない人に対しては「攻撃的、冷淡、批判的」になる。しかし、相手の人間性等の「情の部分」を知ると感情導入されるということみたい。「自己をさらけ出せ」ってよく聞くけど、人間は「人間的側面」を知ると好意的になるらしいの。人は知り合いには好意的だけど、知らない人には冷たいよね。「接触回数に準じて相手のことを好きになる」みたい。これを「単純接触効果」って言うんだって。人は「数多く会った人に、会わなかった人より好意を持つ」ってことだよね。ショッピングで「CMで馴染みのある商品」を買っちゃうのもそれかな。潜在意識の中で「顔なじみの商品」なのね。

だから連絡を取り合う（メールやTELを頻繁にする）って、コミュニケーションの大きな要素なのかも知れないね。トップ営業マンの戦略。「世間話から会話を始めろ」らしいよ。それで相手と親密さを増して「商品を買ってもらう」。人は心が動いた時に購買行動が促進されるみたい。「話し合うコミュニケーション」ってチーム力に好ましい影響を与えてチームは活性化していくんじゃないのかな。

3．人間関係を巡る「5×5の法則（GOGOの法則＝イケイケだぁ）」

あのね。相手のことを好きになればなる程2人の関係は深まっていくと思う？　じぁね。問…ストーカーって最高のパートナー？

答…片方がいくら自分の気持ちを高めたとしても、2人の総合力にはならない。

この法則って「相手への気持ちの度合いを数字（10点の掛け算）で表現」するのね。例えば男性が女性を思っている気持ちを「7」点。女性が男性を思っている気持を「3」点とするよね（合わせると10）。2人の恋愛総点は「7×3＝21」。さらに男性が女性ををもっと振り向かせようとして「キモアプローチ」をすると、男性が「8」点。「ちょいキモ」と女性は「2」点に引いてしまうよね。ジャーン、総点（ジャーンソウ＝雀荘点）親父だぁ！　はどうなるの？　役が減って総点は「8×2＝16」に下がってしまうのね。

このアンバランスが極まると男性「9.9」に対し、女性「0.1」という関係になっちゃう。この時の総点は「9.9×

0.1」でわずか「0.99」。つまり、２人の関係での最高点は、「５×５＝25」の状態ということが言えるの。これが「５×５の法則」の真骨頂なの。

じゃね。「７×３」の状態の時、男性はどうすればいいの？　いくらプレゼント攻勢をかけてもそれは「自己満＝マスターベーション」だよね。女性の気持ちが高まらなければ「アンバランスは拡大していく」のね。だから大切なことは「相手を思いやる気持ち…ようするに寄り添う気持」で女性の「３」点を少しでも引き上ようとすることかな。相手が「3.5」になるのなら、自分は「6.5」に引くこと。「押してもダメなら引いてみな」って言葉あるよね。「相手のため」と勝手に思い込んでのマスターベーションはOUT！　自分への思いが低い相手の点数（感じ方・接し方）を考える…「独りよがりからの脱出…寄り添う思いやり」が必要だってことかな。

４．メラビアンの法則

メラビアンの法則って、心理学者であるアルバート・メラビアンさんが提唱した法則だって。人はね。声のトーンや顔

点数の基本配分は「自分と相手」＝「５と５」・それとその意味は

①悔い　(くい)	9×1＝　9(くい　＝く　)	答えは「苦」
②脂　(やに)	8×2＝16(やに　＝いろう　)	答えは「遺漏」
③並み　(なみ)	7×3＝21(なみ　＝ふいつ　)	答えは「不一」
④無視　(むし)	6×4＝24(むし　＝ふし　)	答えは「不死」
⑤GOGO(ゴーゴー)	5×5＝25(ゴーゴー＝ふごう　)	答えは「富豪」

・苦	9:1では「苦しみ」が多い関係である。
・遺漏	8:2ではまだ「大切な事が抜け落ちている」関係である。
・不一	7:3では「十分に意を尽くしていない」関係である。
・不死	6:4では「永久に若くて死なない(常に新鮮な)」関係である。
・富豪	5:5では「非常に大きな富」(良好なコミュニケーション)な関係である。

の表情等から優先的に表情を受け取っているという論理みたい。例えば「ありがとう」や「すみません」も顔の表情や声のトーンで全く違う意味になっちゃう。SMSで「何だよ」と受け取ると「何だ」と思うよね。けど直接会って笑顔で「何だよ」と言えば「そうかぁ」って思うの。人間のコミュニケーションにおいて「どんな情報に基づいて印象が決定されるのか」っていうことをその割合で示したのね。「視覚情報・聴覚情報だけではなく、嗅覚情報・触覚情報も含まれる」みたい。

●考えてみようよ

1．物事とは

「順理則裕、従欲惟危」（故事成語・故事がもとになってできた言葉。故事とは昔の出来事で、故事成語は殆どが中国の古典に書かれた話から。）意味は「理に順えば則ち裕かに、欲に従えば惟れ危うし」…（理に従えば豊かになるが、欲望に従えば危険である）っていうことかな。

①物事の道理に従うと「天が味方」をし「繁栄」がある。

②欲望（本能・獣道）に従えば「争いごと」に巻き込まれ「破滅」の危険にさらされる。

　物事の基本は「好き」「面白い」「不思議」なんだって。そしてそれを追求してくと、次の段階の更なる感情「好きだ」「面白いと感じる」「不思議だと思う」が出てくるらしいよ。その積み重ねが「成果」となっていくみたい。大人の感覚の「ダメ」は子供の世界では通用しないのね。「やりたいっていう気持ち」を大切にすることが大人の責任だと思うな。伸び伸びと「好きなことをやれ」って言える大人であってほしいな。

それには失敗が付き物。人間って嫌なことの方が記憶に残ってるんだって。その後のリスクコントロールのためみたい。それは「自分で判断」という「力」の養成になっていくと思うな。その繰り返しが、潜在意識に働きかけ「今」という現実を造り出すのかな。「肯定的自己宣言」って言うらしいよ。大人は忘れないで気に留めといてね！　お願いね！

2．幼稚園と保育園

みんな「幼稚園で習うことは」と言う人が多い。専門家の先生方も……。けど、どうして「保育園で習うことは」って言わないのかな。

幼稚園の先生・保育園の保育士さんて同じように幼児を相手に奮闘しているよね。管轄の違いや教育対象の違いは関係ないのにね。だから保育園って言葉をもっと大切にしてほしいな。だから「園」という言い方をするのがいいのかな…保幼園ではどうかなのかな？

※注(^ε^)「保育園と幼稚園の違い」

・幼稚園は文部科学省所管の学校教育施設（満３歳～小学校就学前の幼児を対象）

・保育所（園）は厚生労働省所管の児童福祉施設（０歳～小学校就学前の保護者の事情で保育に欠ける乳幼児を対象）

＊あのね「GWゴールデンウィーク・guess whatちょっと聞いてよ」。両方とも就学前の子供対象なのに「公的施設での使用」において割引き額が違うらしい。何故……？

3．自分自身の居場所って

自分自身のゴール（居場所）って何だろう？　それはね！自分自身が楽しめる場所だと思うよ。だからね。どうすればいいかって世間体を考えるのではなく、どうしたいか（自分の意思）が重要なんだよね。そうすればたとえ失敗という結果が出ても次の楽しみのための基盤になるよね。そうやって本当に自分の楽しめる場所（居場所）を作っていってほしいな。ゴールという居場所は「GO（ゴー・ル）ンルン」だから「ルンルンを追い求めて・GO」するってことだと思うよ。ようするに楽しさの追求だよね。

大人の感性で造られたものではなく、子供の感性で造られたもの。そんな居場所がいっぱいあればいいのにね。だから己を「①磨かされている　②磨いている　③磨けている」

どれなのかをきちんと考えて行動してほしいな。読無蔵からのお願いだよ！

4．差別の明確化

こんな取り組みがあるの。チーム全員に目隠しして、スタートラインに並ばすのね。そして質問をいくつかする。自分に合っていると思った事柄なら前に一歩、自分には合っていないと思った事柄なら後ろに一歩。例えば10個の質問をする。全員の到達ラインはどうなっているのかな。差別って知らない所で起こっていることもある。自分ではやっていないと思っていることもある。ただ悲しいのは自分で分かっていて差別を行っている人がいるということだよね。この取り組みでは到達ラインが10m以上離れるということが起こってくるんだって。

考え方や差別の明確化みたい。こうして現実をしっかりと把握させるの。だったらどういう取り組みをしなければいけないかをみんなで考えることなのね。そして、みんなの到達ラインができる限り近づくようにしてくこと。それが「和&輪」を創っていくんじゃないかな！　できれば目隠しなしで、「他人がどう思っているか」を見ながらできるようになればいいよね。「ここみどう！」

5．遊びは身を助ける

紙切り（切り絵）って切った後の残った紙に憂い（うるおい）があると思うの。切られて作られたもの（作品）はみんなが凄いという。けど残った紙の繊細さは「完成された作品」より繊細さの原点を物語っているんじゃないのかな。だから見えないところを見ることがとても必要なことだと思うのね。ギャルがクラブ（前はディスコ）に行く。きょういくしゃは「そんなとことに行ってんじゃないの」という人が多いよね。けど殆どのきょういくしゃは行ったことがない。読無蔵は世間でいう遊び人。だから地球の六本木のクラブ（ディスコ）でも遊ぶ。サリン事件の時もあと数時間早ければあの事件に巻き込まれている可能性があったの。早く帰るのではなくオールでクラブ（ディスコ）で踊ろうと思って朝までクラブ（ディスコ）で踊ってたの。そして帰ろうと思ったら電車が止まってた。

それがサリン事件。だから事件に巻き込まれなかった。「芸（遊びや趣味）は身を助く」って本当だね？　真面目に早く帰ろうとしてたら……この世にいなかったかも知れない！

だからね。自分が芸（やりたいと思ってやっていること）と思うなら自信を持とうよ。人が何と言おうと貫こうよ。本当はそんな若者を見守る（寄り添う）のがきょういく（社会）なのにね。頭でっかち（理論）だけの何もしない（いや…怖くて何もできない・言い過ぎなら御免なさい）今日逝者には判らないことかもしれないけど。

※注（^ε^）「芸は身を助く」

一芸を身につけておく（今はお金にならないような技や芸）でも鍛えておけば、いざという時（意外なところ）で助けになってくれることもあるということ。

※注（^ε^）「お詫び」

サリン事件の被害者の方々には寄り添うことができずに大変済まなく思っております。

ご逝去された方のご冥福をお祈り申し上げます。

6．ものの見方

①１＋１＝いくつ

１個と１個だから２個…数的にはね。それが常識！　けど読無蔵的にみると

・１＋１＝　　１

１円玉と１円玉を重ねて観ると…視覚的には「　　１」

・１＋１＝　　２

１円玉と１円玉なので……………数学的には「　　２」

・１＋１＝　　３

１円玉と500円玉では……………容積的には「　　３」

・１＋１＝　501

１円玉と500円玉では……………価値的には「　501」

同じ硬貨だって観方・考え方を変えるとこんなに変わっちゃうんだよ！　常識なんて「場所や時代」が変われば違うものになっちゃう。常識に固執することが人の道なのかな。非常識が常識かも知れないのにね。

②長方形を２等分するには

長方形を２等分するにはどうすればいい？

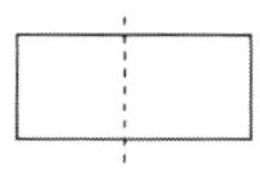

同じ形になるように点線の部分で２等分するのが普通だよね（図）。これが常識ってやつ！

けど、次の図の３つもすべて２等分。

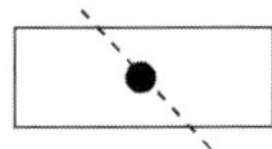

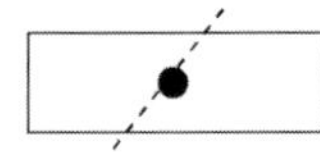

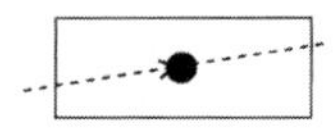

簡単な算数だよね。中心を通ればすべて２等分になるっていうことだぁ！

これってどういうこと？　つまり芯さえしっかりしていれば方法は色々ある。そのすべてが「間違いじゃない」んだよね。常識に捉らわれず色んな方法にチャレンジしてみようってこと。（見た目・ただ見る）じゃなく観た目（観察してみる）だよ。世間体を気にしないでチャレンジしてほしいな！「ここみどう？」

③ゲシュタルト原則（形態を全体像からまとめて見てしまう・捉える傾向）

人ってゲシュタルト（形態・ドイツ語）を観る時

・「連続の法則・図形はつながって認識されやすいという傾向」

・「全体像から見て近くに並んでいるものを無意識にグループとして理解」

・「閉じているものをセットで認識する傾向」

図形の観方（線の交わり方は？）基本図形①２本線②③４本線④折れ線があるんだって。

図形の観方（線の交わり方は？）				
基本図形	① 2本線	② 4本線	③ 4本線	④ 折れ線
	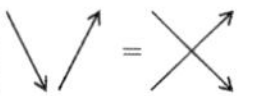	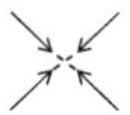	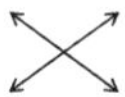	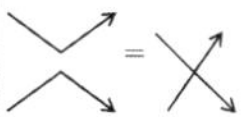
駄目の イメージ	2本の線の クロス	4本の線が中央に集まり×を構成	4本の線が中央から外に広がる（自由構成）	2本の折れ線が上下で交りくっついたもの
図形の観方（線の交わり方は？）				

普通（一般人）は①しか頭に浮かばないよね。そして×（駄目）を連想しちゃうのね。

けど同じ×印でも（②では４人の力の集結）となり、（③では４人の力の分散）自由発想の広がりとなり、（④では角度の付いた線・簡単には折れない線）でのくっつきで力強さ（ダブルＶ…２つの勝利）を意味するんじゃないのかな。

一般的では駄目なことも「ものの見方」を変えれば凄いパワーになる。見た目の判断でレッテルを張るのはいけないことだと思うよ。そういう考え方が広まれば「３無反応（無表情・無反応・無感動）」も無くなるかもね。そう考えると○は点の集まりだよね。点が集まって○になっていくの。みんなの力が○なんだと思うな。けど○は囲まれていて結束力はあるけど自由発想（外へは飛び出れない）がないの。四面楚歌状態。けど上には限りない可能性がある。だから○（四面楚歌）って上に伸びる（進歩する）ための地面固めだと思うよ。

＊発障訓(1)

「×」

１…掛けるで倍増を表す。

２…バツは否定的な意味。

「△」

1…株価では前日の終値と比較し、株価が上がっている場合は△。
2…決算書における△は、マイナスを意味。
3…デルタ（ギリシャ文字）で「何かがちょっとだけ増えた量」を表す。
「○」
1…正解
2…競馬新聞では（対抗・白丸・丸）本命馬の次の評価で2番目に勝つ可能性が高い。
ちなみに
競馬新聞の△（連下・白三角）2着にはなりそうな馬。
競馬新聞の×（バツ・バッテン）注目という意味。
＊発障訓(2)
試合勝利のためにミスドに行くの。そして勝利のための栄養補給でドーナツを食べるのね。みんなの力（小麦粉という小さな粉＝点）が合わさればドーナツのようにみんなに愛される○（勝利）になるって！　そういう息抜きと余裕が勝利のための原動力だと思うな。
④価値って何？（1枚の原価価格）
・500円玉は約19.9円（発行枚数約3億枚）
・100円玉は約14.6円（約6億枚）
・50円玉は約12.1円（約6,000万枚）
・10円玉は約12.9円（約2億枚）
・5円玉は約10.1円（約2,000万枚）
・1円玉は約3.1円（約44万枚）
1円玉が一番原価率が高いんだって。物の価値って何なんだろうね！　人に照らし合わせてみたら。「ここみどう？」

7．マグカップの使い方

知らなかった！　ある人が言っている。みんながやっているマグカップの使い方

①植木鉢として使う。②ピンクッションとして使う。③ペン立てとして使う。etc。

さて、みんなはどう使う？　固定観念って怖いの。日本（二本）人はね、島国なの。だから他国との交流が少ない人種なのね。例えばスーダンのある地域ににほん人が行ったとする。「何々して下さい」とお願いをした。そしたら「チェ」って言われた。

何「チェ」だと。「人を小（子）バカにしやがって」って直ぐ思っちゃう。そしてそのことしか頭に浮かばないのがにほん人なの。けど、スーダンのある地域では「チェ」は「OK」なんだって。だから「いいよ」って言ってるの。固定観念でしか物が見れない悲しさ。けどほとんどの人がそうなのね。

そんな人達がこの世の中を「牛耳っている」。それが現実。そんな年寄りや自己中の頭はもう変えられない。だから若者はもっと「世界を観に行かなきゃ」。そして新しい観念を作って行ってほしいな。それができるのは若者の中でも、人とは違う観念を持っている（ギャル・ギャル男・虐げられてる人達）だと思うな。「顔晴れ！　虐げられ人達 (^O^)

※注 (^ ε ^)「小話１」

悪　則夫（あく　のりお）君、ヨーロッパに旅行したの。そしてフランスであるパーティーに呼ばれたのね。則夫君、

何を思ったのか、パーティーが始まると同時にズボンを脱ぎ、にほん男児の心意気・丸出し状態、ドヤ顔なの！　ここは紳士淑女の国・フランス。当然顰蹙（ひんしゅく）バッシング！

にほんではお酒を飲むと悪乗りで裸になる人っているよね。そう、それを実行したのね。

何故？　それはみんなが「チンチン」と言ったからなの。西欧では乾杯のことを「チンチン」って言うのね。語源は中国語の「qing qing（チンチン）」。「請請」（さあ、どうぞ）を西欧人が「乾杯！」だと勘違いしたものだって。グラスの触れ合う音として広まったみたい。

トレビアン!!…??

※注(^ε^)「トレビアン」

フランス語で賞賛する時に使う。とてもよい。すばらしい。

「ここみどう？」

※注(^ε^)「小話２」

読無蔵ある時、州選抜を連れてある国に遠征に行ったの。そしたらその国の監督さんがレセプションを開いてくれたのね。その国のおもてなしとは家族全員でテーブルを囲むことなんだって。だから読無蔵の両隣はその国の監督さん夫婦。向い側には子供達。

すき焼きみたいな鍋料理が出ると聞いて行ったんだけど何と緑色した薬膳鍋。だけど最高のおもてなしということで豚の睾丸が出てきたの。この国では重要なお客様には睾丸料理を出すんだって。読無蔵。食べたことがないし、これは「とても嬉しいと表現」しなきゃと思って。「delicious,delicious.

thank you」って言ってしまったの。そしたら何と睾丸がなくなると直ぐに隣の奥様が取って下さる。もう睾丸付けで14～15個。結局睾丸しか食べれなかった。金玉の嵐…お世辞ってやたら言うもんではないものですね……！

10. 英語コントロニウム（英語って面白い・だから好きになろうね！）

英語ではね。一つの単語に二つの反対の意味があるものをContronym（コントロニウム）って言うんだって。「二つの正反対の意味を持つ言葉」のことで、ギリシャ神話の女神ヤヌスさんが正反対を向く二つの顔（物事の内と外を同時に見ることができるとか、1つの顔は過去を振り返り、もう1つの顔は将来を見据えている）を持っていることからヤヌスワード（Janus-word）とも言われるんだって。

【使用例】

@rent

I decide to rent a car in Hawaii.

私はハワイでレンタカーを「借りる」ことにしました。

We decided to rent out the car.

車を「貸し」出すことにしました。

“rent”は、「借りる」と「貸す」両方の意味で使うことが可能なの。これは、文脈によって正反対の意味を持つ単語のことだなんだって。日本語にもあるんだよ。

①雇用者

雇われて働く労働者。

「反対の意味」は雇用する人。使用者

②いやだ

とてもできないという気持ちを表す。

「反対の意味」はもっとしてほしいのを助成する気持ちを表す。

１つのことに固執してしまったらとんでもないこと（正反対なこと）を生んでしまう場合もあるんだよね。だから多面的に物事を判断することだと思う。良いことだって駄目な場合もあるの。けど駄目なことが本当は良いことの場合もあるっていうことじゃないのかな。駄目だって人が言っているから駄目なの？

特に世間から偉いと言われている人がいいと言えば「いい」になっちゃう。偉いと言われている人の「本当に凄いな」っていう場面はめったに見たことがないけどね。偉い人なんてこの世の中にはいないんだよ。偉い人とは世間の偶像なんかじゃないのかな。

ある翻訳者はこんなことを言っているの。「文章を読んでいて何かしっくりこないなと思ったら、それは注意信号。気付く力、言葉に対する感度も、翻訳者には必要である。仕事のなかでも、仕事を離れても、たくさんの英語や日本語に触れて、感度を磨いていきたいと思う。」こういう人を凄いって言うんだと思う。一般的な「偉い」と「凄い」は違うと思うな。日々の当たり前の中で気付きを感じ、日々の生活の中で自分を育てていく。世間的に偉くなくたって「凄い」人っていっぱいいる。身近な「凄い」でいいんだってことだぁ！

＊発障訓「ギャル語のコントロニウム」

ギャル語の温故知新「きまＺ・気まずいことを意味する」

・気まずいの『きま』・『ず（zu)』の一部のＺ

この２つを合わせることで成り立っている言葉なんだって。けどね。「Ｚ」には昔から大きな意味があるの。ジョンストン・マッカレーさん（アメリカ・作家）が創作したヒーローキャラクター「魁傑ゾロ」（親父たちの青春映画）。スペイン語の「キツネ」（zorro、ソロ）に由来してるんだって。虐げられたインディオを助ける正義の味方。彼は最後に壁にサーベルでＺの字（トレードマーク）を彫るの。ようするに「決まってるＺ」…きまＺ！

・ギャル語…きまＺ（きまずい）…気まずい顔でね。

・親父語……きまＺ（決まってる）…決まってる顔でね。

これもコントロニウムかな。うまく使ってくれると嬉しいな。

11. 感情のラベリング

「感情のラベリング」って知ってる？　子供が感情を理解するために大人が心掛ける働きかけ。「うまくいかなくてがっかりだったよね」等の「悲しい、悔しい、楽しい、嬉しい」…子供の気持ちにふさわしい言葉をタイミングよく掛けてあげることみたい。

そして「感情のラベリング」とはストレス緩和剤。今の自分自身が感じていることを言語化して表現すること。それがストレスを緩和したり、ストレスへの耐性を高めたりする効果があるんだって。

「感じている負の感情を具体的に言葉にする」ことによって、人間の恐怖心や攻撃性を司る脳の部位である「扁桃体」の活性を抑えられるらしいよ。

普段の生活の中で「嫌だ」と感じる出来事などがあったら、

不快な感情を頭の中や口で言語化したほうがいいみたい。子供が見せる「辛そうな表情」「悲しそうな様子」を、「辛いね、こっちへおいで」「悲しいね、ギューッ」と言葉で表すものらしいの。それで子供は認められている自分を感じることができるみたいだよ。

※注(^ ε ^)「扁桃体」

脳の側頭葉の内側、海馬のやや内前方に左右対称に位置している長さ15～20mm程度のアーモンド型の器官。アーモンドを「扁桃」ということから扁桃体と名付けられている。情動反応の処理と記憶において主要な役割を持つ。それにね。あまり良くないのはよく言われる言葉。「たられば」。「あのさ。もっと真剣に取り組んでいたらね」「前から真剣に取り組んでいれば良かったのにね」

もう一つは「駄目だし」。「全然練習してないじゃん・もっと上手にできたんじゃないの」

※注(^ ε ^)「駄目出汁・だめだし」

・駄目（打目…つやを出すために絹布を砧（きぬた）で打った部分の光沢の出具合）

・出汁（昆布や鰹節などの食品を煮て出した汁）。

だからね。打目出汁とは「光り輝くための下準備ってことかな」。だからいけないことをダメと言うことがすべて悪いんじゃないのね。状況を踏まえて使うってこと。

普段「それは無しだよね」と思っていることも、大人（コーチや保護者）はついうっかり言ってしまうのね。どこが悪かったのかを言うことは必要な時もあると思うよ。けど、落ち込んでいる時には「負の働き」が作用するんだって。だから「悪かったことを言う」より「どうするのか（改善）を求めるの」。

それと褒め方。結果も大切だけどその過程だよね。（どの位、何に取り組んだのか）「結果を褒めている」とその結果が全てとなり「結果に固執してしまう」らしいよ。結果が悪くてもいいっていうわけじゃないけど「それよりどういうふうに何をしたか」が今後を造っていく条件だと思うな。クエティング（創造いして活用が重要かな）！

12. 何が大切？

①この国のミーティングの特徴！

・ダメ君「これこれこれが悪かったです。明日はやらないようにしようと思います」

・駄目代チャン「これが駄目だったと思います。これも駄目だったです」

「悪い・駄目」のオンパレード…これを「バッド（悪い）上塗りミーティング」

②外国のミーティングとは？

・未来君「これが最高に良かったです」

・行く代チャン「この部分はこういうふにすれば最高だと思います。次はやりましょう」

「良いイメージと解決策」………これを「グッド（良い）上塗りミーティング」

③テストで

・100点…褒める「完璧・トップだね」

結果を褒める習慣があるよね。結果が伴わないと全てのことが否定される（全否定）を感じちゃうようになるみたい。

「結果を出すのはいい子供」「結果を出せないのは悪い子供」

結果で○×が決まってしまうと結果が出せない子供は、自分を「駄目だ」と感じちゃう。そこからは成長はしなくなっちゃうんだって。大人の勝手な感性が子供の大切な感性を奪うらしいよ。何をしても駄目だと勘違いしてしまう子供を作っているのは大人だってことを肝に銘じてほしいな。だからね。○か×じゃないと思うんだ。何が正しいか悪いかじゃないの。物事の本質を自分なりに見極めて何をするかを考え、そして行動。人間には△が必要なんだと思うな。人の意見ではなく（偉いと言われる人の意見でも）それを鵜呑みにしては自分ではなくなっちゃうと思うな。

④考えてみよう

優勝…凄い良くやった……ご褒美は何がいい？……最悪パターン。

優勝…みんなと良く協力したね…仲間は大切だね……これからもみんなと仲良くね！

あのね。100点や優勝を目指すことは「必要」なことみたい。ベスト８を目指せばベスト８で目的が達成されてしまうらしいの。そうすると優勝には程遠くなってしまうんだって。けど、そのベスト８にはそこまでの過程がある。だから目的はあくまでも「優勝」。けどね。褒める時は、そこに行きつく努力や真剣さを「褒めること」がとても重要じゃないのかな。幼少時に「真剣に取り組んでいる姿勢」を褒めてもらっている子供は大人になって、「知性や行動は真剣な取り組みから生まれるもの」という見方をする傾向があるみたい。だから失敗しても「真剣に取り組んだ過程」は自分の中に残っているらしいよ。全否定ではなく「過程」を「立ち直りの基盤」にすることができるのね。

「失敗は成功の基」これは理にかなってるのかな！

「優勝＝いい子……いい親…いいコーチ」

「失敗＝ダメな子…駄目親…駄目コーチ」

こんな先入観念は失くさなきゃね。よく考えてごらん。「あの時の失敗が今に生きている。失敗しててよかった」なんて思うこと、あるとは思わないかな？

それに、「やりたくてやる練習」と「やらなければならなくてやる練習」では進歩の度合が違う。だから無理に頑張る必要はないと思うな！

きゃりぱみゅの歌。「同じ空がどう見えるかは心の角度次第だから」別の角度から見れば、物事は違って見えるってこと。

失敗を学びのチャンスに変えるために「親やコーチ」が「空がどう見えるか」を考えることだと思うよ。そして、「感情のラベリング」で子供達を受け止めてあげようね。それが「寄り添う」ということに繋がるのかな…フムフム踏む…踏んで固めようね！

13. メタ認知

自分が認知していること（仕事はできてるか、できてないのか、得意と苦手は？）といったようなことを客観的に把握し制御することらしいよ。つまり自らの認知（考える・感じる・記憶する・判断するなど）を認知することだって。そうすると自分自身を冷静に見つめることができるようになるみたい。

①メタ認知の「メタ」

「高次の」という意味で、自分が認知していることを「高次＝メタ視点から認知しよう」ということだって。だからメタ認知能力の定義。
「自分を客観視するだけでなく、自分自身の思考や能力を把握した上で現状を確認したり、さらに行動を変えていくこと」となるみたい。
②メタ認知能力が高い人の場合
　ケンカをして腹を立てていると相手の嫌な面ばかりが見えてくるよね。そんな時、メタ認知能力が高い人なら「何故」が頭に浮かんでくるらしいよ。駄目な部分が頭に浮かんでくる。けどそれは「どうして？」って部分が浮かんでくるかどうか？　ただ怒鳴り散らすのではなくて、冷静な全体像の把握が次へのステップとなるみたい。
③メタ認知能力が低い人の場合
　明日、友達と遊びに行く。けど場所は自分が遊びたいところなのね。「遊ぶ」は一緒でも「何処で何を」はだいたいは違うはずなの。けど、自分の一方的な押し付けに気が付かないの。「まさに空気読無蔵」そのものだぁ～。遊びの評価は「楽しい・嫌だ」っていう一言かも知れないけど、もしかしたら「内容は全然違う」かも知れないの。そこを埋めると「グッドコミュニケーション」になるのかな。
④メタ認知能力のメリットとは
1．周りへ配慮………集団の中での自分位置を把握して、円滑な人間関係を築く。
2．冷静さと柔軟性…焦らずに「失敗は成功の基」を実践する。環境の変化にも対応できる。

3．向上心…………… 的確なビジョンを持ち、創意工夫で意欲的な活動を行う。

「メタ認知能力」って小学校の高学年から大きく発達するんだって。この頃って自分の得意なことに夢中になったりして自分に合った行動を見極めることができるようになり始めるみたい。「言われたからやる」から「何故どうしてやるの」になっていくらしいよ。だから大人は、これに寄り添うことが大切かな。「やらないと怒られるから」から「やるって面白い」。そうさせるのは親やコーチの我慢（待つこと）だと思うよ。子供の「チャレンジ」が大切だよね。

子供が重たい荷物を持っている。一生懸命に運んでる。親はそれを見て「ほらもういいからよこしなさい」と荷物を奪い運んでしまう。これで子供の達成感は奪われ、成長は止まる、親はそのことに気付いていない。これは大人の責任問題だと思うな。

「失敗（苦労）をするかもしれないこと」をあえてさせる。そして「失敗した時、なぜ失敗したのか」を一緒に考えるの。子供が物事を客観的に判断し行動しようとした時はそれを見守るのね。大人の観点を捨て去ることが必要だと思うな。

それにね。「メタ認知を育てる方法」としては、例えば「間違いノートの作成」なんかもいいんだって。「間違ったの・だめね」より間違いノートを作り、間違ったところをやり直し、解き直して自分のものにしていく。メタ認知が高い子供は「自分が間違えた問題の見直しや解き方・考え方の確認等」の関連付けた学習などを行う比率がめちゃ高いのね。

そして親の声かけ。解けた後は「この問題はもう得意分野の一つだね」で「ハイタッチ」。これで「次への第一歩」が踏み出せている状態になっていくと思うな。

14. 答えがあるの

物事って「当てはまらない」はイコール「間違い・ダメ」なのかな…なぜ？

答えは変わるかも知れないし「○×だけで△はない」ということが社会常識みたいな現代。

今は間違いでも本当は正しいことかもしれないのにね。答えはあるよね。けど状況によっては「○が×に・×が○」になる。だから△という正解でいいんじゃないのかな。これは「優柔不断とか適当」とかいうことではないと思うな。

基本は「答えはある。けど正解はない」。そうすれば重箱の隅に隙間が出てくるよね。それが「ゆとり」かな。読無蔵がとっても大切にしている１つだよ。この本にはね、この考え方が随所に出てくるの。それを感じ取ってくれれば嬉しいな…エグアゲ!!

15. 勝ったらみんなの力

負けたのは俺のせい…何て言う監督はダメじゃないのかな(世間は素晴らしいと言う)。

負けたのはみんなのせい（協和力）だよね…だってさ。

・戦ったのは選手・肌で感じたのは選手・修正できなかったのは監督

その試合に発揮した能力はみんな（監督と選手）の力だから。それを「誰かのせい」にしているのと寄り添うこととは程遠い考え方じゃないのかな。

目標は「3150」

３…３回行ったら…………………（さ）
１…１回戻る……………………（い）
５…そしてGO …………………（こ）
０…最後は０・「初心」に帰れ …（う）

だから「3150」＝何て言うの？「最高」だよ…駄洒落かぁ…ｳﾌ！「親父だぁ！」

16. くせにって「臭ー荷・くせーに」

・年寄りのくせーに（臭ー荷＝加齢臭）＝年寄りは衰えるだけ
・若いもんのくせーに（臭ー荷＝青臭い）＝若い者は発展途上

両方とも臭い荷を担いでるんだよね。両方とも足りないもの（臭せー荷）だらけということは同等なんだっていうこと。だから老若男女がみんなで臭い匂い（社会の不条理）を排除することが大事かな。それが寄り添うってことだと思うよ。

17. ブルシット・ジョブ＝BULLSHIT JOB

（くそどうでもいい仕事の論理・デヴィッド・グレーバーさん）

社会的にさほど重要とは思われず本人でさえも意味がないと感じている仕事。くそどうでもいい仕事。そんな仕事って世の中にいっぱいあるよね。特に会議。延々と時間だけが過ぎ同じことの繰り返し。みんなも経験あるんじゃないのかな。骨子（根拠）のない意見の羅列。うんざりだよね。けど仕事をしたって思ってる人が殆どなのね。だから次も同じことの繰り返し。だけどくそどうでもいい仕事と周りが感じていても必要な仕事もあるのね。読無蔵、ある時人口約13億8200

万人と言われる国に行ったの。

そこでの河川工事。海みたいな河川に「蟻んこ」の様に人がいっぱい張りついてる（何千人）の。スコップ、つるはし、１輪車。どう見ても工事は進んでないのね。重機を入れて工事をしたらすぐ終わるのにと思っちゃう。それがとんでもない間違いだった。

この人口の多い国。仕事に溢れてる人がいっぱいいる。そしてそんなに急がなくてもいい工事（どうでもいい工事とは違うけど）。

だから雇用対策なのね。この人達。仕事がないと町をふらふらしてる夢遊病者的存在になっちゃう。そのため重機を入れて直ぐ仕事を完成させると、仕事に溢れる人がいっぱい出ちゃう。周りの人はどうでもいいと思っても重要な仕事（仕事的にはそんなに重要ではないかも・けど違う意味ではとっても重要）もあるのね。だから人は自分の意見を一番だと思っちゃう。それに合わないといけないことと感じちゃう。偏見だよね。

どうでもいい仕事（練習）を見直すってことが必要かな。そしていらないことを再吟味すること。何か違うことが生まれるかも？

●何を大切に！

１．１勝って何？

こういうことを言ってる人がいるのね。「プロとは一生懸命やっても褒められない。それ以上のことをやらないと評価されない。」

・初心者は１回勝ったら「凄い」ってなる。

・プロは１回負けたら「なんだよ」ってなる。
・「勝ち続ける時の１勝＝驕り（おごり）が始まる時の１勝」と「負けだした時の１勝＝何とかしなければならない時の１勝」も違う。

それを同じにしてはいけないんだって。けど周りの評価は「勝てば凄いね」となっちゃうことが多いみたい。最後だからと「顔晴る」気持ちと明日の試合「顔晴るぞ」では違うのね。読無蔵は思うの。評価って外的側面。けど選手は本来、内的側面で戦ってる。けどだんだんとそのことを勘違いしてくるんじゃないのかな。だからファールが出てくる。ファールをしてまでもっていう気持ちはある意味大切な感情だと思うよ。闘争心の一部だと思うから。けどね。スポーツの原点は遊びじゃなかったのかな？　遊びの中でファールしてまでもってあまりないと思うな。だから子供や選手には好きなことを遊びとして捉えることができる機会（チャンス）を提供することがコーチの使命だと思うよ！　どうせやるなら楽しく勝とうね。咲顔(^O^)で！

＊ちょっと一休み「ブレイクスルー breakthrough」で行ってみよう！

進化＆進歩の障壁を新しい開拓法によって「突破すること、壁を突き破ること、困難を打ち砕いて物事を進展させること」などを意味する。英語の２語を合わせた言葉で、２つの意味を併せ持った言葉。

①「Break」破壊する　②「Through」通り抜ける

だからね「ブレイク・する」って聞かれたら「するよ」って！　親父だぁ！ TWICEさん達みたいに顔晴れ！

大人は子供や選手にチャンス（怖がらず恥ずかしがらずに全力を出す）の場を与えてあげる人であってほしいな。才能なんてある人はほんの一握り……己の鍛錬とは

・磨かされている・磨いている・磨けている　みんなはどれかな？　絵餅（えも）いぞ！

「Nothing to lose…失うものは何もないから！」

2．子供と大人の時間

・大人は後先を考え生きている…どうしようか…やっぱりできない。

・子供は「今」を生きている……急には切り替えられない…よしやろう。

子供時代って色々な経験ができるチャンスの時期だと思うよ。大人は見守ることが必要になってくるのかな。大人の我慢は子供の成長の条件みたい。だからね。この違いは生活の中にも表れるのね。子供が公園で遊んでる。時間になったから帰ろう。よし帰るよ（大人感覚）。もうちょっと（子供感覚）。どうすればいい？

あのね。あの時計がここまで来たら帰ろうか。段階を踏んで予告登板させてみるってどうかな？　直ぐに帰るとは言わないの。ピッチャー（子供）のアップなしでいきなり登板させたら肩を痛めちゃうよね。後２回やったら帰ろうねもOKかな。そうすると登板する（帰宅する）覚悟が付くみたい。大人が２時に帰りたい（登板させたい）と思ったら１時30分位（30分前）にそろそろ登板するぞ（帰ろうか）って投げかけておくのね。

・そして１時45分（まだぁ、そろそろね）…登板予告の心

構えだぁ！

・約10分譲ってあげて「そろそろどう？」と2時に言うのね。

こうすると3回目の告知登板となるよね。こんなに気を使って登板させてくれた（待ってもらったんだ）という実績。これが信頼関係を築く基になるかも知れないね。

3．言葉って大切！

①「でも」って禁句？

＊意味

⑴物事が「他の場合においても」を類推（同じ性質をもつであろうと推理）させる。

・…でさえの意味で「子供（でも）できる」。

⑵特別ものと観えるけど、他の場合と同じであるという意味を表す。

・たとえ…であってもと言う意味で「強い人（でも）病気には勝てない」。

⑶物事をはっきりとさせない。

・一例として表す。「失敗（でも）したら取り返しはつかない」

⑷「なに（なん）」「だれ」「いつ」不特定をさす語として表す。

・すべてのものにあてはまるという意味で「だれ（でも）知っている」

⑸［接頭］職業・身分などを表す語に付く。

1．名ばかりで実質がそれに伴わない意を表す。「（でも）学者」「（でも）紳士」「あれでも学者か」などという場合の「あれでも」の略。

2．ほかに能力がないので、やむをえずその職に就いているという意を表す。「(でも) 先生」

「先生に (でも) なるか」という場合の「…にでもなるか」という意味を表す。

⑹物事を肯定しながら、結果として予想に反する内容を導くと時に現わす。類意語は「にもかかわらず・それでも・しかし」

・「がんばった。(でも) 負けた」。

⑺弁解・反論などをするときに用いる語。類意語はしかし。

・「負けました。(でも) 頑張ったんですよ」・「でも」って何か裏返し (逃げ) 言葉感があるよね。けど英語のデモ (デモンストレーションdemonstration) は示威運動、論証、証明、実地教授、実演説明等の意味。だからデモをポジティブに捉らえると「やったるで」という意味合いかな。「でも」ではなく「デモ・事実であることを論証する」に変えよう。「逃げ」を「実行」に変換だぁ！

②大事なこと (藤森慎吾さん・オリラジ)

＊人間関係を構築していく上で意識していること。

⑴偉ぶらない ⑵自慢話しない ⑶昔話しない・なんだって。人って河馬嘆になると

⑴偉ぶる・人を見下した (が〜る・girl)

⑵自慢話・鼻高になりた (が〜る・girl)

⑶昔　話・過去の栄光に浸りた (が〜る・girl)

ようするに「girl」の意味は女の子。中期英語では「性別に関係なく若者の意」で女性や若者蔑視に繋がるのね。みんなが (がーる・girl) を考え直し、自分の原点に戻れば世の中は変わっていくだろうにね (中期英語とは1100 〜 1500年

代の英語)。

③「仰ごう」とは「上を向く。上方を見る。尊敬する。敬う」という意味。

あおGO=「青GO（信号機)」とは出発（原点）を意味する言葉。

「ア：有難う」･「オ：お願いします」･「ゴー：御免なさい」は私生活における原点言葉だと思うよ。「あおごう」を合言葉に「寄り添う心」を養おうよ！

④有難う「あり（蟻）がとう（10)」

よく「ありがとう」って「蟻が10匹」って言われる。本当にそうだと思うよ。何故って？　集団行動で巣作りしたりする蟻。組織は「女王蟻、兵隊蟻、働き蟻」等に分かれてるのね。けど、集団の中で重要な役割を担っている働き蟻は全体の２割しかいないんだって。

そこにはね。「働き蟻の法則」っていうのがあるらしいよ。

⑴「働き蟻の法則」

蟻の集団を「よく働く・普通・働かない」と分類する。

・働き蟻が全体の２割…よく働き、エサを探したり赤ちゃん蟻の世話をする。

・普通の蟻が６割………働き蟻と同じくエサを探すこともあるが、働かないこともある。

・働かない蟻が２割……働かない。

そして、何と「働き蟻のみを残しても法則は変わらない」んだって。働き蟻のみが残るとみんなが効率的に働くって思っちゃうけど違うのね。働き蟻のみを残しても、その中の６割が普通の蟻、２割が働かない蟻になっちゃうみたい。優秀な蟻のみを残しても、その蟻が働くわけではないらしいの。結局は「２：６：２」になっちゃうらしいの。

それにどの蟻を残しても同じなんだって。

・働かない蟻のみ残す：働かない蟻から、２割のよく働く蟻と６割の普通の蟻が発生する。

・普通の蟻のみ残す：２割の働かない蟻と２割のよく働く蟻が発生する。

どの役割の蟻を残しても、自然と「２：６：２に分かれる」んだって。人間社会はどうだろうか？

⑵社会構造において

・学校（クラス）

成績優秀者（85点以上）２割、普通の生徒（50点付近）６割、赤点（30点）前後　の生徒２割。

・会社

会社貢献社員２割、普通社員６割、どうでもいい社員２割。

どんな環境（年代・場所・環境等）においても多少の違いはあるものの約２割が全体を支えているってことみたい。

⑶組織には「働かない蟻」も必要？

働かない蟻はいらないの？　人間社会との違いは何？　それはね。働き蟻と交代することがあるんだって。何故かと言うと「働き蟻が疲れると働かない蟻が交代し、働き蟻が休息」する。そして働かなかった蟻は働き蟻に切り替わり、よく動くようになるみたい。だから「働かない蟻」って、社会のストック蟻として必要みたいなの。人間社会においては「働かない蟻」はいつまでたっても「働かない蟻」だけどね。

⑷社会においては

・全商品の上位２割が売り上げの８割を占める。
・売り上げの８割は、２割の顧客が支えている。
・国土の２割に人口の８割が集中してる。
・勉強では２割の基礎固めをすることで、得点は80点（８割）を獲得する。

働きアリの法則（パレートの法則と似たような分布）とは「要因が２割、結果が８割」という法則「全体の数値の８割は、全体を構成する要素のうちの２割の要素が生み出しているという経験則」だってことみたい。つまり少数の要因が、大きな結果を生み出しているってことかな。有難うは「感謝の心」だって言われるけど、本当は「みんなが寄り添いそして自分の役割を全うするチームワークの心」なんじゃないのかな！　だからこそ「何だあいつは」って思うこともあるし「しょうがないな。やってやるか」って心もある。それが人ってものだし「ありがとう」じゃないかなって思うよ。

４．ルフィは「海賊王に俺はなる！」・読無蔵は「ガキんちょ王に俺（私）はなる！」

@狩りの仕方の違い

昔はネアンデルタール人（化石人類・３万年前に絶滅）とホモサピエンス（現生人類）は共存してたんだって。体格が屈強だったネアンデルタール人は力任せに狩猟をしてたのね。けど、ホモサピエンスは獲物となる動物を観察し、それに見合った道具を生み出していたらしいの。飛び道具や罠を使って技術や自然を認識し、動物の心を読むようなこともしたんだって。この差が生き残り戦術の一つだったみたい。

これはね。ネオトニー（幼形成熟…大人になっても子供の特徴を残す現象）の現れらしいの。遊び好きでフレンドリーで好奇心が高いっていうことが生き残りの要因だったみたいだよ。子供って吸収力もあり、学習能力も高い。脳の可塑（かそ）性（固体に外力を加えて変形させ、力を取り去ってももとに戻らない性質）は抜群。３歳児が学習能力のピークと言われてるよ。

だからネオテニー（neoteny…幼形成熟、幼態成熟）とは、幼少期が長くなり、かつ、大人になっても未熟だということなんだって（発達障害児かな…違う？）。プロジェネシス（progenesis, paedogenesis,早熟、前発生）が反意語だよ。未熟化というのは一見劣ってるって感じるけど、未熟ということは「様々な知識や経験を柔軟に吸収・学習できる」ってこと。日本人を含むモンゴロイド（アジアの大部分に分布する黄色人種群）は、ネオテニー度が最も進んでいる人種みたい。中でもアジアの東端に位置する日本人は超ネオテニー人間。日本人の頭が大きい、顔が平べったい、体毛が薄い、肌がすべすべしている、手足が短い点は、まさにネオテニーの特徴なんだって。

日本人は、幼少期が比較的長く成人しても未熟である傾向が強いので、脳としては成長する時間が長くなり、より進化して成熟しているということになるらしいよ。

幼児期は知能が発達する時期。だから幼児期が延長されたことにより、人間はより良い「今の知能」を得ることができたらしいの。幼児期の延長により、論理脳が感性脳に蓋をしてしまう前に「両方をバランスよく使えるような精神的人間性の能力を発達させる期間」が残されているためみたい。日本人って本来、人間性の高い文化を持っていて、明治時代の小学校教育は、授業時間の約３割が人間性教育だったって言うよね。

ネオテニーって幼いとか未熟というよりも、「発想が柔軟であるとか、心がまっすぐで優しいといった側面が評価されるべき」とある人が言ってるの。それに、成長過程の脳では、ニューロン（neuron・生物の脳を構成する神経細胞）から何千という樹枝状の突起を出して、複雑に繋がり合うのね。それが最も密になるのが、女の子で11歳、男の子で12歳半あたりらしい。

脳の神経回路はその後、頻繁に使う安定した回路のみを残すかたちで、不用なものは刈り取られる「剪定（せんてい)」が繰り返され、25歳ころに完全に脳は成熟するらしいよ。人格を含め、いわば本当の個性ともいうべきレーゾンデートル（フランス哲学用語・自分自身が求める存在意義&生き甲斐のこと）が形作られるのは20代の半ば以降みたい。

＊思春期30歳理論（HUMANIENCEより）

若者の無鉄砲さ等を生むのは性ホルモンの影響だって。何故って、性ホルモンは脳の最も内側にある側坐核（欲求を高めて報酬が得たくなる性質）と偏桃体（恐怖・怒り・悲しみなどの振れ幅を大きくさせる性質）に作用するらしいよ。思春期のイライラを生むのは側坐核と偏桃体みたい。

思春期の終わりは「生理学的には18歳位」と言われていたの。けど脳画像の解析を踏まえる（小池進介さん・東京大学）と「思春期は30歳まで続く」んだって。

脳には無数の神経細胞が張り巡らされていて「判断や思

考」は神経細胞による情報伝達によるもので、この情報伝達を行っているのが神経線維なのね。

そして、神経線維に巻きつくように脂肪が絡まるの。これは「ミエリン化」と言って神経細胞が信号を送るスピードを速めてるんだって。

スピードアップすればそれだけ能力が上がるんだけど「ミエリン化が起こる場所って脳の中間部分」。その内側には「側坐核と偏桃体」。外側には理性的な判断・計画性を司る大脳皮質。ミエリン化されると「側坐核と偏桃体・アクセル」を「大脳皮質・ブレーキ」が制御（コントロール）する状態となるみたい。ミエリン化はこのバランスを上手く整えるので「無鉄砲行動」を減らし「思春期の終わり」を告げるというわけらしいよ。30歳でミエリン化が進んでいるけど、まだ多少は「思春期脳」が残っている。30歳時点ではまだ思春期だってことかな。

けど、ミエリン化にはデメリットもあるのね。それは脳のルーティンワーク（繰り返し行う定型化した業務）が固定化（柔軟な発想が減ってくる）されるってことみたい。

ルーティンによりスピーディーに物事を解決できる一方で、新しい刺激が入り込む余地はなくなっていくらしいの。

若いみんなは30過ぎたってまだガキだってこと。最光（さいこう・最も輝く）だね。

ギャルもギャル男も「年取った」なんてことはない。30過ぎたって「ギャル・ギャル男」だってことだよ。だからミエリン化した頭の固い大人に早く（10～20代）からなる必要はないと思うな。ミエリン化前にどんどんやりたいことをやって引き出し（行動選択肢）を増やしてほしいな。それがこれからの社会を変えていく大きな要素「酔う嘘（ようううそ）になるな…酔う嘘の意味考えてね」かな。顔晴れ！　顔晴れ！「希愛・喜愛・輝愛（きあい・きあい・きあい）」だぁ！ Age is just a number（年齢は数字でしかない）！

＊発症訓

法改正で結婚（未成年）は「親の同意が必要」は削除された。結婚は「成年（18歳）からと規定・互いの合意があれば結婚できる」となったよね。また、現在、初婚年齢は女男共約30歳。それに初産年齢は約31歳。子育て期は30代ってこと…ってことは親の「ガキ期・思春期」は30代（前述）ってことになる。子供とセンス　オブ　ワンダーを過ごすための合言葉「大人になるな！　謳歌しよう・箸も転がる30代」であれ。大いに30代の青春期を子供と過ごす！　みんなに実践してほしいな…と思います（お願いです）。観来（未来）の「寄り添い社会」のために！

※注（^ε^）「モンゴロイドと人種」

人間を大きく分けると「ネグロイド（黒人）、コーカソイド（白人）、モンゴロイド（黄色人種）」の三人種になるんだって。ネオテニーに関してこの三種族を見ていくと興味深いのね。ネオテニーの期間の長さはモンゴロイドが最も長く、次いでコーカソイド、最も短いのがネグロイドみたい。

幼児化は大人社会に極めて高い社交性を要求するらしいの。幼児化しないチンパンジーはオス間の競争が激しく、相互協力の集団は小さくて一時的みたい。人類の祖先がアフリカの乾燥した新しい住環境で生き延びることができたのは「固い結束で大集団での生活を営む」ということだったみたいだよ。

黒人や西洋人に比べてモンゴロイドの幼児化レベルが高いのは、モンゴロイドが寒さの厳しい環境で生き残るためだったと言われているの。幼児を保護（幼児化維持）するためには大人たちが社交性や協調性を高め、大きな集団を作ることが必要条件だったの。そのため東洋人（黄色人種）は基本的に「平等主義で社会主義的」、西洋人は「競争的で自由市場経済」を志向する傾向にあるってことみたい。

世界も認めているネオトニー国にほん。だから海外の真似ごとではなく「ガキんちょ大国にほん」を目指すことが色んな意味でいいんじゃないのかな。世界は「ガキ」を待っている。示せガキの神髄だぁ！

※注（^ε^）ミニこぼれ話①「何歳と聞かれたら？」

感受性期って9歳位までなんだって。それを過ぎてから、どんどんと神経細胞（シナプス等）がつながり、20歳位で脳神経ネットワークが完成形に近くなるらしいの。けど可塑性（脳変化）は延々とつながっていくんだって。そうすると社会的な面と子供の面を持ち合わせて成長する原点って9～20歳の真ん中の15歳位って考えてみるの。だからね！　その原点を忘れないために歳を聞かれたら「15歳と180ヵ月=30歳・15歳と540ヵ月=60歳)」って言うのはどうかな？だから大人はみんな15歳なんだぁ！

※注（^ε^）ミニこぼれ話②「凄いぞ！　俺はデュエル王になる」

遠藤航さんが2年連続ブンデスリーガ（ドイツ）で「デュエル王」になったのね。「デュエル」の語源は「DUO（デュオ)」＝２人を意味するラテン語なんだって。サッカーにおけるデュエルって「１対１の状況、２人で争っている」ってことみたい。

・１対１でボールを奪い合っている時。
・フィジカルコンタクト（身体接触）やルーズボール（どちらでもないボール）でボールの競り合いをしている時。

デュエルは試合の勝敗を大きく分ける場面みたい。けど、そのデュエル王（ドイツリーグ）に何と日本人選手がなったのね。ブンデスリーガ（2020～2021）内でのデュエル勝利数476を記録し、１位に輝いたの。遠藤選手さんが所属しているシュトゥットガルト全体のデュエル勝利数は3837回で、その約12.4％に当たる勝利数を稼いだみたい。

フィジカルが弱いって言われた日本人選手のイメージを一新する大きな出来事だぁ！

＊サッカーにおけるデュエル強化法（行くぞ！　１：１）

１．選手は両ゴールポストの脇に位置する。
２．ボールをペナルティエリアの真ん中に出す。
３．選手はボールまで走り１対１でボールを奪い合いシュート。

・ポイントは１：１の時の体の入れ方やフィジカル、相手の次の動きの予測だって。

５．「あしたのジョー」って漫画知ってる。山谷（日雇労働者が集まるドヤ街）が舞台の「あしたのジョー」。粗暴で手に負えない不良の「ジョー」さんが主人公。対戦相手の「もの凄く強い力石徹」さんに叩きのめされるジョーさんはこう言うの。「はっきり肝に銘じてもらいたいことは、俺はただのサンドバックじゃねってことだ」って。友達もいない。信じられるのは自分。だからね。読無蔵は思うの。いっぱい友達がいるっていいことかな、いざとなったら誰も何もしてくれないよ。だから友達は一人でいい。その友達は自分。一番信頼できるから。でもこいつ、一番しっぺ返しもする奴なんだよね。あしたって元は朝（古語…あした）なの。ジョーはジョークの略。だから「あしたのジョー」って「朝のジョーク」ってことかな。肝に銘じてもらいたいな。「朝のジョーク」。微笑みやゆとりが出発点だよってことだよ。これって凄いこじつけかな！　ジョーファンには怒られるかな？　でもね、かいしゃくは千差万別。誰だって「微笑みが出発点だよ」って感じてほしいな。「ここみどう？」

※注(＾ε＾)「かいしゃく」

・解釈…物事や人の言動などについて、自分なりに考え理解すること。

・介錯…切腹人の首を刀で斬り、その負担と苦痛を軽減する行為。

・解釋…物事、特に表現されたものを、自分の経験や判断力などによって理解すること。

みんなはどの「かいしゃく」？

6．感覚とは

「意見」って言う意味。ちょっと考えてみようよ。「自分にはこう観えている」ということだけで「相手も同じように見えている」ということではないと思うよ。伝える内容は同じかもしれないけどね。どういうことかというと「書く（話す）のは得意だけど話す（書く）のは苦手」。「卵は食べれるよ。

けど卵焼きは好きだけど目玉焼きはダメ」ってことと同じかな。だから「話す人＝明るい」・「机に向かってものを書く人＝暗い」という判断ではなく「得意か不得意」のレベルで判断するってことかな。両者同体。車輪ってことだと思うよ。

あとね。読無蔵が大切だと感じてること。それは「名前で呼ぶということ」これはその人を認めているということ（個性の尊重）。「この（花）綺麗だね」ではなく「この（たんぽぽ）綺麗だね」にするの。それに現場に行け……わぁーぃ刑事かぁ！

花の絵は綺麗・けど匂いはない。スポーツをテレビで見る・けど競技場の雰囲気や他の選手の動きは分からない。どうして？　その行為（どうしてプレーが行われたのかの関連性）が解らないから。観察って「インプット」・行動って「アウトプット」だから。それに同じ車でも「赤・青・黄色」があるよね。性能は同じなのに色の好き嫌いで購入車が決まる。世の中も同じだよね。

心を落ち着かせる深呼吸。よく言われるのは深呼吸って「吸う時は花の匂いを嗅ぐ・吐く時はろうそくの灯を消す」ようにだって。

後ね。河馬嘆って「金使い・驕（おご）る」性質の生き物。お金を使って接待すればいいと思ってるみたい。また、そうされると喜ぶ生き物。けどね。金使いの他にもう一つ「使えるもの」があるの。それは「気使い＝寄り添う心」。気使いってお金がかかるものかな？

・金使い（驕る）　＝お金使う＝優雅＝上辺だけ

　　…世の中の常識　（凄いと言われる）

・気使い（寄り添う）＝お金無し＝質素＝信頼
　…世の中の非常識（馬鹿と言われる）

だからある人が言ってるの。「金使うより気を使え」だって！　そういう世の中なら「いじめも中傷」もなくなっていくのかな？

●いじめ、パワハラ

1．いじめの現状

①にほんのいじめ年間数　約61万件

世界の13～15歳の３分の１（約１億3000万人）がいじめを経験しているんだって。いじめとは傷のつかない暴力（傷害事件なのに問題にならない…そして死んでしまう（自殺））。あのね、ちょっと（もっと）真剣に考えてほしい問題だと思うな。

②いじめの定義（kiva）

・思春期にはよくあるいたずら。

・学校対応は「加害者にも未来がある」だって。じゃ被害者の未来は？

こんな形で片付けていいのかな。いじめって子供（大人にもある）の遊びでは片づけられない問題だと思うよ。「怪我は治る…自殺は治らない（終結…人生終わり）」だよ。

自殺の原因（無視する）ってどういうことか知ってる？

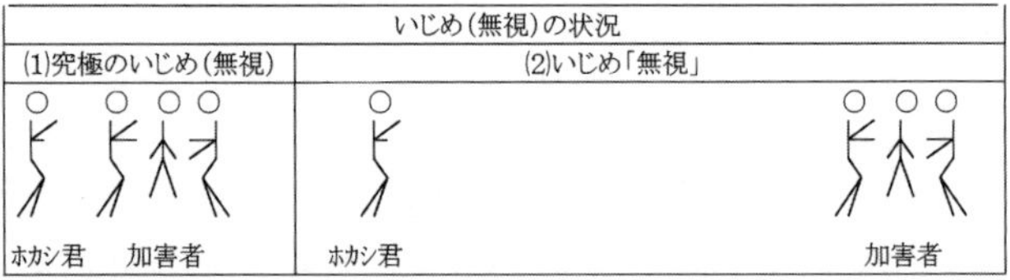

いじめ（無視）の状況	
⑴究極のいじめ（無視）	⑵いじめ「無視」
ホカシ君　加害者	ホカシ君　加害者

⑴は近くに寄ってきてるのに無視。周りは気付かないの。いじめとは感じてないのね。
⑵は離れての無視。無視してるって分かるから何か言う人もいるかも知れないのね。

加害者って⑴の無視をする人がほとんどみたい。仲間だと思われてるいじめって最低だね。

今、いじめ防止プログラム「KiVa」…フィンランド発（現在20か国で導入）中学年代の思春期を迎えると効果は弱まる（小学生時に有効）を導入する国が増えてきているんだって。いじめに対して一人が立ち上がればみんなの気持ちを変えることができるとKiVaでは教えているみたい。小さい時の考え方は未来の原点だからね。

このプログラムの目的は「子供たちを勇気づけてみんなで行動すれば自分たちでいじめを止められるということ」。クイズ形式で身近なことを楽しい感覚で教えているみたいだよ。「みんなで」が基本にあるってことが大切かな。

③にほんは？

いじめ認知件数61万5351件（2021・文部科学省）・児童生徒の自殺514人（2022・厚生労働省）・事前指導ではなく事後対策が殆どなんだって。

16歳までの子供で「陰口やからかい」のいじめを「行った＆受けた」のは90％に上るらしいよ。法律の処罰って「人に対して親切な行動をとらなかったから」といって「犯罪」とはならないよね。だから「見て見ぬふり」を平気でする。自分に降りかかるのは嫌だし邪魔だから。ご勝手にという考え方が蔓延して（はびこって）る。悲しいよね。

だから若者の死因で最も多いのが自殺だよ。2018年には1年間で2万598人、1日にすると平均56人が自ら命を絶っているのね。これは、先進7カ国の中で突出して高く、若者の死因の1位が自殺であるのは日本のみだって。

「日本財団いのちを支える自殺対策プロジェクト」の「自殺意識調査・2018年度」における結果では18～22歳の若年層における「自殺念慮（ねんりょ…本気で自殺したいと考えたことがあること）」と「自殺未遂（自殺未遂経験があること）」の状況は、男女平均で30％の人が「自殺念慮」を持ったことがあり、11％が「自殺未遂」の経験があると答えているの。

ただし女男別で結果を見ると、いずれも女性の方が多いのね。わが国全体では最近の年間自殺者数は交通事故死者数の約5倍以上にも上っているんだって。

あのね。ストレスがあると人って「いじめ」に走るみたい。それに、日本に暮らす18～22歳の若者のうち、4人に1人が自殺を本気で考えたことがあり、10人に1人が自殺未遂を経験したことがあるんだって。

そして、その原因の半数が学校問題で、更にその半数は「いじめ」が原因らしいよ（日本財団の調査による）。

若者においての自殺念慮・自殺未遂の原因の多くは「不登校経験」等の学校問題が強く関連しているみたい。学校生活が自殺念慮や自殺未遂の原因の多くにつながってることが解ったのね。

自殺念慮経験者は男女平均で30％だったよね。しかし「学業不振者」に絞れば49％、「学校での人間関係の不和経験者」においては51％と、それぞれ約半数もの若者が自殺念慮を持った経験があるのね。

更に「いじめを受けた経験者」の場合は58％、「不登校経験者」に至っては68％もの若者が自殺を本気で考えたことがあるらしいの。直近の経験のみならず、過去の学校関連のネガティブな経験が自殺念慮と深く結びついているらしいよ。

ちなみにアメリカでの中高生でのネットいじめの経験数36.5％（2019）。コロナ拡大の影響で70％以上になっているみたい。

「自殺した児童生徒が置かれていた状況」（2020・文部科学省・複数回答可）

１不明52.5％

２家庭不和12.8％

３進路問題10.6％

４友人関係での悩み（いじめを除く）6.0％

５いじめの問題2.9％

社会問題って「ちょっとした出来事」として片付けられてしまうことが多いと思うよ。問題を問題と感じない風潮が蔓延（はびこ）ってるからかな。悪い芽は早めに取ってしまう（摘み取れって殺しだよ）のではなく、早めに修復して互いに伸びようとしていくことが本当の「寄り添い」じゃないのかな。

いじめ・自殺に関しては「ぼく・谷川 俊太郎、合田 里美（子どもの自殺をテーマに本を作った）」を読んでみたら？

＊追伸

国境なき医師団さんは「無関心が人を殺す」って言ってる

の。「声を上げる」ってことが大事みたい。何を感じるかは「ここみどう？」だよ……

※ちょっと零れ話

・人間は孤独をどう感じるか

人は孤独に陥ると前帯上皮質の背側部（dACC）が活性化するんだって。何とこの部分は体の痛みとして感じる場所みたい。ようするに孤独で痛み（辛さ）を感じる領域と体の痛みを感じる領域・この２つの領域が重なっているってこと。孤独を感じさせるのは暴力で痛みを与えるのと同じなんだよ。

また、「ざまあみろ感・心理学ではシャーデンフロイデという」は、他人を引きずり下ろした時に生まれる快感のことなんだけど、何とこれには、あの快感脳内物質「オキシトシン」が深く関与してるみたい。「妬み感情」も高めてしまうってこと。

他人の不幸を美味しいと感じる感覚は脳の中の線条体という部分が活性化するんだけど、この線条体はおいしいものを食べたり、お金がもらえたりしたときに活性化するところ。生物が生きる上でなんらかのプラスになるできごとに対して反応することから報酬系とも言われているのね。つまり他人の不幸を「おいしい」と感じるってこと。「他人の不幸は密の味」という例えがあるけど、脳は「他人の不幸」が「甘いもの」と感じるみたい。

孤独を感じさせること（弾きにしたりする）は「暴力でぶちのめしている」ということ。ざまぁみろと思ったりすることは「嬉しさを感じている」という「寄り添うこと」とは程等い行為だということを忘れないでほしいな。読無蔵のお願いです！

３．TALK（トーク）の原則

Ｔ・Tell（声を掛ける）

ちょっと何かが普段と違うなと感じたら「どうしたの？」って。けど「何もないよ」と言われたら、「でも何かあったら教えてくれると嬉しいな」って。

Ａ・Ask（尋ねる）

一歩踏み込んで「何かあったの？　って具体的質問をする」。本当に元気がない時には「全てがなくなれば・何て思うこともあるの？」とかみたいな～。

Ｌ・Listen（聴く）

「耳を傾ける」。傾聴ってことみたい。自殺者心理での一番の問題は「疎外感・相手にされない」なんだって。だから「寄り添い」が大きな心の支えになるらしいよ。この際に気を付けることは「積極的傾聴・相づちやねぎらいの言葉」なんだって。

けどやってはいけないこと。その人の考えの否定・自己思想の押し付け（こうだろう、違うよ等）は良くないみたい。

そしてもう一つ。「あなたの言ってることよく分かるよ」って言う奴。それは言わないことだって。…そうだよね。「あんたに何が分かるの」だと思うよ。慈善事業の押し付け屋さんに多いタイプ。「黙って聞いてろ」だよね！

Ｋ・Keep safe（安全を確保・一人にしない等）

「繋（つな）ぐ」。傾聴した人が「私が何とか」と１人で背負い込む必要はないのね。それこそ自己満足の世界になっちゃう。関係機関、関係者に「繋いで行く」ということが大事かな。自殺対策としては「各自治体での相談窓口」があるみたい。そういう所の活用や「眠れないなどの兆候はうつ病」の可能性もあるので医療機関（精神科医）との協力も必要なんだって。大切なことは受診に付き添うっていう「寄り添い」を大事にしてほしいってことかな。

※読無蔵の思うこと

大丈夫ではなくどうかしたのと聞くこと（それに「教えて」…〈押しエテ〉…押しながらキィー〈猿真似だぁ〉と言う）で緊張を和らげる・も１つの方法かな！

それにね。気遣いとはどうこう言うことじゃないと思う。こういう方法もあると思うな。①どうしたの何があったの。ではなく「この本読んどいてね。」

②あそこはこうしたほうがいいんじゃないのかなではなく「このビデオ見といてね。」それと「何が」を一言添える事かな。

１「凄いよね」ではなく「〈いつも〉凄いよね」

２「有難う」ではなく「〈嬉しいな〉有難う」「〈優しいね〉有難う」

それが寄り添うってことかな。

引っ込み思案な人がいる。人としゃべれない。そんな人に「もっと人としゃべらないと」って言うのは寄り添いじゃないと思うな。無理強いだよ。笑顔でお辞儀してみようよ。一言「お会いできて嬉しいです」って言ってみようね。自分だったら何ができるのかを考えることが必要かな。それが寄り添うってことだと思うな。

それにね。繋ぐっていうコミュニケーション。けど繋ごうとしても「繋ぐ人がいない」のが現状だと思うよ。だから一人で抱え込む。そして文句を言われる。何と…文句を言う人って何もしなかった人達がだよ。何を変えていかなければいけないかを考えてほしいな。

違う人、御免なさいね。「ここみどう？」

4．ジェンダーギャップ指数（世界各国の男女平等を現す指数）

日本はね。156か国中120位（2021・先進国では最低の水準）。政府が2003年に掲げた「（女性管理職を2020年までに30％）を目指す」の期限を10年先送り…これって縮まらない女男格差なのね。

＊ジェンダーギャップ指数

第１位（アイスランド）

・男性の育休取得率約86％…日本は約７％

・育児休暇法

父親６か月　母親６か月　６週間のシェア（「共同でもつこと・分けること」）

育休中は給料の約８割（上限額54万円）を税金で保証

・男女同一賃金法

＊女性管理職の割合

第１位…アメリカ41.1％

日本……13.3％

「ここみどう？」

この国の長い年月で培われた「男尊女卑・見下し体質」はちょっとやそっとでは変わってはいかないと思うよ。けど、それを変えるチャレンジをしていくことが未来を担う「ギャル、ギャル男、はみ出し者（不良bad)」の役割（いい子にはその度量がない）じゃないのかな。世界を救うのは食文化・BBQ（バーベキュー）じゃないよ。「GGB（ギャル・ギャル男・バッド人）だぁ」！

5．Government first（行政一番）

①涙のリクエスト（涙の転勤）

あのね！　読無蔵は新設塾の講師をしていたことがあるの。若い力がみなぎっていて活気がある塾だった。そのため読無蔵はその塾のサッカー愛好会を活発化させ、全国を目指そうと思ったの。地域に密着した地域で育てた子供達で天下取りをする。とっても理想的な型だと思う。だからね、塾長にこの塾が発展していくために、「地域の子供達を入学させ、地域と一体化したさっかー指導と育成を図りたい」とお願いをしたの。そしたら塾長は「この塾の発展のためにOK」とGOサインを出したのね。

だから読無蔵はそれから地域の中等塾を回り、地域の発展のために地元の高等塾を目指してほしいと地域巡りを始めたの。その甲斐あってか数名の生徒が読無蔵の勤務する塾に入学をしてくれた。そして２年目で州の上位に食い込むような活躍をしてくれたのね。

この子達のためにも次の学年の入学生も地域からと、また、数名の子供達が入学を志願してくれたの。よし、地域と密着した育成で子供達の夢を叶えるためにバックアップしていこうとしていた矢先、何と読無蔵は塾長に呼ばれたの。何だろうと思い塾長室に行くと信じられない言葉…「読無蔵、新年度は転勤になったから」？？？

え～！　何・何・何!!　大きな夢を持って入学してきた子供達や入学を希望して願書を出してきた子供達の未来はどうなるの？　行政のやることって「子供達の未来はどうでもいいの？」。行政ってそれ自体が回れば目の前の子供達はどうでもいいのかな。

読無蔵は転勤を余儀なくされたのね。こんな悲しい出来事はない。読無蔵は塾の離任式の時に「最後のメッセージ」を子供達に捧げたのね。曲は「涙のリクエスト・チェッカーズさん」ならぬ「涙の転勤」。

＊涙の転勤

涙の転勤　最後の離任式　最後のボールに祈りを込めて　ミッドフィールド　ボールを蹴り出す　あの子に伝えて　まだ好きだよと　トランジスタのボリューム上げて　初めてみんなで　蹴ったボールさ　さよならなんて　冷たすぎるね　ひどい仕打ちさ　全国を誓ったメモリーソング　今では違う誰かの写真　さよなら代わりみんなに送る　悲しい転勤を笑ってくれよ　涙の転勤　最後の離任式　涙の転勤　最後の離任式　for you

＊読無蔵は凄く感激していることがある。それは夢を奪われた子供達が現在、社会人として活躍していること。この子たちは読無蔵にとって掛け替えのない恩師だよ。最高の子供達に教えられることばかりかな……!!

②亜鉛事件

読無蔵の専門は運動整理学。専門が擦過ー（さっかー）のため世間が取り組まない新理論を追求するのが読無蔵の真骨頂なの。そのため、貧血についての疑問があり、それを某栄養研究所（ナショナル）と解明しようとしたの。現在では貧血は鉄欠乏貧血と亜鉛欠乏性貧血等に解明されているみたいだけど、でも今から30年位前はどうだったのか？　貧血の選手がいる。鉄タブを常用しても貧血は改善しない。なぜだろう？　そこで亜鉛欠乏性貧血が提唱され始めた（原因は多量の発汗による亜鉛喪失etc）。

＊こんな論理もある。

人の身体に栄養を供給しているのは赤血球。毛細血管の径は６～７マイクロミクロン・赤血球の径は７～８マイクロミクロン。赤血球は毛細血管に入り込むことができない。そのため、赤血球は細長く形を変える必要があるらしいの。赤血球の膜の生成には亜鉛が関与しているんだって。そのため、亜鉛が不足していると赤血球が崩壊（赤血球の膜がもろく壊れやすくなる）しまい、貧血という現象が出現しちゃうという論理。

また、亜鉛は子供の発達に必要な元素みたい。味覚の鈍化や肌荒れも起こしちゃう。そのようなことの解明のために亜鉛を塾生に投与して色々な疑問を解明しようとしたのね。

そのことを塾長に相談した。一発！　頭ごなしに塾長は「塾生を人体実験のモルモットにするつもりか」「そんな麻薬みたいなものを生徒にくれるつもりなのか」だって。

そして、塾のクラブ担当を外され、その時、担当していた州選抜の監督も解任させられたのね。今では亜鉛という元素はとても重要な微量元素として認識されている。

しっかりした計画の元に行う行為であり、亜鉛を大量投与するのではないのにね。この国のスポーツ栄養学の発展を遅らせたことの微々たる一つの要因ではないかと読無蔵は思っている。何故なら「読無蔵」って究極の発達障害児だもん！

③論文は宣伝だ！　ビジョントレーニング

あのね。読無蔵はビジョン（視覚）トレーニングのついて研究（約30年前）していたの。どうしたら一般の田舎の塾でもスポーツにおける最新の理論のトレーニングができるようになるか。そのための一環としてのビジョントレーニング。

そしてそれを「メディア新聞」に載せたのね。そしたらその新聞にビジョントレーニング機器の宣伝が同時に載せられた。

何と塾長の言葉「お前は企業宣伝の道具のためにこんなことをしているのか。直ぐに削除しろ」だって。新分野のトレーニング理論を広く広め、誰でも取り組めるトレーニング法を普及することが目的なのにね。企業の回し者だって。

「ここみどう？」

④支援事業には行かせない

読無蔵。ある発展途上国にスポーツ指導に行っていたのね。指導というよりは「新しい発見を教えてもらうために」かな。このことについては他の所でね詳しくね。じゃ本題！

それは長期休業中を使ってのスポーツ指導（仲間造り）なのね。塾長は「授業日を外すこと」と読無蔵に言ったの。年末の時期でないと相手国が雨季となってしまうため年末年始にかけて渡航してたの。ある年、日程上の都合から終業式の日からの出発の予定表を提出したの。担任も各係の主任もないから。そしたら塾長の言葉。

「俺は授業日を外せと言ったはずだ。人の言うことが聞けないのか。お前は何処から給料をもらっているんだ。考え違いするな」だって。それに椅子並べは誰がするんだ。終業式に椅子並べなんてしますか？

そして「どうしても行くのか。じゃ俺がお前に仕事を与えて行けないようにしてやろうか」だって。年休を使って１円の謝礼も受領せず「持ち出し」をしながら「子供の笑顔に接すること」はいけないことなのかな。「ここみどう？」

６．いじめに対しては

①タンポポとは

・タンポポと似てるタオパンパとは「自立しないあたおか」かな。

※注(^ε^)「あたおか（頭おかしい)」

・「タオパンパ」の由来

「タオパンパ」は、「タオル、パンツ、パジャマの３点セット」のことを指すみたい。そこから転じて、「マザコン男」を表すネットスラング（インターネット上で使用されている俗語の総称）だって。なぜ「タオパンパ」がマザコン男のことを指す言葉になるの？

それは、夫が「妻にお風呂上りに用意しておいてほしいもの」の３点セットが「タオル、パンツ、パジャマ」だからみたい。この３点セットを自分で用意するのではなく、妻に要求するのは、結婚前からそれが当たり前の生活だったかららしいの。誰が？　そう母親がその３点セットを用意していたからなのね。

そこから、身の回りの世話を当たり前のように母親にしてもらっていた男性、つまり「自立していないマザコン男」という意味になったんだって。

こういう子供は自立心がないからいじめの加害者にも被害者にもなりうる可能性を持っているのね。どうでもいい奴って考えなしに流されるから「すごっく怖い存在」なのかも知れないね。そういう人がこの世の中にはいっぱいるってことが恐ろしいよね！

②タンポポ

あのね！　こんな諺（ことわざ）知ってる？

「踏まれても、踏まれても、タンポポの美しく咲く、笑い顔。」

タンポポの英語名は「ダンデライオン」。語源はフランス語で、“ライオンの歯”という意味なんだって。ギザギザの葉が、それに似ていることからみたい。

タンポポは、冬の間雪に埋もれ人に踏まれて、葉っぱは平べったくなるの。春になると「春だ」って大きく息を吸い、葉っぱという胸を広げて花という微笑みを咲かすのね。

そして、最後は白い綿毛となって風に乗って飛び、行きついたところで根を下ろす。新しい自分の発見だよね。どんな場所でも誰が見ていなくてもまた、自分らしさで花を咲かすの。ライオンは「百獣の王」。タンポポのたくましさは雑草の中の「百草の王」かな。

あのね。「拈華微笑・ねんげみしょう」という仏教の教えがあるの。ことばを用いずに「心から心」へ相手に伝えることを言うんだって。

・「拈…ねん」は指先でひねる（つまむということ）。

・「華…はな」は蓮華（れんげ）の花…泥水の中からにょっきりと茎を出して、その先に真っ白な華（純粋さ）を咲かせる。

意味は「俗世間から清浄な仏の教えが出てきたこと」を象徴しているらしいよ。

お釈迦（しゃか）様が霊鷲山（りょうじゅせん）で跡継ぎを誰にしようかと集まった弟子の前で華を掲げた（つまんだ）が静まりかえり誰も意味が分からず応えない。

ただ一人、摩訶迦葉（まかかしょう）さんだけが真意を知って微笑んだ。それを見たお釈迦様が「彼こそが、我が法を継ぐべき人物だ」と言われ、そこでお釈迦様は彼にだけ仏教の真理を授けたという言い伝え。

摩訶迦葉さんは、「この花のなんと美しいことか。そこに華がある…あるがまま」とお釈迦様の心と同じ心になれた（以心伝心）ということみたい。

仏教って沢山の教えを会得すると、微笑みという悟りが湧き出てくるらしいの。「微笑みが自然と現れる姿になる」ことが究極の悟りらしい。何があってもタンポポの花のように「踏まれても踏まれても、与えられた試練と悟り、全て受け入れ微笑みを湧き出させる」が人の極意（寄り添い）かな。

人が下を向いてる。何かあったのかな？　けど、微笑みかけるの。何も聞かずに「全てを受け入れて微笑みかける（何があっても）」。この行為ってタンポポ（拈華微笑）の仲間かな。世の中がこうだったらいいのにね!!　だから咲顔（えがお…咲き誇る微笑み）となるのかな。

③努力は必ず「無・食われる」

努力ってね。完全に無になるように食われちゃうの。要するに努力したって何もないことの方が多いってこと。必ず報われるなんてこと何て「絵餅」。それが現実なの。それを努力して頑張れって。「嘘つくな」だと思うよ（読無蔵の偏見）。

けどきょういくしゃは「努力は必ず報われる」って言う。頑張れの弊害なのに。だからきょういくしゃさん、そのことを「肝に銘じてね」だと思うよ。

努（ど）からゴミ（”）を取ると（と）になるの。止力。止める力。それは報われる力かな。「努力しろ努力しろ」って言われて「頑張る」人はいるけど「顔晴る」人はあまりいないよね。けど止力しろって言われる。休もうとする。そうすれば新しい発想が生まれるし、可能性が見えてくる。苦しまない。そして余裕を持って物事に取り組めると思うよ。

必要だぜ…「止力」！　まあ「発障訓」だからね！

7．心を軽くするには！（心が楽になる16の方法・精神科医・藤野智哉さん）

①溜息をつく。
②背筋を伸ばす。
③肩とふくらはぎのギュッ体操（筋弛緩法）。
④不安になった時は「興奮している」と言う。
⑤ファーストネーム（下の名前）で呼んでもらう。
⑥よく噛む。
⑦自分を知らない第三者に相談をする。
⑧「疲れた」という事を口に出す。
⑨「助けて」と言う。
⑩悩みを書いて破る。
⑪週末は違う環境で過ごす。
⑫目標を持たない事を目標にする。

⑬ASMRの動画を見る。
⑭起きたら日光を浴びる。
⑮花の画像を見る。
⑯今すぐ幸せになれるリストを作る。
①溜息（試生き）をつく

溜息「試（ため）して生きる・常に試みて生きる)」とは長くはき出す息。溜息は自律神経を回復させる作用があるんだって。また、溜息後に深呼吸をするとさらにリラックスするらしい。ため息が出るってことは心配事や悩みを抱えているってことで、胸やお腹の筋肉が緊張して硬くなり、呼吸が浅くなっているみたい。

すると、血液中の酸素不足が起こるので、それを補うため体は交感神経を働かせて血管を収縮させるらしいの。血圧を上げ、全身への酸素供給を維持しようとするわけなのね。「交感神経」は自律神経の一種。血圧や心拍数を高めて体を活性化する作用を持ってるの。一方、体をリラックスさせるのは「副交感神経」。自律神経って常にこの２つのバランスを保ってるのね。でも、心配事を抱えた人の自律神経は、どうしても交感神経優位に偏りがちみたい。溜息はこの偏りを解消するの。息を『ふーっ』と長く吐くことで、浅くなった呼吸が深くなり、副交感神経が働くようになるらしいよ。

②背筋を伸ばす

背筋を伸ばすことでストレスホルモンのコルチゾールが低下するんだって。普段どんなことがあっても背筋を伸ばし、堂々とした姿勢でいることが基本みたい。背筋を伸ばすと「脳が覚醒し、情報処理に必要な短期的な記憶力」などが高揚して、更に背筋を伸ばしたことで抗重力筋が働き、覚醒に作用するノルアドレナリンが脳内に分泌されるんだって。

作業効率を上げるには背筋を伸ばした姿勢での仕事が良く、逆に椅子の背に深くもたれかかったりすると抗重力筋の働きが弱まるため覚醒水準は下がり、脳は休息モードになるらしいよ。きょうしが授業中に「なんだその姿勢は」というのも一理あるみたい。それに背筋を伸ばし顔を上げて大股で歩くだけで、楽しい気分（ルンルン）になるのね。

※注(^ε^)「コルチゾール」

副腎皮質から分泌されるホルモンの一種。心身がストレスを受けると、急激に分泌が増すことから「ストレスホルモン」とも言われている。プレゼンや舞台など緊張する場面に立つと「値は10～20分間の間に２～３倍にまで増加する」。

※注(^ε^)「抗重力筋」

重力に抵抗し正しく姿勢を保ちバランスを保持する筋肉のことで「立位、座位」と常に使われている筋肉。背中、腰、お腹、お尻、腿やふくらはぎにある、脊柱起立筋、腹筋、腸腰筋、大殿筋、大腿四頭筋、下腿三頭筋など。重力に逆らえきれず、垂れ下がりやすいと言われている。

※注(^ε^)「ノルアドレナリン」

副腎髄質や交感神経細胞（末端）から分泌されて、生体内で神経刺激伝達物質として働いているカテコールアミン（副腎髄質および交感神経に存在する生体アミン）。神経伝達物質として働き、末梢血管を収縮させ、血圧を上昇させる。(アミンとはアミノ酸から生成される化合物の総称)

③肩とふくらはぎのギュッ体操（筋弛緩法）

例えば両肩にギュッと力を入れて10秒キープし、一気に力を開放する。これを２～３回繰り返す。足もつま先を上にギュッと上げて力を入れて10秒キープし、一気に力を抜くの。これで筋肉の「緊張と弛緩」を感じ取れるんだって（筋弛緩法）。

＊筋弛緩法のメリット

(1)からだの緊張がほぐれることで自然と心もリラックスする。

(2)副交感神経が優位な状態になり、スムーズに睡眠に入ることが出来る。

＊筋弛緩法とは？

人は不安や緊張、恐怖などのストレスを抱えていると無意識のうちに体に力が入るみたい。これは筋肉が緊張状態になっているということらしいの。

筋弛緩法ってこの緊張状態を解消し、筋肉を完全な弛緩へと誘導するというもの。まず、筋肉を意識的に緊張させた後、その力をパッと抜くことを繰り返すのね。それで筋肉がリラックスし、それが心のリラックスにも繋がり、無気力や不眠の解消に役立つんだって。

「ギュー＆フー」「ギュー＆スーっと」かな！

＊心配事の９割は起こらない

実際、ペンシルバニア大学のボルコヴェックさんらの研究によると、心配事の79％は実際には起こらず、しかも、残りの21％のうち、16％の出来事は、事前に準備をしていれば対処が可能。つまり、心配事が現実化するのは、たった５％程度という結果を導き出したんだって。

だから、心配しすぎる傾向がある人は、こういった研究の存在を意識しつつ、心配事はなるべく心配しすぎないように。
④不安になった時は「興奮している」と言う（プレジデントウーマンより）
人前での発表会など「緊張することを実行する前」に、「興奮してる」って言うんだって。このことでパフォーマンスが向上するらしいよ。「緊張をポジティブ」にだね。脳ってリラックス状態より興奮状態にある方がポジティブな状態なんだって。
ブルックスさん（ロバート・ブルックス　心理学博士）は「不安な状態からリラックスした状態に落ち着かせるよりも、不安な状態から興奮状態に移行したほうが望ましい（力が発揮される）」と言ってるよ。ポイントは「不安を興奮」と捉え直すことみたい。興奮はパフォーマンスを向上（エンジンブルブル状態）。一方、落ち着くということは、エンジン休息状態。だからね。ドキドキしているのはいい状態。大きな舞台に臨むときは無理にリラックスさせるよりも、「わくわく・興奮」と自らを奮い立たせたほうが効果的みたい。
人って「不安な状態から落ち着いた状態にする」よりも、「不安な状態から興奮状態にする」方が簡単なんだって。これを「anxiety reappraisal（エンザイアティ・リープリザル・不安の再評価）」と言うらしいの。
＊ある実験「100人以上の被験者・・これを３つの班（⑴⑵⑶）に分ける」
⑴知らない人の前で歌わせる
⑵ビデオカメラの前でスピーチをさせる
⑶計算問題を解かせる

３つの班「⑴⑵⑶」をまた３つのグループ１　２　３に分ける。

グループ１　実験前に「興奮している！」と声に出したグループ

グループ２　実験前に「不安だ！」と声に出したグループ

グループ３　実験前に何も言わなかったグループ

なんと⑴⑵⑶の班実験、その全てにおいて実験前に「グループ１の興奮している！」と述べた被験者がハイパフォーマンスを発揮したんだって。

＊ピッチやリズムなどで歌の正確度を見る実験

・グループ１「私は興奮している！」と言った人は　80.52％

・グループ２「私は不安だ！」と言った人は　52.98％

・グループ３「何も言わなかった人」は　69.52％

という違いが出たのね。不安ってエンジンブルブルの状態。不安を興奮と考えてみるってことかな。興奮ってパフォーマンスを向上させるもので「エンジンブルブル絶好調・脚を上げてチンチン」状態。一方、落ち着くということは、エンジン停止状態となっちゃう「脚を上げてチンチン」は「いい状態」なのかもね。だからね。大舞台に臨む時の条件。

＊無理にリラックスしようとしない。リラックスリラックスと思うと焦っちゃう。

＊「脚を上げてチンチン」と自らを奮い立たせたほうが効果的だぁ。

※注（＾ε＾）「懐かしの〈ヤッターマン〉…分かるかなぁ！」

仮面にかくした正義の心　ドロンボーたちをぶっとばせ　エンジンブルブル絶好調　足を上げてチンチン　勝利のポー

ズだハイ！（アチョー！）

おどろくほどに強いんだ　ヤッターヤッターヤッターヤッターヤッターマン

⑤ファーストネーム（下の名前で）呼んでもらう

名前で呼んでもらうとストレスホルモンが低減するみたい。呼ぶ方も親近感があって呼びやすいよね。条件反射でオキシトシンも増えるらしいよ。

＊オキシトシン増加の効果

①自己承認効果（認めてくれるという効果）。

②相手を好意的にとらえる効果。

人は相手にされていると思うと好意的になり親密度が増すんだって。「おい」とか「君」とかは、何か殺伐とした感じだよね。

あだ名なんかで呼び合うのもいいかもね。

※注(＾ε＾)「オキシトシン」

分娩時に子宮の収縮を促し、胎児がスムーズに出産出来るように働きかけるホルモン。そして乳腺を刺激し「授乳」を促すんだって。「自分は愛されている」と感じ、更に「人や動物に対しての愛情も高まる親密ホルモンと言われているよ。

※注(＾ε＾)「あだ名は禁止」

全国の小学校でのいじめ件数（42万897件・2020年）は増加傾向（文部科学省の問題行動・不登校調査）らしいの。問題なのはこの報告の約6割が「冷やかしやからかいなど」だったみたい。そのため友だちを呼ぶ時は「さん」付けで呼ぶこと。校則にそう明記している学校が増えてきているんだって。あだ名は「身体的特徴や失敗行動など相手を軽蔑蔑視（けいべつべっし）したもの」が多いからという理由みたい。

上辺（うわべ）だけの取り繕いと感じる人やコミュニケーションン不足の原因になるんじゃないかと思う人もいると思うけど、大切なことは根本的な対策を行なって行くことじゃないのかな。

＊ちょっとこぼれ話「璃乃ちゃん」（ウィキペディアより）

最初はね、忍者系アイドルユニット「桜組」として活動。芸名は「桜りの」さん。その後「璃乃」ちゃんに改名。現在はKNUoNEWの水色担当なのね。

ニックネーム（あだ名）は「おしりーの」。最初「大きなおしりは自分自身のコンプレックス」だったんだけど「グラビア参入を機にこれを売りにすること」にして「おしりーの」ってあだ名を使い始めたみたい。その後加入した「アイドル諜報機関LEVEL7」でも、コードネームは「おしりーの」。今では自分としても気に入っているんだって。

それに「胸はコンプレックス」だったけど、グラビア活動経験から「おっぱいは作れる」と自覚して、現在は自称Eカップ。

アイドル諜報機関LEVEL7のライブでは自身の生誕祭まで一発芸で締めるのがお約束で「すべりーの」の異名も持ってるアイドルさん。

・読無蔵のご法度意見？

みよじより名前（璃乃ちゃん）で呼ばれれば親近感が湧くよね。それに最初は抵抗があったあだ名（おしりーの）を売りに変えたこと。そして自らもそれを気に入るようにしたこと。更にコンプレックスだった胸を売りにしたこと。別名

「すべりーの」異名。

凄いポジティブだと思わない。あだ名は「身体的特徴や失敗行動など相手を軽蔑蔑視（けいべつべっし）したものが多い」。関係ないね（柴田恭兵さん！）だよね。

人って1つのことを気にしだすと、それが尾を引いちゃうのかな。けど1つのことをポジティブに捉えるどんどん色んなことがポジティブになっていく。璃乃ちゃんって凄い。なにか性格も「ふんわり感」のあるいい娘みたい。顔晴れ！おしりーの」さん!!

⑥良く噛む

「リッヒー・GW（listen・hear・guess what)」＝ねぇ聞いて聞いて知ってる。

ガムを噛むとストレスが低減する？　噛むことで偏桃体（怒りや不安を司る）の活動が抑えられ、血中のストレス物質の量が低減するみたい。時間にゆとりをもって「よく噛んで食べる」。そうすれば「食べたぞって言うサイン」が満腹中枢に送られて食欲抑制作用、更にな何と……脳内物質の働きで内臓脂肪の分解促進が行なわれ「ダイエット」にもいいんだって。

＊噛む効果標語「ヒミコノハガイーゼ！…卑弥呼の歯がいーぜ！」

弥生時代の卑弥呼の食事は噛む回数が現代の食事の６倍だったみたい。だから卑弥呼はよい歯や歯ぐきをしていたという想定から、「ひみこのはがいーぜ」というキャッチフレーズが生まれたのね。

⑴「ヒ」肥満予防

よく噛むと脳にある満腹中枢が働いて満腹感を感じる（満腹中枢は刺激されるまでに約15～20分かかる）のね。ゆっくりよく噛んで食べること（満腹中枢が刺激されるまでの時間稼ぎ）で、食べ過ぎを防ぎ、肥満防止となるんだって。

(2)「ミ」味覚の発達

食べ物素材の味（形や固さ）を感じることができて、味覚が発達し薄味になるみたい。

(3)「コ」言葉の発達（言葉の発音がはっきりとなる）

口を開けるため（口の周りの筋肉をよく使う）にあごの発達を助け、表情が豊かになったり、言葉の発音がはっきりとするようになるみたい。これはね。よく噛むことで顎が発達し、歯が正しく生え、噛み合わせもよくなり、自然と正しい口の開き方になって、正しい発音ができるようになるかららしいよ。じゃね。バランスよく良く噛んで色んな食材を味わうには！「かいこくはいまかな」っていう標語があるのね。

・「かい」…貝類、「こ」…根菜、「く」…果物、「は」…葉物、「い」…芋、「ま」…豆、「か」…乾物、「な」…ナッツだよ！

(4)「ノ」脳の発達

顎（あご）の開閉で脳に流れる血液量が増す（酸素と栄養が送られ活性化）ので子供の脳の発達を促し、大人では「物忘れを予防」することができるんだって。ねずみさんの実験では、固形食を与えられたねずみさんと粉末食を与えられたねずみさんでは、固形食を与えられたねずみさんのほうが「条件＊回避学習の成績」がいいんだそうだよ。また、咬合力の強い子ほど「幾何図形のテスト」の点数が高いっていうデータもあるよ。

⑸「ハ」歯の病気予防

よく噛むと、唾液がたくさん出てくるよね。唾液の自浄作用（食べ物のカスや細菌を洗い流す作用）によって細菌感染を防いで虫歯や歯周病予防をするみたい。

⑹「ガ」ガンの予防

唾液に含まれる酵素（ペルオキシダーゼ）には、発がん物質の発がん作用を消す働き（発がん物質は唾液に30秒つけておくと毒消しの効果）があると言われているみたい。だからよく噛むと唾液がよく出て、食物と混ざり、発ガンや老化、動脈硬化の原因となる活性酸素を消すらしいよ。

⑺「イー」（伊調快調…五輪のレスリング女子個人種目で史上初の４連覇を達成）？

伊調じゃなく胃腸だぁ。「親父だぁ！」伊調さんごめんなさい！

「歯丈夫・胃丈夫・大丈夫」と言われ、よく噛むと消化酵素がたくさん出るの。生活習慣病にはこれが一番。消化を助け、食べ過ぎを防ぎ、胃腸の働きを活発にするみたい。

＊それじゃ追加知識…バランスの良い食事『まごはやさしい』は日本古来の食材だよ！

「まごはやさしい（孫は優しい）」

ま（まめ）＝豆類、ご（ごま）＝種実類、わ（わかめ）＝海藻類、や（やさい）＝緑黄色野菜・淡色野菜・根菜、さ（さかな）＝魚介類、し（しいたけ）＝きのこ類、い（いも）＝いも類、これだけ摂取すればOKだぁ。

⑻「ゼ」全身の体力向上（全力投球）

＊良く噛むということは！

身体が活発になり、力仕事や遊びに集中できるよ。「ここ一番」の力が必要な時、丈夫な歯がなければ力が出ないよね。「歯を喰いしばれ」って言われたことあると思うよ。よく噛んで歯を食いしばる事で力が発揮されるんだって。また、歯並びと運動能力には関係があるみたい。

・実業団のトップクラスの選手と一般のサラリーマンに対して行った健康調査

１スポーツ選手は歯並びが「良い」人が「悪い」人を上回っている。

２一般の人は歯並びが「良い」より「悪い」が多い。

＊噛み方

食べたら「30回」よく言われるよね。けど豆腐など柔らかいものは数回でなくなっちゃう。そこでどうする？　そう「噛みごたえのある食材と組み合わせる」ことみたい。

⑴豆腐に粒状のものを合わせる。「タラコやしらす・動物性たんぱくなので豆腐（植物性）タンパクの吸収率も上がるよ」

⑵葉ものは２種類以上を合わせてお浸しにする。

⑶わかめは茎ごとのものにする。

⑷飯は雑穀入りにする。

ようするに工夫するってことかな。先入観念を捨てることだよね。そうすれば繊維質を多く摂取することになるから便秘予防にもなっちゃうよ。

＊噛むということ

授業中にガムやジュースを噛んだり飲んだりする。とんでもない。不謹慎…何故？

⑴咀嚼

あのね。咀嚼するために口を動かすと脳の血流量が上がり脳の活性化につながるの。食べ物をしっかり噛むということ。これはね。しっかり噛むことで歯を支えている歯根膜が刺激されその刺激が口の周りにある三叉神経に伝わるんだって。そしてその神経を通って脳全体を活性化し、前頭葉の血流量も増加して認知機能が活性化するみたい。

※注(^ε^)「歯根膜」

歯根という歯の根っこ部分と骨との間にある薄い膜。厚みは約0.2mm。歯根部分の表面（セメント質）と歯槽骨の間を結び付ける結合組織（線維性)。噛む時に歯にかかる力を吸収・緩和して、歯に加わる力が直接歯槽骨に伝わるのを和らげるクッションの働きをしている。

※注(^ε^)「三叉神経」

顔の皮膚にくまなく分布し、顔の感覚を脳に伝える末梢神経の１つ。三つの枝

・第１枝領域（眼神経)・おでこから眼球まで。
・第２枝領域（上顎神経)・下まぶたから頬・上唇・上の歯茎まで。
・第３枝領域（下顎神経)・下唇から下顎・下の歯茎・舌の半分。

の感覚「軽くさわった感じ（触覚)、痛み（痛覚)、熱い冷たい（温度覚)」の感覚情報センサー。

※注(^ε^)「前頭葉」

大脳の前方部分に位置して運動、言語、感情に関与する器官。最前部には前頭前野、中間部に高次運動野、最後部に一次運動野がある。認知機能から運動機能までを司る。

⑵飲む

水分を取らないとどうなる？　血液は粘化し血流は滞る。そしたら体に良い影響は起こらないよね。良いことを実践せずに、良くないことを授業という場で実践している。これが教育なの。じゃ授業中に「ガム・ジュースはOK」って言ったらどうなる。読無蔵はそれをしたのね。塾長のお言葉。「もし保護者に知れたらどうなるんだ」だって…

世間体と自己保身。それが上に立つ者のお仕事なのかな？

「ここみどう？」

＊風船トレーニング

風船は子供と遊ぶもの…だから子供と一緒に風船で口輪筋トレーニング。

まずは、唇と頬の筋肉を意識して風船を膨らませる。手は風船を支えるだけにして風船の口を押さえないようにしようね。

息を吸い込む時は鼻から吸い、風船から空気が漏れないように「指ではなく唇でしっかりと咥える」ことがポイントだって。子供と風船を膨らまして楽しくトレーニングしてみよう。

＊ほうれい線対策トレーニング

初めに「あ・い・う・え・お」と鏡を見ながら大きく口を動かす。

次に口を閉じて、大げさな笑顔のイメージでゆっくり口角を引き上げる。眼も大きく開いて、視線を上に。10秒間キープ。

今度は、頬を大きく膨らませてぷんぷん怒った顔にする。

この時、頬をしもぶくれにするのでなく、鼻に近い唇の上部分も膨らまる。ほうれい線ができやすい部分を集中的にぷくっとさせてしわを伸ばすのね。これを10秒キープ。

最後はムンクの「叫び」のような顔で「おー」と思い切り口を縦に開き、唇は口の中に巻き込む。そのまま口を右、左に平行移動させるイメージでゆっくり動かし、これを左右５秒ずつキープ。

「大げさな笑顔」「怒った顔」「ムンクの顔」の３つを行ったら、最後にもう一度「あ・い・う・え・お」とゆっくり大きく口を動かして、口輪筋エクササイズは終了みたい。

⑦自分を知らない第三者に話す

自分の事を「知らない第三者の人に話す」のがお勧めなんだって。自分を知らない第三者に話す（カウンセラー等）。その時、俯瞰（ふかん）的ではなく客観的な部分が必要…本音を言えること。

※注(^ε^)「俯瞰（ふかん）的」

高いところから見下ろして眺めるように、物事のありさまを観ること。高いところに立つと広範囲を見渡すことができるよね。平地では見えていない全体を、大きく見渡すという意味。

※注(^ε^)「客観的」

自分の見方を離れて別のものとして観てみること。独立しているものの外側にある物質をいう。または、特定の立場や考えにとらわれず、物事を見たり考えたりすること。

それはね。カタルシス効果（怒りや不安等のマイナス感情を口に出すことでその苦痛が緩和されて安心感を得られる…

辛いことを話すことで気持ちが晴れる効果）があるからみたいだよ。

カタルシスの意味はギリシア語で「浄化」。哲学者であるアリストテレスさんが自著で「心の浄化」との意味で用いたことが現在のカタルシス効果の由来なんだって。

＊カタルシス効果で相手から好意を得られる理由

⑴脳の快楽レベル

人間は「自分のことを話すことで脳の快楽レベルが上昇する」んだって。自分のことを誰かに話していると自然と「ウッキー」になっちゃう。これは自分の話は脳の快楽レベルを高めウキウキ気分、そのため相手のこともウキウキ気分（好き）になるみたい。

⑵一貫性の原理

一貫性の原理とは、「自分の言動と一貫した態度を取りたい」と感じる心理現象なんだって。悩みや心配ごとを相手に話すことで、「自分は相手に好意を持っている」と感じるようになるらしいの。結果として「相談に乗ってくれている相手のことを知らず知らずの内に好きになる」ってことみたい。

⑧「疲れた」等正直に本音を口に出すこと

「正直に口に出す」こと。嫌われたくないという思いから本音が言えない。それって溜め込むってことにならないかな。自分の気持ちを正確に伝えることってちょっと難しいかもしれないけど「コミュニケーション」の方法としては大切なことみたい。

＊「言葉」にしなければ自分の考えは何も伝わらない

人に何かを伝える時、「こんなことを言ったら」「だめ人間と判断されたら」なんてあれこれ悩んで気持ちをうまく伝えられないことってあるよね。けどね、自分の気持ちや考えは、言葉にしなければ何も伝わらないの。
「以心伝心（声に出さなくても互いに理解しあう）」なんて現代では殆どないに等しいの。かえって欲求不満になったり、人間関係をこじらしたりするのね。満たされないと何かの弾みで「不満」をぶちまけ、みんなが嫌な気持ちになり、人間関係最悪の状態。言葉にするって「率直さ」であり１つの「自己表現」だと思うよ。読無蔵はこれで幾度も失敗してるけど！

＊自分も相手も尊重するアサーティブ・コミュニケーション

どのように自己主張をすれば、自分の思いを相手にきちんと伝えられるのかな。そこで役に立つのが自分を大切にし、相手も同じように大切にする「アサーティブ・コミュニケーション」術。例えば、レストランで注文したものとは違う料理が出てきた時「みんなならどうする」？
①店員さんを大声で怒鳴る。②黙って出てきたものを食べる。
③取り替えてとお願いする。

さてどれが「アサーティブ・コミュニケーション」でしょう？

アサーティブ・コミュニケーションとは「状況に応じて最善の方法で対処する方法」なんだって。状況を「黙っちゃう」から「言える」にするのね。そしてだんだんと「言えるけど言わない」って状況から「言えるから言える。けど状況によっては言わない時もある」と使い分けれるようにすることみたい。自分というものを状況に応じて出せるようになるってことかな。だから答えは（？…自分で考えて）だよね。

アサーション（Assertion）とは「主張・断言」という意味。「自分を大切にし、相手も大切にする」相互関係が良好となるためのコミュニケーションなんだって。自己感情をコントロールしながら、相手を侵害することなく「対処する」自己表現方法のことみたい。

＊それではここで「アサーティブ度チェックテスト」やってみよう！

今日は仕事がいっぱいあって忙しい。けどお願いって違う仕事を頼まれた。さてさ〜て！　あなたならどう対処する（誰と同じかな）？

⑴嫌男君「え〜無理ぃ！　まだ仕事するの？」
⑵ヤダ代ちゃん「ハイ…（心の中ではなんでなの！）」
⑶なる世チャン「はい、優先順位は？」
⑷やる気君「いいですよ（自分がやらなければ誰がやる！）」

・結果だYo

⑴自己主張パターン（攻撃的・アグレッシブ）

自己中って奴。余裕がなく、感情まかせだよね。相手も不愉快になる可能性大！

⑵自己主張パターン（ノンアサーティブ）

いつも相手を優先し、自分をあと回しにする。忙しくて手が回らないのに引き受けて、イライラしたり「きゃパイ」でマイナス評価を受けちゃう。

⑶自己主張パターン（アサーティブ）

仕事の大切さを優先順位で見つめ、頼んだ人にも気を使ってる。感情的にならず、適切に情報を伝えることで相互理解にも繋がっていくのかな。

⑷自己主張パターン（アサーティブもどき）

自分も相手も大切にしている「つもり」になっている。余裕がなくても、引き受けてしまう。「自分さえ」という気持ちは良いようで良くない方法だよ。「頑張るって頑張れない自分がいる」ってこと。結果として出来ないってことになってしまうこともあるよ。

＊アサーティブ・コミュニケーションは「⑶」。仕事の状況を把握していない他の人に現状を伝え、何が出来るのかを一緒に考えるということ。相互コミュニケーションが取れて仕事がしやすくなると思うな。

⑨助けてと言う

・発障訓〈＋気手＝たすけて〉…「＋たす（差し伸べて）」「け（気持ち）」と「て（手）」を！

「help me」ってあまり言えない言葉かもしれない。けど、「助けて」って言うのは逃げではなく何とか仕事を完成しようとする心の現れなんだって。「諦めない、だから助けて」なのね。みんなでやろうというコミュニケーションの現れだよね。

⑩悩みを書いて破る

自分の「悩みを紙に書いて破る」これってとってもいい方法としてよく言われるものなのね。悩みや不安を書くことで「心が整理」されて、破ることでストレス解消。

じゃ「手書き」が脳に良い理由は？　現代社会ではね。パソコンやスマートフォンの普及によって「ノートやホワイトボード」に手書きする機会は減ってきてるのね。極端な話、何か文章をつくる際はパソコンしか使わないって時代になってきてる。しかし、手書きには大きな効果が秘められているのね。アメリカ人デザイナーのライダー・キャロルさんは、「手書きで記した文章は、タイピングやフリック入力で記したものよりも記憶に残りやすい」と主張しているの。その理由は「手と指を使って文字を書く」という複雑な動きが、脳を活性化させるからだって。

パソコン入力って手書きより手の動かし方が単調みたい。また、漢字変換も機械がやっちゃう。一方手書きの場合は頭で考えなければならないんだって。「漢字」だって手書きだと「あの漢字って…あれ？」。辞書で調べたり、書き順など「意識していないだけで意外と頭を使ってる」みたい。その「考える」という行動が脳を活性化させるらしいよ。

＊具体例

編集者兼作家の高下義弘さんは、若い頃、極度のメンタル不調に悩まされ「頭の中で自分を非難する声が常に鳴り響く状態」だったんだって。そこで巡り合ったのが『書きながら考えるとうまくいく！　プライベート・ライティングの奇跡』（PHP研究所）という本で「タイマーで制限時間を設定し、今、頭の中で浮かんだ言葉をひたすら紙に書き出せ」って書いてあったらしいよ。義弘さん「頭に浮かんだ言葉をひたすら書き出した」。だんだん書くという行為が面白くなってきて考え方がポジティブになってったみたい。義弘さん曰く「言葉には２種類ある」。

・「これはこうするべきだ」「ここはこうしてみよう」…ポジティブ

・「これをやってはいけない」「どうせ失敗する」………ネガティブ

落ち込んだ状態からの脱出法…後ろ向きな言葉を捨てること。そこで「後ろ向きな言葉」を紙に書き出し、丸めて捨てるという方法を取ったみたい。気分転換には最高みたいだよ。
「済んだことはしょうがない」…済んだことには障がない。そう、済んだことには障（過ち）がないの。それは糧なのね。「後悔先に立たず」悩み事はさっさと紙に書き出して「ポイ」だよね！

⑪週末は違う環境で過ごす

アイダホ大学（アメリカ）で約800人の休暇を調査したのね。旅行に行く人の幸福度は高まり、ストレスから解放されるんだって。人間って違う場所でテイクアウトしたものを食べる（環境変化）だけでリフレッシュが期待できるみたい。オランダで行われた調査（旅行調査）によると、次の旅行を楽しみに待つだけで何と旅行の８週間も前から「幸福感が高まる」ことがあるらしいよ。

＊目標を達成できる人は努力できる人…勝ち組（幸せ）

幸せの追及は心の充実感に繋がり、目標は自分自身の到達点となる。「～すべき」という固定観念を解放し、ありのままの自分を受け入れることでセルフラブ（自分を大切に・自分にも他人にも優しく）の大切さに気付く。環境の変化って新しい自分を生む言動力なのかもしれないね。

＊ここで登場アナ雪のエルサさん「ありのままで」

一人でいることの悲しさ、それでもどうにかして自分を取り戻そうとする。ありのままの自分・個性的な自分を見せるってことかな。自分を抑えて感情も抑えることは素直とは違うよね。人の言うことを聞くと「素直だね」って言われる。それはただ従ってるだけで、自分の意見がはっきりと言えることが「本当の素直さ」ではないのかな。信じるのは自分だよね。「ここみどう？」

⑫目標を持たない事を目標にする

目標から解放されると可能性が広がるんだって。目標を持たない事で心が自由になるからみたい。目標ってしなければならないことって思っちゃう。それがなくなるかららしいの。自分の到達点が目標なんだと思うけど、それが足枷になっちゃうことって多いかも。だからそれを外して自分に正直に生きる。自由って勝手気ままとは違うよね。思うままにっていうか、今目の前にある身近なことをしっかりとこなして行く。これでいいんじゃないのかな。目標を持つとね。考えてることが「未来」や「過去」に向かっちゃうんだって。まだ起こってもいない未来の不安を先取りしたり、過去に縛られて正しい判断が出来なくなったりしちゃう。計画を立てることは必要なことだけどうまくいかないことが多いよね。けどそんな時は修正をどんどんしていけばいいのかも。それは今を大切にしているということだと思うよ。だから「目標を持たずに今を」が目標になるのかな。

＊発障訓

「過去」は変えられないけど「今」には火をつけられる。今を燃やすこと（顔晴れる）ができれば「未来」は変わっていくの。そうすれば未来の実績によって過去は変えられるのね（失敗と思っていた過去のことが未来の成功によって出発の原点と変化する）。今の行動（引火・火をつけてもらう・他律）なのか発火（自ら火をつけるのか・自律）なのか。仲間を信じてどうすることが最良なのかを考える事。それが重要かな！

⑬ASMRの動画を見ること

ハラミ（ピアニスト・この方法を実践）ちゃんはスライムをこねる動画やきゅうりをかじる動画などをよく観るらしいよ。じゃ「ASMR動画」って何なの？

※印　ASMR（Autonomous Sensory Meridian Response・自律感覚絶頂反応）

略称は「アサムラ」「アサマー」「アスマー」「エー・エス・エム・アール」。

A utonomous …… アターニメス（自律的）
S ensory ………… センソリー（感覚の）
M eridian ………… メリディアン（絶頂・極点）
R esponse ………… レスポンス（反応・応答）

⑴ASMR効果（英シェフィールド大学の研究チーム）

ASMRはポジティブな感情を高め、リラックス効果を生むんだって。聴覚や視覚への刺激による「ゾワゾワ」ッとした感覚の動画等を見る（フワァーとした感覚になり色んなモノが飛んで行ってしまう感じ）と、心拍数が減少し心地よさが増すみたい。

私達がね。普段何気なく聞いている音をマイクで録音して、それをヘッドフォンやイヤフォンで聞くことによって、癒されたり、ゾクゾクするような心地よさを感じる感覚のことらしいよ。「脳のマッサージ」などとも言われてるんだって。

⑵具体的にどんな音？
・本のページをめくる「サラッ」という音。
・炭酸水のはじける「シュワシュワ」という音。
・キーボードをタッピングする「カタカタ」という音。
・髪の毛を切る「シャクッ」っという音。
・スライムを潰す「ぶちゅっ」という音。
・固形石鹸を彫刻刀で削る「ゴリゴリゴリッ」という音。
けど、みんなが好きだっていうのが「咀嚼音」。
・フライドチキン。カリッとした衣を噛む音。
・コーンフレーク等を食べる時のザクザクした音。
・たくあんのパリポリした音。
何か哀愁を感じる音かもね。
⑶自分の感覚として捉えることのできる音
「ASMR」はヘッドフォンやイヤフォンで聞くことが多いみたい。咀嚼音ってヘッドフォンやイヤフォンで聞くと、他人が発生させている音ではなく、自分が食べている音であるかのように聞こえるんだって。これはね。脳での聴覚処理と触覚処理の部分はとても近いから。そのため、音を聞くことによって起こる聴覚刺激が、その近くの触覚処理分野にも影響を与えるのね。その結果、ゾクゾクするような感覚が起きちゃうらしいよ。聴覚が皮膚感覚に近いのは側線という組織の影響みたい。

人間の聴覚は魚類などが持つ側線の名残（山田真司さん・音楽心理学）みたいなの。それが発達して「内耳」という耳の一番奥にある部分になったらしいの。側線とは、いわば皮膚感覚であるため、聴覚と皮膚感覚はとても近い関係にあるんだって。聞いているだけなのに、まるで自分が体験しているような感覚になるみたい。

※注側線

魚の体表にある、触感にあたるもの。他の魚や生物との距離を測り、魚同士がぶつかることなくきれいな群れを構成する。魚類が水中で水圧や水流、電場の変化を感じとるための器官。魚の体の側面にあり、１対が普通だが２対以上持つ種類もある。側線鱗（そくせんりん）と呼ばれる鱗（うろこ）に覆われており、人の聴覚器と平衡感覚器の感覚細胞である有毛細胞（内耳の内部で音の振動を電気信号に変えて脳に伝える役割）は、側線器の一部が特殊化したもの。

⑭起きたら日光を浴びる

朝の日光、松果体（脳の中央の深部ある小さな組織）から分泌されるホルモン「メラトニン（睡眠ホルモン）」の分泌抑制機能が働くのね。日光を浴びることで睡眠ホルモンの分泌が抑制され、睡眠欲求が抑えられるみたい。太陽を直接見なくても日光を浴びるだけでOK。自律神経を整えてリセットすることが重要なんだって。リセットボタンは脳の視交叉上核（しこうさじょうかく）という部分にあり、朝日の強い光が目に入ることでリセットされ、そして体内時計がリセットされることで睡眠の質も上がるので心を整えるのに重要らしいよ。

※注(^ε^)「視交叉上核」

哺乳類動物における生理的現象（睡眠や内分泌）の概日（がいじつ・概（おおむね）１日周期という意味）リズムを支配する最高位中枢。

⑴メラトニン

日光を浴びてから約14～15時間後に分泌が増加するの。だから朝目が覚めて日光を浴びると、夜には睡眠ホルモンの分泌が増え、自然と眠くなってくるのね。またメラトニンはサーカディアンリズム（１日周期の体内時計）の調整を行なってるみたい。

１日は24時間と思ってるかも知れないけど体内時計が刻む時間は（日本人の平均24.2時間）なんだって。

脳に光が届くとメラトニンの分泌がストップして、その時点から体内時計がスタートするの。毎朝スタートがそろえられることで24時間の生活となるのね。

必要ルスクは1,500～2,500ルクスと言われてるみたい。通常、部屋の中の明るさは500ルクス程度。目覚めたつもりでも、部屋の中にいたんではメラトニンの分泌はストップせず、もちろん体内時計のスタートもOUT！

目覚めたら窓際１m以内に入るようにしようよ。だから運動選手は学校の教室の席を窓側にすることが必須条件だよ。ぜひとも窓側にしてもらおうね。窓から１m以内ならば3,000ルクス程度の十分な光が得られるからね。日光を浴びるのに紫外線が気になる人もいるよね。明るいところなら直射日光を浴びなくてもいいの。太陽光は曇りや雨天の日でも１万ルクス程度の明るさがあるから心配しないでね。

⑵起床後１時間以内に朝食を食べる

体内時計は実は体中にあるらしいよ。⑴で朝起きて太陽の光を網膜で感じることで、脳にある親時計がリセット。一方子時計は、胃腸や肝臓、肺などすべての内臓器官、血管、筋肉、肌、髪の毛など体のあらゆる細胞に存在してるんだって。それらの莫大（ばくだい）な数の子時計が、親時計に素直に従って規則正しく動いてくれれば心身ともに最高の状態を保てるけど、そのため子時計まできちんと合わせていくには「朝起きて日差しを浴びてから１時間以内に朝食をとること」が重要みたい。

※注(＾ε＾)「日光を浴びることのメリット」

体内のビタミンＤ生産（カルシウムの吸収率を高める）・骨の成長に欠かせない。

＊余談

読無蔵の塾生がスキーの練習中に骨折したの。大会は約２ヵ月後。どうしたらいいってスキークラブの顧問に相談された。「牛乳（カルシウム）飲んで乾燥シイタケ（日の光で乾燥させたもの・太陽に光を浴びたためビタミンＤが豊富）食って屋根に登って日光浴してろ」って言ったの。そしたら顧問に親から連絡が……

「息子が牛乳飲んでシイタケ食って屋根に上って寝てる」って。じゃ～ん！　約２ヵ月後の大会で好成績を残して「ジュニアナショナルメンバー」に選ばれたぁ!!

⑮花の画像を見る

蛇などの心理的ストレスを与えた後に花の画像を見せると血圧やストレスホルモンの数値が急激に低下する（本物の花も数値が低下する）らしいよ。

花の画像を数秒見るだけでストレスは軽減されるんだって。花の「癒し効果」が科学的に証明されてるの。ディスプレイに表示された花の画像を見るだけでも効果があるみたい。花を見ると気分が癒されることは多くの人が経験的に理解しているし、プレゼントやお見舞いに花を届けるという習慣も社会に定着しているでしょ。しかし、花の鑑賞によってストレス反応が本当に軽減されるのかどうかは十分に検証されていないみたい（望月寛子さん・農業・食品産業技術総合研究機構）。

コルチゾール（ストレスホルモン）対象者（被験者）は32人（平均年齢21.6歳）。

不快な画像を4分間表示した後、花、または花のモザイク（使われている色は花と同じ緑や白など）を8分間表示し、唾液中のコルチゾール濃度を測定した。その結果、花を表示した時の濃度は21％低下したみたい。一方、花のモザイクを表示した時には有意な変化は見られなかった。

続いて、fMRI（機能的磁気共鳴画像法）を用いて脳活動を検討した。対象者は17人（平均年齢25.5歳）。不快な画像を表示した後に、花、花のモザイク、固視点（十字の印）を表示し、脳活動の変化を比較したところ、花を表示した時のみ、脳の右半球の扁桃体から海馬にかけて活動が有意に低下することが判明した。海馬は記憶に、扁桃体は情動に、それぞれ重要な役割を果たす領域であることから、花の画像を見たことでこれら二つの領域の活動が低下して、不快な画像の記憶やネガティブな情動が抑制されたと考えられる。

これらの結果から研究グループでは、「花の画像がストレス軽減に有効なことが明らかになった」と結論づけている。そのメカニズムとして、花の画像を見ることにより、ストレスから意識をそらす「ディストラクション効果（気そらし効果)」と呼ばれる作用が働いた可能性を考察している。

尚、今回の研究には花の画像を用いたが、本物の「生花」は画像よりもストレス反応の低減により効果的であることが推察される。ただし生花の観賞が、血圧や心血管疾患、うつ症状などの改善に、どの程度寄与するのかは不明だ。望月氏は、今後の検討でこれらを明らかにしたいと語っている(HealthDay News)。それにね。生花を観ると「脳波・α波(リラックス時に出現)」が多量に出るみたい。「生花を観ると心が和む」という感覚になるのね。花の色で癒やされるカラーセラピーや香りによるアロマセラピーも癒し効果があるらしいよ。自然って人間にとって必要なものなんだね。「STOP・自然破壊!」

⑯今すぐ幸せになれるリストを作る

7〜10個、幸せになれるリストを作っておけばOK。例えば「好きな音楽を聴く」「お笑いを見る」等。自分に合ったストレス対処法を知ってることで自分に対してのケアができるんだって。

●心を軽くする他の方法

1. 微笑む(咲む)

2011年に行われたある研究によれば、つい微笑んでしまうようなポジティブなことを考えると、より幸せな気分になるみたい。「微笑む」それ自体によって、ポジティブな記憶が呼び起こされる(クラーク大学)みたいだよ。また、「声をあげて笑う」ことで、気分が高まってストレスが和らぎ、不安やうつといった精神的な症状が緩和されるみたい。

＊「笑む」の意味

①ニコニコする。笑い顔になる。
②花が咲きはじめる。つぼみがほころびる。
③果実が熟して開く。
※注(^ε^)映画「笑む」(監督・脚本　早瀬 憲太郎さん)

この言葉は、長年のろうあ運動が目指してきた誰もが共に生き共に笑いあえる社会にもつながります。全日本ろうあ連盟70年の運動は多くのろう者とそれを取り巻く社会に「咲み」をもたらしました。未来の耳のきこえない子どもたちにそしてすべての人達に多くの「咲み」をもたらすべく未来に向けてこれからもろうあ連盟は前を向いていきます。

「咲む」は未来に向けた私たちのメッセージです。

「寄り添う」に関心のある人…映画鑑賞してみたらどうかな！

2．お茶の時間など、小さな瞬間を楽しむ

人生の中で小さな楽しみを見つけ、それを楽しむことによって、脳がネガティブ・バイアス（否定的なことに目を向ける傾向）から抜け出し、脳の配線を文字通りつなぎ替えて、幸福感を得られるようになるんだって（リック・ハンソンさん・心理学者）。

「あたりを10秒か20秒見回すだけで、自分にとって有用な経験に気づき、そこから学ぶことができる。われわれはチャンスに取り囲まれているのだ」。それに、自分の生活圏から先ずは一歩出る事が大事。それだけで常識がなくなる。知的好奇心の高まりなんだって。また、同じだと思っても、「例えば福島県は海洋性の温暖な気候の浜通り、日本海側の寒冷な気候を有する会津、そして中通り」という３地域に文化が分かれる。同じでも違うのね。青森の弘前と八戸などもそうみたい。

あのね。よく言われるのは「競技場に転がってるチャンスを拾え」。勝つ要素って身近にいくらでも転がってるの。でも見渡し過ぎるから足元が見えないのね。ゴミや石を１つ拾う。それが勝つ要素であり、同じようなものでもその本質（違い）が見極めれれば…なんだと思うよ。クエティングだね！

＊発障訓

「勝つ要素って何」ってみんな言う。けどね。読無蔵は思うの。「負けない要素って何」も必要だって。勝つためには相手と競争しなければならないよね。そこには負の感情（蹴落とし感情）が付きまとう。けど負けないということは防御反応だよね。争いではなく自分との闘いになるんじゃないのかな。だから勝つ要素も大切だけど「負けないためには」を実践することも凄く必要なことだと思う。「負けないための要素（チャンス）」を拾ってみたら！

３．ほかの人に親切にする

①カリフォルニア大学リバーサイド校研究結果。

「誰だか知らない人にも親切にする。そうすればより幸せな気分になれる」

②日本古来の言葉

⑴情けは人のためならず

「人に対して情けを掛けておけば、巡り巡って自分に良い報いが返ってくる」

⑵因果応報（いんがおうほう）

「過去や前世の行いに応じて現在の状況が生ずること」。過去の行いの良し悪しが、今の自分に返ってくるってことみたい。良い行いをしていれば自分に良いことが返ってくるが過去に悪いことをしていれば今度は自分に悪いことが起こるってことらしいよ。

※注(^ε^)「親」&「切」

①親…親しい、身近に接する　②切…心から、ひたすら強く(切に願う)

親切とは「より親しい・(深切・思い入れが深くて切実)」なんだって。

＊発障訓

親切とは「真説・臣節・新設」なり。人って

①真説…真実の教え。

…①真実を見極め（上辺に惑わされるな)。

②臣節…臣下として守るべきもの。

…②上下を失くし（全員が臣下である)。

③新設…組織・制度等を新しくつくること

…③新しいもの（チャレンジ)。

「創造力&挑戦」って大切だよね！

4．動物と遊ぶ

脳の回路は、子犬などの動物と遊ぶことを楽しいと感じるように配線されているんだって。ある研究によると毛布のような毛を持つ動物を可愛がると、喜びや楽しみに関連する(脳の左側）の活動が活発になるみたいだよ。また、ペットを飼うこと、それ自体に「幸福感」を感じるみたい。自分よりも弱者（弱いもの・小さいもの）を守ろうとする「養護性・２歳位から育つ」が生まれ、人に対しての「思いやりや行動」も育まれるらしいの。人とイヌが見つめ合うと「双方

にオキシトシンが増える」みたい。そして愛着行動が増し、更にオキシトシン分泌となるんだって。ペットを飼えなくても動物と触れ合える場所に行って「観る、触る、世話をする」などの行動がオキシトシン分泌を促すみたい。

5．睡眠を十分にとる

睡眠不足はストレス・レベルを上昇させるんだって。

＊実験…「リストに書かれた単語を暗記させる」そして睡眠時間を短縮すると

・否定的な意味合いを持つ単語（「癌」など）は81％を思い出した。

・肯定的または中立的な単語（「日光」など）は41％しか思い出せなかった。

それに「うたた寝」が気分の改善に貢献しているみたい。「そんな所でうたた寝なんか」って良く言うけど「うたた寝最高、気分は？」って「Ｖサイン」。その方がいいかもよ！

6．セックスする（性についての正しい観点を持とうよ）

セックスは、ストレスの緩和と幸福感の上昇に役立つ可能性があるらしいよ。１週間に４回以上セックスをする人は、幸福感が高く、憂鬱感も低く、収入が高い傾向にある（労働学研究所・ドイツ）みたい。それに、「心臓と免疫系の健康が保たれる」んだって。

＊試合前のSEXとパフォーマンス

①悪影響

・SEXが運動能力を低下させると思っている。

・SEXのために十分な睡眠が取れない。

若い時には性交回数が多くなり、睡眠不足を招いてしまう。

通常SEX後、睡魔が訪れる…後睡効果（これが疲れを残さない役目）

②好影響

・試合前のリラックス感、満足感
　満足度が高すぎるとメンタル面での意識の高揚に支障。
・選手によっては適当なマッサージを受けるのと同様な効果。
　新陳代謝が高まり、ウォーミングアップと同様の効果。

③消費カロリー

・１回のSEXでの消費量…100～200mを全力で疾走。
　心臓、肺、内臓、筋肉等を動かす全身運動。
　裸になる………　10カロリー
　ソフトキス……　17カロリー
　ディープキス…　65カロリー
　フェラチオ……　30カロリー（含むハーモニカ）
　屈曲位…………　25カロリー
　騎乗位…………　25カロリー
　後背位…………　27カロリー
　オーガズム……　100カロリー　計299カロリー

④不摂生な性

食事などに充分気をつけている人も、性と健康について考えている人はあまりいないと思うよ。特に、子供がほしいと思っている時は、排卵日近くなると「仕事が忙しくてへとへとだ。けど、無理をしても今夜は……」という気持ちになったりするみたい。

しかし、東洋医学の観点からいうと性は、特に疲れている時は無理をしない方がいいんだって。性とはエネルギーの大元である「精」を消費する行為なのね。「射精」は目に見える現象だけど、女性も「精」を消費しているらしいの。

不摂生な性は、この「精」の消費みたい。精が減少すると「腰痛、めまい、耳鳴り、物忘れ」等の老化現象が現れ、更に生殖能力まで衰えてしまうみたい。睡眠不足や不摂生な食生活が続き、エネルギーが不足気味な時は性も自重した方が無難なんだって。

尚、初体験が早かったり、10代にあまりにも回数が多いとその後の成長に大きく影響を与えるらしいの。今更という人もせめて今から気をつけようね！

⑤性と健康

＊英国ブリストル大学の研究者によると

・月に１回もオルガスムがないグループは、１週間に２回以上オルガスムがあるグループに比べ、死亡率が２倍高い。

・週に３回以上オルガスムがある男性は、SEXの回数が少ないか０の男性よりも、心臓発作や脳卒中になるリスクが半分以下。

＊アメリカにおける研究者によると

・週１～２回のSEXは免疫グロブリンIgAのレベルを上げ、風邪の抵抗力を高める。

※注(＾ε＾)「免疫グロブリンIgA」

全身の粘膜（鼻汁、涙腺、唾液、消化管、膣等）に存在し、「粘膜の表面で病原体やウイルスと結合して病原体やウイルスが持っている毒素を無効化し、感染しないように阻止する働き」を持っている。

※注(＾ε＾)「免疫とは？」

・侵入した細菌やウイルスなどの異物から身体を守る。
・体内の老廃物やがんなどの異常な細胞、死んだ細胞などを処分する。
・傷ついた細胞があれば修復する。

身体の異常に気づいて正常な状態に戻すための、身体全体の調子を整えるシステムのことなのね。免疫における感染防御作用（異物が体内に入ると排除しようとする免疫グロブリンが作られる）で健康な状態を維持するんだって。免疫グロブリンって抗体としてのタンパク質の総称みたい。血液や体液中に存在していて５種類があって、その中の「IgA」は病原菌やウイルスの侵入を防御するという重要な役割をしてる正義の味方らしいよ。

＊韓国の研究者は
・精液はガン細胞（卵巣ガン細胞）を殺す働きを持っているんだって。

「オルガズムによる免疫力のアップ＝笑いと免疫力の関係」なのね。

⑥男の指と性

＊Hox遺伝子

この遺伝子は器官発生の初期に、体の前後軸に沿って「どこに何をもたらすか」を決めているマスターコントロール遺伝子なんだって。指と生殖器は同じHox遺伝子が担当しているみたい。だから…！　指の出来がよい人は生殖器もOKなのだ！　そうなんだ!!

＊左右の指の長さが違わない男ほど「質のよい精子」を数多く生成するらしいの。通常、左右の指の長さの違いは１～２

mm、中には３mm以上違う人もいるみたい。なんと左右の指の長さが「１mm以下」の人は、優れた生殖能力を持っているんだって。
＊人指し指より薬指の方が長い男ほど「質のよい精子」を数多く生成するみたい。通常、男性は人差し指より薬指の方が長い傾向があるのね。「比率は約0.98」、女性はほぼ同じ長さで「比率は約1.00」、相対的に薬指が長い男は男性ホルモンが多く、生殖能力も高いという調査結果が出ているよ。
＊右脳の発達と男性ホルモン
イギリスの交響楽団のメンバーの指の長さを測定したところ、薬指に対する人差し指の長さが「左手0.96・右手0.93」平均は上記の0.98だったの。女性メンバーでは差は見られなかったみたい。
例……ミュージシャン（音楽能力は右脳が関係）はもてる。
薬指が長い→男性ホルモンが多い→右脳が発達→生殖能力も高い→女性にもてる。（右脳…空間認識能力、ユーモア、ジョークにも関係＝スポーツマン、芸人）

７．マスターベーション

「旧約聖書」の創世記38章。登場するのはオナン君。彼にはエル君という兄さんがいたの。エル君は結婚してたんだけど子孫を残す前に早死にしちゃったんだって。けど当時の法律って「子孫繁栄のため兄嫁と結婚する」ってものだったみたい（逆縁結婚って言うらしいよ）。けどね。兄嫁との間にできた子は「兄の子」と認知、遺産もまたその子に相続されてしまい、オナン君は「蚊帳の外」納得がいかなかったの。
だからオナン君は兄のために子孫を残すのを嫌がって、性交時は精液を膣の中に放出せず、精液を地に漏らしたの（膣外射精だね。）でもね。彼の行いは神の意志に反するもの。罪を問われ処刑されちゃったみたい。ここから生殖と結びつかない射精行為（オナン君の行為のため）を「オナニー」って呼ぶようになったんだって。

①マスターベーションの経験「男性94.2%・女性56.6%」

マスターベーションを表す隠語で最も古いと言われるのは「腕挙（かいなげ）」みたい。今から約1,000年前の「神様に捧げる神楽歌」に出てくる言葉らしいよ。

「おのれさへ　嫁を得ずとてや　捧げてはおろし　や　おろしては捧げ　や　腕挙（かいなげ）をするや」

＊意味

農作業をしている独身の男が傍らにカニを見つけ、「お前も嫁がいないから、ハサミを上げたりおろしたりして腕挙（かいなげ）をしているのか」という場面。昔はね。性を大らかに歌うのは一般的だったみたいだよ。

＊マスターベーションって５人組って言うの？

「五人組」は、江戸時代の制度。自慰行為をする時、手の指が５本だから、それを五人組というふうに擬人化してるのね。しかし、明治時代になると西洋の影響を受け、マスターベーションを表す言葉の雰囲気が一変しちゃうの。「自涜（じとく）・手淫（しゅいん）」。当時の西洋医学ではマスターベーションは心身に害悪とされてたみたい。自涜（自分の自に・涜は汚す）＝自分一人で自分を汚す性的快感はね。「汚す」＝汚いものとされてたんだって。

＊女性のマスターベーション表記

・「須磨の浦・核垶（さねかせぎ）・開垶（ぼぼかせぎ）・すぢか」等があるらしいよ。
・「ぼぼせんずり・さねせんずり」…男性の性行為「せんずり」に女性器の名前を付けたものもあるみたい。

女性が性を語るのは「はしたない」という考え方が主流だったみたいだよね。今は、セルフプレジャー（プレジャーとは自分で楽しむ）って呼ぶみたいだよ。

心まで解放される。ストレスの多い現代女性のひとつの選択肢として気軽に選んでもらえるようになることが今を変えてく要素かな。自分の体を知るというポジティブな意味合いも込められているらしいよ。アンケートを行った女性のうち60％が「マスターベーションをしたことがある」と回答してるよ。

＊セルフプレジャーの美容や健康へのメリット

「オーガズムに達すると、愛情ホルモンと呼ばれる"オキシトシン"が分泌されるのね。すると、肌の中の線維芽細胞の活性酸素が抑制されてコラーゲン産生を促すんだって。美肌効果かな。

＊性の隠語って他には

・大悦（大…分解すると一・人）一人での悦（悦び）＝オナニー
・天悦（天…分解すると二・人）二人での悦（悦び）＝性交

＊避妊

梅毒が深刻な問題。性感染症予防。江戸時代後期…外国製素材は動物の皮（コンドームは今から400年前に作られた・羊か豚の腸）

⑴避妊法

・女性はお灸・性交後片足で跳ぶ・するめを食べる

・コンドーム　日本75%　世界21%

・今、世界は経口避妊薬のピル

：ホルモン調整の皮下インプラント（体内に埋め込まれる器具の総称・日本は未承認）

：皮膚に貼るだけの避妊パッチ（皮膚にパッチを貼ることで体内に有効成分を取り込み、低用量ピルと同様の効果をもたらす・日本は未承認）

※注(^ε^)「米国ではプロゲスチンインプラントは1種類のみが入手可能」

プロゲスチンとは人工的に合成された黄体ホルモン様物質。マッチ棒サイズ（4cm）のスティック状のインプラント。皮下挿入（上腕二頭筋と三頭筋の間の溝を避けて、内側上顆の約8～10cm上に挿入）。

エトノゲストレル（合成黄体ホルモン）を12カ月放出する。最長3年間の避妊効果。

⑵1年間コンドームでの避妊を続けた場合妊娠する確率は

・理想的な使用方法で　2%

・間違った使用方法を含めると　18%

効果は100%ではない。

⑶男女の脳の違いはあるのか

100人の赤ちゃんがどんなおもちゃで長く遊ぶかを調査した。

・女の子は女の子向けのイメージが強いぬいぐるみで

・男の子は男の子向けのイメージが強い車のおもちゃで遊ん

だ時間が長かった…その時間約５倍。

猿の子供でも同じ実験をした。

・人間と同じ結果が出た。

・基本的に生物学的な差異があることを示している。

「男性の脳は空間認知力などが発達」「女性の脳は記憶力などが発達」とされているみたい。

＊人間

18歳から80歳の1400人の脳をMRI検査で調べたところおよそ９割の人が女男の両方の脳を備えた「男女モザイク脳」であることが明らかになったらしいの。

・生まれたばかりの赤ちゃんには女男の性差がある。

・成長の中で脳の性差を変化させ続けている。

8．心の掛け違いをする（脳は勘違い脳）

「〈もう〉と思うか〈まだ〉と思うかで人生は180°変わる」ホスト相続しちゃいました（フジTV）より

人の脳って勘違い脳だからちょっと「もの」の掛け違いをする「１mmの掛け違い」はその後数十センチの変化となっていくみたい。最初から大きく変化させなくてもいいらしいよ。だって無理するってことは支障を生むもの。

読無蔵は思うの。「あぁ」と思うか「さぁ」と思うかで物事への取り組み方は大きく変わる。だって「あぁ」の後には〈もう駄目か〉等が続くけど「さぁ」の後には〈行くぞ〉等が続くよね。だからちょっとの掛け違い（勘違い）起こすってことが凡人でも変われる要素じゃないのかな。「ここみどう？」

9．簡単オキシトシン活用術

①キスやハグ

日本人は恥ずかしがる行為だけど「脳からオキシトシンというホルモン」が分泌するみたい。すると「心と体に良い影響」を与え、ストレスが軽くなったり体の痛みが軽減したりするんだって。それに血圧も「オキシトシンケア（効果）」で平均10も下がるらしいよ。それに「ストレス、痛み、高血圧、ダイエット、美肌、認知症防止、安眠、筋力、愛情」を育むみたい。

②ダイエットや美肌にも効果

オキシトシンが肌に直接届いて肌の細胞を活性化して美しさに繋がるみたい。

・オキシトシンの量が多いと肌のキメが細かい。

・皮膚の幹細胞…お肌の元を作り出している細胞に作用。

この細胞はお肌に傷ができた時、自ら移動して新しい皮膚を生み出す…美肌を作る鍵らしいよ。オキシトシンが多いとこの幹細胞の動きが格段にアップするんだって。だから、肌のターンオーバー（新陳代謝）が活性化され、美しい肌へと導かれることが期待できる…傷ついた肌を素早くどんどん修復することで若々しく保ってくれるってことかな。

③ストレス

＊オキシトシンについての調査（アメリカ・ウィスコンシン大学・レズリー・セルツァーさん）

・７～12歳の女の子61人…大勢の前でスピーチをする。
　そうするとストレスが溜まってしまう。

・お母さんと電話で話をさせた。そしたらストレスが激減した（安心感からストレスが激減した）。

・抱き枕を抱いて電話するとオキシトシン量は２倍に増えた。

あのね。オキシトシンが増えれば脳の神経細胞が刺激され、他の人に優しくなれるみたい。人間は動物と違って自らホルモンの働きを変えることができるらしいよ。だから、日常生活のちょっとした行動でオキシトシンは増やせるね。

＊行動

・会話…相手の目を見ることでオキシトシンは増加する。

相手の立場や気持ちを想像しながら話を聞くとさらに効果が上がる。初対面の相手と一緒にゲームやスポーツをすることでオキシトシンが数10%アップするみたい。

④オキシトシン増加法

・会話、ゲーム、食事（オンラインでもOK）

好きな人と楽しい時間を過ごすこと…一番いいのは直にコミュニケーションとかスキンシップをすることだって。オンラインでも十分で「癒されてるな」と思ったらオキシトシンが出ていると思っていいみたい。

・運動

ヨガやストレッチのリラックスできる運動がいいらしいよ。

⑤ハグとオキシトシン

・子供とはいつも寄り添って密着してるよね。タッチケア（触れるケア）がいいみたい。

・体に痛みを感じる人

例…肩と腕に強い痛みを感じる

一週間の治療（ただ触っているだけ）で痛みが軽くなり、体がとても楽になったんだって。オキシトシンは体の中で素晴らしい効果を見せてくれるの。そのためタッチケアは老人から子供まで幅広く使われ、病院ではがんや痛みのある患者への治療も行われているらしいよ。タッチケアは症状の緩和なんだけど（病気本来が治るのではない）様々な症状の改善に期待が持てるみたいだよ。

＊そのメカニズムは

体は痛みやストレスを感じると脳の偏桃体というところが興奮して不安や恐怖を感じるんだって。これが慢性の痛みや症状の悪化に深くかかわっているみたい。そんな時、人が優しく触れるとオキシトシンが登場。興奮している偏桃体を優しくなだめて、副交感系君を優位に働かせてくれるのね。

これによって体がリラックスしてタッチケアによって生み出されたオキシトシンが心や体の痛みを和らげるらしいよ。なんと「高血圧の人に背中を撫でるケアを10分間×週３回＝血圧が平均で10ダウン」。「マギカ」だよね。

※注（^ε^）マギカ「魔法少女まどか」

力魔法の１つで、運動エネルギーを止めることが出来る。

⑥一人でもオキシトシンを増やす方法（STUDY HACKER）

・映画や本で感動する…登場人物に共感することでオキシトシンは増えるらしいよ。

・一人では寂しい時間を楽しく過ごせるような動画。

（例えばユーチューブの料理番組を見ながら食事する等）

・臨場感があってみんなでワイワイ楽しんでいるような雰囲気の動画でも十分オキシトシンは分泌するんだって。

・犬等のペットと触れ合うことでオキシトシンは増加するの。犬と見つめ合った時、飼い主のオキシトシンの量が３倍以上に増加するみたい。犬が一緒にいると「癒される」という言葉を発する人が多いけど、血圧を下げたり、心臓の鼓動をゆっくり滑らかにしたり、消化の働きを緩やかにしたり、体をリラックス（ストレスや不安の解消）の方向に向けたりすることが出来るみたい。

・犬と触れ合う効果

犬は日頃話しかけると一生懸命聞こうとする…そうすると目が合う。それが心のふれあいみたいな気持ちになって癒されるんだって。癒しがオキシトシンの増加に繋がるのね。

それに他の動物でもOK。可愛い動物の映像…可愛いという気持ちがあるとオキシトシンは分泌するらしいよ。

・やわらかいもの（クッション）等に触れる。

「やわらかさ・心地よさ」を感じる時、オキシトシンの増加があるんだって。「やわらかくて気持ちいいなあ」と感じた時みたいだよ。「クッション、抱き枕、ブランケット、ぬいぐるみ」ふわふわして心地よく感じられるものを抱いたり、触ったりしてみてね。

・「温冷交代浴」（熱いお風呂と水風呂を行き来する入浴法）

温泉やサウナで身体を温めてから水風呂に入ると、なんとも言えない気持ちよさを感じよね。これは幸福感に関わるホルモンや神経伝達物質（オキシトシン、ベータエンドルフィン、セロトニンなど）が分泌されているんだって。

温浴＆冷浴の温度差は約10度がベターみたい。温度差が大きいと身体負荷が大き過ぎるのね。自宅では、冷水シャワー（水風呂）がいいらしいよ。

サウナ５分＋水風呂１分を３セットまでがベターだって。

・人に親切する

他人に何かをすると清々しい気分になる。これがオキシトシンの作用らしいよ。オキシトシン分泌が幸福感をもたらすんだって。ポイントは見返りを期待しないこと。リアクションが期待通りでないとストレスを感じるためなのね。素直さが重要だって。自分自身が損をしたりストレスを感じたりしない（負担を感じない）程度がいいみたい。

＊身近な親切の例

・困っている人に声かけをする。
・感謝や賞賛の言葉を伝える。
・親しい人にプレゼントをする。
・ボランティア活動に参加する。
・慈悲の瞑想
・椅子にゆったりと腰かけ、呼吸に意識を集中する。
・大切な人を思い浮かべ、その人の幸福を祈る。
　「あなたが幸せになりますように」「健康でありますように」など。
・自分の幸福も祈る。
・ぬいぐるみを抱きしめたり撫でてあげることでもオキシトシンは出る。
・赤ちゃんの映像を見るとオキシトシンが出る…自分で撫でながらは相乗効果。
・嫌がる時に無理やりスキンシップをしてもストレスホルモンしか出ない。
・普段から人間関係（友達・夫婦・親子等）をよくしておくことが大事である。

・植物でも愛情をかけて育てればオキシトシンは出る。
＊親切とは「(しん) 心を (せつ) 設ける」。自分で生み出すものかな！
⑦愛情とオキシトシン
オキシトシンって鼻から吸うと脳まで届くって言われているよ。なんと「鼻から吸ったカップル」と「鼻から吸わなかったカップル」とでの話し合いは大きく違ったらしいのね。一人で趣味に没頭するってのはオキシトシンとは関係性が低いんだって。
＊オキシトシン点鼻薬
オキシトシンを鼻から吸引すると内側前頭前野（他者の感情の理解などの機能を担っている）が活性化するみたい。

●上に立つものとは

1．当たり前のことを当たり前にやれ　ノーブレス・オブリージュ

ノーブレス・オブリージュ【(フランス) noblesse oblige】「高貴なる者の使命…高い地位に就いた者には果たすべき義務と責任があり、一般の人には手を差し伸べなくてはならない」という欧米社会における基本的な道徳観なのね。もとはフランスの諺で「貴族たるもの、身分にふさわしい振る舞いをしなければならぬ」から来ているんだって。19世紀にフランスで生まれた造語で「noblesse (貴族)」と「obliger (義務を負わせる)」から来ていて「財力、権力、社会的地位の保持には責任が伴う」ことみたい。自己の利益を優先することのないような行動のことなのね。
また、聖書の「すべて多く与えられた者は、多く求められ、多く任された者は、さらに多く要求される」(『ルカによる福音書』12章48節)に由来するとも言われてるの。

イギリスにおいてはね。貴族やエリートに対する教育の一環として国家国民のために尽くす義務として位置付けられているんだって。上に立つ者は厳しい道徳観、倫理観を持って、普通の人々や庶民を守り、助けていかなければならないみたい。ヨーロッパの長い歴史のなかで培われた「道徳的感覚」と言えるのかな。イギリス(貴族制度や階級社会が残る)では、上流階層はノーブレス・オブリージュの実践が重要視され、第一次世界大戦で貴族の子弟は、皆志願して従軍したんだって。貴族に戦死者が多かったのはこのためみたいだよ。貴族将校の死傷率は一般兵卒の死亡率を遥かに上回ったみたい。だって攻撃において必ず先頭に立つから。どこかの国の上流階級は全然違ったみたいだけど。

そのためイギリスでは王であろうと国民のために率先して戦場に出かけていくのが当たり前だったのね。身分が高い人たちほど身を低くして…諺(ことわざ)で言うと「頭(こうべ)を垂れる稲穂かな」かな。偉くなった時にね。逆に「俺達はそうじゃないんだよ」って人と接することができる。最近あまり見ないけどね! アメリカの考えでは「慈善を施す美徳」っていうんだって。富裕層が底辺層に慈善を施すってことかな。富裕層が社会の規範となるよという社会的倫理なんだと思うよ。「世間でいう尊敬に値する人は、それに相応しい品性、教養、良識を備え、社会に進んで貢献する」という意味なんだって。

困っている者を助けるのは当然という考え方。当たり前

（身近）なことを当たり前にやる。常識的な流れに囚（とら）われない。けどね。そんな人は最近（細菌が多い世の中）にはあまりいないよね。困っている人がいたら関わらない。自分に降りかからないように。

当たり前のことをやっても誰も評価しない。だからやらない。常識に囚われれば穏便に過ぎていく。やたら動いたら文句を言われ叩かれるから。それが生きるって言うことなんだよね。そうやってみんなが生きていく。だから社会はそのまま流れていくのかな。そして、それでいいという人が殆どじゃないのかな。

もし、それに反発してもいいと思うなら、人から相手にされないことを覚悟しなきゃいけないんじゃないのかな。そんな「天然記念物の馬鹿が増えていく」と世の中変わって行くのにね……ｳﾌ！

2．有名（企業）と優良（企業）は天と地

①商品って「高い・安い」で決める？　それとも「良いもの・悪いもの」なの？「安いよ」より「生産者の心がこもってる」って言われたらどう思う？

②仕事って「凄い・凄くない」が判定基準？「やってるか・やってないか」?「偉い（地位が上)」より「エライ（大変）でもチャレンジしてる」方が本当の姿じゃないのかな。それは認められないことが多いけどね。

③商品って「売れる・売れない)」なの？「価値＝勝ち」があるかないかを「見極めるか・見極めないか」じゃないのかな。

④コーチって「勝つ・負ける」？　何が「出来たか・出来な

かったか」それが常勝の元だと思うよ。
⑤プレーって「よく頑張った・よく考えた」？　どっちかな。考えてみて！「体より頭」だよね。
⑥教育って「教える・教えられる」？　上下関係は教育にはいらないと思うよ。
⑦長族（管理者）って「有名になる・ならない」？「信頼される・されない」だと思うよ。
⑧子供って「いい子・悪い子」？「伸びようとした・伸びる」？・伸びないってことはないと思うよ。一番の弊害は頭の固い大人なのにね！

良い商品（戦略的戦術）を社員（選手）がDO（行動）し、会社（チーム）の本質がしっかりしていれば「売らなきゃ売らなきゃ（勝たなきゃ勝たなきゃ）」なんて「叱咤激励（頑張れ）」する必要はないと思うな。偉いとか人格者とか言われる人が良く言う言葉「人間的な成長が主体」は「叱咤激励」という「表向きの意見」と同じだと思うな。本来はね「どうこう言う必要はないモノ」じゃないのかな。口で言うより「どうするか…DO」が世の中を明るくする材料だと思うけど。「ここみどう」

3．自信を持っている

頭がいいと常に思っている人間は成長しないと思うな。すぐに退屈しちゃう。そういう人って「やった木（気）」になって次のことを直ぐ見つけるの。そして成長していく「した木（気）になってる」。そういう木は「伐採」すればいいのにね。けど世の中はそういう木が成長しちゃう。違うよね…だって解った気になって次に進むから身にはなっていないんだと思うよ。「空気デブ」っていう奴だと思うな。だって当たり前のことが簡単にできるつもりになってる（本当は出来ないけど）からつまらなくて感謝・感動出来ないの。

だから結局最後には枯れ木（枯れ気・見せかけだけの中身のないもの）なのにね。

目の前のささやかな幸せに「感謝できないor大事にできない」。飢えた獣のように常に新たな刺激を求めるの。だから身近にある悪という獲物は最高の刺激となるみたい。そしてそれに食らいつく。そういう人間がこの世には結構いるのね。特に人を貶（けな）したり蹴落としたりすると快感が残るみたい。河馬嘆の世の中になってしまうのかな？

けど、馬鹿珍はそのままを客観視できると思うな。ただ観ているだけが出来るの。大人でも子供でも、地位があってもなくても、女でも男でも、後進国民でも先進国民でもただ「ほんわか感」に浸れるの。馬鹿だからどう思われても関係ないのかな。先天的な馬鹿はいいよね。後天的馬鹿はそれがとっても難しいと思うな。馬鹿は真っ白だから色んなものが観える。それって「純粋」だからじゃない。「純粋な心を」なんて言ってる奴は「汚い奴」なんだと思う。そうやって綺麗に見える仮面をかぶって都合の酔い（良い）世界観を人に植え付けようとしてきたのが教育だから。「今日行く」という「共生く」には「強志」が必要だと思うよ。「次進（じしん・自信とも言う）・次への道」は未来をつくるものだぁ！

4．成功した人の意見を聞くの？

凄いとみんな言う。だから何だろうね。成功した人なんて一握り。世の中の殆どは失敗した人ばかりなんだ…ってことは！　あのね。成功した人の意見って「高嶺の花…遠くから見てるだけで手に入らないもの」だと思うよ。「憧れるけど、現実っていうモノはそれからはほど遠いもの」ってことかな。

世の中は「高値の豚」。みんなは知ってる？「豚」とはイノシシを家畜化したもので、好奇心旺盛で研究心もあり、綺麗好きだってこと。みんなが知らない当たり前の自分に価値があるってこと。だから凄くなくっていいんだよね。凄いことに凄さを感じるんじゃなくて「当たり前のこと」に「次進」を持とうよ。そして見返りなく寄り添うこと…偉そうな人ほど「そういうこと」はできないから…と読無蔵は思ってる。だから身近な小さなことを「次進」させるの。そうすれば「自信」がおぎゃぁって生まれてくるかもしれないね！

5．救民薬方の考え方（難しいを簡単に）

江戸幕府将軍の徳川吉宗さんはね。薬の知識がないため江戸庶民の命が失われてしまうこと（特に享保飢餓後に疫病が流行したため大量の死者が出た）に思案してたの。

そのための対処法として、庶民に応急の薬の活用法「救民薬方」を配布したのね（知らないと出来ないってこと）。そして庶民のみんなに格安の値段で販売（良いものでも高価では広まらない）したの。

この本は身体を「頭之部・面之部・目之部・鼻之部」などに分類してその症状や対処法を簡潔に解説してるのね。そして、なんと「野に生えている一般庶民には分かりづらい薬草」の説明がしてあるんだって。知らないということの恐ろしさをしっかりと把握するのは上に立つ者の大きな使命だよね。そして、他の本との大きな違いは「具体例」が示されているところ。例えば頭痛では「マメ科の多年草（イタチササゲ）を処方すること」と明記してあるみたい。

そしてセカンドオピニオン（診療を受けている担当医とは別に、違う医療機関の医師に治療法を相談）的発想…他の書物から別の対処法も示されている。難しいことを羅列する前に「Do & How to」＝「どうしたらいい」が示されていること。どんなにいいことでも学者さん達の言葉で言ってても意味がないよね。普通の庶民においては「分かりやすく」が一番だということだよね。難しいことを難しく言うのが学者さん。難しいことを簡単なことに変えることが「お馬鹿珍」！　大切かな。

6．ポンペさんの職業論理

あのね。長崎で医学がどうして発展していったのか？　それはね。長崎（長崎の出島とは徳川幕府により築造された人工の島でオランダ商館が置かれ日本で唯一西洋に開かれていた貿易の窓口）だけの特権である海外交流の歴史と情熱と使命感を持って医療の現場に向き合っていた人達がいたということなんだって！「長崎の西洋医学＝日本の医学」というべきものだったみたい。今も長崎大学医学部内の「基礎研究棟」に刻まれているのはオランダ海軍医、ポンペさんが長崎滞在時に残した言葉。どんなものかというと「医師は自らの天職をよく承知していなければならぬ。ひとたびこの職務を選んだ以上、もはや医師は自分自身のものではなく、病める人のものである。もしそれを好まぬなら、他の職業を選ぶがよい」

覚悟を持って寄り添う。「たかが」だけど「されど」の言葉。偉い論文を書く前に目の前にある出来事にどう寄り添っていくかが大事だってことかな。昔からどの国においても「寄り添うってとても大切なこと」だったんだね。

スポーツ現場だってそうだよ。スポーツ研究者は論文を書くことに本望を感じてる。それよりは選手をどう変えていく（育てる）かが本筋なのにね。だから現場の人には分からない専門用語が並び、論文が認められることに意義を感じてる。どんな立派な論文も分からなければ無用の長物だと思うけど。

けどね。現場もいけないと思うな。プロのコーチの中には「運動生理学・心理学・栄養学・バイオメカニクス」等には無知同然の人がいっぱいいるみたい。それでもコーチとして周りから認められてる。学者さんもコーチも「本来の片輪が足りない」のに世間は凄いと認めちゃうみたい。可哀そうなのは選手だと思わない？　だって例えば前出の天気痛。試合当日は凄く天気のいい日。選手は体調不全。

・コーチ

お前何が体調不全だ。こんなに天気がいいのに。

・選手

どうもすいません（何故体調不全か分からない・本当はフィリピン沖の低気圧が原因）。

絶対に次もこの選手は体調不全を起こす可能性大なのね。

学者さん。多くのプロコーチさん、御免なさいね。究極の発達障害児のたわごとです！

7．天武天皇さんの官僚制の改革

律令（りつりょう・律は刑法、令は行政法）国家を築くには「特権階級」をなくすことなんだって。豪族の私有民を廃止して公地公民制（全ての土地と人民は公・すなわち天皇に帰属するとした制度）を実現、役人の位階や昇進制を定めて官僚制を形成させ、それぞれの働きに応じて、国からの報酬として与え、税収も国家が直接管理する。

天武天皇さんは、一人の大臣も置かず、法官、兵政官などを直属させて自ら政務したみたい。要職に皇族をつけ皇親政治を行ったのね。皇族は冠位26階制と別に五位までの皇族専用の位を設定したの。豪族たちを、力によって押さえつけるのではなく、身分を与えて支配したみたい。これによって、天皇の力は絶対的なものとなったのね。

しかし、皇族が政権を掌握したわけではなく、権力はあくまで天皇個人に集中したみたい。重臣に政務を委ねることなく、臣下の合議や同意に寄りかかることもなく、天皇自らが君臨しかつ統治した点で、天武天皇さんは日本史上にまれな権力集中を成し遂げたらしいの。天武天皇さんは強いカリスマを持ち、古代における天皇専制の頂点となったのね。

・人は何らかの位（褒美）を与えられるとその気になる……
　「五位までの皇族専用の位」豚もおだてりゃ木に上る？
・力のある豪族たちを利用
　「伝統的氏族の再利用」人の克己心をくすぐる。
・古いものを壊さずに新しいモノを入れる。
　温故知新

そして、貨幣の鋳造を行い、中国に倣（なら）った本格的な宮都の造営を計画したの。また、この時代に、「日本」という名称が初めて使用されたと言われているの。そのため天武天皇さんは、この国の成り立ちを書物として残すために

「古事記」「日本書紀」の編纂を行ったみたい。

また、それまでの官僚は世襲が通常だったの。それを変えたのね。

1．初めて出仕したものはまず大舎人（下級役人）に任命。
2．その後、才能を見極めふさわしい職につける。
3．女性や地方の豪族も積極的に受け入れる。

ようするにね。才能とやる気があれば身分が低くても出世出来る。人間の承認欲をうまく活用したのね…「能力主義を世襲よりも重要視」。3本の木「やる気・本気・元気（勇気）」の重要視かもね。天武天皇さんは皇族の地位を高めると共に、中央貴族と地方豪族を区別するため八色の姓（やくさのかばね）を制定して、その人の働き（勢力や功績）に対応して姓を再編成したの。

＊八色の姓（やくさのかばね）とは？　…姓（かばね）とは職能や序列を表す称号

「真人（まひと）」「朝臣（あそみ）」「宿禰（すくね）」「忌寸（いみき）」「道師（みちのし）」「臣（おみ）」「連（むらじ）」「稲置（いなぎ）」から成り立っていて、上位の4氏が上級貴族を出す母体の氏族としたみたい。

政権内に大臣をおかず、従来であれば有力豪族が就いていた重要ポストに自分の皇子を配して、天皇中心の皇族による支配体制を作った。その結果、天智天皇さんによって推進された政策はしっかり根を下ろし、天皇を中心とした律令国家体制は強化されていったんだって。こんな句があるの（天武天皇さんを神とたたえた歌）。

「おおきみは　神にしませば　水鳥の　すだく水沼（みぬ

ま）を　都と成しつ」

意味はね。大王は神ですので水鳥が群れ騒ぐ沼地すらもたちまち都と成された。ある人が言っているの。「器でない長は兵隊がうごめく世界も自分の威厳を放つ所としてしまう」歴史は勝者（勝てば官軍）によって描かれるってことみたい。けどね。本当の「偉い」ってどういうことなのかな？　考えてみてね。

※注(^ε^)「冠位二十六階制」

「日本書紀」が記す26階は、1に大織、2に小織、3に大縫、4に小縫、5に大紫、6に小紫、7に大錦上、8に大錦中、9に大錦下、10に小錦上、11に小錦中、12に小錦下、13に大山上、14に大山中、15に大山下、16に小山上、17に小山中、18に小山下、19に大乙上、20に大乙中、21に大乙下、22に小乙上、23に小乙中、24に小乙下、25に大建、26に小建である。

＊ちょっとこぼれ話

この時代（飛鳥時代）に天武天皇さんの理想をさらに確実なもの（現実化）としたのはその跡を継いだ奥様の女帝・持統天皇（第四十一代・諱（いみな・生前の名＝鸕野讃良・うののさらら）さんだよ。本当はね。息子の草壁皇子（くさかべのみこ）さんが天皇になるはずだったのに28歳で病死、それで天武天皇さん時代に影のナンバー2として活躍した鸕野讃良さんが即位となったのね。新首都の藤原京は都を東西に分ける幅24mの朱雀大路が通る大都市（条坊制都市・碁盤目状の都市区画）なの。戸籍の作成等の政策を行い、確固たる政治を行ったみたい。

＊名前とは
・謚（おくりな・死後におくられる名）＝持統天皇
・諱（いみな・生前の名）＝鸕野讃良皇女（うののさららのひめみこ）と言うよ。

8．虎の威を借る狐（とらのいをかるきつね）

虎の威を借る狐の意味は「強いものの威力を借りて威張る人のこと」。河馬嘆のことかな。「虎の威を借る狐」の中国語は「狐假虎威（フゥー　ヂィア　フゥー　ウェイ・意味：トラの威を借るキツネ」。「假」は日本語では「仮」と書き、「借りる」の意味なんだって。「威」とは「力で押さえつけて人を恐れさせる」という意味。由来は、戦国時代の言説や逸話をまとめた古代中国の書物『戦国策（せんごくさく）』に収められた「楚策（そさく）」。権力者の権勢をかさに着て威張るものの例えとして書かれているものみたい。物語はね。

虎が狐を捕まえると狐が「天の神が私を百獣の長にしたのだから、私を食べると天の命令に背くことになる。嘘だと思うならついてきて」って言ったの。虎が狐のあとをついてゆくと、獣たちはみな逃げ出してく。虎は「獣たちが自分を恐れて逃げたこと」に気がつかなかったの。

これはね。楚（そ・紀元前11世紀―前223年・中国の周代・春秋時代・戦国時代にわたって存在した王国）の王が「楚の将軍が恐れられているということを耳にした」。けど実は恐れられていたのは将軍ではなく「後ろにある強大な楚の国だった」ということを言ってるんだって。

＊「虎の威を借る狐」の類語とは？
①「人の褌（ふんどし）で相撲を取る」の意味は「他人を利

用して自分の利益を得ようとする」。「人の太刀で功名する」「人の提灯で明りを取る」とも言うんだって。

②「痩せ馬の道急ぎ（やせうまのみちいそぎ）」とは、痩せた馬ほど早歩きするとの意から、力のない者に限って功を立てようと焦るものだという意味みたい。「弱馬道を急ぐ（よわうまみちをいそぐ）」とも言うらしいよ。実力に伴わない行動を取るという意味が「虎の威を借る狐」と共通しているんだって。

③「看板倒れ（かんばんだおれ）」とは、うわべだけが立派で、中身が伴わないこと（外見と中身のギャップ）を言うみたい。「見掛け倒し」「はりぼて」「張り子の虎」なども同じ意味みたい。

＊「虎の威を借る狐」の英語表現は（英語と遊ぼう）！

同じ意味を持つ欧米の諺（ことわざ）は、「The ass in the lion's skin」・ライオンの皮を被ったロバ（ass）」ってのがあるらしいよ。ライオンの皮を被ったロバが動物を脅かしていたけど、その声でキツネに正体を見破られてしまった（外見を強そうに見せても、話をすると中身がばればれとなる）という教訓みたい。

世の中にはこんな人がいっぱいいるよね。どうしてなんだろう。自分が可愛いからかな。

可愛いって「皮いい・皮（外見）がいい」ってことだよね。ようするに「虎の威の軽い狐」だよね。尻軽狐はいなくならないものなのかな！

9．政治家ってどんな人？

読無蔵は政治家をあまり信用していないの。だって偉い人だから（はっきり言うと偉いと思っている人だし、住む世界が異次元人だもんね）。

けど一人だけ信用している人がいるのね。焼き饅頭が有名な州の２区から出馬している50代半ばの人らしいけどこの人は政治家には珍しく「表裏」のない人なのね。何か学生の時から政治家になる夢を持っていてそのためにはどうするかを実践してきた人みたい。若い時の思いを信念として貫くなんて今どき珍しい人じゃないのかな。

だから彼の周りには信念を持とうとする人が集まり、それが集団の力となっていく可能性を秘めているんじゃないかと思ってる。けど世の中はそれだけでは認められないんだよね。

認める認めないは世間の意見。色んな人がいる。そのすべての人に共鳴してもらうなんて到底できないもの。けどそうしようと「DO」することはできると思うのね。彼はそんな人じゃないかと思ってる。好ハオだよ！　若い力で「政界へ送り出すだけの価値がある人」だと思うな。「顔晴れ」だよね！

※注（^ε^）好ハオ

読みは「はお』。中国語の「よい・立派な」という意味の「好（ハオ）」から派生。

＊議員の後ろには沢山の有権者の意志がある。

あのね。国会議員秘書にミスという言葉は存在しないんだって。選挙戦の前の地盤固めが勝敗を決める（公示時にはもう決まっている）みたい。名刺は名前が刺さるもの「手裏剣（しゅりけん）」って言うみたい。剣菱は贈り物。「人たらし術・言い方が悪いと思う人御免なさい」をするのが議員秘書の仕事らしいの。だから選挙に負けた瞬間から挨拶巡りが必須みたい。どんな世の中も裏方は大変ってことかな！

10. 長マンって？（社長・部長・校長・塾長・所長等と長が付く上司）

仕事において部下がね。「凄〜い目標を達成」すると長マンって「きまり悪さ」を感じて達成者が邪魔ものになるみたい。だから部下を排除するのね。また部下が「誰もやりたくないこと（誰もが無視するような仕事）」を成功させちゃうと世間の評価が長マンより良くなっちゃう。だから成功する前に排除しようとするんだって。優れたアイデアを持っているとか自分ではできないことをやる部下っていうのは、長マンには気に入らないものらしい。だから、部下が外で目立ち過ぎると長マンには煙たがれるのね。そうなると長マンは世間を巻き込み、部下をみんなの嫌われ者にしようとするみたい。自分を守るためにね。長マンに反して俊敏に行動（先回りする）したり、あまりにも多くのアイデアを持っていたりすると長マンは脅威を感じちゃうからなんだって。それに自分よりも下の存在（本当は上下など無いのにね）に耳を傾けなければならない屈辱を受けることに耐えられず、下（舌）を切り捨てるよ（黙ってろってことかな）。

仕事で非常に多くのことを達成している（優秀過ぎる人材）が潰されるのは世の常なのね。組織において

①「長マンや同僚の嫉妬心・劣等感」 ②「お役所体質」
③「組織内権力と政治」

これらは組織や人間関係での醜い争い（けどなくならないもの）なんだよ。そして長マンは「通常弱者には偉ぶり、成長する下は潰して、強者に媚び、抜け駆けする同僚は潰す」。

世間で偉いと言われる人達は「何事もチームワークで協力し合って成し遂げよう」「お互いを信じることだ」って言ってるけど（自分では経験ない人がほとんど）、これって「絵餅」だと思うよ。チームワークの大切さや信じることの大切さを本当に把握している長マンて滅多にいないと思うよ。自分で思い込んでいる人はいっぱいいるけどね。

＊絵餅（絵に描いた餅）・教訓

「絵に描いた餅は実際には食べられない」。絵に書いたって本当は何の役にも立たないし、実物でなければ値打ちがないことの例えだよ。

＊絵を掻いた餅の狂薫（きょうくん・アホの香り）

餅で絵を掻いてもベトベトになるか傷がつくだけだよね。けど調理すれば食料になるし調理法を変えれば素晴らしい食べ物になる。観点が変われば使えるものにも使えないものにもなるということ。

＊長マンってどんな河馬嘆

・200点を嫌う。

・１回だけ100点は喜ぶ。けど何回も続くと嫌う。

・足りない20点を「いつも助けて下さってありがとう」と80点継続は喜ぶ。

という生き物なんだと思うよ。ようするに自分が一番でいたい河馬嘆。そういう人達って名声を求めたがるんじゃないかな。本当に偉い人って表には出たがらない普通の人でいる場合が多いと思うよ。身近なことができる「普通」だからこそ偉いんだと思うな。

「ここみどう？」

＊ちょっと一休み（Habit・SEKAI NO OWARI）

君たちったら何でもかんでも分類、区別、ジャンル分けしたがる

自分で自分を分類するなよ　壊して見せろよ　そのBad Habit

人にどう観られるか。「上の人＝河馬嘆」の見方で「人を判断」ではないよね。自分を持とうよ。枠ってないんだよ。枠って自分が勝手に決めてるものかな！

●疎外（四面楚歌・上への可能性を秘める）者が感じること

1．かかしの崩壊

かかしってみんな知ってるかな？　畑を害鳥から守る仮の人間像。これがないと害鳥に農作物はどんどん被害を受けてしまうのね。

か…体		か…環境
か…家底	または	か…家庭
し…仕事（職場）		し…身体

ようするにね。人には「３要素が必要不可欠」である。…ということかな。

①職場（働く環境…仕事）

・職場で「はじき、中傷、いじめ、パワハラ、セクハラ」を受ける。

②身体（体）

・身体に異常をきたし、やる気が起こらない。

③家庭（家族）

・安心できる「寄り場」となる所が不安定な状態である。または崩壊している。

このように「かかし」が崩れると人は害鳥（いじめや中傷等）に食われ、どんどん悪化していくということなのね。読無蔵もこの３つに捕らわれてしまったの。
①塾長からのパワハラ。
②変形性膝関節症による運動禁止。
③ある家族以外の加害者からの火の粉の振りかかり。

もうアセアセ状態になっちゃったのね。そして「かかしの崩壊」は読無蔵を四面楚歌状態にしたの。人っていつそうなるかは分からないの。ならないかもしれない。けどなる時は急に降り注いでくる。それに対処できなった読無蔵は弱い狂逝者（きょういくしゃ・塾格子）の一員（格子の中の人間）だよね。けどね。未来の可能性は忘れてはいけないと思うのね。だって四面楚歌って何処にも行けない。けどよく診て！上は開いているの。そう…成長の土台が四面楚歌なのかな！それに「クエティング（クリエイト・エクスプロイト）」できなかった読無蔵はやっぱ究極の発達障害児？「ここみどう？」

2．パワハラ・いじめって何？

「読無蔵」はね。パワハラやいじめについて考えてみたの。リッヒー（リッスンヒヤー・聞いて聞いて）ちょっと読無蔵の話。
①「いじめ」＆「なやみ」の解決法
「い・いつでも　じ・自由を　め・めざして」「な・何でも
や・やって　み・見よう」

読無蔵が思うこと（^_^）・例えばね。ある塾での出来事。講師Ａは塾長Ｂからいじめ（パワハラ）を受けていたの。講師ＡはＣ（州の4891星教育委員会）に「わらにもすがる思い」で問い合わせを行ったの。しかし、C（4891星教育委員会）はAに2ヶ月以上も連絡がないのね。Aがいてもたってもいられなくなり、C（4891星教育委員会）に「どうなっているんですか」と問い合わせたところ、「注意しといたよ」との一言で終わり。これが社会の体制だよね。経験ある人いるんじゃないのかな？

いじめにおいてのSOS反応は「絶対見落としてはいけない」とよく言われるよね。しかし、C（4891星教育委員会）はどうしてもっと早急の対応が出来なかったのかな。自分が偉いと思っている人たちにありがちな行動だと思うよ。また、色々なメディア等においても、真実を知りながらそれに蓋をすることもあるよね。よくある話だと思うな。みんなはどう思うかな？　そういう人（いじめ対象者）のストレスはパンク状態で押しつぶされそうになるよね。毎日毎日の生活が「針のむしろ状態」。心の安まる居場所は奪い去られていく。気持ち的には錯乱状態になり、完全な自暴自棄状態に陥り、何かに逃げていく。そういう人は案外、大変いけない行為や、許されることではない行為に走ることがあると思うよ。けれども、そういう人が2度と現れないようにするためには、相談機関は「すぐ対処する相談機関」でなければいけないのではないかと思ってるよ。けどね。そういうところの人って上を目指している人が多いのね。だから関わりは持ちたくないんじゃないのかな。お体裁ってやつだよね。そう思う人、結構いるんじゃないのかな！

⑴提出先は塾長

相談があったその瞬時の対応（面接をすぐ行う等）、それがとても大切なんじゃないのかなと感じてる。けどね。公立塾の相談機関がその管轄省にあることがおかしいと思わない。結局は「ナーナー機関」だと思うよ。それに塾でのパワハラ（塾長がパワハラ対象）なのにパワハラ申請書類の提出先は塾長だって。パワハラしてる本人に「申請書類を提出しろ」ってこんなことが公的立場で平気で行われているみたい。

⑵キティ・ジェノヴィーズ事件

あのね、「傍観者効果」というのがあるの。みんなは知ってるかな？　これは集団心理の一つであり「事柄に対して自分以外に傍観者がいると率先して行動を起こさない」というものなのね。人数が多いほど行動を起こさなくなるというものらしいよ。これは３つの考えによって起こると言われてるの。

１．多元的無知…他者が積極的行動を起こさないことによって緊急性を要しないと考える。２．責任分散……他者と同調することで責任等が分散されると考える。３．評価懸念……行動の結果に対して周囲からのネガティブ評価を恐れる。

この最たる事件は「キティ・ジェノヴィーズさん」事件。彼女が深夜暴漢に襲われた際、彼女の叫び声に38人もの住民が事件に気づき目撃したにもかかわらず、誰一人警察にも通報せず、助けにも入らなかったというもの。彼女は死亡してしまい、当時は都会人の冷淡さとして大々的に取り上げられたものなの。自分に「関係ないと思う」と人は行動を起こさないというもので、とても悲しい事件だったの。このような事件、今の世の中では起こりうる可能性っていっぱいあるよね！　人は人、そうじゃないのにね！　いじめとは「自己感情に基づいて、ある人間を差別的に扱う」とあるよ。

いじめを受けている人の心は、他人には見えないと思う。しかし、押しつぶされそうな気持ちはもの凄いストレスとなっていくと思うよ。だからこそSOSを発した時に「すぐに真剣に対応すること」……よく言われることだけど、とても重要なことだと思ってる。「誰がいけない」と言っているのではないの。このような問題は人の立場に立って「みんなが考えていくこと」が一番重要なことだと感じている。

一つ一つの組織も、それぞれの立場に立って本当に一生懸命に取り組んでいることと思います。大変敬服致します。争いというのは素直さがあれば起きないものと思ってる。人のことが「思いやることが出来れば」「人の立場に立って物事を考えて行ければ」みんなが仲良く過ごせるものと確信していたいな。「(れば論理)は発展性がないよね」。読無蔵のようなものが言うようなことではないことかもしれない。けれどもこれからの社会がみんなで楽しく咲顔で行ける。「みんなが仲良く人を思いやれる」ものであってほしいと願ってる。これはみんなも同じだと思う！　基本的には人間は一人では生きていけないと思う。家族があって仲間がいて、それで自分という人間が成り立っていることを忘れてはいけないと思うな。誰もがみんなが「惑星宇宙船の乗組員」。植物だって動物だって生き物という仲間なんだ。それが根本だよね！寄り添うってこと…実践してほしいな！

⑶孤独感

自暴自棄になり、何かに逃げてしまう。それは本当に弱い人間だと思う。けれどもいじめを受けている「人間の気持ち、孤独感、なぜ私がという悲壮感」ってあると思う。逃げてはいけないと思う気持ち。逃げたら負けだと思う気持ち。いじめはいじめを受けている人間にしか解らない心情があるよね。自分から逃げないという気持ちをいかに持てるかが大切なことだと思う。解ってはいるんだけど……！　しかし、それは、口で言うほど簡単ではないよね。だって押しつぶされるから。今、思うことは、色々な悩みを抱え込んでいる人の気持ちが寄り添うことで少しでも「和らいでくれること」。これが読無蔵の願いです。

⑷人間の伸びる条件

「素直さ」「向上心」「チャレンジ」の３つ。

①素直さ………原点の心。

②向上心………自分を進歩させようという気持ち。

③チャレンジ…アクション（実行）。

人間が伸びるための第一条件は「素直さ」なんだと思う。では、素直さって何だろう？

・ス…素敵な	ス…すさんだ
・ナ…ナイーブさ（素朴さ）	ナ…ナイフ
・オ…贈り合う	オ…送り付ける

どっちかな？

素敵なナイーブさを贈り合って	すさんだナイフを送り付け
向上心	向上心
チャレンジできたら	チャレンジできたら
心のキャッチボールができて	ナイフで斬りつけあって
↓	↓
情緒豊かな笑顔の人間	心の悲しい傷ついた人間

「ここみどう？」
①有り難うという「素直さ」を常に持ち、
②伸びようという「向上心」を持って、
③それを実行しようという「チャレンジ」力…行動力
がとても大切なことではないかと感じてる。そしてこれが実行できたらどんなにいいかな！　みんなもチャレンジしてみようね！
⑸ふんわり感
読無蔵は発達障害の「小さい人間」。だから色々なことが言える立場ではない。けどね。発展途上国の電気も水道も通っていない地域に「スポーツ指導（指導とは上からではない）（指導される・下からが本来の姿…教えてもらうことが指導するってこと）」わかるかなぁ、わかんねぇだろうなぁ（松鶴家千とせさんだぁ）に行ってたの。
電気も水道も通っていない地域だけれど、その地域からすごく貰っていたものがあるのね。それは咲顔（特に子供）。だから読無蔵はその子供達に勇気を与えてもらっていた。悩みもあるかもしれないけどそれを感じさせない「咲顔」。それってとっても素晴らしいものなんだ。みんなを一度連れて行きたいな！　何をするわけでもないけど、ただ子供達と一緒に走り回るだけだけど、何かがそこにあって、何かが芽生えてくるんだよ！
それが「ふんわり」とした気持ちなんだ。その「ふんわり感」って人が忘れていたものんじゃないのかなと思っている。悩みも何もかも「ふんわりと包んでくれる」。本来はみんなが持っているはずの「ふんわり感」。ふわふわとした暖かさは咲顔の原点だと感じる！

文明は人間の持つ原点の「ふんわり感」をどこかに置いてきてしまったのではないかな。悲しいよね。「ふんわり感」って自分の悩みや人間関係などを良い方向に導いてくれる心の源ではないかな！　みんなにもこのふんわり感を持ってほしいな！

一度持ってみてごらん！　優しさを感じる事が出来るから（^o^）人間はいつまでも「ふんわり感」のある心の持ち主でいてほしいなって願ってる！　そうすれば、一人の人間の周りの人が「ふんわりとした気持ち」になれるよね。そんな人間ばかりだったら本当に楽しい人生が送れるのではないかと思う。読無蔵はそんな社会を望んでる。みんなもそうだよね！　持ってみよう！　感じてみよう！「ふんわり感」

洗濯物を畳む。最後にフワッと持ち上げる、それだけでふんわり感が出る。着る時に柔らかな気持ちになれる。その身近なちょっとした行動が心の安らぎを生むと思うよ。

⑹発達障害児「読無蔵」

読無蔵は究極の発達障害児。「自分に甘くとても弱い人間」。人それぞれ人間だから色々な失敗をすると思う。しかし、それを自分の「枷（かせ）」として歩んで行くことがとても重要なことだと思ってる。いつまでも失敗を背負っていくことだけが大切なことなのかな。読無蔵は失敗は失敗として捉え「自らを自戒し、信用回復に一生懸命従事していくこと」がとても肝要なことと感じてる。

⑺大切なもの

読無蔵にはとても大切に思うことがあるの。凄く大事にしなければいけないと感じることがある。それは家族。何かの失敗を起こした人間の家族が世間の目を気にせずに、明るく振る舞ってくれる。凄い救いだと思う。そういう家族のためにも「自分を見つめ直してしていくこと」がとても大切ではないかと強く感じてる。感じることが再出発の原点かな！

⑻未来へ（いじめ＆なやみ）

今、何かを抱え込んでいるみんな!!　抱え込まないでね！　読無蔵は何かの資格があるわけでもないし、凄い解決策が答えられる訳でもない！　ただ一緒にみんなと「早急の対応」で悩みを共有することは出来ると思う！　けど、それが一番大切なことだと実感しているんだよ！　一人なら「10」だけど、誰かがいたなら半分になるよね。10人いたら10分の１になる。それが凄く大切なことなんだと思う！　みんなと一緒にいじめや悩みをなくす合い言葉。「(い）つでも（自）由を（目）指し・(な）にかを（や)って（み）よう」

＊い…いつでも　＊じ…自由を　＊め…目指し

＊な…何かを　　＊や…やって　＊み…見よう

10の悩みを半分（仲間と）に……そして更に小さくしようね！　そしてみんなの咲顔を取り戻したいな！　本気で笑ったことがないって寂しい！　だからみんなと咲顔になりたい！

合い言葉は…いつも咲顔で「ア（愛情）ホ（奉仕）ニ（忍耐）ナ（仲間）レ（礼儀）ヨ（余裕）！」・「一人じゃない！悲しみ等の10は５になる。更に１にもなる……みんなの力」。みんなと微笑みたいな！　みんなと咲顔になりたいな！　そうなると信じてる！

②「らしく」って究極のいじめ言葉？

いじめの中の最たる言葉って何だろう！　読無蔵は「らしく」という言葉だと思うのね。「女らしく、男らしく、生徒らしく、先生らしく・etc!!」

本当の「らしく」は「自分らしく」だよね（^o^）自分に正直に生きるって事が本当の意味での「らしく」ではないかな！　けど、世の中は、周りの目を気にする立場上の「らしく」だけを強調する。それをしないと絶対にいけないと決めつける。だったら人の個性は何処に行ってしまったのかな？

人って絶対に同じ人はいないよね！　それぞれに個性があるから新しい自分を発見できる！　それを集団でまとめて「これ以外は駄目」として評価するのはおかしくないかなって思う。集団から外れると駄目、人としてなってない、常識がない等中傷されてSNSに投稿されたりする。「個性がとても大事だ」と言っている大人は口だけの人なのかな。結局は「自分を大事にしている」人ばかりじゃないのかな。本当は自分というものがあまりないのに「これ以外は駄目」の集団で個性なしの生活に甘んじている。そしてそれに甘んじて生きている。そういう人、結構いると思うよ。それって悲しくないのかな（-_-）。読無蔵なら悲しいな！

今の世の中、個性を追求しようとすれば「孤立」する。孤独感！　人間にとっての「孤独感」は自暴自棄の土台みたいなものだよね。その土台に毎日の孤独感が積まれていく。孤独感の城壁！　人も入れないけど自分も出て行けない城壁！そして四面楚歌になり自殺等に走ってしまう。けど「城壁の外からも、城壁の中からも」両方が見えない同士。心の通いは一切なくなった完全の他人！　今の世の中にはこういうことが結構あると思う！

けど、最終的に悪いと判断されるのは、いつも城壁の中の孤立者(?_?)「なってない、自分のことしか考えてない？常識がない！」これって最たるいじめだと思う！　根本にあるもの。物事には必ず事象においての起点というものがあるよね。本当はその起点が大切なんだと思う。

例えば、臭い匂いがする。A君から発生している。周りはAは臭い。なんだあいつは！　常識ね～な！　駄目な奴！と評価する。けど、本当はBから悪臭の元をかけられていた。表に出ないBは何も言われない。Aは何で！　どうして！と、どんどん孤立していく！　その内BまでもがAは駄目な奴と評価する。傍聴者効果の最悪なパターンだと思うよ。みんなには解らないAの気持ち！　臭いものには蓋をしただけの社会。今の社会はこんなことって結構あるよね。本当の真実や原因をしっかりと見つめることが出来る「人間や社会」をみんなで作っていくことが大切だと思うな。原因や真実には必ず元となるものがある!!　事象の前の根本的原因に目を向けれる人になってほしいな。けど四面楚歌って成長条件(上に伸びる可能性）でもある。それを忘れないでね！

③アホニナレヨが一番・人の器って何？

人の器って何だろう！　大きければいいのものかな！　人の器なんて本来小さいものだよね！　けど、何んでみんな大きく見せようとするんだろう。見栄ってそんなに必要なものなのかな！「偉くなる」って周りから認められることかな？読無蔵は違うと思うな！

「偉い偉くない」って誰が決めるのかな！　その基準があるのかな。人に勝って一番！　その時はいい！　けど負けないようにしなければならなくなる！　人に「常に」なんて殆どない。だから無理をする。人を蹴落とすことが出てくる。「人と違うんだ」を見せたくなる。

そこには愛情とかふんわり感とかは漂わない。そうするといじめが始まったりする。だからいじめって「何でいじめられているかが解らない」。

いじめってある日、降って沸いたように出てくることが多いよね。みんなはどう思うかな？　みんながみんな立場を離れて、人間としてを基本に行動してみたらいいのにね。悪いと思ったら「先輩は後輩に謝る」「先生は生徒に謝る」「上司も社員に謝る」

これでいいじゃん(^_^)なぜ、出来ないのだろう？　みんな頭がいいからだよね！　読無蔵の「座右の銘」

「・アー愛情　・ホー奉仕　・ニー忍耐　・ナー仲間　・レー礼儀　・ヨー余裕」

それでいいじゃん！「アホ」って事は最高の「吸収率と伸びしろ」があるってこと。いつも上を向いていられるってこと。

・上から目線は「いじめの基」…互いを牽制し合う社会……
　心に安らぎはない。
・下から目線は「成長の基」……互いを切磋琢磨する社会…
　心にゆとりと微咲（ほほえみ）

いろんな事で悩んでいるみんなは最近笑ってるかな？　読無蔵も心から笑った事は殆どないよ！　とっても悲しいよ

ね！　だからね！　内に秘めずに外に出してみよう！　読無蔵も微力ながら協力するし、必ず誰かがいるからね！「認められる。一人だけだっていいんだよ！　一番じゃなくてもいいんだよ！」・「自分が納得する一番でいいと思うな」……………!!

④悲しくてやりきれないけど笑いたいな！

「悲しくてやりきれない」サトウハチロー作詞・加藤和彦作曲の歌、とても訴えかける歌だと思うよ！

「胸にしみる　空のかがやき　今日も遠くながめ　涙をながす　悲しくて　悲しくて　とてもやりきれない　このやるせない　モヤモヤを　だれかに　告げようか」

読無蔵は思うの！「悲しくてやりきれない！　誰にも告げられない！　救いもない！　この気持ちが明日も続く！」こんな気持ち！　いじめを受けたり、大きな悩みを持っている人間はね。こんな気持ちで生活しているんだと思うよ！　だからこの歌、凄くみんなに訴えかける（寄り添いを考えさせてくれる）、いい曲だと思う！

人には未来があるっていうけど、本当かな？　明日ってみんなにあるのかな？　見えない明日。変えられない過去！見えているのは今しかない！　その今が悲しかったらいつ笑うの？

誰だって笑って生活したいと思ってると思う！　けど、それが出来ない人がいっぱいいるんだよね！　みんなはどうかな？　みんな「笑って生活しよう」とは思っているんだよね！

人間て弱い！　強くならなきゃいけないのかな！　弱く

たって泣き虫だってそれはそれでいいじゃん！　それがその人の個性だから！　けど、周りの人は「強くなれ」「甘えてるな」「そんなんじゃ社会人としてやっていけないぞ」って言う。そうかな？　じぁ、そう言ってる人って強いのって？　そんなに人間って強くないよね！　自分に正直に生きようとすればするほど「出る杭は打たれる」って言うけど！　一生懸命生きようとすればするほど中傷されることって多いかな？　人のことを色々言う人って何が面白いのかな？　もっと自分らしく生きればいいのにね！　人のことを「おかず」にして美味しいの？　自分の食材じゃないから、自分らしくは作れないよね。ならまずいよね。美味しくない料理を作って、世間に振る舞って満足するって、読無蔵には解らないな！　みんなが自分の食材で料理して、それをみんなで認め合えたら「妬み（ねたみ）や憎み」はなくなるのにね！　美味しい料理みんなも作ってほしいな！　みんなで笑える社会のために……(^_^)

※注(^ε^)「変えられない過去？」

過去ほどありがたい肥料はない（里中満智子さん・漫画家)。「ここみどう？」

⑤センス　オブ　ワンダーって？　思い出したいな！

みんなは、「センス　オブ　ワンダー」って知ってるかな？「感動する心」生まれた時はみんなが持っている純真さ！　何にでも感動する心なんだよ！　人間って悲しいことや嫌なことがあるとそれがだんだん一番になってくるよね！　読無蔵もそうだから。

けど、行動を始めた時の感動。子供の時の感動！　思い出

書　名			
お買上 書　店	都道　　　市区 府県　　　郡	書店名	書店
		ご購入日	年　　月　　日

本書をどこでお知りになりましたか?

1.書店店頭　2.知人にすすめられて　3.インターネット(サイト名　　　　)

4.DMハガキ　5.広告、記事を見て(新聞、雑誌名　　　　)

上の質問に関連して、ご購入の決め手となったのは?

1.タイトル　2.著者　3.内容　4.カバーデザイン　5.帯

その他ご自由にお書きください。

(　　　　)

本書についてのご意見、ご感想をお聞かせください。

①内容について

②カバー、タイトル、帯について

弊社Webサイトからもご意見、ご感想をお寄せいただけます。

ご協力ありがとうございました。

※お寄せいただいたご意見、ご感想は新聞広告等で匿名にて使わせていただくことがあります。

※お客様の個人情報は、小社からの連絡のみに使用します。社外に提供することは一切ありません。

■書籍のご注文は、お近くの書店または、ブックサービス(0120-29-9625)、セブンネットショッピング(http://7net.omni7.jp/)にお申し込み下さい。

料金受取人払郵便

新宿局承認

2523

差出有効期間
2025年3月
31日まで

（切手不要）

郵便はがき

1 6 0-8 7 9 1

1 4 1

東京都新宿区新宿1－10－1

(株)文芸社

愛読者カード係 行

ふりがな お名前		明治　大正 昭和　平成　年生　歳
ふりがな ご住所	□□□-□□□□	性別 男・女
お電話 番　号	（書籍ご注文の際に必要です）	ご職業
E-mail		

ご購読雑誌(複数可)	ご購読新聞 新聞

最近読んでおもしろかった本や今後、とりあげてほしいテーマをお教えください。

ご自分の研究成果や経験、お考え等を出版してみたいというお気持ちはありますか。

ある　ない　内容・テーマ（　　）

現在完成した作品をお持ちですか。

ある　ない　ジャンル・原稿量（　　）

してごらん！　どうだったかな？

物事にすべて感動してた時代。「蟻に感動して」「雲の動きに感動して」「砂遊びに感動して」そう！　全てのことが感動だったんだよね。「センス　オブ　ワンダー」その気持ちは何処に消えてしまったのかな？　大人になると消えてってしまう。「センス　オブ　ワンダー」。これがなくなると、逃げてる自分を情けばむようになる！　解ってはいるんだけどね！

「感動」って本当はね！　肩が凝ったら肩を回す。脚がだるければ脚を揺り動かす！…そう！　心が凝ったら心を揺り動かす…「それが感動すること！」……

そんな風に出来れば最高なのに出来ない！　だって人って弱いから！「センス　オブ　ワンダー」で感動したらもっと楽しい自分が観えてくるかも知れないのに！　そしたら「新しい観点の自分が観えてくるかな」そうでありたいな！　だからね、大人が常にこの気持ちを持つことが大切だよね。

「箸が転がったら子供が笑う…感動する！　そしたら大人も笑う…感動する！」

そういう大人がいたら子供の感性は限りなく伸びるのに…けど大人は「何言ってんの」って言ってしまう。これで子供の感性の伸びは止まる！　悲しいね！「センス　オブ　ワンダー」を持ってる大人ばっかしだったら、この世の中から「妬み・いじめ・悩み」はなくなるのに！　そして素晴らしい感性を持つ子供が育っていくと思う！　だから、みんなで取り戻そうよ！「センス　オブ　ワンダー」笑える世の中のために……

⑥涙の数って？

　涙ってどうして数で勘定できないんだろう？　数で勘定できれば今日はこんなに泣いたって解るのに！　いくら泣いた日もどんなに泣いたか解らない。あまり泣かない日はどうかな？　けど、泣かなくたって心は泣いてるよね！　だからどんなに泣いたかはやっぱり解らない。てっことはね。涙の量って人には決して解らないってこと？　世の中ってこんなことばっかしかな！

　だから「分らなくてもいいの」って一緒に泣いてくれる人、いたらいいのにね！

⑦一生懸命じゃなくても「大丈夫」だよ！

　一生懸命！　って「命がけで一生懸命に仕事をする様子」。けど、本来は「封建時代に一つの土地をたよりに生活すること」と辞書にはあるの。だから「一生懸命」って「何かに懸命になって、必死になること」ではないんじゃないかと思う。

読無蔵は

「一所」懸命・ある一点に対して集中して取り組む。

「一緒」懸命・そこには仲間がいる。

「一笑」懸命・そしてゆとりという笑いがある。

　そんな「一生懸命」なら、とっても素晴らしい「いっしょう（いっしょ）けんめい」だと思うな！　けど「一生懸命」は「何かに取り憑かれたように、一心不乱に取り組むこと」って勘違いされているんじゃないのかな？　…サボってはいけない！　やらなきゃいけない！…

　それは逃げ場を失う行為だよね！　逃げ場がなければ切羽詰まってしまう。人はそれで苦しんでいく。「しなければならない」って「人を追い詰めていく言葉」だと思う！　だから「一所・一緒・一笑」って考えようよ！　そしたら気持ちが楽になるよね！　一生懸命という言葉の本質は「自分が伸びようとする」ものであって人が評価するものではないよね！　世間の「評価」って表だけを観て人を判断する。観えない行為は評価されない！　どんなに真剣に努力しても！　社会なんて所詮そんなものじゃないのかな！

⑧観えない明日を待つ寂しさ！

人に明日って来るのかな？　みんなに明日って来るのかな？　本当は来なくてもいいって思っている人…いるんじゃないのかな…未来がみんなにあるなんて考えは、世間での未来ある人の「希望」だよね…(>_<) じゃ希望のない人は？　来なくてもいい明日を迎える。

そして、新たな孤独の世界を迎える。そして…そして…そして…また、次の明日を待つ！

明日が観えない、悲しみや悩みを抱えた人間から出た「プラズマ的光」が「社会という鏡、レンズ」に発散させられる時、その「発散光線という社会批判」によって「未来という世界があるように結ばれる像」を毎日観ている。

しかし、同じ「プラズマ的光」が実際に交わって実像も作る。そんな世界の人も世の中にはいっぱいいるのにね！「悲しみや悩みを背負った人」の明日の未来って「社会的虚遇」だよね！　輝ける未来という虚遇を背負って！　来なくてもいい明日を待つ人の「心情」って解るかな！(-_-)

※注(^ ε ^)「プラズマ」

電離した気体（英:plasma）は、固体・液体・気体に次ぐ物質の第４の状態。
※注(^ε^)「こないでほしい朝を迎える死刑囚さん」
　死刑囚さんは死刑執行の朝、突然その日の執行が告げられるんだって。家族には刑の執行後連絡があるみたい。また、面会は限られた家族・知人以外は厳しく制限されてるのね。拘置所内で他の収容者と交流（一緒に運動や雑談すること）も認められないの。こうした実態は、国連の国際人権（自由権）規約委員会等の様々な国際機関から、非人道的な取扱いとして批判を受けてるみたい。「ここみどう？」
⑨「偉い」って何！　凄いの？
　人の評価って何だろう？　先輩だから「偉い」のかな？　先生だから「偉い」のかな？　凄いことをした人間が「偉い」のかな？　社会的地位が高ければ「偉い」のかな？　偉いって
「＊え…エゴイストが＊ら…ランダムに＊い…威圧する」
　行為とも言えるんじゃないのかな？　けど偉い人って
「＊え…笑顔で＊ら…来光＊い…慈しむ」
　そんな心の持ち主もいると思う。だから、偉いって凄いってことじゃない！「何も出来なくたって偉いんだ」と思うよ！　人としての「心が素直」ならこんなに偉いことはないと思うけど！　けど世の中の「物差し」は世間体という「熱」で目盛りがずれちゃったのかな？　本来の「素直さ」が忘れられ、「エゴイスト」の「偉さ」が認められている！だから、「いじめや悩み」も持つ人が出てきちゃうのかな！悲しいな(-_-)！
　もっとみんなが人の「本質」で付き合えば、「素直さ」で付き合えば「悲しい世の中」ではなくなるのにね！　笑顔を忘れた人間ばかりなら社会生活が「生き地獄」になっちゃうよね。けど、そんな重荷を背負っている人の心は解らない。観ようともしない人が多い。「悲しみ苦しみ」は社会の中の「深海」に沈んでしまうのかな！　根本的な解決がなされないまま「闇」に消えていく。そんなのおかしいと思うけど！心の素直さを持つ「偉い」をみんなが見つめ直してほしいな！「いじめや悩み」をこの世の中からなくすために………

＊弱者にやさしいのはダンディズムの一つの要素

たまたま手にした権力を自分の能力と勘違いする者がいる。そしてふんぞり返っている。権力は「たまたま手に入れたもの」であって自分の能力ではない…それなのに「世の中、えばってる人」が多い。思い出してほしい。「ノーブレス・オブリッジ・noblesse oblige」高い地位に就いた者には果たすべき義務と責任があり、一般の人には手を差し伸べなくてはならないという考え方（高い身分に伴う「道徳上の」義務）があるということを！

＊偉い人

自分がたまたま「知っていた」ということが「凄い・偉い」と思ってる。だからできない奴を怒る。けど知ってるだけだよ。出来ないのは知らないということ。けど知らなければ知らないなりに考えて行動しているよね。だからどうしてこうなったのと聞くことが第一。それを頭ごなしに、「こうじゃなきゃダメ」という。知ってることと偉いとは違う。知らない人（出来ない人）の意見を聞くことが偉いんだ（更なる成長のために…初心に帰ると観えるものもある）。そうして知ってる仲間を増やすんだよね。
「○か×」じゃない。何が正しいか悪いかじゃない。物事の本質を自分なりに見極めて、何をするかを考えてそしてクエティング（クリエイト・エクスプロイト）しようよ。人間は△であれ。人の意見は全て正しいわけじゃないよ。偉いと言われる人の意見でもそれを鵜呑みにしては駄目だと思うな。偉い人と言われる人。「地位がある人＝人格者」ではないよね。「政治家も・～長とつく人」もそれは職業であって「人として素晴らしい」という判断は別物じゃないかな。世間的に偉いと言われる人は偉くなりたいからなっている。人格者として認められたわけではない。実際に偉い人で人格者って観たことはほとんどないかな（読無蔵の勝手な意見ですの悪しからず）。
　州の公立塾の塾長になるためのセミナーがある。元塾長を講師としてセミナーを開く。これが商売として成り立っている。ある程度の年齢になった人に「有名塾の元塾長が講師です。参加して塾長を目指しませんか」とお誘いがかかる。商売として成り立っているからそれに答える人がいっぱいいるってことだよね。「ここみどう？」
⑩失敗したら終わりだよね！
「純真さ」を持ってる大人っているのかな？　みんな大人になってしまって「純真さ」を失っているんじゃないのかな？自分に正直に生きようとする大人っているのかな。見せかけだけで「自分に正直じゃない」大人が多いよね！　本当の「正直者」は？
　…「Honesty doesn't pay」…（ホネスティ　ダズントゥ

ペイ＝正直者が馬鹿を見る）の世の中だよね。

正直って何！　自分に正直に生きるって何なの？　正直に生きたら何が残るの！「虚しさ」と社会のひずみから貼られる「レッテル」かな？「正直者って馬鹿」なんだと思うよ。そういう人って、そういう運命を背負ってしまっているのかな？　もし、「世の中」が正直者ばかりだったら「人生の失敗」をもっと根本から見つめる人ばかりなのにね！

けど、それは理想論。必ず「傍聴者効果」の大人がいると思う。けど、そういう人は自分に正直？　そうやって社会を孤立化させていく。「関係ないよっていう人間」それで「平気な人間」って今の世の中には、結構多いと思うよ！　社会って

「誰が偉くって一番」なの！

「誰が偉くなくてゴミ」なの！…言い過ぎかな！

けど、同じ人間には変わりないよね。ゴミの原因を観つめなければ「本当の悪臭ゴミ」かどうかは解らないと思うな。どんなゴミも最初からは腐っていないよね。だから、腐り切る前でも「本来持っている素直さ」はあるよね。それをまるっきりの廃棄物に変えるのは「社会に蔓延（はびこ）る、表面には出てこないヘドロという浄化剤」。表向き浄化剤という「ヘドロ」は「ヘドロ」を感じていないことが多い！　そして、ゴミはドンドン腐って「消えていっちゃう」のかな！　でもゴミだって人間だし、そこには家族もいる。これは大きな宝のはずだよね。関与してはいけない部分だと思うけど、どう思うかな！

ゴミ人間の「自暴自棄のプレッシャー」って計り知れない

ものだと思う！　けど、それに負ける人間が失敗者なんだと思う。けどね。「弱さは弱さ・それが人間性」。だったらそれを「認めてあげたいな」！「認めてほしいな」！　そして物事に関して「関係ないよっていう人間」をなくしたいなって思う。

⑪正直者が馬鹿を見る！

「正直者が馬鹿を見る」正直者って何！　自分の思ったことを伝える。それっていけないことなのかな？　世間では非常識って言われるかも知れないけど！　結局は「正直者は正直者とは認識されないことが多い」よね！「口車のうまい人間が正直者になっていくのかな」けど、人には出来ないことっていっぱいあるよね。「馬鹿を見ること」が解っていてもそれを曲げずに行動してしまう。やっぱり馬鹿なのかな。けど、八方美人でうまく立ち回ることが真実？　正直者って手が抜けない人が多いよね。だから「馬鹿」を見るんだと思う。

口車のうまい人は「自分が一番」だと思っている人が多いみたい。だから、人を蹴落とすことに抵抗がないんだろうな！信念をまげることが出来ない「正直者」は馬鹿を見る。ずる賢い生き方をする人には理解できない理念なんだろうな！「賢い」と「ずる賢い」は「同意語」なの？「やった者勝ち」って言葉があるよね！　それが今の社会の通念意識かも知れないね。「強がりで人を踏み台にすることが平気で出来る人」が世の中の「よりいい人」なの。「正直者の馬鹿」が今までやってきたことは全て消えていくのかな。「消えてなくなるって悲しいな」って思うけど。しかし、何も変わらない。いや、虚しさだけが残っていくよね。「人として」っていうけど「人として」って何だろう。「人が人を評価する事」それ自体がおかしいと思うけど。それが社会通念であれば「社会通念という大蛇」に飲まれてしまえば「人は人として」ではなくなっちゃう。大きな悲しみや悩みも飲まれてしまう。けど、信じたいな。「大きな大蛇に立ち向かう正直者という爬虫類を！」自分の弱さを知っている人間は本当は他人にも優しくなれるはずなのに。…読無蔵は叫ぶ！　究極の馬鹿珍万歳!!

⑫青空という刃物！

「青空」って何？　綺麗な澄み切った青空…清々しいって感じる人が多いよね！　けど、そう感じない人だっていると思うよ！　その透き通るような青さは「心」の奥まで突き刺す刃物って！　世の中には色々な人がいるよね。感じ方はそれぞれ人によってみんな違う。だから「そっくり同じ考え方」ってないと思う。だからこそ「人の話に耳を傾ける…そして最後まで聞く」そのことが大切なんだと思う。けど、そういう人って「いそうでいない」よね！　そういう人ぶってる人「先輩、大人、教育者、政治家等」はいるかも知れないけど！　本当に話を聞こうっていう人が。世の中にそういう人がたくさんいれば、世の中の「悲しみや、妬み、中傷」はなくなっていくんじゃないのかな。

青空には「蒼天、天空、天神、天命」って意も含むらしいの。だったら「神を仰いで天命を待つ」って解釈も出来るんじゃないのかな。「青空という刃物は天空からのもの」。

だから「傷口を刺す物」ではなく「悲しみをえぐり取ってくれる物」であってほしいと思うな！「青空市場」…露天「青

空教室」…戦火のための野外教室。

青空って「飾らない無」でもあるんだと思う。無の心情で「悲しみ、いじめ、悩み、中傷、全てのマイナス感情」

・それをえぐり取ってくれたら……！
・それをバックアップする社会であったなら……！
・本当に話を聞いてくれる人が、社会にいっぱいいてくれたら……！

⑬歳はいくつ！　何歳なの？

大人に歳を聞く？　何歳って答えると思う？　みんな実年齢を答えるよね。子供の歳がいくつでも親の実年齢は？

子供の歳①幼稚園保育園年長組（６歳）親の実年齢40歳
②小学４年生（10歳）親の実年齢40歳
③中学１年生（13歳）親の実年齢40歳

当たり前のように親は40歳だったら40歳って答える！けどそれって「意見の食い違いや差別・憎しみや悲しみを生む大きな原因」じゃないのかな。だってGW（ゴールデンウィーク・guess what…何だと思う）

①子供が６歳なら親も親になってから６年　６歳
②子供が10歳なら親も親になってから10年　10歳
③子供が13歳なら親も親になってから13年　13歳だよね。

子供も親も同じ歳だってこと！　だから親の年は40歳じゃないのね。

「指導者」だってそうだよね。

・教える子供が６歳なら指導者は年長組で子供を預かってからなので　１～２歳）
・教える子供が10歳なら指導者は小学校入学時６歳からな

　ので　　　　　４歳）

・教える子供が18歳ならユース指導者はユース入学時15歳
　からなので　　３歳）

そう考えると大人って「まだまだめちゃ子供」のはずだよね。謙虚に伸びようとする過程の真っ只中なんだと思う。だから「幼児も小学生も中学生も高校生」もみんな大人や指導者にとって、同級生か年上なんだよね！　だから上からではなく下から目線なんだと思う。けど、みんなそのことを忘れてる。社会って下から目線の考え方が主流なら「いじめ、妬み、人を陥れようとする心、中傷」はなくなるのにね！　子供は大人の背中を見て育つから。大きな心の持ち主って、本当は大きな心なんて持っていないんじゃないのかな。
「謙虚な・小さな押しつぶされそうな心」それをいっぱい持ってるから、見た目が大きな心に観えるんだと思うよ。小さいままなら見落としてしまうよね。けどね。「世間ではGW（guess what）解らない小さな心」も集まれば大きな力になると思うよ。そして「小さな押しつぶされそうな心って、本当は小さな身の回りの引き出し」だよね。なら、いつでも身近なことに対処できると能力を秘めているってことだと思う。
大人という現状を出す前に「子供って、同級生か年上なんだという感情を持ってみてほしいな」そうすれば「子育て」だって「生徒指導」だって「もの凄く楽」になる。だって一緒に遊べばいいんだもん。これって凄く大切なことだと思うな！　子供は未来の大人。それを育てるのは「子供の心を持つ大人」「純真さや素直さを持つ大人」「一緒になってお馬鹿が出来る大人！」なんだよね！

生まれた時にみんなが持っている真っ白な「キャンバス」。それを持ち続けようとする大人がいれば、子供の感性はどんどん伸びるよね！　そして咲顔の社会が訪れるよね。これは大人の責任だと思うな。理想論かも知れないけど！

この世の中から「つらい悲しいいじめや悩み、中傷」をなくして行こうよ！

⑭有り難う！　バカボンのパパ！

バカボンのパパさん。「これでいいのだ」を合い言葉に自由に生きる男の紹介。

誕生日（1926年）12月25日。血液型はBAKA型でなめると甘いんだそう。東京のバカ田高校を経てバカ田大学を主席で卒業。学級委員長も務める。大学時代のあだ名はノールス。ノールスとは「脳がいつも留守」に由来。性格は子供っぽい。常識や倫理観にも欠ける。

＊馬鹿になった理由は

原作ではパパが道を歩いている時にクシャミをし、その勢いで頭の歯車を口から吐き出してしまい、「もう天才はやめるのだ」と言ってバカになった。

アニメでは、交通事故に遭った衝撃で、天才だったバカボンのパパの口から脳味噌が飛び出して近くにいた馬が飲み込んでしまい、同時に馬の口から脳味噌が飛び出してバカボンのパパが飲み込んでしまった。そして、パパの脳味噌と馬の脳味噌とが入れ替わってしまう現象がおこった。その後、馬に逆恨みされ、蹴飛ばされたショックで脳味噌の歯車が壊れた。

職業は、無職。（バガボンド＝vagabond・無為徒食（むいとしょく）の放浪者、無宿人)。仕事には就いたが、全て雇い主側から解雇されたり辞職。

世界最良のパパ像

バカボンのパパさん！　世の中に「バカボンのパパさん」みたいな人いるの？　いてほしいな！　絶対に！「いじめ、妬み、人を陥れようとする心、中傷」はないよね。「アホニナレヨ」…馬鹿が一番だよね。世の中の難しさを解りながら、これでいいのだと言い切る純真さ。心配事からリタイヤできる強さ。全てからリタイヤして「これでいいのだ」という生き方！　こんな生き方がしたいな！　でも弱くて出来ないな。出来ないからこそ憧れる。みんながこうなら笑いに満ちてるよね。笑いを忘れてしまった悲しい人間には堪える（こたえる）よね。

＊バカボンのパパさん（原作の赤塚不二夫さん）の名言集(抜粋)

・何を落胆してるんだ。馬鹿だからこそ真実を語れるんじゃないか！
・利口より馬鹿が英雄なのだ。
・バカボンのパパって別にラクして生きているわけじゃないんだよ。どうすれば家族を幸せにできるかを考えながら、一生懸命頑張っているわけ（本来は顔晴る)。
・馬鹿って言うのは自分がハダカになることだ。世の中の常識を無視して、純粋な自分だけのものの見方や生き方を押し通すことなんだよ。馬鹿だからこそ語れる真実っていっぱいあるんだ。

とっても感動の名言集だよね！「バカボンのパパさん」っ

て「もの凄く純真&素直」。今の世の中に、「凄く必要でいてほしい人間」だと思う！

・中傷やパッシングなんて気にしないパパ！

・利口ぶらないパパ！

・自分に正直なパパ。

そんな人になりたいな！　無理かな！

⑮何もない！　どうしたらいいの？

何もない………「希望も笑いも楽しみ」もない。けど毎日「朝」が来る。そんな人ってどう生きたらいいのだろう？　毎日の生活って何だろう！　ただ過去だけが積み重なっていく。変えられない過去は消えない過去でもあるんだと思う。「けど朝は来る・次の日が来る！」明日に向かって！　ってよく言うけど「何に」向かうんだろう！　何に向かうのか解らない「明日」！　目的って「持たなくてはいけないのかも知れない」けど、持てない人だっていっぱいいると思うよ！　自暴自棄（じぼうじき）に陥っちゃった人！　そう言う人達の心って計り知れない物があるんじゃないかなって思う！　そういう人を「駄目な人」って評価すること。それ自体が可笑しいかも知れない。だって、みんな人間ってそんなに強くないから！　強くないからこそ「どうしようか」と思うのね。けどどうにもならないってことだってあるんだと思う！　今の世の中は核家族化の世の中。「コミュニケーション」が稀薄な社会。「人は人」という他人の社会観。何でもっと「みんなで」って行動しないんだろう。「一つの悲しみ（個人が抱え込む）より多くの楽しみ（共有するもの）」の方が凄くいいのにね。読無蔵はそう思うけど！　みんなも考えてみようよ。「…いじめる人も・いじめられてる人も…」「…悩みを持ってる人も・人生を謳歌している人も…」みんなで考えることが世の中の「悲しみ、妬み、中傷」をなくす「キーワード」じゃないのかな！

⑯きゃりぱみゅからの力

人間は氷山！　氷山って観えてる部分は全体の一角だよね！　約80～90％以上は観えない闇（海の中に沈んでる）！けど、その観えない闇の部分は誰も解らない。きゃりぱみゅの歌「つけまつける」にもあるよね。〈同じ空がどう見えるかは心の角度次第だから〉悲しい男の子も女の子も「変身ベルトやつけま」という人の愛情で、観える世界が変わる…闇に光を見つける…そうなってほしいなって願ってる。けど、人の愛って何処にあるんだろう。社会って観えてる部分だけでその人を評価する。本当はいろんな角度から観て、観えない闇に光を当てることが大切なのに！

なぜ？『人は観えない部分を観せようとしない』『世間は観えない部分を観ようとしない』解らない部分が殆どなのに、なぜ見えてる部分だけで評価をしようとするんだろう！

だってその人の本質を理解しないでの評価は「人を傷つける」だけだと思う。傷の痛みを知っている人は傷に塩は塗らないよね。「殆どの人って人を傷つけない」と思っている。けど、そうかな？「殆どの人は傷に塩なんかは塗らない」と思っている。

けどね「傷を負っている人間って世間が思っているより傷は深いよ」。それを理解してほしいな。「立ち上がる意欲をなくすのような一言を知らず知らずの内に言っている」そんなことも往々にしてあると思うな。それは塩を塗るって言うこと。それを忘れないでほしいな！　あのね。「人の美徳って無言行動・口をきく前に行動」って言われる。けど、それって今の世の中では誰も理解しないままで終わるよね。悲しいな！　もっと人を理解しようとしてほしいな。理解し合うって「痛みを知ること」だと思う。痛いと思うこと。

みんながそのことをを理解するってことだよね。そしてこれが「コミュニケーションの原点」だと思う。それって「人には観えない闇を晴天に導く要素」だと思うよ。そして〈自暴自棄〉という闇を、この世の中からみんなの力でなくしていきたいな。

…　闇を抱えている・明日が観えないと悩んでる人のために!!　…

⑰涙は大切な君の友達だから

心に問いかける歌「涙は大切な君の友達だから」（作詞：長渕剛　作曲：長渕剛）

「がまんできないほど　悲しかったりしたら　声を出して子供のように泣いてごらん　しょっぱい涙は君の　大切な友達だから　きっとやさしく頬をなでてくれるよ　どうしようもない　苦しい君の時もあるさ　どうしようもない　ひとりぼっちの君の時もあるさ　泣かない　泣けない　わかるけど泣かない　泣けない わかるけど　涙は大切な　君の友達だから　忘れないでね　友達がいることを　がまんできないほど　悔しかったりしたら　声を出して子供のように叫んでごらん」

あのね。心に滲みる歌だと思うな！　みんなも聞いてみてごらん！　悲しい時って何だろう？　本当は声を出して泣きたい時っていっぱいあると思う。けど、人はそれを抑えて生活をしている。「世間」があるから？　じゃ「世間」って何なの？「人を縛る鎖」？　本当はそうじゃないよね。「人を育て咲顔を作る仲間」だよね。本当にどうしようもない時、泣いちゃいけないのかな？　泣いたっていいよね！　だって自分に忠実に生きているから。それを「泣くな我慢しろ」って。それって「社会通念といういじめ」だと思うよ！

独りぼっちさんはね…泣けない泣かない。だから「涙だけが友達」ってこともあるんじゃないかな？　できれば大声で叫びたい。「叫ぶという友達」もほしいな。そしたらどんなに楽なんだろう！　心という砂漠を水なしで歩く。歩いても歩いてもオアシスは見つからない。けど、「歩かなければならない」。前に進んでいるようで実は進んではいない。水なしなんで、流す涙も出てこない。世の中こんなことばかりかも知れないね。「半歩でも進める勇気」が欲しいかな！

⑱クライヤ……心に滲みるよ！

感動の歌「クライヤ」（作詞：すこっぷ　作曲：すこっぷ　編曲：すこっぷ　唄：初音ミク）凄く心を動かされる歌だよ！　みんなも是非聞いてみてね。心に滲みるよ！　歌詞。「不安になるとね　涙は自然と溢れて　泣き終われば疲れて眠りについて　そうだよ　そんな夜ばかり繰り返して変わらずに　今日もまた息苦しい朝が来るよ　悩み悔やみ続いてく闇　無闇に人並を羨やみ　妬み僻み心は荒み　また涙に変えていくよ　泣いても泣いても　私は何も変えらんないまま　ただただ惨めで　不安で仕方なくって　何もないのに欲しが

るから　いっそのこともう　この目も心も奪い取ってしまってよ　今すぐ　人は様々な理由で嘘つき　その全てを見抜けやしないから　すがるように君の言葉だけを信じて　だから君の嘘はどんなことでも　深く深く傷ついてしまうんだ　だからもういいよ　ほらね　同じとこに同じ傷がひとつ増えただけ　それだけ」

＊読無蔵の独り言

悩むって何？　ストレスがあるから？　ストレスって何？心の病？　違うよね！「頑張り屋さん」「心が純粋で真面目な人」「自分に忠実な人」…ゴムを張りっぱなしにか出来ない人の「心の叫び」なんだと思う。「悲しくて・悔しくて・ただ惨め」なのに目の前にあるのは這い上がれない「蟻地獄」。生きてる意味を探しても見つからない虚しさ！「生きてて良かったって感じる日」ってあるの？　難しいことは解らない。「何かを話したら救われるかも知れない」と思う気持ち…よく言われるよね！　けど相手がいないのかな？「ちょっとだけ表情を変えてみる」それだけで「気持ちが変わる」っていうなら「ちょっとだけ表情変えてみようかな」「変わるのかな」そうやって…動き出すことが大切…って解ってはいるんだけどな！…みんなの力で何としてみてほしいな。

⑲闇……

〈おはよう〉？〈おはよう〉？　起きているのに「なぜ」周りは「闇」？　どうして「明るい世界」が観えないの！　来てくれないの。こんな人っているよね！「明日が観えない人・明日に希望がない人」人って必ず「闇」を抱えているんだと思う。けど、それを「闇と感じるか！　感じないのか」が明日に希望を持てるかどうかなんだと思うよ。けど、「闇」を抱えている人って「懸命に生きている人」が多いよね。自分を隠せないから！　だから「表向きは明るい人」で生きている。「前向き」だから苦しい。そして闇を抱え込む。「いじめや弾（はじ）き・大きな悩みや中傷」ストレスに対処できなくなり「人間不振（不信）症」！　けど、読無蔵より「闇」を抱えている人は必ずいるよね。だからこそ、今の気持ちを言葉にしてみようよ。気持ちを相手に「伝える」と楽になるから！

⑳正義の奥底に潜む▼モンスター！▼

正義って何だろう？

〈世界で一番偽惑的思考の人間〉

・世界で	せ	せ
・一番	い	い
・偽惑的思考の人間	偽	ぎ

正義の裏に逝偽（せいぎ）が潜んでる。

【逝偽】とは「逝（いく。去る。死ぬ）・偽（いつわり）」

正義という「プロテクター」をまとい、上辺だけの正義感を振りかざそうとする人。いざという時に、本当は何も対処できない人。身を寄り添うフリだけで「心は距離を置きながら人と接する」人間。世の中に沢山いると思われる（逝偽…せいぎ）タイプだね！

【聖儀】とは「聖（学識や人格が非常にすぐれている）・儀（作法。礼法。手本）」

正義という「本質」を身をもって感じようとする人。正義感を振り翳そう（かざそう）とする前に「人の痛みを感じよう」とする人。いざという時には、何も対処できないかも知れないけど、一緒にいてくれる人。身は離れて（その場にいない）いても「心は寄り添うことが出来る」人間。世の中にいてほしい思う大切なタイプだよ！

慈善者や教育者って何だろう。「掻きむしられるような気持ちを持つ人間」に対してその人の「奥底を観よう」としているのかな。観えないかも知れない。けど、「一緒に（寄り添う）」が大切なんだよね。人なんて完璧じゃないよね！だからこそ「みんな」が必要だよね。

けどそこから取り残されてる人間っているんだよ。もの凄く「真面目に生きている人間」に多いかな。そう言う人って自らを語ろうとはしない。だから、そう言う人達の「存在や内面思考」に気づいてあげてほしいな！　ちょっとでいいんだよ！　そのちょっとが「きっかけとなり人は変われるかも知れないから」

㉑日馬富士関さんの四面楚歌

人間って何だろう？　日馬富士関さん…インタビューの際の口癖は「お客さんを喜ばせる相撲を取りたい」好きな言葉は「全身全霊」。

・法政大学大学院政策創造研究科在籍で史上初の大学院生横綱。

・モンゴルの心臓病の子供達へのNPO「ハートセービングプロジェクト」の会員でモンゴルの地方での検診活動の費用を支援。また、日本の小児循環器病棟への慰問活動を行う。モンゴルウランバートルでの視覚、聴覚障害者のための雇用施設運営。その他諸々の慈善活動を行う。

ある地方巡業では朝日山（元琴錦）さんの知人の不登校の娘さんに「おいで、写真撮ろう」と優しく声をかけた。そのおかげで少女は相撲好きになり、希望を持ち、小学校にきちんと通うようになった。こんなに一生懸命に社会に尽くし、こんな優しさを持つ日馬富士関さん。それがある事件で中傷を受け忘れられてしまう。

なぜ？　過ちはいけないかも知れない。それはしっかりと償うことだよね。けど物事にはそれなりの裏が必ずあると思う。人には言えない何かが！　もの凄く良い人も１回の過ちが100倍以上になって帰って（返ってではなく・土足で踏みにじられる）来てしまう。

凄く良いこと…日馬富士関さんの慈善事業等は何処に行ってしまったの！　大切なことは人には言えない真実を信じてあげること。それがあれば人は「八方塞がり」にならないよね。色々な真実はドロドロの人間関係のなかでは語られないと思う。それが世の中だから。そして、本当の真実は闇に消えてしまうのかな！　悲しいけどそれが本当のところだと思う。もっと、人と人が人のことを考え、自分の事ばかりではなければこんなことは起こらないのにね。顔晴れ！　日馬富士関さん(^_^)!!

何故「顔晴れ」を言うのかな。顔晴れは本当に頑張らなければならない人には必要だから。頑張らない自分を自覚しているから！　だからこそ踏ん張ることが必要なんだと思う。

＊推測

思惑（おもわく）等は人が言うことではないと思う。その前にもっと人として分かり合えることが一番だと思う。みんなはどう思うかな？「ここみどう？」だよね。
※注（^ε^）「四面楚歌」

敵に囲まれて孤立し、助けを求められないこと。周りに味方がなく、周囲が反対者ばかりの状況。

＊発障訓

四面楚歌。前にも後ろにも右にも左にも行けない。どうしようもない状態？　これこそチャンス。上に行くしかないのね。駄目なら上を目指せだぁ！　四面楚歌は伸びるための大条件だよ!!

㉒悲しい現実…なれるの怖さ

＊「なれる」っていう意味はどういう風に構成されていくのか！

⑴慣れる…経験を重ねて物事が上手になる。
⑵熟れる…食物が調理後時間が経過して発酵したりして適度の味になる。
⑶鳴れる…音が出て耳に聞こえる。響くは音が広がり伝わる。
⑷馴れる…人に対して親しみを感じる。警戒心を持たなくなる。
⑸狎れる…親しくなり過ぎてけじめのない態度になる。あなどる。
⑹成れる…成るようになる。
⑺為れる…落ちぶれる。なれの果てになる。

ただ〈なれる〉って言っても凄く沢山の意味があるよね。人も同じじゃないのかな。〈なれる〉にも「良い意味でのなれる」「普通の意味でのなれる」「悪い意味でのなれる」があると思うよ。

＊悲しい現実としての「なれる」とはどういう風に構成されるて行くのか！

⑴慣れる　経験を重ねて→慣れて→物事が上手くいくようになる。

⑵熟れる　だんだん熟れて→自分に自信を持つ。しかし、そこには隙（すき）が出来る。隙はだんだんと大きくなっていく。

⑶鳴れる　自分に自信を持ち熟れたものを世間に→「鳴れる…発するようになる。」

⑷馴れる　順婦満帆、「馴れて」人に警戒心を持たなくなる。

⑸狎れる　周りに親しくなり過ぎて→狎れて・関係にけじめがなくなり、あなどりが出る　ついに隙が爆発する。人間関係にもひずみが出来て「いじめや中傷」が始まる。

⑥成れる　「成るようになれ」という自暴自棄が起こり、四面楚歌となる。

⑹為れる　そして落ちぶれる。「為れ」の果てになる。

世の中にはいろんな人がいる。けど、このような「悲しい現実（最終的には為れる）」が実際には起こっていると思う。それをなくすには自分がしっかりすることが大切。けど、誰かが隙（すき）を作り始めたら「隙見えてるかい」って「一言、言う仲間」が今の社会には必要だと思う。それが乏しいよね。だから「孤独に悲しむ四面楚歌人間」を生んでしまっているじゃないかな！「傍聴者効果」これをなくしていかなければ、みんなが咲顔になれないと思う。凄く切実な思いだよ。

㉓仲間って？

凄く大切（目標や生きがい）にしてきたもの。それを奪われた人間の「悲しさ、辛さ、無情さ」は人には解らない。奪う人間は自分エゴのために奪う場合が多い。けど踏みにじられた人間は「胸を掻きむしられるような感情」それに耐えられなくなる。自暴自棄の闇！

そして何かを起こしてしまう。人間の美しさは内面にあるっていうけど、人に見えなければ意味は無いと思う。必ず誰かが見てるなんてお体裁かな！(-_-)。

今の世の中とは「建前としがらみ」が社会通念となっているんだと思うよ。それが社会の「法律」なの。「自分の何かが変われば全てが変わる」変わるわけないと思うよ。だから「私」ではなく「みんな」。「I」ではなく「Everyone」。それが大切だよね。そうでなければ、いつしか殻にこもるようになる。

大事なことは目に見えないから。小さな人間が起こした小さなことをみんなの力で大きな力に変えてほしいな。だから「IではなくEveryone」。雨の日も風の日もいつも笑顔で。そんなことは無理だよね。けどそういうふうにしたいなって思う。「いつも咲顔でアホニナレヨ」

・悲しみの中では生きていけるけど苦しみの中では生きていけない（さくらの親子丼より）・今の教育の場では「教師が教師という鎧（よろい)」を着てると思う。

また「生徒が生徒という鎧」を着てると思う。自分が感じた物には説得力があるって言うけど、それには「自分の感じたものを人に伝えられる能力」が必要だよね。そんなの凡人にはないから。「負のスパイラル」の始まり。

誰もが出来る仕事を頑張りなさい。それはどういうことかな。〈簡単な仕事が出来ないお前でも、この位の仕事なら出来るかも〉ってこと？　頑張れって頑張らない自分がいるからってことだよ！「否定語だよね」仕事に簡単難しいなんてないよね。教育にだって組織（学校）、大人（教師）、若輩（生徒）なんてないよね。組織は大人が若輩を教える。これが間違いだと思うよ。組織って「仲間を作る所」だよ。だから本当はみんなが仲間なんだと思う。大人と若輩が仲間になる所。だからね。

「若輩が大人に意見してはいけない」のかな。反対に「大人が若輩に土下座すればいい」よね。「若輩が大人に食ってかかったっていいじゃん」。それを受け止める自信が大人に無いから地震（自信）なんかくそくらえ精神・世間体を気にするから。だからそこには血が流れないんだよね。「傷ついて本当の血を流せば体に仲間という本当の血が流れる」のにね。

若輩者（生徒や若手従業員）が何かを起こす。大人（先生や管理者）は取り調べをする。何で吐かないのか。もう間違ってるんじゃないのかな。「吐く吐かないなんて仲間のすることではない」から。それに何か問題を起こしたということで組織（その場）を去って行くこととなる。けど「仲間」なんだよ。去って行った仲間に対して何もしない組織。その組織を作っている大人。仲間なら去って行った若輩に大人は何かしたのかな。何もしないことが多い。仲間じゃないからなの。大人って観えない人間に対しては何もしないと思う。しようと思ったこともないかも。「組織にいる若輩より組織を去った若輩に何が出来るか」が大人のやるべきことだと思う。本当の仲間作りって言うのは「その場にいない人間がそこにいたことが良かったって思うこと」。世間知らずの大人には解らないかも。去って行く人には必ずそれなりの理由があるはず。言えない何かの理由がある。それを大切にして仲間として一緒に・・・・！　みんなの顔（全ての顔）が一同にして見える…連帯感がある（仲間意識）それは「同調性（例えばみんなで踊ること）」。そのことにより同調と共鳴を生み出す。その典型的なのは「ハカ（ダンス）」。

＊ハカの起源

・ニュージーランドに渡った先住民マオリ族の伝説

・太陽神の子供タメノレ（ロレ）が生命の祝福を踊りに込めたことが始まり

・振るわす手は夏の陽炎（かげろう）を表し振り上げる腕でエネルギーを放出

これがハカに込められた物語

＊ハカとは（100%・PURE（純粋な）NEW ZEALAND）

・ハカは先住民マオリの伝統的な踊りで、儀式や戦闘に臨む際に披露される。

・一族が団体で行うハカは、部族の強さと結束力を表現している。

・勇ましく足を踏みならし、体を叩いたり舌を突き出したりして、リズムに合わせて踊り、大声でたたみかける歌詞は、先祖の系統や部族の歴史を詩にしたものが多い。

＊ちょっと一休み

あのね。ダンスと言えばチグハグダンスだよね。老若男女（ろうにゃくなんにょ）で仲良くコミュニケーションを取ろうよ！
＊チグハグ歌詞　THE SUPER FRUIT
「あのね、あのね、気が付いたんだ　いつの間にか合わせている　楽しい時　悲しい時　空気読んで自分隠した　でもね、でもね、みんなと違う　それは　それは　愛しいこと　不揃いでも　凸凹でも　気にしなくていい　まるで真逆の僕と君でも　パズルのピースみたいに当てはめてみたらさ　ピッタリかも　ちぐはぐはぐ　ちぐはぐはぐハグして　そしたら解り合えるのさ　ちぐはぐはぐ　ちぐはぐはぐハグしよ　愛は地球を救うのさ」
　ようするに人は人と（上下を造らない）何かを一緒（身体運動＝ダンス等）にすることで仲間意識が出て、互いを深富め（認め）合うようになるんだって。
※発障訓「深富め（みとめ）」
　深みを豊かにする。互いに心底、己を豊かにするということ。
㉔刺死視始（しししし）「四泡世…四合わせ」とは？
　四泡世…（四合わせ）の４つの「し」とは何？
１刺…元は朿（とげ）＋刀。さす。突き刺す。なじる。
２死…活気がない。用無し、逃げ道がない
３視…見て示す。真っ直ぐにさす。～と見なす。
４始…女は台（ム）耜を持ち耕し始めるの意。子を孕むこと
　幸せって「辛」いことに「一」つの道筋を見つけたものと言われるよね。「辛」＋「一」で上が「土」になり「幸」となる。けど、「四泡世…四つの泡が世の中を作っている」とも言えると思う。その四つの泡（はかなさ）って何だろう？

「刺」「死」「視」「始」世の中の

・「刺…いじめや中傷、大きな悩み」や

・「死…活気がなく、用無し扱いされ、逃げ道をなくした」四面楚歌人間。

・「視…そう言う人間も直視する世の中、そう言う人達にも目を向けられる」

・「始…そんな世界を築くために、まずは耕すことから取り組もう」

世の中、希望に満ちあふれた人達ばかりではないよね。何もない「流されて生きてる人」の方が多いかも。だから人のことは考えない。それでいいのかな！　素晴らしい生き方をしてる人なんて殆どいない。みんな「何かの悩み」を持っている。けど、それが当たり前になっている。だから「一部の人」だけで世の中が動いてしまっている。それが「自己中心的な人」だったらどうなるの。世の中は闇だよね。「闇は闇」を作る。だから「闇に追いやられた人間の姿」は世間からは見えない。そして「四面楚歌」を生む。悲しい現実だと思う。観えない闇を作っているのは「人間という虚像」だと言うことを考えてほしいな。この世の中が「刺」「死」「視」「始」の「四泡世」という虚像の世界ではない「本当の幸せ（４合わせ)」になるために！

※注(^ε^)「(４合わせ）の４つの（し）とは」

「志・支・始・試」

「志」（こころざ）しを・「支」え合い・まずは「始」めることを・「試」みようね・

㉕未来にあるのは闇？

観えない未来と向き合わなければならない現実。誰にも解らない「未来」って何があるんだろう？　今の現実に悩み苦しんでいる人には「観えない未来」・「闇」って重圧だよね。(>_<) その未来に「期待」って持てるのかな？「持つことに意義がある」って人は言うけど……それは悲しい現実を背負ってない人達の言葉かも (-_-) 人の心は観えない。

「観えないからこそ解り合うことが必要なのかな！」

「けど、みんな自分の殻に閉じこもってる人って多いよね！」

「他人事には関与したくない人って多いと思う！」

世の中は

「観えない世界でどんどん動いてしまうのかな！」

「上辺だけのコミュニケーション」………だったらね！

「〈絆〉って何処にあるの！」「ビニール紐の絆」…何もないと切れないし、強く観える…けど「火」という普段では予測がつかない！「大刀の前」ではいとも簡単に切れてしまう。それって人間も同じだと思うよ。「何も起こらない」と信じ合えているようで、「ビニール紐の絆」は本当は歪みを生み、そして「いじめや大きな悩み、中傷」を引き出す「震源地」なのかも！　悲しいな!!　だからこそ何をするかだよね……！

●大切にするものは何？

1．セカンドハンド・ストレス

「セカンドハンド・ストレス」(Secondhand Stress) ってね。ストレスを抱えた人から間接的に受けるストレスのことなんだって。情動感染ってことかな。

※注 (^ ε ^)「情動感染」

みんなが笑ってる。原因は？（分からない）けど笑っちゃう。みんなが泣いている。それを観てたら何か悲しくなっちゃう。こんな現象ってあるよね。

「ミラーニューロン」・脳科学者の茂木健一郎さん談

「ここ十年の脳科学における最大の発見と言えば、何と言っても大脳皮質の前頭葉で見つかった「ミラーニューロン」である。これが「他人の心を読み取る…他人との柔軟なコミュニケーションする人間の驚くべき能力を支えていると推測される。」

ミラーは「鏡」、ニューロンは「神経細胞」。「鏡」に映したように自分の脳が相手と同じ動きをする「神経細胞」ってことかな。これで人間は「共感or兇漢」を得るみたい。共感とは「共に感じる」ということだよね。兇漢とは「人に危害を加える悪者」ということ。「他人の心を読もうとしながら聴くと「ミラーニューロン」が働いて、相手と同じ情動を得る。それを「共感・兇漢」と言うのね。それが信頼・嫌悪へとつながっていくらしいよ。だからミラーニューロンが働かない状態「聞いているのかどうかよくわからない」と共感は得られない（どうでもいい人間）ということになるのかな。「人聞（ひとぎき）…他人が聞くこと＆人が聞いて抱く思い（世間の聞こえ）」って人伝いに聞くから、共感においてはあまり感情が伝わらないらしいの。だからミラーニューロンもお休み状態。けどね。兇漢だと感情は伝わっちゃうの。「お手伝い（共感）」には反応しないけど「いたずら（兇漢）」には反応するってよくあるよね。曇った鏡には兇漢が反応しちゃうの。普段から鏡をきれいにしておけば共感だけに反応するみたい。普段からの心得が大切ってことかな。

また、ボクシングを観ていたら「思わず手が出てた」って言うのはミラーニューロンが反応したっていうことなんだって。だからコミュニケーションの条件は「実際に面タを切る(顔合わせする)」ことみたい。そうすると表情等が分かるためミラーニューロンも「仕事上出来」となるらしいよ。

ラグビーの山口さんの「ツバキエリア」って知ってる。人の話は「ツバキが飛ぶ範囲で聞け」だって。そうすると顔の表情やしぐさがはっきりと伝わってくる。コミュニケーションが高まっていく。後ろの席では何も伝わらない。後ろの席はミラーニューロンにとって「死の宣告」っていうことだと思うよ。「俺で！　私なら！」と「自分で解決する」…だから人とは関わらない。これも大切。けど「人と関わる」ってことも「車の両輪」だっていうことを、忘れてはいけないんじゃないのかな。

人との人間関係。それに伴うのはみんなが感じる「ストレス」だよね。人間関係におけるストレスってどうしても「金魚のうんこ（金魚の糞は長く連なって離れない。長々と連なって離れない様）的なもの。だって全員が好きってことは滅多にないから、ほころびから悪態が出てくるよね。自分に対しても他人に対しても「悪いこと」って言うのはいいことより「助長」されちゃうみたい（兇漢作用)。

これはミラーミューロンのマイナス面。これをセカンドハンドストレスと言うんだって。

「セカンドハンド」は「secondhand car」と書いて「中古車」「間接の」というみたい。こんなデーターもあるのね。。

ストレスを感じている同僚や家族を目にすると「26%」の人がコルチゾール（ストレスホルモン）のレベルが上昇したんだって。自分のものではないストレスでストレスを感じちゃうってことだよね。だからね。「①ポジティブ体験②ありがとう③瞑想と深呼吸」の３つが特効薬みたいだよ。
＊「他人がまき散らすストレスに“感染”しない４つの方法」（DIAMONDハーバード・ビジネス・レビューより）
　人によっては、ストレスを抱える他人を見ただけで、コルチゾール（ストレスホルモン）が実際に分泌されてしまう。コルチゾールが適量を超えて分泌されると、脳の神経細胞を傷つけることがあり、メンタル的な問題に発展するんだって。またまたきゃりぱみゅ登場。「同じ空がどう見えるかは心次第だから」だよね。ここで「野原しんのすけ」君登場。しんのすけ君って、楽しく生きること、人を楽しませること「命」の子供。思いやりがあり他人の意見に流されず、芯が強く、自分の気持ちに正直（面白くないことには興味なし）。困っている人を放っておけずピンチをチャンスに変えてしまう人間力（DO）がある。
「セカンドハンド・ストレス」を感じたら、正義の味方「アクション仮面（ミラーニューロン）登場」そして「アクション仮面ビーム（ポジティブ光線）」を浴びせる。「ワハハハ」これで怪獣（ストレス）退散。ポジティブな平和の到来だぁ…って！　そんなにうまくはいかないかもしれないけど…大切なのはしんのすけ君の「DO」だよ。「DO…行動」チャレンジ……！

2．奪うということ

公園があった。みんな（お金持ちも貧乏人）が遊べた。そこに遊園地ができた。いろんな凄い遊具が出来て、お金を出せば様々な遊びができるようになった。けどお金のない人は遊べなくなった。そして子供たちの「発想から生まれる遊び」がなくなった。貧乏人から活動を奪ったのは差別なのかな。価値が値段で決められている。良いものは高い（偉い人は人間性もある）。高くなくても良いものはあるけど良いものは高いという概念があるから、高くないものは世間から相手にされないのね。それは偉い人は人間的にも凄いと勘違いすることだと思うな。

こういう話知ってるかな？　商品に何かの付加価値（おまけ）を付けるのね。そうするとおまけ付きだからと何個もの商品を買う奴が出てくるの。おまけという肩書が増えると凄いと勘違いしてしまうってことかな。おまけという鎧（よろい）を付けたら「凄く偉く見える」。けど本質（人間性）は変わらないよね。一時的に良く観えるだけで本質（人間性）は適当な奴が沢山いるのにね。表の煌びやかさ（きらびやかさ）に眼がくらむ。本当はみんな「ただ」の人間なの。けど「されど」人間を見極めてほしいな。

3．浮きこぼれ（吹きこぼれとも言う）

「浮きこぼれ」って知ってるかな。教育現場等でやっと使われだした言葉。高い学力や旺盛な学習意欲をもつ児童・生徒は、通常の学校の授業に物足りなさや疎外感を感じるのね。これを「落ちこぼれ」と逆の状態を表す「浮きこぼれ」というみたい。優秀な児童・生徒がはみ出してしまうことを、煮立った湯などが吹き上がってこぼれる様子に例えて「浮きこぼれ（吹きこぼれ）」と呼ぶらしいよ。浮きこぼれの生徒に向けて特別授業を実施する学校もみられるなど、教育界ではポピュラーになりつつある用語の一つ。教育以外の業界で働く人も、「浮きこぼれ」の意味を押さえておくことは重要かな。

一般的には、生まれながらにして高い知能を有していたり、通塾などによって高い学力を身に付けたり、もともと学習意欲が高かったりする極めて優秀な児童、生徒が通常の学校の授業内容に物足りなさや疎外感を持ったり、実際に他の生徒から疎外されたりすること。これを「吹きこぼれ」と言うんだって。先取り人間は相手にされなくなるということかな。教育内容の簡素化、塾による先取り学習、多様な生徒に対応しない画一的な一斉授業などが主な原因とされてるのね。授業がつまらなく感じるために学級崩壊や不登校の原因になっちゃう。また、いじめの原因となる場合もあるみたい。学習塾の先取り内容に適合しちゃった浮きこぼれたの生徒は、学校の授業はつまらなく、塾の授業が楽しくなるよね。それが一層学校離れを進めちゃう。

＊対策

アメリカ合衆国などでは飛び級や、マグネットスクール（磁石のように生徒をひきつけるところから）という、生徒の才能を伸ばすための学校などの「早期教育・ギフテッド教育の諸制度」があるため、浮きこぼれが大きな問題になることはあまりないんだって。

学業不振の生徒の「落ちこぼれ」と同等な問題の「吹きこぼれ」。いい子だからっていう評価は「本当にそれでいいのか」っていう疑問詞として捉えてほしいな。

※注(^ε^)「ギフテッド教育」

日本語でギフトって日本語訳は「贈り物」だよね。英語の「gift」には「天から贈られたかのような特別な才能・能力」という意味があるの。だから「Gifted child」とは「並外れた能力や才能を持つ子供」ってこと。ギフテッド「IQ130以上（約2％)」の子供って、約250万人（日本）いるんだって。適切な援助で「才能開花」を助長することができるみたい。ギフテッド・チャイルドに向けた教育を「ギフテッド教育」と呼び、アメリカでは障害児教育と並ぶ特別支援の教育施策なんだって。

※注(^ε^)「落ちこぼれと吹きこぼれ」

差別的言い方ではいけないよね。「落ちこぼれ…オッチー・吹きこぼれ…フッキー」って名付けたらどうかな。そしたらなんか「みんな仲間」って感じがしない。仲間なら中傷がなくなるからね！

＊ちょっとこぼれ話「コロンブスの卵」

誰でも思いつきそうなこと（けど凡人は思いつかない）でも、それを最初に思考行動実践することの至難さのこと。また盲点（気付きがない）のこと。コロンブスが大陸発見は誰にでもできる（スペインでの貴族パーティ）と言われたので卵を立てることを試み、誰もできないのを確かめた後で「卵の尻をつぶして立てて見せた」というもの。

誰でもその方法を知ってるけど最初にが重要。最初の人間って中傷されるものだけど諦めないことが大切かもね。凡人にはできないけどやってみようとすることが大切かな！

●ＧＡＬとは

1. ギャルって凄い。ギャルってアメリカ英語の若い女性girlの俗語gal（発音：ギャル）に由来するんだって。けど読無蔵は「G　Great（グ・レイト）偉大な・A　Active（ア・クティブ）意欲的で活気のある・L　Liberator（リ・ブリター）解放者」・GAL（グアリ・と読無蔵は呼ぶ）はとても礼儀正しいよね。それに寄り添うことを知っている。なぜって友人をとても大切にするから。世間的に大人から見れば「凄く頭がいいわけではない」「凄く人間的に素晴らしいわけではない」という人が多い（偏見中の偏見）わかりみ！けど、友達に何かがあった時、必ず「寄りそうことが一番」ということを実行するよね。

なら、偉い人（世間で言う）ってどうなの？　考えることだけは素晴らしいみたい。けどそれを実行に移す行動力は持ち合わせていないの寝。（そう寝てる状態だって）・それなのにGALを子供扱いする。そうでない人御免なさい。偉い人や大人ってGALの寄り添う行動を素晴らしいことと感じ取れないのかな！　可哀そうだなって読無蔵は思うけど。「G…社会に君臨するG reat偉大！」「A…人寄り添うことができる、いつも元気で一生懸命なA ctive思考！」「L…これからの社会を担うL iberator解放者（自由人）！」。

だからGALは自分に「誇り」を持ってほしいな。これは偉い人の言葉。読無蔵のほこりは埃（とび散る粉のようなごみ)。ようするにゴミを持ってほしいってこと。そう「塵（チリ）も積もれば山となる」だよ。「ゴミ」っていう観念、誰が決めたの。世間ではゴミでも自分にとっては必要なものもあるんだと思うな。GAL（グアリ）はキャパいぞ！

徳川家康さんもね。「神君御文（徳川家康さんの幼児教育論）第10条」で「人に得て不得手好き嫌ひ有り偏するべからず無用と思はれるものも時に有用のこと多し」って言ってるよ。だから凡人（GAL）は「埃（ほこり）に誇り」を持ってほしいってこと。その埃が自分の糧となりきっと素晴らしいGALになっていくんじゃないのかな！「GAL・ギャル男・世の中の弾かれ人万歳(^_^)!!　わぁ〜ぃ!!」

2．Y2Kファッション

「Y2Kは（Year 2000）の短縮形。Kは（kgやkmの1000）という意味」。

今から約20年前の2000年頃に流行したファッション（腹見せやミニ丈、ボリュームシューズなど）がいわゆる「Z世代」に「Y2Kファッション」として受けてるみたい。ギャル系ルック的な装いで、欧米の若きセレブリティにも大バズりだって。受けてるのは最先端のZ世代（1990年代半ば〜2000年代終わりに生まれた世代・10代〜20代）だよね。「ジェネレーションZ」とも呼ばれてるみたい。2000年時代に活躍したセレブやポップスターの着こなしを手本として2000代に流行したストレートロングヘアも復活予感！

ポジティブな気分やキュート感。短め丈トップスや厚底ブーツ。ケミカルな色使いやキラピカの素材にもパワーが感じられるの。2000年代のパリス・ヒルトンの派手め、リッチテイスト等、主張の強い雰囲気（自信に満ちている）が「自分らしさ」を大切に考えるZ世代に支持されてるんだって。

流行のサイクルは20年周期みたい。何故かって前回のブームを覚えている人がいなくなり世代交代となるから。Y2Kも20年周期なのでその新鮮さにフィーリングを感じるらしいよ。ポイントは「ヘルシーな肌見せ」。ボディコンシャス（ボディコン）とは違って健康的なメンズアイテムとのミックスでジェンダーレス的ファッションが受けてるんだって。やはり歴史は繰り返す。良いものは良い。だから駄目と言われるものでも駄目なものはないってことかな。人も同じじゃないかな。レッテルを高級酒のラベルで張ればいいってものじゃないってことを忘れないでほしいな。

3．最初の女性誌（新しい女性の生き方・平塚らいてうさん）

あのね、今の社会。まだまだ「男子は企業がトンネルの先で両手を広げて待っている」のに「女性のトンネルは閉じている」って言われるんだって。

@「平塚らいてう」さん

高等女子師範学校…海賊組を結成…良妻賢母教育に反発…修身授業はボイコット。日本女子大に進学…禅のお教えに傾倒「自分はいったい何者なのか？　なぜここにいるのか？明治時代、近代化という波が自分たちを本当に解放してくれるのか…疑いを持っていた。それはね。自分探しなんだって！　そして、大学を卒業後も様々な勉強会で自分探しを続けたみたい。

その後、22歳で妻子ある男性（らいてうさんが通っていた文学研究会の講師で夏目漱石さんの弟子）と那須の山中で心中未遂事件を起こすのね。自分の気持ちに従って行動したってことかな。そしたら、漱石さんから使者が来て「弟子にらいてうさんに対して結婚を申し込ませる」っていうの。しかし、結婚の気持ちがないらいてうさんは自分の気持ちを無視して話を進める男たちに怒りを覚えるのね。当事者を無視し、結婚ですべてが解決すると思っている世間。今も同じだと思うよ！

そして、らいてうさんは日本女子大の卒業生たちと女性の地位向上のために動き出し、日本で初の女性による女性のための文芸誌「青踏（せいとう）」を出版するのね。

青踏に初めて書いた文章（創刊号）。

元始、女性は太陽であった。眞正（しんせい・真実で正しいこと）の人であった。今、女性は月である。かつて女性は太陽のように輝く存在だったが、男性中心の今は他の光でしか輝けない月のような存在になってしまった。私共は隠されて仕舞ったわが太陽を今や取り戻さねばならぬ。自分の中の才能を見つけて、再び太陽のように輝こうと呼びかけた。

この文章は女性たちを勇気づけ、女性解放の先駆けとなったみたい。

毎月出版の青踏には、「新しい女の生き方を提言」する進歩的な意見が掲載され、当時では御法度的な結婚制度を否定する（女性は結婚が前提とはならない）ような記事もあったんだって。それで、過激な内容に警察から発禁処分を受けたみたい。それでもらいてうさんは女性解放の声を上げ続けた。それは青踏の記事に自分の気持ちを重ねる人が多く、同様な感情を抱いてはいるが言えない人たちの支えでもあったらしいのね。今でも、なぜ女性だけが仕事と育児は二者択一なの？

だからね。女男に関係なく人からの影響で光ったり隠れたりするのではなく「自分が太陽」となりなさいってことだよね。今は、体力優先主義社会…働く企業戦士だったらOK。これをホームワーク等のように働き方を変えていくことができれば（今やそういう状況下になりつつある）色んな制約がある人（シングルや障害者等）がもっと社会で働ける。環境は能力を差別するっていうことだよね。コロナで在宅ワークが見直されてるもんね。

その後、らいてうさんはある思想家の考えに出会うの。スウェーデンの社会思想家…エレン・ケイさん…母親と子供を尊重することを軸に母性の生存権が認められないような社会には女性の自由も独立もあり得ない。母親が手厚く保護されたら育児と仕事の両立に悩むこともないだろう。らいてうさんはこの考え方を広めたいと思うようになったの。

それに反対する意外な人物…与謝野晶子さん。11人の子供を育てながら文壇活動を行うスーパーウーマンであり、仕事と育児を両立した与謝野晶子さんには、らいてうさんの「母性の保護を国に求めえる」のは「甘えた考え」と映ったんだって。

もう一人の女性論者…山川菊栄さん。家庭において社会的任務に服する婦人に正当なる支払いを与えてその経済的独立を可能ならしめよう（婦人公論）。家庭における女性の労働にも経済的価値を認めようと意見したのね。

・らいてうさん…出産や育児の期間は国が経済的に保護すべきと説く（国が保護）
・晶子さん………女性も経済的に自立できる社会を作ること

が先決と説く（経済的自立）
・菊栄さん………育児や家事にも賃金を払おうと説く（家事に対価）

そのため、らいてうさんは女性たちの手で社会を改革しなければならないと痛感し、新婦人協会を設立したんだって。女性の政治的権利を目指して新たな婦人運動の幕が切って落とされたのね。

＊じゃ現代の論争点って何？

女性は家庭と仕事を両立してもどちらかというと何かを問われちゃう立場にあるよね。けど男性なら「凄い」ってスーパースター扱いになる。やっぱり女性は家庭、男は企業戦士っていう考え方が凝り固まってる証拠だと思うよ。世間の常識って非常識と紙一重ってことかな？

性差医療とは

薬が実際の治療に使用されるには薬剤治療効果の検討を充分に行うんだけど、女性は妊娠の可能性があるため、従来治療効果の検討の対象から外されていたの。また検査に対しての「値…正常値・基準値」においても「女性は女性ホルモンの変動により、一定の基準を求めるのが難しい」といった理由により、研究対象から外され男性のみを対象に「人間だから女性も男性と同じ」という考えから男性のデータのみで女性の医療も行なわれていたのね。

原因はサリドマイド、DES（合成女性ホルモン剤）など妊婦の服用薬による出生児薬害が相次ぎ、妊娠可能性がある女性の薬剤治験参加を禁止し、以降十数年にわたり臨床研究から女性が除外され、男性をモデルに計画・実施された臨床研究データが女性にそのまま当てはめられていたみたい。けど女性は男性とは違うのだということが提唱され始め、「性差医療」という考えが出て来たの。

例えば更年期等における女性ホルモン急激減少で活動量約40%低下、1か月後の体重は1・5倍に増加。男性ホルモンは緩やかな現象のため急激な変化はあまり見られない。

このような違いが分かってきたの（ネズミさん実験）。

また、「微小血管狭心症」という病気は、狭心症と似た症状で、50歳前後の更年期の女性に多く発症し、更年期女性の10人に1人は経験するともいわれてるのね。疾患の男女比は3：7で女性に多く、一般検診では結果に異常が出ないことが多いので、最近までその病気の存在自体が詳細に認識されていなかったの。特に女性に多いことも診断を一層難しくして解明が遅れたみたい。狭心症は男性に多く（女性の3～5倍）血管造影で分かる。太い血管が詰まるのね。だけど女性（広く認知されていない）は細い血管が詰まる微小血管狭心症・7割が女性、発症は10人に1人の割合。46～50歳に集中。今は女性に限らず男性医療も必要とするべきという考えから例えば「男性更年期」について検討もされるようになったの。だから両性共、相手の立場を理解して、対処していく必要があるのね。考えてほしいのは男性に効いたから女性にも効く・または反対もしかなり。それが重要なことだと思うな。医療発展のキーワードは「性差・年齢・人種・筋肉量」。特に抗がん剤においては筋肉に取り込まれそこで有効成分に変化して効果を発揮するみたい。

オーダーメイド医療の実践とは「脳が生み出す性格や能力

には差がない」。しかし、体の性差（病気の性差）には違いがある。細胞にも性差がある。

薬の吸収は小腸での薬吸収作用が女性の方が遅い。時間をかけて吸収され薬の作用が長時間続く。腎臓での薬排出も遅く、薬が体内に蓄積され濃度が高くなり薬の作用が強く出る。薬の副作用は女性が男性より２倍リスクが高い。アメリカの調査では一般処方の86種類中76種類において女性の方がリスクが高い。異常を感じたら医師に相談し、薬の種類や容量を検討するのがいいみたい、人類進化論で男性は狩猟等で強い体が必要とされ、女性は妊娠出産のために病気にならない体が必要とされた。また、女性ホルモン投与で延命効果があるんだって。緊急医療（戦場兵士を救うため）現場では活用され始めてる。大量出血からの生存率は「何もしない（73%）・女性ホルモン注射（90%）なの。反対に女性に男性ホルモンを注射すると活力が高まるんだって。「winwin」の関係が一番！

※注（^ ε ^）「女性も男性も誰もが一人一人に適した医療を目指す〈AI診断支援ナビゲーションシステムWaiSE〉（AMED国立研究開発法人　日本医療研究開発機構）」

性差医療・女性専門外来の豊富な診療データにより、女性に特化した診断アルゴリズム（問題を解決するための手順や計算方法）で、健康経営・健康管理／問診・受診・診断を支援する、今までにない画期的なヘルスケア・アプリケーション（2024年予定）。

４．伝統芸能

読無蔵がコーチとして招聘されてたチーム（ユース）は万

葉集に出てくる地球のある温泉地の芸者頭に日本舞踊を教えて貰ってたのね（重心保持とバランス感覚養成）。もう凄いの。古参の芸者さん（レジェント）なんだけど片足でくるっと回ってピタッと止まるの。ユース選手60名程いたんだけど誰も出来ない。稽古のたまもの。伝統芸能ってこの国の宝だよね。けどその伝統芸能の火が消えそうなの。お座敷って１本30分。通常３本で「はこ（三味線）」さんがついて「何ぼ」ということになるのね。しかし、コンパニオンに押されて一時は火が消えてしまったの。100人以上いた芸妓さんが数名に！　それを復活させたのが芸妓置屋の娘さん。もの凄く温かみのある人。この由緒ある伝統芸能をみんなで支えていけないかな。いきたいな！　日本の伝統芸能を伝承していくのも「仲間を大切に」という観点で大きな寄り添いだと思うな。賛同してくれる皆さん「宜しく」です。

５．ギャル・ギャル男・パワセクハラ・いじめ・中傷を受けてる未来を担うみんなへ

あのね。虐待的仕打ちを受けている諸君（親愛を込めて・そういう人が本当は優しくて強いと思うから！）、自信（自進）を持って地震を起こそうよ。痛みや悲しみを知ってる人こそがこの世の中を変えていけるんじゃないのかな。偉いと言われる学者さんや教育者って実践がない（当たり障りなく生きてきた）から机上の空論的なものみたい。

ギャルさんやギャル男君の礼儀正しさ。仲間思い（ギャルサー）の連帯感。仕打ちを受けているみんなの辛抱強さは偉いと言われる人（コバンザメ・力の強い人の近くにいて、おこぼれにあずかる者）にはないものじゃないのかな。大切な

のは対等の立場になること（自信（自進）を持つということ）。ギャルのみんなは韓国コスメや流行語（ギャル語）には精通しているよね。けど、偉いと言われる人々には分かんない。

反対に科学的な論文等は凡人には分かんない。だから知ってることが違っているだけで対等なんだと思うよ。自進（自分の進む道）をしっかりと持って地震（世の中を震わせる・変えていく）を起こせるのはみんなだと思うな。自分の人生の貴重な１ページに何を刻むか。そのためには人生をより良くする……それは偉いと言われる人のお言葉・そんなの必要ないと思う。その人生が馬鹿人生。馬鹿なら馬鹿でいいじゃん。馬鹿という貴重な１ページに何を刻むかだよ。そうすれば一生懸命という言葉から解放される。それがゆとり。ゆとりは人生を楽しくする要素だと思うな。馬鹿珍最高！

それと自分を信じること。思い込むって素敵なことだと思うよ。何故って人は１秒で変われるの。知ってるかな。思う力の強さを……ここでそれを証明してみようね！

@プロテウス効果

プロテウスとは姿を変幻自在に変えられる神の名前（ギリシャ神話）みたい。仮想空間上のアバター（自分の分身となるキャラクター）行動特性に影響を与えるとされる心理効果（変身効果）のことらしいよ。

マッチョだと力が出る、ガリガリ君では力が出ない。または、表情を変える（観た目や解釈上）と「悲しい・楽しい」と錯覚（思い込み）しちゃうみたい。

ある研究ではリモート会議の参加者を笑顔にしたらアイデ

アの数が1.5倍になったんだって。相手が笑顔だと話しやすい環境となり集団の創造性が向上した（東京大学）。

※チャレンジコーナー

○ガリガリマンとマッチョマン

・２人組／一人が親指と人差し指で「輪っか（被験者）」を作ってね。／もう一人がその輪っかを開こうとしてみよう。

被検者にガリガリの人のイラストを見せながら輪っかを開こうとすると簡単に開いちゃう。

被検者にマッチョマンのイラストを見せながら輪っかを開こうとすると全然開かない。

○エンエン（泣き）マンとニコニコ（咲顔）マン

被検者にエンエン（泣き）マンのイラストを見せながら輪っかを開くこうとすると簡単に開いちゃう。

被検者にニコニコ（咲顔）マンのイラストを見せながら輪っかを開こうとすると全然開かない。

＊思い込みで力の入り方が変わってしまうのね！

○鳥と石

２人組／一人が立ち、その後ろからもう一人が身体を抱える。

・被検者が自分を鳥と思い上を向く。

　身体は簡単に持ち上がる。

・被検者が自分を石と思い下を向く。

　身体は全然持ち上がらない。

＊同じ体重なのに思い込みで重さが変わってしまうの！　脳を勘違いさせる効果って凄い。信じる事。誰にでもできるし、人生が変わると思うな！

○かき氷の味

かき氷シロップの味はどれも同じだって知ってたぁ。香料と着色料以外は同じ原材料なんだって。シロップの主原料は「果糖ブドウ糖液糖（甘い液体）」らしいよ。それに

・「イチゴ味」なら、赤い着色料とイチゴ風の香料を加える。
・「メロン味」なら、緑の着色料とメロン風の香りを加える。

シロップのベース味は同じってことみたい。違いは「色と香りと果物のように感じる酸味料」だけみたい。

じゃぁ違う味に感じるのは何故なの？　それは脳の錯覚みたい。シロップが赤だと視覚的にはイチゴ、緑だとメロンと思い込んじゃう。それにそれっぽい香りが加わると「赤はイチゴ・緑はメロン」と判断しちゃうみたい。

「舌＋見た目や香り＋酸味料」などで味を判断してるらしいよ。人って「食べ物の色や香りでこんな味に違いない」と思い込んじゃうのね。シロップの色で「赤はイチゴ、緑はメロン、黄色はレモン」と勝手に思い込むみたい。更にこれらに香りが加わることで「赤はイチゴの味・緑はメロンの味・黄色はレモンの味」って思い込むんだって。

味を感じるのは本当は「舌の味蕾」なんだけど、見た目や香りなどの情報が組み合わさることによって味を感じるらしいよ。何と香りが一番味覚を感じる器官みたい。鼻がつまったとき、食べ物の味を感じないでしょ。これが確たる（かくたる）証拠かな。

○家庭教師のトラコさん（日テレ）

私（トラコさん）の嫌いな３つの言葉

「①分かんない②しょうがない③凄くない」

（①ごまかす、②諦める、③空威張り）ってことかな。自信がないのをごまかし相手に同意を求める言葉なんだって。読無蔵はこう考えるのね。
＊わかん（和漢）とは…和薬と漢薬の総称。しいて生薬（しょうやく）のこと。だから
①和漢ない「生薬がない。治す方法がない。どうしようもないってこと。」
＊しょうが（小我）…個人的な狭い範囲に閉じこもった自我。
②小我亡い「自我の閉じこもりで滅んでしまうこと」
＊すごく（双六・すごろく・駄洒落かぁ）
ゴール直前で振出しに戻ったり、１回休んだり、急に何歩も進んだり人生波乱のゲーム。祖型は紀元前３千年紀の古代エジプトなんだって。
③双六ない（やっぱ駄洒落だぁ）
人生にチャレンジせず波乱なしの金魚のうんち人生。
※注（^ε^）「金魚のうんち」
金魚の糞って連なって離れないとされてるの。だから「長々と連なって付き従って離れない様」を言うみたい。
人は諦めないってことが重要かな。勘違いしないでね。諦めないってやり続けることじゃないよ。自分を知って逃げてもいいよってこと。人はほとんどが凡人なんだから無理すれば読無蔵みたいにしっぺ返しを貰う人生になっちゃうぞってことかな。ウフ!!
・Some people never learn
決して学ばない人々がいます。
・Some people always learn

常に学ぶ人々がいます。みんなはどっちかな？

6．寄り添うことって何

①寄り添うとは何もしない！

背中を押してあげるのは間違い、背中に触れずに支えること。倒れても大丈夫という安全ネットを張ってあげることが大切じゃないのかな。触って支えると自己行動ではなくなっちゃうよね。他人の支えになっちゃう。実質行動ではなく触らずに保護する精神的支えが必要だと思うよ。

⑴前から手を出す（慈善者）
⑵後ろから背中を支える（一般人）
⑶後ろで触らずに背中を保護する（信頼関係）

⑴前で手を差し伸べる

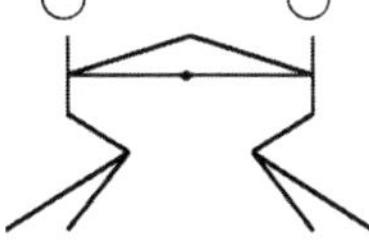

慈善者（議員さん等）の支える。眼に見えないと（実績として見せる）がないと意味がない。

⑵後から手で支える

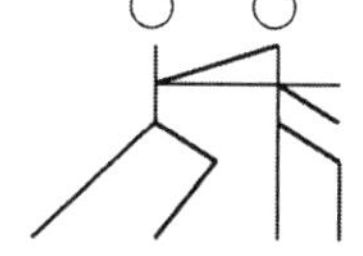

普通の人の支える。眼には見えないけどしっかりと身体に触れて押さえる。

⑶倒れても大丈夫だよ

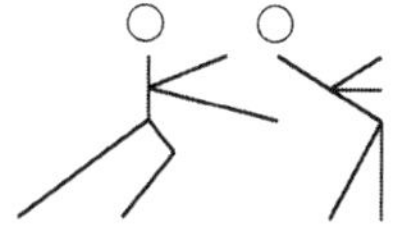

本当の支える。身体接触はない。自分で行動させて、もし倒れても大丈夫なような安全ネット。

どの支えるに意味があると思う？「失敗しないように」or「失敗してもいいように」って大きな違いだと思うな。⑶をする人が増えていけば世の中変わると思うな！　けどね。この寄り添いは倒れる方向が分からない。だからどの方向に倒れても対処できるように準備（勉強）しておくの。眼には見えないけど「知識」という安全ネットを張っておくということかな。引き出しを増やすってこと！

②寄り添うということ

＊ちょっと一休み…読無蔵はね。支えるは「八（や）」だと思うの。

（八の字・形態）

@YAH YAH YAH（八八八）…チャゲ&アスカ（歌詞）

「生きることは哀しいかい　信じる言葉はないかい

　わずかな力が沈まぬ限り　涙はいつも振り切れる

　今からそいつを　これからそいつを　殴り行こうか

　YAH YAH YAH YAH YAH YAH YAH」

※注(^ε^)「八」

　末広がりを意味して幸運な数字なんだって。「上」（現在）から「下」（未来や将来）へ広がり永久的な発展、繁栄するということを意味してるらしいの。中国では「八」は幸運な数字とされてるの。これは、八の発音が、富む、発展する、等を意味する「発」（ファー）と似ているからみたい。何と2008年の北京オリンピックが８月８日夜の８時８分８秒、に開会したことは有名な話なのね。

　けど、米国、英国、フランス等でのラッキーナンバーは「７」。イタリアでは「13」がラッキーナンバーとされているみたい。主要国では「８」をラッキーナンバーとしている国はあまり無いんだって。タコ（八本足）などは「悪魔の化身」等とされていて、西洋では「８」は不吉な数との認識があるらしいの。けど、旧約聖書の創世記には、神は６日間で天地を創造し、７日目に休んだ、と記述されていて、キリスト教において「７」はこの世における完全を表し、「８」はこれを超える神の領域で復活、新しい創造を象徴しているみたい。

さらに、数字での「８」は、それを横にすることで「∞（無限大）」となるのね。だから非常に強い、パワーのある数字と言われてるの。このように、「八」や「８」は、世界中で愛され、パワーのある、非常にポジティブな数字なんだって。

寄り添うって案外難しいのね。どうしようかと考えちゃう。だから無理が生じちゃう。無理があるのなら最初から考えなければいいの。自然に思った通りに寄り添う。見返りはない。それが一番だって思うな。寄り添うの原点は「見捨てたとは思わせない」けど「見返りなんかなくても最後まであなたに寄り添うよ」という「覚悟」が必要なんだと思うよ。このことって「この人から学ぼう」という気持ちがあるかないかなんだよね。

＊ちょっと一休み「寄り添うって守ること？ King&Prince（Lovin'you）歌詞」

「Lovin'you Lovin'you　消えない過去も抱きしめて　癒（い）えない傷の全てにkissをしよう　もう迷わないで　目を逸らさないで　いつでもここにいるから　逃げない　心配いらない　君のそばにいよう　見えない明日も　ふたりで描いていこう　どんな君も全てが君だから　僕が守るよ」

読無蔵は思うの。「いつでもそばにいること・そして受けとめること＝寄り添うこと」・何をするわけでもないのに……

7．出る杭は打たれるの？

組織って「変わっているものや出る杭は打たれる」が世の常だよね。けど本来はそうではなくそういう人をもっと伸ばそうとすることが必要じゃないのかな。変わったものや出る杭は伸ばすという考え方。潰そうとは絶対にしないこと。寄り添うことにより「自分をどううまく見せよう」という考え方ではなく、「他人の良いところ悪い所」が見えてくるのね。そしてよい所に寄り添うのではなく「悪い所に寄り添う」の。良くしようとすることは普通に誰でもすることの。「悪い所に寄り添う」ってことはね。悪くしないようにただ寄り添うってことなの。何をするわけでもないけどね。だからね。子供の純真な行動（大人の判断での良い悪いではない）を凄いなって思うこと（感じる感性を持つこと）は重要だと思うよ。長期的視野を持って人を見ること。今はダメでも将来必要となる。その思いが寄り添うということじゃないのかな。

人って「おもちゃ箱」なんだって。開けると楽しいものがいっぱいある。けど飽きてくると使わない・捨てる。けど、取っておくと使う時や他に使う時が来る。必要とされる時が来るということかな。トラーバーユっていうのは必要とされる場所が変わるってことだと思うな。だから必要な時を待つということ。だから学校というのは大きな眼で観ると「人材の宝庫」っていうことが言えると思う。けど今の学校っていらないものは捨てる。世間もそれが当たり前と捉えてる。

「宝の中の宝といふは人材にしくはなし…家臣は自分の宝だ」（宝の中でも特に宝といえるものは、人材の他にない）

ということだって。徳川家康さん。豊臣秀吉さんに刀や茶器などの宝物自慢をされた際にも「徳川殿の宝物はどんなものがあるかぜひ見せてくれないか」と言われ、「私は田舎者で財力も十分でなく、珍しい宝物は持っていません」と応えるも「そう言わずに教えてくれないか」と執拗に迫られ、そこまで言うなら、ということで応えたと言われているのね。

おそらく、本当に素直にそう思っていたんだと思う。部下のことを心から素直にそう思っていることが、まず、信頼関係の一番の基礎になっていたのではないのかな。こんな上司、最近はあまり見ないけどね……？

8．向き合うとは無理に気を使い合う愛の嘘

向き合いなさいと言われ「コミュニケーションが取れたように振舞うこと」っていっぱいあるよね。「外方（そっぽ）」って率直なポジティブ行動なんだって。だって「いやをいやと言えることはポジティブでなければればできない」からみたい。

だから向き合う前にそっぽを向いて観てみようよ。原点に返って物事が考えられるから。見返りのない寄り添う力とは「待つ力」であり「待つ力」って「折れない心を育む力」でもあるんだって。だから何もしなくたっていいんだ。ただ最後まで信じ切るってことが大切だと思うよ。

観察って最大の愛、観察しないとは無関心ということだから。観察とは愛なんだってよ。思い通りに行かない時に観察し修正していくの。これからの社会はAI（Artificial Intelligence・人工知能）がIQ（Intelligence Quotient、知能指数）に取って代わるからHQ（Humanity Quotient、人間性知能）を高

めることが必要みたい。

＊IQの時代からHQの時代へ（NHK学園高等学校　尾木ママ講演会より）

教育においては「多様化」が進みIQの時代はもう終わったんだって。AIが日常に入り込んできたことで、IQからHQが問われる時代へ変化しているみたい。これからはHQの時代だと脳科学者たちは言っているらしいよ。スマートフォンで調べられて分かるなら「知識量の多さは重要ではなく、人間力の高い人の重要性が高まる」ということみたい。なぜならロボットは豊かな心、感情を持っていないからだって。

現在の評価って「頭がいい子」とはテストで100点を取る成績がいい偏差値が高い子だよね。学校教育の現場でも、「詰め込み型」の学習から「主体的・対話的で深い学び」へと「学び」の形が変わっているのね。つまり、「頭の良さ」というのは、人間にもともと備わっている知能ではなく、その社会で必要とされている知性のあり方によって変わると考えるべきなんだって。その時の社会において、何が必要とされているかによって、「頭の良さ」の基準は変わってくるらしいよ。

今、注目されているのは「HQ」。IQ（知能指数）やEQ（心の知能指数）の次に注目されているHQ＝「Human Quotient・人間力指数（人間性知能）」。

人間性脳科学研究所によると、HQが発達すると以下のようなメリットが表れるそう。

目的をもち、未来志向的で計画的に①学力と学習意欲が高い。②問題解決能力が高い。③個性的で、独創的に。④理性的で、協調的・利他主義。⑤優しく思いやりがある。⑥社会的に成功する。

教育評論家の尾木直樹さん曰く、HQは「社会の中で生きていくための能力」でHQを以下のように述べているのね。「社会性や創造性、企画力、決断力などの能力に優れていて、相手の気持ちを汲んだ行動ができたり、諦めずに未来を切り拓く意志をもっていたりする。「未来型学力」とも言われていて、世界の教育者はこれを伸ばそうと言っているんです。いわゆる「地頭がいい」といわれる、直面した状況にあわせてあらゆる能力を使いこなすことができる人も、「HQが高い」と言えますね。この未来型学力HQを伸ばせた子が、これからの「頭がいい子」と言えるでしょう。

HQを伸ばすのは、五感を使った「原体験」なんだって。尾木氏いわく、HQを伸ばして「頭がいい子」を育てるには、自然のなかで五感をフルに使った直接体験、すなわち「原体験」を多く経験させるのがいいみたい。学力の基礎となる五感を磨き、探求心を高めるには、自然の中でさまざまな体験をすることが効果的。原体験教育研究会では、原体験の対象を「火・石・土・水・木・草・動物・ゼロ」の8つで定義しているのね。

①火　の体験：煙や熱さから、火のありがたみと怖さを知る。
②石　の体験：石を手に取る場所によって形や色などが違うことに気づく。
③土　の体験：どろ遊びをして手触りや匂いを感じる。
④水　の体験：水たまり、川、滝、自然の中にある水の状態を五感で知る。

⑤木　の体験：木の幹に触れ、木のぼりを楽しむ。木の芽、若葉、枯れ葉などの違いや、年輪の意味を知る。

⑥草　の体験：草の匂いをかぐ、草船を作って遊ぶ、実を食べてみるなどの体験。

⑦動物の体験：鳴き声を聞く、手で触れる、匂いを嗅ぐ、命の尊さを知る。

⑧ゼロの体験：夜の暗さ、暑さや寒さなど、人間の力ではコントロールできない自然の脅威とありがたみを知る。

しかし、原体験教育研究会の泉伸一さんは、「必ずこれらを学ばせよう」というスタンスで原体験をさせるのはNG。例えば、同じ土を見ても、泥の匂いに興味を持つ子供もいれば、泥団子を作ることに熱心になる子供もいるでしょうし、土から出てくる虫の生態に興味を持つ子供もいるでしょう。子供が何に興味を示そうと、「××なんか見てないでもっと○○しなさい」などと口出しすることなく、子供の興味が広がるように見守ることが大切です。

今、必要な「HQ」を伸ばす秘訣。それは「キャンプ」。制約せずに色々な経験をさせよう。大自然のなかでテントを張り、食事の準備をして、夜には暗闇のなかで星の輝きやたき火を楽しむという普段はなかなかできない活動を楽しく体験する。また、キャンプには予期せぬハプニングもつきもの。突然雨が降り出した時や、キャンプ道具の一部を持ってくるのを忘れてしまった時などの対処法も、HQを育んでくれる大切な教材になるんだって。「あれもダメ」「これもダメ」と制限するのはNG。また、「もたもたしないの」「早くしなさい」といった日常で言いがちな言葉も控える。キャンプ中は、習い事や学校に遅刻する心配もなければ、電車に乗り遅れることもないのね。

リッピー（聞いて聴いて）日常とは違うところに来たんだと自覚をもち、親自身も精神的に余裕を持つことが大切らしいよ。

9．夢を持てって何？

あのね。「夢を持て」と人は言う。そして周りは「夢があって凄い」という。はにゃ？

けど人には「夢敗れる」時もある。ある人はね…こう言ってるの。

夢が破れるには理由がある。綺麗に張った「障子紙」を夢とする。そして夢（障子紙）は敗れる。そしたら敗れた所を補修する「障子紙」は自分で用意する。貼る糊（のり）は何？　その糊が「寄り添う」という糊である。糊とは見えないところで力を発揮するもの（バックアップしてくれる人とか自分の信念）である。

カッコつけずに「助けてもらう時には助けてもらう」それは見返りじゃないよ！　かっこいい「夢」を語るより生きていくには「夢って何だこれ！　＝かっこよくは響かない言葉」

が大切なのね。だって「敗れることの方が圧倒的に多い」。だから「敗れたらどうする」の方が重要だと思うよ。みんなはどう考える？

＊ちょっと一休み「Bye-Good-Bye 歌詞・歌 BE.FIRST」

「あと少し、ほんのちょっと手を伸ばせば届きそうな夢が目の前に見えている」
＊夢をかなえるのは自分次第かな！

10. 感動とは

感動には陥動と歓動があるんだって。騙されて打ちのめされて泣くことでも心が揺れるよね。歓びでも心が揺れる。だから心が揺れることに関しては同じらしいよ。もし、人が人間的に大きければ「泣いて騙された時も歓びの時も」成長できるのにね。そんなこと読無蔵には出来ない。騙した奴、いじめをした奴。ぶちのめしてやりたいと思う。だけどそれはそれでいいんじゃないのかな！　心が揺れて凝りをほぐしているかも知れないから……人として自然な感情だと思うから……

陥動はね。（勘当に繋がる）…親が子との縁を切ること。責めて叱ること。

歓動はね。（貫道に繋がる）…道を貫くこと。また、諸道の根本精神を貫くこと。

責められ叱られて、それでも根本精神を貫く。かんどうして大きな器になれたらいいね！

11. 寄り添うことの大切さを考えさせてくれるもの（番組）

※ガールズ戦士シリーズ（テレビ東京）

ガールズ戦士の成長や女の子の友情を明るく元気に描いていたの。CG演出は子供向け作品であることを考慮して可愛らしさ・面白さ・わかりやすさに重点を置いてたんだって。けどね。「寄り添う」ってことの大切さがとっても滲み出ていたシリーズだったのね。また再開してほしいな！

※注（^ε^）「CG」

「Computer Graphics（コンピュータ・グラフィックス）・コンピュータを使って描かれた図形や画像のこと」。

①「アイドル×戦士　ミラクルちゅーんず！」

・キャッチコピーは「ライブスタート！　悪いハートをチューニング!!」。

・攻撃アイテム…ファイナルチューンズタクト

＊あらすじ

魔王に支配されてしまった「音楽の国」。この国には「持つ者に不思議な力を与える」宝物の「サウンドジュエル」があった。世界征服を企てる魔王はこれを奪い、毒毒団を率いて拾った人々を悪に染める「ネガティブジュエル」に変えてしまう。

音楽の国の妖精リズムズたちが「音楽の国」を救うため、３人組アイドルユニット「ミラクルミラクル」と組んでアイドル戦士「ミラクルちゅーんず」を結成。音楽（ダンスや歌）の力で悪に染められた「ネガティブジュエル」を清め、元の「サウンドジュエル」に戻していく。アイドル戦士たちは魔王との戦いに勝って「音楽の国」に平和を取り戻す。

②「魔法×戦士　マジマジョピュアーズ！」

・キャッチコピーは「オープン・ザ・マジョカワールド！きらめく魔法でピュアライズ!!」。

・攻撃アイテム…マジョカルミナ

＊あらすじ

中学校の入学式の日、不思議な力に導かれ、魔法戦士マジマジョピュアーズ！　の一員になったモモカ。仲間とともに魔法を使って戦い、人々の夢を奪う邪魔界に立ち向かっていく！　モモカ、リン、ミツキ、シオリは魔法界の妖精モコニャン、ララニャンにより、ユリアはユニコーンの力により、魔法戦士「マジマジョピュアーズ！」に変身する。変身後は全員で「魔法×戦士マジマジョピュアーズ！　きらめく魔法でピュアライズ!!」と名乗るようになる。魔法使いが魔法とダンスの力で悪を倒し、人々の夢、そして世界の平和を守る！

③「ひみつ×戦士　ファントミラージュ！」

・キャッチコピーは「正義の怪盗　ひみつ×戦士　ファントミラージュ！　イケない心　ちょーだいします！」。

「私のハート・ファンファンしてる。大切な仲間ができてみんなを助けたいと思う。」

・攻撃アイテム…ファントミトリック（バトン）

・みんなの合言葉

：ココミ「私のハート・ファンファンしてる！」

：サキ「完全に始まってる！」

：ヨツバ「守りたい大切な人を！」

：セイラ「ファントミ的にアリ！」

＊あらすじ

　ひみつ×戦士　ファントミラージュは正義の秘密の怪盗。人々の「イケナイ心」をちょーだいすることで世界を守る正義の怪盗たち。別名を「ひみつ×戦士」というだけあって、その正体は極秘であり、もし正体がバレてしまった場合はポップコーンの一粒にされてしまう。ファンディー（ファントミラージュのボス）からの指令で逆逆警察によって「イケナイヤー」にされてしまった人から、「イケない心」をちょーだいして平和を取り戻す！　そのキラキラな大活躍は、ネットなどでどんどん話題になっていくが、正体はゼッタイに秘密なのだ！

＊あのね。挿入歌が凄く素敵なの！

ファントミ挿入歌「歩き出そう」歌詞　歌：mirage2　作詞：瀧澤純一　作曲：瀧澤純一

「歩きだそう歩きだそう夢に向かってOh yeah！　歩きだそう歩きだそうゆっくりでもいいさ　時間が過ぎることを忘れてしまうくらいに　夢中になってしまう大好きなことがあれば　進め進め！　進め進め！　それは夢への地図さ　進め進め！　進め進め！　行けばわかるから

一歩一歩前に」

＊この歌・何かウルウルしてきちゃう！「ここみどう？」

④「ポリス×戦士　ラブパトリーナ！」

・キャッチコピーは「ラブでパパッとタイホします！　みんなの愛、守るため！」。

＊作家ーに例えると

「早瀬のようなクロスに想いを込めて（愛を守るため）。ゴールという恋人に矢を放つと見事命中（恋人逮捕だぁ）。ゴールンルン！　ゴールンペンではないぞ！」

・みんなの合言葉

：ツバサ「たとえラブがかげろうと！　愛の翼でラッラララブ！」ランララーン！　ラッラララーブ（可愛いものを見つけたりウキウキする時）

：サライ「いつ何時（なんどき）も私たち！　完ッ全にラブってる！」

：コハナ「人は誰もが美しい花！　咲きほこれ、ラブ満開！」
：ソラ「愛は確かに心にある！　ラブキッラリン！　輝いています！」
・攻撃アイテム　ラブパトウィングやラブパトシャッフル
＊あらすじ
ラブパトリーナはひみつ本部からラブパト110番通報で出動する戦士。ワルピョコ団によりラブを奪われてた人々をラブタイホし、今日もみんなのラブを守る「ラブいっぱい」の戦士たち！
「ふわもふ・かわいい」ラブピョコやラブジー長官とともに、ラブパトリーナは、今日もみんなのラブを守るのだ！
＊ラブパトリーナ　ミミピョコ星に帰るラブジー長官への感謝状
「ラブジー長官殿」
あなたはわたしたちをラブパトリーナに任命してくれました。いつも明るく太陽のように見守ってくださりわたしたちも元気に活動することができました。その愛に溢れたあたたかい優しさに深く感謝の意を表します。ミミピョコ星でもお元気で
「ラブパトリーナ一同」
君たちはみんなのラブを守っただけじゃない。自分たちの心の中にあるラブを大きく大きく育てていたんだ。
＊ラブパト日誌
私、サライ！
あこがれのガールズ戦士になれちゃった！　ラブパト完全

にラブってるよね！

私がガールズ戦士になりたいって思ったのはカッコイイだけじゃなくてみんなのステキで幸せな笑顔を守りたいって思ったからなんだよ。

これからもみんなの笑顔のためにたくさんのラブを守っていきたいな♬

あこがれの大切なおともだちといっしょに！

ラブを守ると私たちの心も暖かくなるんだね。私たち完全にラブってる！

＊ラブ逮捕の合言葉

ラブ違反です。ポリス戦士ラブパトリーナ「ラブでパパっと逮捕します・みんなの愛、守るため」、ラブ逮捕完了ピョコ。

※ペッパピッグ

ペッパピッグ（Peppa Pig）ちゃんが主人公さん。明るく元気なこぶた一家の長女。泥んこの水たまりで遊ぶのが大好き。ぬいぐるみのテディが大事で親友さん。４歳の彼女の好きな遊びは「水たまりで飛び跳ねること」。泥だらけで汚れて泥んこまみれになるのが一番楽しいのね！　弟のジョージピッグ君の面倒を見たり、祖父母の家に遊びに行ったりと「とにかく元気いっぱいに遊び回る…これが大事だよね」キャワユスギャル。

・ジョージピッグ（George Pig）ちゃん

ペッパちゃんの弟の男の子。口にするのは「ダイナソー（恐竜）」。あまりしゃべれないけどこれだけは言えるの。もちろんお気に入りのオモチャはダイナソー。まだまだ幼いんだけど、お姉ちゃんと遊ぶのが大好きで一番のお楽しみなのね。

・ダディピッグ（Daddy Pig）さん

一家のパパさん。子供達を優しく見守り、太ったお腹をペッパピッグ達にからかわれるけど、大好物の「クッキーとカボチャのパイ」は彼の必需品。眼鏡をかけた常に咲顔な子供と大の仲良しのお父さん。

・マミーピッグ（Mummy Pig）さん

ペッパたちのママさん。コンピューターでのお仕事をしてるのね。誰よりも物知りで、地図だってお父さんより読めちゃう。優しく頼りになるんだけど、何と「泥の水たまり」を見ると、思わずペッパピッグ達と一緒に飛び込んじゃう。豚さんの習性かな？　頭の良いセンス　オブ　ワンダーの優しいお母さん。

＊発障訓

これらの番組の共通点。常に「咲顔や夢（寄り添いや愛)」があるということ。物事ってケチを付けようとすればいくらでも理由なんて付けれるの。そうして「人を陥れる人」が後を絶たないのね。読無蔵は思うの。そういう人って本当は駄目な自分を他人に対象変えして欲求不満を解消している弱い人間。けど自分では強いと思っている河馬嘆。それも世間では偉いと言われている人に多いかも。

だからこそ痛みを知っている底辺層（中傷を受けたり馬鹿にされたりしている馬鹿珍達）が立ち上がらなくてはいけないと思うな。馬鹿珍・自信（自進）を持って行こうよ！

12. 嫌われるということに対して凄い恐怖心・興味を持たれ

ないことの恐ろしさ

松本まりかさんがこう言ってるの。

今まで寂しい思いをしてきた。一人ということへの恐怖心。欠点だらけの木（模様が綺麗とは言えない）を活かしたテーブル・もうたまらん・たまらなく愛おしくさせる。

こういうデザインは世間的には邪道と言われている…外れているのをみんな認めてくれないから。

＊家具工房のデザイナーの言葉

20代の時にさんざん言われた。デザインをする時に「もっと嫌われる人になれ」「嫌われていいじゃないか」ってさんざん言われた。オーナー曰く嫌われるわれるようになったら一人前…。まりかさん「私はまだ半人前、嫌われるのが怖いです」オーナー曰く

「嫌われても一人の人はちゃんと見ていてくれる…。まりかさん、嫌われた方がいい…目からうろこだ。嫌われた方がいいのか……どんなに飾り立てても人は自分以外の者にはなれない」（情熱大陸より）

読無蔵は嫌われることを「良し」としてきたのね。人を嫌いになるということは必ず好きになる人が現れるということ。未だに現れない？　人が幸せになるということは「寄り添うことの原点」見返りはないけどね。「ここみどう？」

●見返りは求めるモノではない…塾生への手紙

①血判状

読無蔵。ある塾での出来事。この塾はとても田舎にあって素朴な塾生が多い塾。けどちょっとした事情で急に村が潤うようになったのね。だから人も変わっていく・急に大金が手

に入ると変わる人って多いよね。社会（大人）が変われば子供も変わる。だいたいそういうのが社会の常だよね。この塾でもそうだった。だんだんと塾生が減っていく（我がままを通すため・根は純真な子供達なのに）。塾が成り立たないと思うくらい塾生の数が減っていく。ここで読無蔵「発達障害児の真骨頂」。

何と非行に走りつつある塾生に血判状を送ったの。これってあっちの世界？　もう考えることが思いつかない。よ〜し！　これなら何とかなるだろうと考え出したのは「血判状」このレベルかぁ！　けどその塾生は何とか巣立っていった。読無蔵…凄く嬉しかったこと忘れない。「ここみどう？」

②塾生への手紙

読無蔵はね。トラバーユした塾生が「この塾にいてよかった」、そして新しい塾に行って「両塾とも最高だ」と思ってくれることが「とても有難う」なことだって…常に思ってる。けど、ほとんどの講師はトラバーユした塾生のことを気にかけない。なぜ？　一緒にいた仲間なのに！　悲しいな！

読無蔵が塾生に宛てた「寄り添いの手紙」・同じようなことが書かれてる場合もあるけどこれは読無蔵の信念（伝えたいことは常に同じ）だから許してね！

★とっても素直な塾生・未来（みらい）ちゃん

未来ちゃんって自分をしっかり持ってる娘。けどちょっとこの塾では観る角度が違ったみたい。そしてトラバーユ。読無蔵が凄く信頼してる娘かな！

＊第１暖「弾（玉）ではなく温もり…重ねるごとに温もりは広がるの」

未来…世の中や塾をどう思う？　読無蔵はあまり好きじゃないな！　世の中の人間は自分勝手だし、せんせいって「おぼこの頭の固い」・「きょういくの世界しか知らない…きょういくの世界でしか生きられない」人が多いと思う。

じゃ塾生は？　塾生も自己中で「自分が良ければそれでいい＆社会生活を知らないのに口だけはきく」。そんな塾生が多いかな。これが「社会＆塾」かと思う時もある！

だけど未来はユースの塾生になろうと思ってなった。そして、この塾に入った。その時の気持ちはどうだった？　もっと違う感覚だったのでは？

晴れ晴れとした気持ちだったんでは？

人間て嫌なことがあるとそれがだんだん一番になってくる。行動を始めた時の感動が忘れ去られてくる。子供の時を思い出してみたら！

物事に全て感動してた時代！「蟻に感動して！　雲の動きに感動して！　砂遊びに感動して！」そう…全てのことが感動だったんだよ！「センス　オブ　ワンダー」って言うんだけど…その気持ちが大人になるにつれてどんどんなくなり、嫌な自分を情けばむようになる。

感動ってなんだか知ってる？　肩が凝ったら肩を回す・足が怠（だる）ければ足を揺り動かす…そう！　心が凝ったら心を揺り動かす。…感動することなんだよ！…

センス　オブ　ワンダーで感動したら、もっと楽しい違う自分が見えてくるかも知れない。そうしたら「新しい観点の世界」が観えてくる。

あとね、人間関係はブーメランコミュニケーションと言われている。それって何？　人間って潜在意識の中では繋がっている。だから、「人にぶつけた物」が自分に数倍になって返ってくる。「この野郎・何なのあの子」と人を思えば「ふざけんな＆バカ野郎」が数倍になって返ってくる…そして自分も潰され、常に悩みを抱えてしまう…

けど、「ありがとう・最高」と人を思えば「ありがとう・最高」が数倍になって返ってくる………そして自分にも最高の幸せや喜びが来る…だから人に対して、「常にポジティブな考え方」が自分を「幸せ行きの列車」に乗せることになる。

サッカープロリーグのコーチ。彼らは成績が悪ければ即…首。あるプロチームの監督。２試合開幕から負けたら、即「解雇」。けれど、もう次のことを考えている。そういう人を観ているといつも刺激と不甲斐なさを感じる。何故って？彼らはみんな「今」を生きている。

・変えられない過去・見えない未来

観えるのは！…チャレンジできるのは今しかない。

良くても悪くても変えられない過去は過ぎ去ったことでしかない。見えない未来を一生懸命考えても始まらない。今を真剣に、一点集中で生きる、プロのコーチとはそういう奴らなんだ。

太陽の光を虫眼鏡で一点に収集させる。どうなる？　火が付くよね！　いろんな光がある。要するにいろんな情報やいろんな人がいる。そのことを考えていたら人間が疲れちゃう。ならポジティブにそういうものをプラス思考でひとまとめにしたら心に火が付く。それが行動力になる。考えることも大切。けどマイナス思考は更なるマイナスを生む。

「楽しいこと、やってみたいこと、自分の好きなこと・ポジティブなetc」

きっと新しい自分が観えてくると思う。物事はいつでも辞められる。けど戻ることはできない。だったらセンス　オブワンダーで観つめ直してみたら!!　嫌なことだと思うことが本当は素晴らしいことかもしれない。ちょっと観ただけで悩むより、じっくり取り組んで裏を観たら、それだけで自分の何かが変わるよ！　自分の考え方や生活！　自分に悔いのないようにすればいい。無理矢理何かをやろうとしたって良くないこともある。

けど、決めるのは自分。責任は自分。しかし、人は一人では生きていない。家族があって仲間がいて、それで自分が成り立っていることを忘れてはいけないと思う。嫌な奴も宇宙船惑星号の乗組員。生き物という仲間なんだ！　それを踏まえた上での行動が大切だと思う。読無蔵の座右の銘は「アホニナレヨ」

＊ア…愛情　＊ホ…奉仕　＊ニ…忍耐　＊ナ…仲間　＊レ…礼儀　＊ヨ…余裕

人間はアホが一番。アホなら伸びしろがいっぱいある。その条件として

＊愛情…人は愛・いけないことはいけないとはっきり言えることが愛の条件。

＊奉仕…一人では生きてはいけない自分。人に何かをしようとする気持ちは自分に何かをしようとする気持ち。

＊忍耐…我慢すること。耐えるって事ではない。忍耐強いって事。無だよ！

＊仲間…小さな力も集まれば大きな力になる。大きな悩みも集まれば小さなことになる。
＊礼儀…礼節を尽くす。聞く耳を持つと言うこと。純真さを忘れたら盲目だから！
＊余裕…ゴムも引っ張り放しなら切れちゃう。一呼吸置くことが重要。

そして咲顔（えがお）！　咲顔はただ（無料）の「百薬の長」と言われてる。だからいつも「咲顔でアホニナレヨ！」それが一番!!

読無蔵の勝手な意見。悩みの理由は何も知らない。独り言だから！　心の凝り（悩み）がほんの少しでも薄れたら嬉しいな!!　悩みがあるって事はその分最高に「Happy」なことがあるっていうこと…最高だぜ！

未来はどう感じる!!　BY　読無蔵

＊わあ～い！　未来!!　読無蔵の告り第２暖だぁ～!!

未来さあ・あのね・人は３匹の鯛を食べると良いと言われてるよ！　知ってるう～！

①認められ鯛…前向きになる
②褒められ鯛…やる気を出す
③役に立ち鯛…感動に目覚める

①前向きに前進　②やる気を出してポジティブに　③感動で心を揺り動かして

「　健　康　だ　」　！

それに、レジリエンシー！（立ち直る力・回復力）・人はみんな潜在意識で繋がってるでしょ。だから人を憎めばブーメランのように憎む心は数倍になって帰ってくるよね。思いやりがあれば思いやりの心が数倍になって返ってくる。

くよくよしないで内面にコントロール基準を持っているとレジリエンシーは好回転する。未来！　レジリエンシーという宝庫は自分で引き寄せるものだyo！

世の中は嫌なことばかり……？　楽しいと思えば……「OKじゃん」！

＊そんな８の法則＊

１．楽しさを料理しよう！

料理する時って、美味しいモノを作ろうとするよね。どうやったら美味しくできるか。だから楽しさという料理もどのようにしたら美味しくなるのか・を考えよう。そしたら楽しくなるからね！

２．忘れる力を持とう！

水ってコップに入っている。けどこぼさないと次の水はつげない。どの位の水をこぼすかが大きな鍵！　忘れる力って新しい力の原点だYo！

３．誰かをを喜ばす！

人生って与えたモノを返してくれる。悪口を言えば悪口を言われる。だから、誰かを喜ばせれば誰かに喜ばして貰えるから…Ne！

４．楽しいという栄養を取ろう！

良いものを食べれば健康になる。だからね！　楽しいという栄養を取れば心を健康にするから！　わあ〜い！

５．人の良い所を見つける！

嫌いな人が多ければ、人生は辛いモノになる。人の良い所を見つけられる人は、自分の良い所を見つけられる人…要するに人生を楽しめる人だよ！
6．自分の良い所、可能性を見つける！
　だからね！　誰もが沢山の可能性を秘めている。けど、それに気がついてない。
@例えば氷山。
・見えてる部分…「顕在意識・氷山の一角・水面上」。
・見えない部分…「潜在意識・水面下」が80％以上なんだよ！　人は無限の可能性を持っているのにそれを活用していないだけなんだ！
7．積極的に楽しいことを探してみる！
　受け身ではなく、意識的に探すと毎日の中に楽しいことが沢山ある。子供の頃を思い出してごらん。宝探しって楽しいものだよ。
8．自分に対してご褒美をあげる
　人って褒められると嬉しい。自分という自分を…自分という他の自分で褒めてあげよう！　そうすると脳内で「快感物質、ドーパミン」が出て！　やる気が出て！　前進の原動力となる!!
　未来！　未来はヤッターマンさんって知ってる！「ドロンボー」さん一味がお宝（ドクロストーン）探していかさま商売をするんだけど、それをやっつけるのが「ヤッターマン」さん！　その撃退の時に「おだてブタ」というのが出てくるの！
　木にブタが登るの…ナレーションは「ブタもおだてりゃ木に登る」
　その気（木）になれば何でも出来（木）るってこと。ポジティブに強い電流を流すことにより、強い心が出来上がっていくんだよ……！

けど忘れないでね！「人のために」って事。それは逃げだって言うこと！

なぜ？　第1回のWBC、世界野球だよね！　イチローさんの個人成績は良く、けど大リーグのマリナーズの成績は最下位。どれだけ活躍してもチームが勝てないなら意味がないと思っていた。WBCの選手として帰国したイチローさんは、当時ＷＢＣの監督の王さんに「王さんは選手時代、チームのために？　それとも自分のためにプレーしていたかどうか？」相談したんだ。その時、王監督さんの答えは

「自分のためだよ！　自分のためにやるからこそそれがチームのためになるんであって、チームのためになんて言うやつは：必ず言い訳をする：からね。本当のプロフェッショナルとはまず自分のためにプレーすること。だから自分に厳しくなれる」。

その結果がチームの力になることを王監督さんは身をもって体験していたから！

人にゆだねる！　それは自分からの逃げに相違ない。逃げからは進歩はないから！　ウムウム！

未来！　あのね！「森光子」さんって知ってるう。日本を代表する役者さんだよね！

〔森光子さんの3回の有り難う〕

この3回の有り難うがあるから彼女を慕う人が多いと言われる。その有り難うとは

＊1回目…「本日は有り難うございました」

＊２回目…「昨日は有り難うございました」
＊３回目…「先日は有り難うございました」

あるプロコーチ達の言う《選手の伸びる条件》

「素直さ」　「向上心」　「チャレンジ」

@素直さ………原点の心
@向上心………自分を進歩させようという気持ち
@チャレンジ…アクション（実行）

選手が伸びるための第一条件は「素直さ」なんだ。では、素直さって何？

ス…素敵な	ス…すさんだ
ナ…ナイーブさ（素朴さ）	ナ…ナイフ
オ…贈り合う	オ…送り付ける

どっちかな

素敵なナイーブさを贈り合って	すさんだナイフを 送り付けて
向上心	向上心
チャレンジできたら	チャレンジできたら
心のキャッチボールができて	ナイフで斬りつけあって
↓	↓
情緒豊かな笑顔の可愛い娘	心の悲しい娘

素直な心というボールは何？「ス…清々しい心　ナ…和みの心　オ…奥ゆかしい心」の３つの心なんだ！　どう思う？

だから未来にも自分を信じて自分のために！　有り難うという素直さを常に持ち、これからの塾生活を「エンジョイ」してね!!

読無蔵で良ければ協力するからね！

読無蔵から未来への告白ラブレター…第２暖でしたあ〜！えへ!!

告り…必要ならまたしちゃうから!!

未来様　　　　　　読無蔵!!

＊はあ〜い！　未来　読無蔵だよ！　第３暖・・レター!!

未来！　未来は今何してる？　読無蔵は雲を観てる！雲って面白いよ！

ず〜と観ていてごらん　＊どんどん形が変わってく！　いろんな想像が出来る！　例えば　ケーキの形から　→　おまんじゅうになって　→　御菓子になって　→　バームクーヘンになって　→　？　やだあ　これじゃ太っちゃう！　えへ楽しいよ！

未来もやってみてごらん！　ボーとする時間ってとても必要だと思うけど！

そして何か１つに感動して笑顔！　いいねええええ！　未来はどう思うかな？

未来、未来の進路は何かな？　やりたい事ってある？　それを考えるのもとってもいいことだし、楽しいと思うよ！未来はどう考えるかな？　だから、未来の今の休息時間！最高の充電期！　人生には誰にも「充電したい時期・休息時間」があるし…必要だよね！　未来にとってのその時間が今…人よりちょっと早く来たってことかな！

ってことは未来は人より大人ってこと！……凄いじゃん！

だから、読無蔵は「未来」に《いっぱいいっぱい》充電して欲しいな！　自分の充電期！　いろんなことを考えられる時間…そんな時間に今をして欲しいな！　未来が今をそういうふうに大切にしてくれたら、読無蔵「嬉ぴいな」。そして、ビックになって読無蔵とお話ししようね！　楽しみだな！

人生にはいろんなことがいっぱいあるもんね・・だから自分のやりたいように今はすればいいと思うな！　未来はどう思う？『自分を褒めてあげる！』それってとっても大切だし、自信にもなるし、何せ咲顔になると思うよ！　未来もそんなふうにしてみたらいいと思うけど・・未来はどうかな？？ウムウム！　未来、こんな言葉知ってる!!

一つの言葉で…けんかして

一つの言葉で…仲直り

一つの言葉で…おじぎして

一つの言葉は…それぞれに

一つの言葉は…生きている

幸せは「自分の言葉」が決めている

だからね！　一日一回　自分の言葉で「自分にでもいいし、家族にでもいい！」

「ありがとう」とか「嬉しい」とか声をかけてみたら…どうかな？　それって笑顔が広がる条件だと読無蔵は思う！やってみてもいいと思うよ！　けど決めるのは未来だからね！

未来は「素直でとっても素晴らしい女性」だと、読無蔵は思うよ！

いっぱい充電して、もっと素敵な女性になって欲しいな！わあ〜い!!

未来！　読無蔵でよければいつでも言ってね！

何も出来ないし、力にはなれないけどお話位なら聞けるからね！　気が向いたらでいいから、メールでもレターでも

OKだよ！　レター…第３暖でした！
　未来へ　BY読無蔵
＊第４暖
　未来！　ゴメンね！「読無蔵」は力不足で「未来」に何も出来なかった！
　本当にゴメンね！　けど、読無蔵は嬉しいな！　未来が新しい道を歩き出す事!!
　未来はさあ…２人のセールスマンの話って知ってる？　それはねーあるシューズ会社が、南洋の諸島に靴を売り込もうと「２人の社員」を派遣したの！　そしたら
＊Ａ社員…誰も靴を履いていません。だめです。売れる可能性はないと思います。
＊Ｂ社員…誰も靴を履いていません。凄い。いくらでも売れると思います。
　どう思う？
　人間の眼って「一面的」ではそこしか観えないけど、「多面的」に観れば大きく変わっちゃう。その考え方だよね！
　未来わあ…「くれない族」と「なんちゃって族」って知ってる？
＊くれない族
　ついてないな！　もうどうして！
　心の声「〜してくれない」といつも言っちゃう人々
　そうなると次の言葉は！「〜しなきゃいけない」
・仕事しなきゃいけない
・もう出かけなきゃいけない。やだあ…ﾓｳ!!
＊なんちゃって族

ついてないな！　もうどうして！
心の声「なんちゃって」と否定感を打ち消しちゃう人々
そうすれば次の言葉は！『今日も充実してたじゃん』
・これもやりたい
・あれもやりたい
わあ…最高!!
あのね！　こういう言葉があるの！
・心が変われば行動が変わるよ！
・行動が変われば習慣も変わっちゃう！
・習慣が変われば人格が「揚げ挙げ」！
・人格が変われば運命が絶好調！
思う力で「人は皆変われる」って事だよね
それにね！　人には失敗はないんだよ！「いたしません」「私、失敗しないので」…ドクターX外科医・大門未知子さんかぁ！　それは失敗とは学びだから！
だから「失敗した」って言うより「学んだ」と言ってみよう！
そして、「すいません」より「ありがとう」と言ってみようね！
・物を取って貰ったら……「すいません」ではなく『ありがとう』
・何かを借りる時も………「すいません」ではなく『ありがとう』
・何かを手伝って貰ったら「すいません」ではなく『ありがとう』
あのね！「すいません」って10回独り言でつぶやいてみて？
じゃあ！『ありがとう』って10回独り言でつぶやいてみ

てごらん？
『ありがとう』は《明るい自信》をくれる言葉なんだね……わ〜い　わい！
　これは全てに言える事なんだ！　生活全てに『ありがとう』なんだ！
＊ありがとう呪文＊
・料理を作ってくれた母に……『ありがとう』
・食材を販売してくれたスーパーに……『ありがとう』
・食材を運んでくれた人に……『ありがとう』
・それを採取した漁師に農家に……『ありがとう』
・食材の育成に必要な水、大陽、酸素に……『ありがとう』
＊日々欠かさず『ありがとう呪文』を心掛けてみようね！
　そして生活においては「頑張るんじゃない」＝「頑張らない」という事！
「頑張る」とは「頑張らない自分がいる」という事！　だから「頑張ろう」になる。
『いい加減な』自分がいるという事で「OK」！
　加えると減らす…ようするに「程良い加減…状態＝いいかげん」ということだよね！
【頑張らない自分に自信を持ち、「いい・加減」にも自信を持ってね！　顔晴れ！】
　未来…あのさあ！　いつまでも読無蔵の「塾生だって事」は変わらないyo!!
　今の塾での未来の再スタートに！GO！
　未来………………『ありがとう』
　これからも………『ありがとう』

いつまでも………『ありがとう』
全てに……………『いい加減で』
未来に羽ばたけ…『　未　来　』
未来様　　　　　　BY　読無蔵

＊第５暖

未来！　お久だね！　明けお目だよ！　この手紙も第５暖だね！(^o^)

この前ね！　あるお店である人から未来が元気に塾に行ってる様子を聞いて読無蔵はとっても嬉しかった。それにさ…未来は後輩の「純」知ってるでしょ。いつも「純」が「未来先輩はとってもイイ先輩」だって言ってるの！　いつもそれを聞いていて読無蔵はとっても嬉しいんだ。(^_^)

未来が人に好かれて、そして元気に塾へ行ってるって事、それは未来の人柄が良いことの証だし、とっても純真な未来の心を表している。

読無蔵も見習わなきゃいけないよね！　大人って大人ぶって大人を演じてる人が多い。そんな事はしなくてもいいのにね！　いつまでも子供の心を持ち続けられれば世の中から争いが無くなるのにね！

前にも言ったけど「センス　オブ　ワンダー」の心。何にでも感動する。心を動かす。それが人を咲顔にするし、周りも楽しくさせる。けど、「楽しい」と「遊び」は違うよね！遊びはあくまでも遊び。けど、遊ぶこともとっても大切なこと。何故って遊びがあるからこそ心にゆとりが出来る。そのゆとりがあるからこそ、「勉強とかやるべき事」に対して楽しさが生まれる。

・よく遊び（ゆとりを生んで）
・よく勉強し（楽しく実行）
・よくやるべき事をやる（身近な事を大切に）
だね！

未来はまだまだ「青春真っ直中」！　を…「ing中」・だからいろんなことにチャレンジして人間の幅をどんどん広げていってほしいな！(^_^;)

人の脳って楽をしたがっている。楽をすると脳って萎縮していくんだよ。普段やっていないことを行うと脳は活性化していくの。だから、新しい事へのチャレンジってとっても大切なの！　後、身の回りの小さな細々した事や家事、料理、洗濯なども手先を動かしたり、考えたりするから前頭葉を発達させる。頭が良くなるんだ！

そして、少しだけ高いハードルへの挑戦。それが達成感を生み、快感を生み、次への挑戦意欲をかき立て、そして人の幅を広げてく。大きな事をする必要はないんだ。「小さな事」の積み重ねが「大きなモノ」を完成させるんだ。

また、楽しいと思う気持ちや好きという気持ちは脳の感情領域を活性化して前頭葉に反映されて脳活性を生むの！　それに好きな事を行う時は「脳のネットワークの結びつき」が強化され、記憶力のアップにつながる。(^_^)

だから、「身近な事を大切」にいろんな事に対して「嫌いと思う」のではなく「好き」という気持ちで接する事が重要なんだ。脳って未来に向かう時は白紙状態を作る。子供は毎日が白紙状態なんだ。だから子供の心はいつも真っ新！　子供の心を忘れなければ大人もいつも真っ新状態！

そうすればいつも新鮮状態！　いつもが旬！　人ってそういうふうに生きたいね！　未来にはそういうふうな生活をして行ってほしいな！　未来なら出来るから！　未来に負けないように読無蔵も頑張る象さん……？　やだぁ～親父ギャグだぁ！　ウフ

未来！　明日に向かって常にGO！(*^_^*)

未来様　　　　　　読無蔵

＊第６暖

未来！　お久だね！　新しい進路決まった？　この手紙も第６暖だね！

未来のことだから、もうしっかりと自分の進路決めていると思うな。読無蔵はとっても嬉しくなるな。(^_^) 未来はどんな女性になったのかな！　きっと人のことを思いやれる女性になっていると思うよ。(*^_^*) 未来にはこれからという大きな将来がある。それってとっても大切だし、自分でいくらでも画いていけるキャンバスだよね！

絵を画くのは未来自身！　好きなように自分の気持ちに忠実に画いてく。そしたら悔いは残らない。人って人のことを考えることも大切だけど、「思いやり」って人のためになんて思ったら重たくてしょうがないと思う。自分のために頑晴ることが人に感動を与えて、そして仲間を造っていく。それが「和」だし、本当の「思いやり」だし「寄り添い」なんだと思う。

読無蔵は「小さい人間」だけど、今、発展途上国に支援事業に行っている。保育園から小学校・中学校の一般男女生徒・高校の部活動・体育専門学校・孤児院とスラム街のサッカーチーム。約10日間で約20教室・延べ2,300人位の子供の咲顔と接してきたの。

電気も水道も通っていない地域だけど、すごい咲顔があるんだ。だから読無蔵はその地域の子供達に勇気を与えてもらってる。咲顔ってとっても素晴らしい。

何をするわけでもないけど、ただ子供達と一緒にボールを追いかけているだけだけど、何かがそこにあって、何かが芽生えてくるの！

それがふんわりとした気持ちなの。その「ふんわり感」ってみんなが忘れているものなのじゃないのかなと思う。

文明の発展は人間本来の気持ちを変えてしまったのかな！みんなが持っているはずの「ふんわり感」。ふわふわとした暖かさは咲顔の原点だよね(^_^)v

未来にはいつまでも「ふんわり感」のある女の子でいてほしいな！　未来がいたら周りの人間が「ふんわりした気持ち」になれる。そんな未来になってほしい。

未来ならなれるし、読無蔵はそんな未来なら、何か嬉しくなっちゃうな!!

未来！

読無蔵からのはなむけ(^o^)

「ＣＨＡＮＧＥ　・　輝け　・　終わらない未来」

FANKY KATOだYo!!

未来！　未来に向かって常にGO！(*^_^*)

未来　　　　　　BY読無蔵

追伸

未来「きゃりぱみゅのつけまつける」にあるように

「同じ空がどう見えるかは心の角度次第だから」

未来のいたことのある塾の空は、見る角度が人と少し違っただけなんだね！　ということは
「人には観えない角度から空が観れたということ」。これってさ…とっても素晴らしいことだと思うyo(^_^)だからさ！　今までの塾に在籍したことを誇りに思ってね。

そう感じてくれると「読無蔵」凄く嬉しいな!!　読無蔵は未来に何もできないけど、これからも！　いつまでも！未来は読無蔵の「信頼できる塾生」に変わりはないからne！　ファイト(^_^)

★しっかりとした自分を持っている「可能（かのう）」君

可能君は凄く人のことを考えられる塾生。トラバーユして他の塾で卒業を迎えた時の卒業祝文。

拝啓　可能様におかれましては益々ご健勝の事とお喜び申し上げます。

可能、卒業おめでとう！　可能は他の地できっと新しい自分の道を見つけたと思う。何かを見つけるという事は何かを感じるという事だと思う。

その何かは人によって異なる。けど共通して言える事、その感じるという事は「感動」だと思う。感動って「センス　オブ　ワンダー」のこと。センス　オブ　ワンダーとは何にでもワクワクする心なんだ。

子供の時、雲を観ていろんな形に変わっていく事に感動し、蟻んこを観て、その可愛い動きに感動してた時代。その心は大人になると消え去っていく。どうしてなんだろう？

人は生まれた時、全ての人が真っ白い心のキャンバスを

持っている。けれどその白さはだんだんと消されていく。全てを落書きで埋め尽くしてしまったら感動の心はなくなってしまう。しかし、それは自分で消す事が出来る。それが新たなる出発なんだと思う。

読無蔵の「座右の銘」は「アホニナレヨ」

＊ア・愛情…人の基本は愛・いけない事はいけないとはっきり言える事が愛の条件。

＊ホ・奉仕…一人では生きていけない。人に何かをしようとする気持ちは自分を正そうとする気持ち。

＊ニ・忍耐…我慢するということは耐える事ではない。忍耐強い＝無だよ！

＊ナ・仲間…小さな力も集まれば大きな力になる。大きな悩みも人が集まり共有すれば小さなことになる。

＊レ・礼儀…礼節を尽くすことだけではない。聞く耳を持つという事。純真さを忘れたら盲目だから！

＊ヨ・余裕…ゴムも引っ張り放しなら切れてしまう。一呼吸おく事が重要。

それに咲顔！　咲顔は「無料の百薬の長」と言われる。だからいつも咲顔で『アホニナレヨ！　それが一番！』

あるスポーツにおけるレジェントの話！　全国塾選手権大会での全国制覇！

教え子達で開いた祝賀会。レジェントは「俺は３冠王」になったと言った。「地区大会優勝！　夏季全国大会優勝！全国塾選手権大会優勝！」…３冠？

違った！【　観察　・　感動　・　感謝　】

・観察　…　良く状況を観てそして判断する

・感動　…　そして心を揺り動かして、心の凝りを無くし、
感動する
・感謝　…　そして全てに感謝する

人生ってその「繰り返し」だって！

いろんな事や、いろんな悩みがあるという事は、いろんな判断力が身に付いて、いろんな事に感動できて、いっぱい感謝できる………ってこと！　最高!!

「観察！　感動！　感謝！」&「アホニナレヨ」で『　未来へ　羽ばたけ！』

可能様　　　　　読無蔵

★とても素直な娘…希嬉（きう）ちゃん

トラバーユして違う世界で顔晴っている希嬉への誕生日祝文。セシル大好きっ娘。

HappyBirth day　希　嬉

誕生祝いわぁ　セシルマクビーバックだよ

セ…晴天のような晴れ晴れした心
シ…潮風のような爽やかな心
ル…ルビーの石言葉「情熱・純愛」の心
マ…マイルドな穏やかな心
ク…クリーンな清潔感溢れる心
ビ…ビックな許容範囲の広い心
ー…伸び伸びとしたゆとりの心

そんな心をいっぱいバックに詰めてね

希嬉はいつまでも読無蔵の信頼する塾生だよ！

わあ〜いガンバ！
希嬉様　　　　　　読無蔵

★とってもおとなしいけど優しい心を常に持っている娘・優心（ゆうみ）ちゃん
優心っておとなしいけど色んなことをしっかりと観つめることができるとっても素直な娘。定期試験での問題「何でも書きなさい」への返答文
※注(^ε^)「何でも書きなさい」
自分の意見が言えるように設けた自由作文問題。
優心、あまり積極性でないということは「とても素敵なこと」なんだよ！　なぜって「事態を慎重に見極めてから足をしっかりと踏み出すタイプ」ってこと。世間って積極的な人を評価しがちだが、積極的行動が裏目に出る場合だっていっぱいある。
慎重派で「一見消極的で出遅れがち」に見える人でも、隠された能力で人生の勝者となる人もいっぱいいる。積極的でないということは、むしろ「予測される危険を避けて通れる」という客観的判断では素晴らしい人だと思う。
教室で「ハイ」といつも質問に手を上げる生徒が良くて、はっきりしない子は良くないということはないよね。はっきり言える子は生き生きとみえるが、そうでない子にはじっくりと考える能力があるっていうこと。凄いと思うよ！
＊あるお母さんの話
子供の消極的さを心配して、もう少し活発であって欲しいと思うお母さんがいたんだって！「お母さん自身」は昔はど

うであったのか！

そんなに活動的ではないが、人の意見をじっと聞くタイプ。積極的がよいのではなく、消極的が悪いのでもない。いろんな性格を上手に使って、人生をどう生きるかが大事なことなんだと思う。そのお母さんに「どちらかというと消極的で良かった点」を出来るだけ思い出してもらったのね（^o^）

「以前は積極的な友人がうらやましかったが、派手な事はなかったけれど、慎重な性格のためか、大きな失敗はなく、静かな落ち着いた家庭で、子供にも恵まれて…そのことが今は自分の子供を勇気づけ、活発にさせて円満な家庭の始まりとなっている」

最高に素晴らしいよね！

世の中に「よい性格、悪い性格」っていうのはないよね。問題はそれらの性格を「人付き合いの中」でどの位上手に使っていけるかどうかだと思う。性格そのものを無理に直そうとするのではなく「どちらかというと消極的」の中にある「慎重さ」を人付き合いの上で上手に使えるようにしていくことがとっても大切なことだと思うよ。

100％引っ込み思案の人はいない。１％の積極性が必ずある！　消極的さを持つ人は、人と付き合わなければ失敗する事もなく、自分の評価を下げるような経験はしなくてすむかもしれない。けれど、そのような人でも一言も話さないという事はあり得ない。

100％消極的なのではなく「１％の、積極的な気持ち」がとても大切なんだと思う。

誰の顔を見ても笑っていた赤ん坊は、生後10ヶ月位になると、母親と見知らぬ人とを識別し、人見知り（消極さ）が出て泣くようになる。人見知り（消極さ）は成長の証なんだって。いろいろな性格がある事と同様に「おとなしい」は「気配りの出来る人」なんだよ！
「積極的に」も大切だけど「優心には良い所が他にいっぱいある」と思う。無理に自分を出さなくてたっていいし、少しずつ「自分」が外に向かっていけるように、今の優心を大切にすればいいんと思う(*^_^*)そうすればみんなから可愛がられる、素直な心の持ち主の優心になっていくんじゃないのかな！

優心さあ…人間は本来「＋」の概念しか持っていないのね。「－」の概念とは後から後天的に植え付けられたモノなんだって。

１％、１秒、１cmだけでいい…すごく頑張る必要はない。人間はほんの少しだけ積極的に頑張るだけでいいんだよ。そういう人がみんなに暖かさを与えることが出来る人だと思う。読無蔵そんな優心なら嬉しくなっちゃうな…わぁ〜ぃ…(^_^)

優心へ　　　　　　BY読無蔵の「一人言」でした(*^_^*)

★自分の夢（歌手）に向かっている輝美（てるみ）ちゃん

輝美は自分のことをしっかりと見つめ、何を行動したら良いかを考えられる優しい娘。そんな輝美への塾卒業祝い文。

輝美は、今は輝いている。目標に向かって何かをやろうっていう気持ち。それが表に出ている。輝きたいって思う輝きじゃないんだ！「何かやるぞ」っていう自然の輝き(^o^)

今、その気持ちを大切にしてほしいんだ。人って純真な気持ちを持ち続けることが凄く大切だと思うんだ！　これから輝美が飛び出すところは茨の道かもしれない！　けど人としての基礎作り、土台固め！　それには固めるための良質のセメントが必要だと思う！　その良質のセメントこそが、最初に何かをやろうという時の輝きなんだと思うよ。その輝きは「新鮮さという輝き…初心」から、「観ていても安心できる輝き＆心の安らぎを与える輝き…感動」に変わり…最後は「燻し銀の輝き…安心感」になっていくと思うんだ。

青春という輝き、今しか発っせない。その時、その時に、人間には必要な輝きがある。そんなふうに輝美が輝いていってくれると読無蔵はすごく嬉しいな！

輝美ならできる(*^_^*)

そして、新しい自分を発見してどんどん輝いていってほしいな！　人は何かを一生懸命やろうとすると自然と何かを発する。その発するものが何かは読無蔵も分からない。けど、その何かが人を引きつけて、そして感動を与えていく。本当の感動とは自然と輝き合えるものなんだと思う。一つの輝きが人々を引きつけて輝きを呼び寄せ、そして眩しいほどの輝きを造っていく。そして人に安心感を与える！　とっても素晴らしいことだよね！

輝美が
何かをやろうという輝きから
感動できる輝きとなり
そして、燻し銀の輝きとなり
人の安心感を与える輝きができる歌手
になっていってほしいな
そんな輝美になってね(^o^)

読無蔵からのはなむけ(*^_^*)贈り物「ミニハイヒールの花飾り置物」はね！

・ハイヒールの白は純真さ（原点）を表す

・ハイヒールは１歩１歩確実に自分の足で歩いて行く事を表す

・花は輝美が大輪と成って、人に安心感を与える歌手になることを表す

＊「夢」…吉田貞雄さん

「夢」のあるものには「希望」がある

「希望」のあるものには「目標」がある

「目標」のあるものには「計画」がある

「計画」のあるものには「行動」がある

「行動」のあるものには「実績」がある

「実績」のあるものには「反省」がある

「反省」のあるものには「進歩」がある

「進歩」のあるものには「夢」がある

夢は引き寄せるモノ・そして新たな夢に挑戦

「輝美」には夢…ある？

夢って行動があってこそ「引き寄せることができるもの」なんだって！

夢って観るものでも待つものでもないんだって！

夢って自分で引き寄せて「勝ち取る」ものなんだって！

「輝美」も自分の「夢」勝ち取ってほしいな(^_^) v…ブイ

座右の銘（アホニナレヨで咲顔）

ア…愛情　ホ…奉仕　ニ…忍耐　ナ…仲間　レ…礼儀

ヨ…余裕

読無蔵の「一人言」でした。

輝美へ　　　　　　　BY読無蔵

★凄く意思の硬い素直な優（ゆう）ちゃん

心優しく人のことが考えられるゆえに学校を休みがちな優への寄り添い文

＊第一暖

優、優と読無蔵が知り合ったのは塾のマラソン大会だよね(^o^)優が女子参加者中での15位、けど少しの違いでラッキー賞（塾講師達が決めた順位賞）にはならなかった。だから読無蔵と知り合えた（読無蔵はラッキー賞から漏れた高順位者に賞を出していた)。

けど、担任にね！　優って言う生徒に「読無蔵の所までくるように言って下さい」とお願いしても優はぜんぜんこなくって、最初は相手にされないんだと思ってた。担任に聞いたら「とてもいい子なんだけど少し休みがちなの」って答えが返ってきた。

そうなんだと思っていたけど、それまでは優を知らなかったからどんな子かなって思ってた。優に初めて合った時の印象は咲顔が素敵だったという感じかな(*^_^*)

優、優は遠くから通ってる。それって凄いことだと思うよ！　３年間塾に来るだけで素晴らしい行動だと思う。それに優はマラソン大会であれだけの顔晴りをした。だから優って凄く顔晴り屋さんな素直さを持った女の子だと思う。

今年度の授業。前年度中に持ち時間が決まるけど、どんな塾生がいるのかは４月にならないと解らない。名標を見た時、優の名前があった。あっ！　優がいる。優と今年はいっぱいお話しできるかなって・わぁ〜ぃわぁ〜ぃ!!

優、優の顔が授業中に見えないと読無蔵寂しいな! 優にも色々大変なことがあるかも知れない。けど、心の片隅…ちょっとでいいから「読無蔵に会いに塾に来る」って思ってほしいな。そしたら読無蔵嬉しいな!

優!「本当は顔晴り屋さんの優」を読無蔵も見習うことあるよ! けど、読無蔵は優に何もできなくてごめんね! でも、優のお話ならいつでも聞けるからね! いっぱいお話ししようね。(^o^)

追伸

担任って優のこといつも気にかけてるYo! そういう人がいるって羨ましいな(^o^)

優様　　　　　BY読無蔵

＊第二暖

「優」・あのね! 読無蔵凄く寂しいな! 今年は「優」の授業持ったから、「優」といっぱいお話しできると思ってたのに、「優」の顔が見えないんだもん!

悲しくなっちゃうな…(-_-)

「優」はきっと「優」なりに考えていると思うけど、「楽しい」と「遊び」って読無蔵はきっと違うんじゃないかなって思う。けど「遊ぶ」ってことも凄く大切なことだよね!

何故ってさ!「遊び」があるから心に「ゆとり」が出来るんだと思う。

その「ゆとり」があるから「やるべきこと」に対して楽しさが生まれるんじゃないのかな! 読無蔵はそう思う。

「優」は「センス　オブ　ワンダー」の心って知ってるぅ?

「なんにでも感動する心」心を揺り動かす　…　感動の心なんだ！
「優」は雲を見たことある？　雲って凄く面白いんだよ！　ず～と観ているとどんどん形が変わっていく！　色んな想像が出来る！
　この心って「すべての人が子供の時には持っていた心」なんだ。子供の心って真っ白だから。未来に向かう心って白紙状態なんだよ！　けど、大人になるにつれて、どんどんなくなっていく心でもあるんだよ！
　だから、読無蔵は「センス　オブ　ワンダー」いつまでも持っていたいな！
「優」は、まだいっぱいその心を持っている女の子だと思うよ！
　優のマラソン大会で観せてくれた「顔晴り屋さん」な所や「優の咲顔」読無蔵好きだな！
「優」さぁ「優」はまだ、「青春ど真ん中」
　青春を…ing中！
　色んなことにチャレンジして、色んな経験して、そして凄く素敵な女性になっていくと思うよ！　あのね！「優」こんな言葉知ってる？
一つの言葉で…けんかして
一つの言葉で…仲直り
一つの言葉で…お辞儀して
一つの言葉で…それぞれに
一つの言葉で…生きている
　幸せは「自分の言葉が決めている！」

だからね！　一日一回でいいからさ！　自分にでもいいし、家族でもいいから「ありがとう」とか「嬉しい」とか声をかけてみたら…どうかな！

それって「自分の中のゆとり」を「笑顔」に代える条件だと、読無蔵は思うYo！

「優」さ！　今しかできないこと！

良く遊び（ゆとりを生んで）

良く勉強し（楽しく実行）

良く責任を果たす（身近なことを大切に）

何でもない小さなことかも知れないけど

きゃりぱみゅの「つけまつける」にあるように「同じ空がどう見えるかは心の角度次第だから」だと思う。人って嫌なことがあるとだんだんそれが一番になってくる。行動を始めた時の感動が忘れられてきてしまう。

人を心配する時もそうだって言われるんだよ！　何故って

—誰かが約束の時間に遅れてくる—

@最初は何かあったんじゃないか…本当の心

@次はどうしたのかな　…半信半疑の心

@最後は何やってんだよ　…邪心の心

けど、人って２～３分で「最後の邪心の心」になっちゃうんだって！

けど、最初の人を思いやる心はみんな持ってるんだって！

けど、邪心の心になるとすべて忘れて「ふざけんな」になってしまうんだって！

だから、人を思いやる心が延々と続けば、人が来た時に「良かったね」って言える（何かあったのかと心配していたから)。

あのね！　優さ！　人間関係はね！「ブーメランコミュニケーション」て言われてるの！　人間は潜在意識の中では繋がっているっていう、難しく言うと「深層心理学」。

だから「人にぶつけたもの」が自分に数倍になって返ってくるという考え方なんだ！

「何だよ」と思えば「ふざけんな」が数倍になって返ってくる。けど「有り難う」と思えば「思いやり」が数倍になって帰ってくる。

そして「優」や「優の周りの優に関わる人」が笑顔になれる。

あのね！「優」さ！　幸せ行きの列車の運転手は「優」自身なんだと読無蔵は思う。

「優」は森光子さんっていう役者さん！　知ってるぅ！

森光子さんの３回の有り難う

この「３回の有り難う」があるから、彼女を慕う人が多いと言われてる。

＊１回目…「本日は有り難うございました」

＊２回目…「昨日は有り難うございました」

＊３回目…「先日は有り難うございました」

毎年ね！　読無蔵は発展途上国に「サッカー教室」に行っている！

保育園から小学校・中学校と高校・それに国立体育専門学校・孤児院とスラム街のサッカーチーム。約10日間で20教室位。延べで2,300人位の子供達の笑顔と接してきているの。ほとんどが電気も水道もない地域だけど、そこには屈託のない笑顔があるの(*^_^*)男の子も女の子も、YG（幼児・学童）もJCもJKも男子も、みんな裸足でサッカーするの！　何をするわけでもないけど、ただ子供達と一緒にボールを追いかけているだけだけど、何かがそこにあって、何かが芽生えているの！

それって「ふんわり感」&「咲顔」なんだ！

何とも言えないふんわり感。

家は日本でいうバラック屋。

電気がないからテレビもない。

携帯もない。

あるのは大自然とおおらかな心！　文明ってあることが当たり前で、それに不満足してしまっていて、本当の幸せを忘れてしまっているんじゃないかな！

何にもなくたって、「伸び伸びとした心」があれば、それだけで「幸せ」なんだと思う。そういうのってみんな忘れていると思う。けど、読無蔵は「一番大切なこと」だと思う。(^o^)だから「優」にもそういうふんわり感を持ってほしいな。「優」がいたら「優」の周りの人が「ふんわりした気持ちになれる」そんな「優」なら読無蔵凄く嬉しいな！「優」ならそんな人になれるから！

「優」は入学した時、どんな気持ちだった？　たぶん意気揚々とした気持ちだったんじゃないのかな？　その気持ち！「遅れてきた人間に対しての気持ち…どうでもよくなる」と同じようになくなってきちゃってる？　どうだろう！　けど、人って振り返ることはいくらでも出来る。

読無蔵はいつも子供でいたい。だから大人は嫌い。けど、大人としての責任は持たなきゃいけない。だけどいっぱい遊ぶ。ゆとりだから(^_^)人って「今を生きることが大切…人生で一番若い時だから（いくつになっても今はね)」だと読無蔵は思う。

あるプロチームの監督。開幕２連敗…それだけでもう首。けどそういう人って全然苦にしていない。おおらかな人だと思う！

＊TELでの会話

読無蔵…何してんの！　暇ならサッカー指導に来て？

監督……いや、今、就活してる！

読無蔵…じゃ就活終わったら来なよ！

今やこの国のさっかー界の重要な人

変えられない過去・観えない未来・けど「今」はそこにある。

そして「今」は、過去を振り返って「変えられない過去」を変えることが出来る。

そして「今」は、自分の未来の土台かな！

あのね「優」潜在意識って生きていく上での鍵となるものなんだって。潜在意識で思い通りになると思うと思い通りになる。思い通りにならないと思うとその通りになる。

それってさ！　心の中で思い通りにならないことを、心の奥で望んでしまっているからだって言われる。

止まない雨はないよね。だから、晴れるのを待つと次の楽しさが生まれるの。「嫌だ」は、ネガティブにスポットが当たる。愚痴ったり、文句を言うとそこにスポットが当たってしまい、それが長引く（尾を引く）ということになるって言われてる！

そういう時は一歩引いて眺めるの。客観視をしてみると比較的速く通り過ぎるから。

何でこういうことが起こったんだろうかと、自分を責め過ぎてもやはり、そこにスポットが当たってしまって、良い結果は生まれないから。だからといって、愚痴を言わずに、文句があっても我慢して、溜め込んでストレスでいっぱいになっても良くないよね！

何でも無理は禁物。無理をすると自分が歪（ゆが）んじゃう！　聖人じゃないから文句あるよね。たまには文句もいいかも！　無理してイイ子になる必要はないよね。我慢ってさ！　自分の心に正直ではないから良いとも言えないから。

ただね！　勘違いはいけないかも！

文句を言う。不満があるから満足していないから不満がある。けど、不満は不満を誘発し、不満だらけの人生を生んじゃう。潜在意識って「出したものが跳ね返る」から知らず知らずの内に「不満」これが望みとなっていっちゃう。

こうなるとね。不満が目標化されちゃう。不満を持つことが人生の目的となっちゃうんだって。そういう時はさ！「優」自分の周りを見回してみてごらん。そして自分の持っているもの、今あるものに満足してごらん（できるものだけでいいから）。

身近なね！　小さい満足を認める。そうすると「本来の素晴らしい自分」が顔を出して来るの！「優」は満足なんてしていないと思うかもしれない。でも、不満に思っても良いことはあまり起こらないよね！

不満って切りがないから。けどさ！　そこから得るものはあまり何もないよね。

不満って不満を誘発して、不満だらけの自分を造っちゃうかも！　それはさ！　自分で自分の首を絞めることになっちゃう。

もし「優」には何一つ満足するものがない。そう思う時にはさ！　自分を見回してみよね。

「健康な体」「毎日の食事」優

・当たり前と思うことが「幸せ」であることに気付いていないかも（紛争や戦争で怪我をしたり、飢えに苦しんでいる国が世界にはたくさんいるから）。

・住む家があること（世界には野宿の人が大勢いる）の幸せに気付いていないかも。

・発展途上国のように電気も水道もない地域って世界にはいっぱいある。

色々な身近なこと、何でもいいよ。今はそんなゆとりはないと思うかも知れないけど、どん底ではないのにどん底だと思う人って結構いっぱいいる。だったら、もう落ちようがないから上がって行くだけだと発想の転換をすればいいよね！　そう考えれば気が楽になっちゃう。「優」出来る限りでいいから。自分の中で満足できるものを探してごらん。そしてさ「優」が「優」に満足した時、「優」の生き方は、満足感が広がる「満足のいく人生」になっていくのかな。「優」の「顔晴り屋」さんならそれが出来るから！

生き方って「優」の出したものが跳ね返ってくるから、満足を出すと満足が満足を呼んで、「優」の中に満足感が広がるんじゃないかな！　ほんの少しでいいから、愚痴を言う前にさ！　自分の良いところを見つけてね！

不満を止めて満足してごらん。きっと気持ちが変わっていくyo!!　分かるけど、出来ないって思うとそのようになっちゃう。そう思ったら少しずつ変えていけばいいよね！

辛いことって「経験すればそれだけ大きな優しさ」を人に与えることが出来るよね。だから起こったことにくよくよしない(^o^)

いろいろな失敗は誰にでもある。失敗しても次がある。次に頑張ればいいじゃん。失敗って、考えようにおいては「大きな充電期間」だよね。「失敗しない人」なんていないモン。失敗を「うじうじ考えてそこに留まる」か。

失敗を「土台にして次に活かすのか」。ということが大切じゃないのかな！

「優」さ！　心は思ったことを出現させるといわれているんだよ。小さい頃ね…望んだことがかなったことってないかな。想い出せば誰にでもある経験。

あのね！　ある女性はさ！　幼稚園の頃、「絵本や人形の綺麗なドレスに憧れて、毎日こういうドレスを着たい」と当時としては真剣に思っていたんだって！

そしたらさ！20年後「ナレーターコンパニオン」としてたくさんのど派手な衣装を着ることになったんだって！「そういえば」とふと思うことなんじゃないかな！

例えばさ！

①「今日は勉強していないけど先生に当てられそうだ」と思った時、「名前を呼ばれた経験」って誰にでもある経験で

はないかな。
②「今日は仕事でトラブリそうな気がする」ってふと思ったらやはりトラブった。
社会に出るとこんな経験ってかなりあるよね！
あのね「優」物事って、視覚でイメージしなくても、何となく思ったことが実現したことって多いと思う。心って私達に世界を造っているっていわれる。これからの未来を造っているんだって！　だからこそイメージが大切なのね！　最初はちょっと大変かも知れないけど「意識して良いイメージを持つ」それって未来を造っていくんだって！
「優」
今のこの瞬間から、少しずつでいいから「いいイメージを持ってごらん」
イメージって、どうもくっきりはっきり目を開けているのと同じようにしないきゃダメなのかなって思い込んでいる人が案外多いけど、そんなことはないの。イメージ力があるかどうか、証拠もなければ比べようもないよね。他人のイメージの中に入り込むことなんてほとんど出来ないし、主観でしかないから証明のしようもないよね！
だからね！　例えばさ！　今日のおかずは何がいいかなって思っただけでイメージなの。今日は彼氏と会ってショッピングして…といった時もその日の行動をイメージしてるの。無意識にみんなやっているもの…それがイメージ！
「優」
自分のね！　得意分野はやはりイメージしやすいんだって！　カイロプラクターの人は、骨の形は「はっきりイメージできる」けど、「リンゴのイメージ」は難しいんだって！「優」も得意分野をイメージしてごらん！　結構楽しくなるよ！

イメージ力にもいろいろあるけど、「ネガティブ的に強力なイメージを持つ」それはさ！　せっかくのイメージを逆に使って生活を悪い方に、自分の首を自分で絞めるようにしているだけなんだって！　少しずつでいいから良いイメージに変えていって。

「生き方をプラス方向に向かせて行く」それが大切だよね！自分を信じること…潜在意識って「自分に正直に生きるとクリアーになる」っていわれているの。自分の生き方だから「自分に嘘をつかずに、正直に生きて、良いイメージを持って、生き方をよりよい方向に向けていこうyo！「優」ならそれが出来る！「優」には素敵なところいっぱいあるから！

それにね、「優」

生き方って、本当に思った通りになるのに

自分の生き方自由になるのに

なんでそれを信じないのか

本当に心の底から信じれば可能になることが多いみたい！人間って生まれながらにして自由なんだって！

自分の中にある

「これは出来ない」

「あれはしてはいけない」

そういう考えを全部取りさらう。それって可能なことなのね！　他人を悲しませたり、傷つけない限りは「何でも出来る」と思うの！　イメージならさ！　あらゆることが自由でしょ、それに、不安や恐怖もない。病気だって不安に思ったり、心配したりするとそれを引き寄せちゃう。その人がいつも不安に思っているからそうなっていくんだって！

「心を整理して、何でも出きる」

「実現して欲しいことだけを考える」

心の力には素晴らしいものがあるし、意識の力は偉大なの！

「奇跡って起こりうるもの」

奇跡が起こり得ることを信じれば

「意識が変わり」

「現実も変わっていく」

あのね！　決して意識を制限するような枠をはめてはいけないのね。

「可能性を信じれば、例えよい方法が思いつかなくても、不思議な方法で答えが返ってくるもの」

「優」もやってみてごらん！

可能性を引き寄せて「優の中の奇跡」引き寄せてみようよ！

「優」

達成願望って知ってる！「願うことは実現するんだ」これが達成願望なの！　実際に思ったことが、いつのまにか実現することを体験する内に

「心が現実を造っているという確信を伴った事実として体験される」の。

それが根底にあるものなんだって！

あのね「優」

私達が強く願ったものって、多少形が変わるかも知れない

けど、「いずれは実現する」という考えを受け入れるかどうかによって
「願望実現をナンセンスと捉えるか」
「当たり前と肯定するか」によって変わってくるものなんだって！
「先生が嫌いだから勉強が嫌いになった」
　これはさ！「先生は嫌い」という感情からきているものがブレーキになっているよね！
　それを取るんだって！　生き方のパターンで失敗するパターンは、
「子供時代からの感情の出来事がトラウマになって足を引っ張っている場合」
　があるだって！　そういうものを取り去って
「潜在意識と顕在意識」
　の両方で対処すると、少しずつ潜在意識に染み込んでいる
「マイナスのインプットを外して」
「プラスにインプットし直して」
「願望をかなえてみよう」
　になって
「かないやすい願望」となり
「自分にとってのハッピーさ」が
「周りの人にとってもハッピーとなっていく」
　そういうことが多いんだって！
「優」も考えてごらん！　ハッピーになるかもね！
　あのさ「優」はありがとうの法則って知ってる！
「優」は自分自身に感謝したことがある？　何で自分に？

と思うかも知れないけど！

不満こそあるけど、人って自分に感謝することを忘れているんじゃないのかな？　他人には感謝する（最近は自己中で感謝の気持ちを持っている人が少なくなっているけど）が自分には…！　でも考えてみてごらん！

前にもいったようにね！　潜在意識で人の心は繋がっているでしょ！　自分の出したものはブーメランのように返ってくるから、だから、悪いものは出さないようにするでしょ！

自分や他人に対して不満を持っていると、他人に向かって不満を出すため、そして、自分に不満が返ってくるため、不満だらけの人生になっちゃう！　また、そういう人間はそれに気付かないことが多いだって！

だったら、自分に感謝してみようよ！　感謝すると感謝に値することがたくさん寄ってくるのね！　少しずつ、今の自分に感謝するの！　１日１回。３日に１回でもいいからやってみて！「森光子の有り難う」まさにこれだね！　自分に感謝なんて出来ないよと思うかも知れないけど…謙遜と卑下とは違うから！　自分の卑下は悪いものを引き寄せるよね！

感謝すべきものって結構たくさんあるからね！

「健康な体、大切な友人がいる自分に」何でもいいよ！

他人だけでなく自分に感謝する。例えば生きることに感謝！　生きるって凄いことだ。多少の不調があっても体が元気で、どこも痛くなくて、眠るとちゃんと起きる。もう奇跡じゃん。「当たり前のことが当たり前ではない」と気付くと「幸せが増えていく」よね！

海外には「字が読めない。ご飯もなく飢え死にする子供」

そんな子が多い。身体に感謝！　目、耳、肩、肺、胃にありがとうと言ってみようよ！「有り難う」とはもの凄い「パワフル語」なの!!　あとは「感謝の先取り法」。

　例えば病気の時、「病気が治ってありがとう」と先に感謝してしまう方法！　そのことで、自然治癒力が大きく働くから！

「優」世の中には色々なことがあるよね！

・不妊の女性が未来に産まれてくる子供に「生まれて有り難う」と言ったら丈夫な子供を授かった。

・すぐパンクする自転車に「有り難う」をいったらパンクしなくなった。

　文句や愚痴を言うことより「ありがとう」が生き方を良い方向（プラス思考）へ持っていく大きな要素だよ！「感謝」は人生を素晴らしいものにする秘訣…なのであ〜る!!

わぁ〜ぃ！　わぁ〜ぃ！　読無蔵の一人言でした！

　追伸

「優」ゴメンね！　本当にごめんなさい！　読無蔵、優に何もしてあげられない(>_<)

「優」の力に何もなってあげられない(>_<)けど、読無蔵は「優」が顔見せてくれると凄く嬉しいな！「優」「暇して曜日」の時でいいからよければ連絡してね！

優様　　　　　読無蔵

＊優第３暖

　優(^o^)優は人生ってなんだと思う？

　人生って素晴らしいかな？　人生って最悪かな？　どうだろう!!

ここにね！US（アメリカ・United States）の心理学者・エリック・バーンさんの人生脚本という理論があるの…ちょっと目を通してね…（^^）（Copyright © 2003 Hideshi Nakao）

心理学の交流分析法（人間関係やコミュニケーションの傾向をから対人関係の問題を解消したり、回避したりするための心理療法）で有名なUSの心理学者エリック・バーンさんが提唱した理論でね「幼いころ、人は無意識のうちに自分の未来の生き方の脚本を書く」

という理論なの。「人の一生は誰でもこの人生脚本によって支配されている」

と言われているんだって！

「そんな事あるはずがない、自分の事はちゃんと自分の意志で判断して生きている」

と思う人がほとんどだし、信じがたいことかもしれないけどエリック・バーンさんによれば「それはほとんど幻想である」と唱えているんだよ！

人生脚本とは自分では気づかないうちにその方向に向かって生きようとしている生き方で、人は幼児期に（大体７歳くらいまで）まったく無意識に自分のこれからの生き方の筋書きを作り、人生を決めているんだって！　つまり、自分の生き方の脚本は幼児期に自分で作ってしまっているの。そして、その脚本の基盤は大人（親）から与えられたメッセージがカギを握っていることが多い。大人（親）からポジティブなメッセージ（優しい言葉や愛情表現などのスキンシップ）をたくさん浴びて育った子供は「自分は愛される価値のある人間なんだ、幸せになってもいいんだ、世の中はみんなイイ人」という脚本が描かれる。

逆にネガティブなメッセージ（愛情のない無関心な態度や虐待）を受けて育った子供は「自分は望まれてない子供だったんだ、何をやっても駄目な人間なんだ、誰からも愛されないし、幸せになんて絶対なれない」

という人生脚本を持ってしまう。それを証明するかのように不幸せな人生を歩むことになるんだって！　しかし、人はその不幸せな脚本から逃れる為に「対抗脚本」を書くんだって！　それは

「人よりも努力して勉学に励もう」

「人から認められ必要とされる存在になろう」

「誰からも愛される人間になろう」

という意識を持つからなの。「対抗脚本」は自分で意識しているのに対し、「人生脚本」は深層心理（無意識）の中にあって普通自分でも気づかないでいることが多いの。

つまり表向きは、とても努力家で、勤勉で、まじめで周囲からも尊敬される人に見えるけど、恐ろしい事に人生脚本から逃れるのは至難の業なんだって！　人生脚本は、対抗脚本よりも強い支配力を持ち、人生の重要な局面には必ずその人の行動を支配している。

努力して勉学に励み社会的地位や財力を持ち、人格者と呼ばれ、誰からも尊敬され、人も羨むような人生を歩んでいる人であったとしても、それでは自分が持っている不幸せの人生脚本の通りではないので次第に居心地が悪くなるの。そしてわざと自らを転落させるような事をしでかし、不幸せな脚本通りに決められた場所に戻るんだって！

例えばね、著名な大学教授が痴漢行為をして社会から非難されたり、塾の塾長が買春行為をしたり、そのような類のニュースはよく耳にするけど、冷静に考えればそのような事件を起こせば当然、社会的地位を追われ周囲の信頼も尊敬も失うわけだよね。

しかし、本人もどうしてそのような行動を起こしてしまうのか理解できず、そして「自分はやっぱり駄目な人間なんだ」「このように（悪いこと）でも人生脚本は成就し、居心地のよい場所に戻っていく」

恐ろしいのは人生脚本から脱却して本当に自由に生きている人は、人類全体の１％であると言われているの。

「自分の人生がなぜか不幸せな方向にしか生きられないような気がする」という人は自分の「人生脚本」に書かれているシナリオが何なのかを知り、書き換える作業も必要かもしれない！

「人間は何歳になっても、過去に描いた脚本を捨てて、自分がこれから生きたい脚本に書き換える（再決断とも言う）ことができる。そして、自分がなりたい自分に軌道修正して生きていくことができ、その時にようやく本来の自分らしい人生が歩める」んだって。

多くの人々はその事に気付かず、過去に書いた人生脚本にしがみついて、自分の意思でそれを書き換えようとはしていない。だから人生に変化が起こらないの。

＊【人生脚本の書き換え方】

1．幼少期に心の奥に残っている（自分でも気づかない）嫌な親子関係、または周囲の大人との関係を思い出してみよう。

例：いつも両親や大人から厳しく躾けられ、勉強しなさいと叱られてばかりいた。誉めてもらったり、優しくしてもらったことがなかった。

2．それが、本当はこうだったらよかったのにな～と思えるようなことを想像して書いてみよう。

例：頑張ったことや努力したことは素直に誉めてほしかった。もっといろんな話を聞いてほしかった。優しく抱きしめてほしかった。

3．想像したことを童話にして紙に書いてみよう。名前などは実名でその他は童話のように書いてみよう！

例：ある所に○○ちゃんという５歳の女の子が住んでいました。○○ちゃんの家族はいつも一緒で、笑顔で笑いの絶えない仲良し家族でした。○○ちゃんは……

4．できあがったら声に出して読んでみよう。できれば、カウンセラー（大人や親）などの人に実際に聞いてもらった方が効果的だよ。これは自分でも簡単にできるけど、できたら信頼のおけるカウンセラー（大人や親）と一緒に取り組むことが望ましいんだって。

どうかな、何だか優の人生が思った通り何でもうまくいくように感じてこないかな。こんなことぐらいで、と思うかもしれないけど、これは即効性のある効果的な方法なの。興味を持ったら一度試してみてね。

＊【人生脚本の書き換え】

人生脚本のでき方

1．「人生の基本的立場」の生成

生きる姿勢の違いは、どのようにもたらされるのか。

生まれたばかりの赤ちゃんにとって第一義的な環境は、「母親という環境」だよね。生後わずか数ヶ月の内に母親次第で生きる姿勢「人生の基本的立場」が大きく異なり始める。

2．「自己概念」の形成

ある幼児は母親との関係から「I'm not OK」(私はダメ、受け入れられていない）という「人生の基本的立場」を身につけ、無表情になることで母親以外の人間からもストロークを得にくくなり、それにより例えば「自分は鈍い人間だ（←無感動)」とか「自分は嫌われ者だ」などの自己イメージを形成していく。この自分が思う自分のイメージのことを「自己概念」と言うんだって。

3．「自己概念の循環効果」による強化

自己概念は、自分の思考や行動を規定する枠組みの役割を果たすの。全ての現象をその枠組みの中で解釈してしまう。言い換えれば、『自己概念は、それに合うものしか受け入れないという選択効果を持つ』とも言えるよ。例えば「自分は嫌われ者だ」という自己概念は疑心暗鬼を生み、「読心」などの「自動思考」によってますます自己概念を強化していくの。これを「自己概念の循環効果」と言うんだって。

4．大人（親）の接し方による自己概念の強化

この自己概念は、躾などを通じて大人（親）からも強化される。例えば「自分は嫌われ者だ」という自己概念により内気で引っ込み思案になり、大人（母親）が他の子供と比較して「おまえが○○だったらよかったのにねぇ」などと言ったとする。

すると、言われた子供は「おまえ自身であるな」という

「禁止令」を受けたことになり、ますます「自分はダメ、受け入れられていない、嫌われ者」という自己概念が強化されちゃう。さらに大人（父親）が、その子の内向性に不満を持ち、それを直そうと無理やりスポーツをやらせるなど、常に言葉、表情、態度で叱咤し続けたとする。

これは「今のおまえ自身であってはいけない」という禁止令であると同時に、常に監視し、「努力せよ」というメッセージを持った「ドライバー」でもあるよね。

（これは「努力せよ。すれば生存してよい」と解釈できるの。これは、「存在するな」という禁止令の条件をつけて反故にするところから「拮抗禁止令」とも呼ぶ）

5．人生脚本の完成

こうして育つとどうなる？

「自分は、そのままではダメな人間だ。常に何か努力しなければならない。でも、やっぱりダメなんだ」と思うようになる。こうして、いつも何かに追い立てられるように忙しくしながらも、何をやってもダメだ、という人生脚本を生きるようになるの。

拙著（せっちょ・つたない著作）「あきらめの壁をぶち破った人々」の中にも、社会的には成功しながらも常に心に渇望を抱え、ゆっくりと安らぐことのできない青年が登場する。

自分を縛っている「人生脚本」に気づくことが、本当の自分の人生を生きるスタートになる。「自分への弔辞」を書く事は、自分の人生脚本に気づき、そしてそれを書き換えるきっかけとなるだろうね。

【４つの「人生の基本的立場」】

1．I'm OK. You're OK.
　互いを認める
2．I'm OK. You're not OK.
　人のせい（自分は悪くない）
3．I'm not OK. You're OK.
　自分はダメ
4．I'm not OK. You're not OK.
　人生自体が無意味

大人（親）からどう育てられたか、どのような「ストローク」をもらって育ったかによって、人生に対する基本姿勢が上記の４つに分かれるの。

【11の禁止令】

1．存在するな
　「おまえさえいなければ」、虐待
2．重要であるな
　「大人の会話に口を挟むな」
3．楽しむな（対・長男長女）
　「弟妹の面倒を見ろ」「礼儀正しくしろ」
4．大人になるな（対・末っ子）
　「かわいい、かわいい」
5．感じるな
　「男は歯を見せて笑うもんじゃない」「泣くな」
6．考えるな
　「理屈を言うな」「おまえは○○だけ考えていろ」
7．成功するな
　何をやっても常に批判される場合

8．おまえ自身であるな

「おまえが、〇〇だったら良かったのにねぇ」

9．健康であるな

病気の時だけ気遣ってくれる場合

10. 仲間を作るな

「塾があるんだから、遊ぶんじゃない」

11. …するな

何かやろうとする度に注意。

グールディング夫妻（アメリカの精神科医であり心理療法家）は、大人の言動から子が受け取るメッセージの中で、人生に影響を与えるものを「禁止令」と呼び、11挙げている(現在は、「属するな」「欲しがるな」を加えて13)。

【5つの「ドライバー」】

1．完全であれ

「あなたは、そのままでいい」「あるがままでいい」

2．努力せよ

「疲れたら休んでいい」

3．急げ

「時間をかけていい」「ゆっくりやっていい」

「自分のペースでいい」

4．喜ばせろ

「自分のことを考えて、自分を大事にしていい」

5．強くあれ

「強くなくてもいい」「もっと弱みを出して人に頼っていい」「オープンでいい」

テイビー・ケーラー（アメリカの臨床心理学者）さんは、

大人からのメッセージで子供を“駆り立てるもの”を「ドライバー」と呼び、５つ挙げている。常に、大人からこれらの命令を押し付けられている場合、子供は「この命令を満たしたときは愛されるが、そうでなければ愛されない」という脅迫感を持ち、自分自身であるだけで無条件に愛されたという充足感を持つことができない。そのため、窮屈な人生を歩いてしまう。

それから解放されるためには、自分を許すことが必要なの。自分で言葉に出す。あるいは、日記などを書くときに必ず付記して自分を許してあげよう。褒めてあげよう！　紙に書いて、それを貼って毎日眺めるのもいいよね。

自分一人で効果が上がらないとき、やはり人に受け止めてもらい、そして許可を得ることが自分を取り戻すきっかけになるよ。この場合は、「３つのＰ」を持つ大人（カウンセラーや親）に話を聞いてもらおう（下欄参照）。

＊【３つのＰ】

１．Permission（許可）
　人生脚本を変えて良いという許可を与えること

２．Protection（保護、受容）
　変化することに対する心理的支えを与えること

３．Potency（能力）
　いかなる事態が生じても、適切な対応ができること

このような禁止令やドライバーから安全に解放されるには、カウンセラー（大人）に「３つのＰ」が必要（byパット・クロスマンさん）。これらは本来、親が持つべき姿勢といえるの。

「優」どうだろう！

人生脚本書き直してみたら(*^_^*)

「泣きたい時はいっぱい泣けばいい。涙が出なくなるまで泣けばいい」泣き足らないと次には進めないから。

けどさ、最終的にはどうしたらいいと思う？　読無蔵はね「悲しみは浸るものではない！　コントロールするもの」

いろんな事においても同じだと思うよ！

@嫌なことにおいて、それに浸っていたら楽しいことは起こらない。

@楽しいことにおいて、それに浸っていたら楽しいことは嫌なことになってしまう。

@苦しいことにおいて、それに浸っていたら未来は見えない。

人間は人間の感情を「コントロールすること」それが新しい未来を作る要素なんだと思う。

深層心理学の「ブーメランコミュニケーション」。人は投げたものが数倍になって帰ってくるという理論。だから悲しみの感情とは、将来数倍になって帰ってくる悲しみの基、楽しさ・喜びの感情とは、将来数倍になって帰ってくる楽しさ・喜びの基。

「優」、何でもいいよ！　周りを見てごらん！　小さな気づかない幸せが転がってるよ！

その小さな幸せを見つけようとすれば、優の中に新しい何かが生まれ、そして自分をコントロールできる「幸せブーメラン」を投げれる女性になっていけるんだと思う！

人は大きな事をする必要はないよね！

小さい秋小さい秋小さい秋見つけた。…小さい幸せ小さい幸せ小さい幸せ見つけた。

それがだんだんと優の中に「幸せ」を広めていく要素だと思う。そして、残りの塾生活や人生を２人分生きていってほしいと思う。それが大きな供養であり、優の使命かも知れない。優の「優しさや一生懸命さ」「素直さや思いやり」、読無蔵はいつも感じてるよ！

それって滲み出るものだから！　本来の優が持ってるものだから！　だからその気持ちを周りにも少しずつ分けていってあげようね！　そうすれば優の周りに、笑顔の人が少しずつかも知れないけど増えていくと思う。咲顔って「お金のかからない百薬の長」優の今を洗い流して治してくれる「お薬」かな！

優、読無蔵、いつも何もできなくてゴメンね！　何かができるほど読無蔵は素晴らしい人間ではないから (^o^) けど、優が咲顔で塾に来てくれると読無蔵は嬉しいな！　優の咲顔！　読無蔵大好きだよ！

ちょっとずつでいいから

咲顔 (^o^) (^_^) (*^_^*) になってね！

優様　　　　　　　読無蔵

＊優第４暖

優 (^o^) どうしたの！　優の顔が見えないと読無蔵悲しいな (-_-)

優も大変かも知れないけど　…　読無蔵は優にいつも何もできない！

けど、優の笑顔を見れること…それが読無蔵は嬉しいな!!

優！　人生には色々あるよね！　だから面白い！　たった1度の人生は自分の証だよね！　人生に－（マイナス）はない

よ！　誰もが生まれた時、＋（プラス）の資質しか持ってない。それが、年を重ねるごとに自分で－（マイナス）を作っちゃう。だから－（マイナス）って後からくっつけたものなんだよ！

だから剥がそうと思えば剥がせるものなんだ！　そして本来人間の持っている＋（プラス）の自分を作っちゃおうよ！基からあるものだから＋（プラス）は剥がせない。本来の姿に戻るって事かな！　わぁ～ぃわぁ～ぃ！ OK ！！

今、読無蔵はある国から来ている留学生にその国の言葉を習い始めたの！　その留学生が凄いの！

①母国語

②日本語（日常会話はほぼペラペラ）

③英語（卒業論文を英語で書いている）

④フランス語（植民地だったため）

国の留学金で勉強している。だから、勉強しなければいけないという考え！　女の子なんだけど、その子の母は小さい時、勉強したかったが、ある事件後の社会で「女性に勉強はいらない。まずは働くこと」という社会風潮の中で勉強ができなかったそうなの！

だから、娘には勉強をしたいだけしなさいというきょういくをしたんだって！　その国においてはとっても凄いことなの！　今でも学校は２部制（午前と午後）というお国事情！

でも、その子の母は田舎にいたら「この子に将来はない」と勉強させるために首都に引っ越してきたんだって！　そして３姉妹に好きなだけ勉強をさせてくれたんだって！

長女…海外協力隊員

次女…旦那さんと会社経営（電気工事の資格を持つキャリアウーマン）

３女…本人

我国のユース塾進学率は今やほぼ100％に近い。その国では首都以外の農村部では「働いて学校に行けない子」がまだまだいっぱいいる。我国ってもの凄く恵まれている国なんだ！　けど、そのことにみんな気づいていない。今の社会しか知らないから！　電気も水道もなく学校へも行けない現状、それでも明るく生きている…屈託のない笑顔…だからその国には「いじめ」がない…いじめを知らない屈託のなさがあるから！

我国の学生も自分が恵まれていることにしっかりと気がつきゃないけないよね！　その娘は、将来本国に帰って大学の先生になって、そして若い世代に自分得てきたものをどんどん伝えていきたいという目標を持ってるの　…　まだ20代だよ!!

よく言われる選手の伸びる条件！

①素直さ

②向上心

③チャレンジ（Do）

まさに、その通りの生き方の娘！

①素直さという純真さを持っていて

②色々なことを吸収しようという気持ちがあり

③それに対して行動を起こしている

読無蔵は恥ずかしくなっちゃった！　自分の不甲斐なさを思い知らされたって感じ！　だって、目標を持ってそれに突き進んでいる娘ってもの凄く輝いているの！　一緒にいて「ワクワク感」があるの！　何かパワーを貰っている感じ！人をそんな気持ちにさせれる人って素晴らしいと思う。

読無蔵も、そんな風になれるように頑張るから「優も一緒に頑張ろうYo」。読無蔵は、優もその娘のように輝けいている優でいてほしいな(*^_^*)

優の優しさと頑張り屋さんの所、読無蔵凄く好きだよ！だから必ず優も輝ける優になれる！　読無蔵はそう信じてるよ！　ファイトだYo!!

信頼する大好きな優へ

何もできなくてゴメンね　読無蔵　(^_^)

＊　優！　優に逢えると嬉しいな　＊

★トラバーユした素直な心の瞳（ひとみ）ちゃん

瞳はとっても優しい娘。トラバーユしたけど塾同級生が卒業を迎えた同時期に、瞳に送った激励文

瞳！　元気！　読無蔵だyo！　瞳がいなくなって読無蔵とっても寂しかったよ！　けどたぶん瞳のことだから新しい人生をしっかりと歩んでいると思うな！　読無蔵、信じてるからね！

今の「瞳」はどう？　瞳の同級生は３月１日に卒業式を迎える。瞳も同じように一つの区切りとして捉えてね。この塾に在籍したことを良かったって思ってほしい。そうでないと読無蔵悲しくなっちゃう。

読無蔵は瞳に何にもできなかった！　ごめんなさい！　けど瞳の人生がおおいに開けることを読無蔵…信じてるyo(*^_^*)瞳はさぁ(^o^)とっても素直な純真さを持ってる女

の子だもんね！　だから、物事に感動できる娘だと思う！
あんね…瞳！
肩が凝ったら肩を揺らして凝りをほぐす…筋肉の緊張を取る…体操
心が凝ったら心を揺らして凝りをほぐす…心の緊張を取る……感動

だから感動っていうのは心の体操なんだ！　そして感動って感じて動く事なんだ！　感じたことが熱い内に「行動」してこそ「感動」なんだと思う！

それに挨拶　…　ディズニーランドの挨拶って知ってる？「いらっしゃいませ」ではなく「おはようございます」「こんにちは」「こんばんは」で統一されているんだって？「いらっしゃいませ」で通り過ぎる人も「こんにちは」では「こんにちは」を返したくなる気分を起こさせる。ようするに「心が動く」からなんだって。

瞳には物事に感動できる、挨拶においても人に感動を与える女性になってほしいな！

この詩は読無蔵が大好きな詩。人にも良く言うんだけど「吉田貞雄さん」…学者さんの「夢」という詩なのね。

「夢」のあるものには「希望」がある
「希望」のあるものには「目標」がある
「目標」のあるものには「計画」がある
「計画」のあるものには「行動」がある
「行動」のあるものには「実績」がある
「実績」のあるものには「反省」がある
「反省」のあるものには「進歩」がある…反省とは評価

「進歩」のあるものには「夢」がある

夢って行動があってこそ初めて引き寄せられる。夢は見るものでも、待つものでもないんだ！　自分で引き寄せ勝ち取るものなんだって!!　人生って結構、思い通りになるものなんだ。思い通りにならないと思うとその通りになっちゃう。なぜって、心の中で思い通りにならないことを、知らずの内に心の奥で望んでしまっているからなんだよ！

身近なこと、何でもいい。瞳の中で満足できるものを探してみてね。そして自分に満足した時、満足感が広がって「満足のいく人生」になっていく。

人間って自分の出したものが跳ね返るから、満足が満足を誘発し、人生が満足になるの。ほんの少しでいいから、文句や愚痴を言う前に自分の良いところを見つけ、不満を止め、満足してみてね。きっと人生が楽しくなると思う。

だから瞳

思い込もう！　夢　引き寄せよう！

やったー！　素晴らしい青春！

素晴らしい人生!!

瞳様　　　　　　BY　読無蔵

★おとなしい性格だけど自分をしっかりと持っている芯（しん）ちゃん

芯って考え方がしっかりしている娘。自分の人生についてしっかりと考えている芯への寄り添い文

芯、物事を深く考えるって、とっても素晴らしいことだと思うよ！　だってそれは人を思いやる気持ちの表れだから(*^_^*)

誰だって、「そんなに同時にいくつものこと」は考えられないんじゃないのかな！　誰かと付き合って「相手のことしか考えられない」それって凄い思いやりじゃないかと思う！他のことは次に回せばいい。周りを優先したければ「それもそれでいい」と思う。

１つ１つのことを大切にすれば、芯は「思いやり」のある素晴らしい女の娘になっていくと思う！　人は「どうしたらいいのか」分からないことばかりだよ！　読無蔵だってどうしていいのか分からないことがいっぱいある。だけど、芯には分からないかもしれないけど「１つの行動」を起こしているよね！　それがとっても素敵だと思う。読無蔵も見習わなきゃね！　有り難うね！　行動を起こせるってことは「何かに真剣に取り組める」そのための第１歩だからね。だから芯はこれからどんどん行動して、どんどん成長していくと思う。

解らないからって何もしないのは良くないもの！　これから芯はいろんなことを経験して、そして「可愛い」「人のことを思いやれる」女性になっていくと思う。何か読無蔵、楽しみだな！　人には完璧人なんていない。だからこそ人と人とが互いに足りないところを助け合っていく。小さな力も「塵も積もれば」だよね！　集団とはそういうものだと思う。芯はまだユース塾生！　芯には限りない未来が広がっている。

代えられない「過去」よりも、

観えない「未来」よりも、

常に実行できる「今」を大切にしようね！

そして、この塾で「いっぱい・いっぱい」いい思い出といい成長をしてね（^o^）

芯へ　　　　　　BY　読無蔵

★人って何のために生きているのだろう・親実（しんみ）ちゃん

考え方がしっかりしている親実。自分の生き方について真剣な親実への寄り添い文

親実…！　人って何のために生きているんだろう！　自分のため？　人のため？

「誰のため」でもないよね！　生きること自体に意味がある！　何故って!!

この世に生まれてきたことが「奇跡　で　輝石」だから！

人は輝くために生まれてくる。誰もが生まれた時は「真っ白なキャンバス」を持っている。そこに絵を描いていくのが自分。けれどそのキャンバスには他人も落書きをする。

それをそのままにするのか！

自分なりに修正するのか！

それが人間関係だと思う。その人間関係を円滑にするには、まず自分という骨子がキャンバスに描かれていること。

「オー！　このキャンバスには力が有る。とても落書きは出来ないな」という信念があれば他人は落書きが出来なくなる。そしてお互いのキャンバスを認め合うようになる。人は一人では生きられない。けど、自分が自分なりでよいから「一所・一笑・一緒」に一生懸命なら人の輪は大きくなり、信頼が生まれると思う。

＊一所…ここだという時に、火をつけられる集中力。虫眼鏡で太陽の光を集めてごらん。集中した時のエネルギーは燃えるモノなんだ。

＊一笑…けれど、そこにはゆとりが必要。張りっぱなしのゴムは必ず切れてしまう。笑う門には福来たり…だね！
＊一緒…仲間がいて、初めて人生のキャンバスが更により良いモノのとなる。仲間のアドバイスは自分の鏡だから！

そして、「一生…懸命」に生きてみよう！　ポジティブに元気よく走れば、人間の脳はそちらの方向に必ず向いてくる。何故って人の脳って勘違い脳だから！

頭の中で口の中いっぱいの梅干しを想像したら「唾液」出てくる。イメージって凄い力を持っているんだよ！　だからこうなると信じればその方向に人は動き出す。

悔いが残らないということは「チャレンジ」することなんだと思う。

＊「あの時…ああすれば」…過ぎた過去は戻らない
＊「これからこうしよう」…観えない未来を言っていても始まらない
＊「観えるのは今」…………この時を大切にしよう…今にチャレンジ!!

残った後悔は「これからの糧」だよ！　種を咲かすのも自分!!　知り合いの分も一緒に咲かせることがとっても大切なんじゃないのかな！

「YOU気」を出して「CAN」ばろう！

「YOU　CAN」「君（親実）なら出来る」だね！

BY　読無蔵の「独り言」でした。

「読無蔵　揚げのありちょんぴだよ」

★サッカー大好き少女の命（めい）ちゃん

命は物事に対して常に一生懸命な娘。サッカーに情熱を燃

やしている命への寄り添い文

命がサッカーに一生懸命な所！　読無蔵わぁ凄くうれぴーまん！「サッカー命」の命！

だから…読無蔵わぁ「命・命でW命」読無蔵のことも構ちょしてね!!　だって命が構ちょしてくれないと読無蔵「ピンコ」だから！　読無蔵「激おこだぞ〜さんだぁ！　ぇへ！

あのね命！「ぞ〜さん」って象さん！　お鼻の長い象さんだけど、読無蔵が毎年サッカー教室に行っている国では「象が幸せを運んでくる」って言われているの！　だから読無蔵は象のブレスをお守り代わりに毎日付けてるの！　そして「XOのピンキー」…幸せは右手の小指から入り、左手の小指から出ていくと言われる！　だから象のブレスで幸せを呼んで、XOのピンキーで幸せを止める(*^_^*)

なんかいいことはないけど病気もせず健康でいられることが一番かな！

注…XOは・X＝キス　Xわぁ十字架が傾いたモノで十字架にキスの意

・O＝ハグ　Oわぁ２人が抱き合う形の意

でも、でも、でも…ウフ!!　とってもいいことがあったの(*^_^*)命が読無蔵に「命に手紙」って言ってくれたこと！命にそんなこと言われたら「読無蔵…胸キュン丸」

やだぁ……恥ずぃ(^_^)v

けど命！　人とのコミュニケーションの中で「チャルディーニの法則」って知ってる！「人は、好意をもっている人からの要請を受けると、それに積極的に応えようとする」

というもので、逆に言えば、「嫌な営業マンからは買わない」ということ。

確かに、人は「信用していない人」の言うことは信じないし、また、「知らない人」や「嫌いな人」とは取引したいとは思わない。

逆に、「親しい人」や「よい関係にある人」「好きな人」から何かを頼まれると「イヤ」とは言えないんだ。だから今回の命のこと…「嫌と言えない…ありがとう」だぁ〜!!

チャルディーニさんという学者は、次のように述べているの。「人は、好意をもっている人からの要請を受けると、それに積極的に応えようとする」。言うまでもなく、人は自分の好きな人と付き合いたいと思うもの。嫌われてしまっては商売にならない。売ろう、売ろうとするばかりに、そのことがないがしろにされてはいないだろうか?

セールスで大切なのは、「まず相手に好かれること」、売上はあとからついてくると考えたほうが、よい結果につながるのである。

ということは「人は人を嫌いになる」と好意を持っている人は少なくなる。それは自然と自分を嫌な人間にしていく出発点なんだと思う。だから人を好きになる。それは人生をバラ色にする大きな要素かな(^_^)だから読無蔵は命のこと…「信頼してる」。

それに会話って言葉の示す意味以外に、多くの事柄を伝えようとしてるの。そして言葉の示す意味以外に、印象や雰囲気等から多くの事柄を受け取るの。それは全て、人間の感情に関わる事柄なんだよね?

＊相手の態度によって、人は何らかの感情を持つ。

＊相手の言葉遣いによって、人は何らかの感情を持つ。
＊その話の内容によっても、人は感情を持つ。

コミュニケーションの根底に流れるものは、まさに感情なんだ。だからコミュニケーションは楽しくもあり、腹立たしくもあり、楽しいひと時でもあり、いやなひと時でもありま～す。けど命といるといつも「幸せ～」(^o^)

あのね、会話って言葉の交流よりむしろ感情の交流としてのウェイトが高いの。このような感情交流に重点を置いたコミュニケーションや、人間関係のことを「リレーション」というの。

「感情的になる」という意味ではなくて、感情を理解し合える、その感情がよく伝わるという感じだと理解してね。また、「リレーション」は、他の意味として、役割分担がうまくいっている人間関係のことも指すの。うまくいっている家族、とても仲のいい友達！…共通のキーワードは「リレーション」。人と人が、初めてであった時には、互いにリレーションを築いていない。そして、リレーションを築くことが出来れば、仲良くなれる。そして、リレーションを築いた間柄なら、とても情報伝達もスムーズになるし、円滑な人間関係になる。だから命とも「リレーション」だよ！ OK!!

それに、6つの種類のマジックフレーズ

・お詫び……「申し訳ありません」「失礼しました」「今後、気をつけます」「ご迷惑をおかけしました」
・感謝………「ありがとうございます」「助かります」「嬉しいです」「お世話になりました」
・断り………「申し訳ありません」「大変失礼ですが」「申し

上げにくいのですが」「残念ですが」
・反論………「私の勘違いだったらお許しください」「偉そうに聞こえたら申し訳ありません」「お言葉を返すようですが」
・接客用語…「失礼ですが」「お待ちしておりました」
・挨拶言葉…「いつもお世話になっています」「いい天気ですね」「お元気ですか」「おはようございます」

こうしたマジックフレーズは話のはじめだけでなく、合間合間に使うとさらに効果的なんだよ。できるだけ多く使うことがポイント!!

タイミングよく使ってこそマジックフレーズは最大の威力を発揮するの。そして、マジックフレーズは相手を尊敬する想いを根底にすえている言葉なのね。…人間的にも最高！
「読無蔵・命を尊敬してま～す！　だって「命にLOVE！ｳﾌ！」

だから、まずはじめに「私はあなたを尊敬しています。だからこそ、このような言葉を使うのです」と伝えてしまうの。その時には、ぜひ言葉だけでなく心を込めて伝えるのね。その心遣いこそが、奇跡を起こすの。

命とは奇跡でなく最高なリレーションでこれからも「ズッ友」だよ(^_^)

ならね！　マジックフレーズの奇跡って何！
「なぜかうまくいく人」や「いつも好かれている人」「一目おかれる人」といわれる人の会話には、日常的にマジックフレーズといわれる言葉が使われているんだYo！　会話の中にはさむだけで会話全体の印象がガラリと変わる！　それは、文字通り言葉に魔法をかける言葉。えぇ〜　どんな魔法がかかるの？　では、具体例。じゃ〜ん！

ある建物の中の出来事である。禁煙の場所にもかかわらず、タバコを吸っている人がいる。10メートルほど離れたところに喫煙コーナーがあるのだが、気がついていないようである。さて、このような時はどう声をかけるか？

１「ここは禁煙ですからタバコは困ります！
　あちらの喫煙コーナーでお願いしますよ！」

２「恐れ入ります。ここは、禁煙の場所になっています。
　お手数ですがおタバコはあちらの喫煙コーナーでお吸いになっていただけますか？」

どう？　同じ意味であっても、聞く側からすると、受け取り方が全く違ってくるでしょ。

１は、自分がいかに正しいかを前面に出して、相手に対する「非難」「注意」「警告」が含まれているの！

２では、最初に「恐れ入ります」とお詫びの言葉を発しているのね。これにより、こちら側の言葉が通りやすくなるんだよ。

マジックフレーズが衝撃を和らげる「クッション言葉」とも言われる所以なの。

命が１のように声をかけられたら、どんな感情を持つ？　でも考えてみれば、悪いのは禁煙の場所にもかかわらず、タバコを吸っている相手なんだけど。それでもこのような言葉を投げつけられたら、とても落ち込んでしまうか、強い反感を感じてしまいそうでしょ。だから、まず注意は受け入れられない。

なのに、同じ注意でも数個のマジックフレーズを入れただけで、2では嫌な感じが全く消し飛んじゃう！　どうして？

それは、「マジックフレーズは相手を尊敬する想いを根底にすえている言葉だから」。

思いやりと尊敬の意味を含んだ言葉を投げかけられて、嫌な思いをするわけがないよね。寄り添いの原点かな。

「なぜかうまくいく」「いつも好かれている」「一目おかれる」のは当然なのかも。そのような命なら、自然とマジックフレーズを使いこなしている素敵な命になれる。

「素直な　純真な　きゃわ命なら　みんなにもっと好かれる女性だよね！」

読無蔵は惚れ惚れ病になっちゃうぞ！(*^_^*)

命はさ！　今でもとっても「きゃわ娘」命！　けどさらに「可愛い娘」命になってね！

「読無蔵」は命に何も出来ないけど！　勝手に「命の親衛隊長」に就任しちゃうからね！　わぁーぃわぁーぃ！　うふ!!　命の応援なら読無蔵に任しとき…やっったるで…!!

命！　たまには遊びに来てね！　読無蔵…最初に言ったように「お弾き」だから!!　命が読無蔵を構ちょしてね！(^_^)

読無蔵・命といっぱいお話がしたいな。

今のこと…そしてこれからのこと。命のね…ほんの少しでも力になれたら。

読無蔵　凄く嬉しいな。そしてこれからもずっとずぅ～と「ずっ友」でいてね(^o^)

約束だよ　女性はいつもふんわり感があることが一番(^o^)

命様　　　　　読無蔵

★ちょっとおしゃれな可愛い娘・素敵（すてき）ちゃん

素敵は自分の意見をしっかり持っているキャワユス娘。塾生時のメイクについての寄り添い文

素敵、読無蔵はナチュラルメイク位は…イイyo…と思ってる。けど、何故ダメなんだろう？　それは「それを破る奴」が必ずいるからだと思うyo!!

「メイク　イイって言ったじゃん」！　ナチュラルを超えてても「メイクする」ということにOKが出たという「揚げ足取り的」な塾生が必ず出てくる。それが押さえつけ的指導になっているんだと思う。読無蔵も女の娘は「きれいになりたいという気持ち」凄く大切だと思う！　その気持ちが人間を大きく成長させていく要素だと思う。

それに、おしゃれしている人は太りにくい（若年性生活習慣病予防）とあるコメンテーターが言ってるよ！

「おしゃれしている人は太りにくい―これは私が個人的に抱いている感想ですが、しっかりおしゃれをしている人で太っている人が少ないという印象を受けたことがありませんか？太っている人は既製品で合う服が少ないこともままありますが、でも実際に街を歩いている人を観察すると、どうもこの傾向ははっきりしているように思えてなりません。これは単なる思いこみなのか？　それとも真実でしょうか？」

ウムウム！

女の娘は「奇麗になりたい・可愛くなりたい・恋をする」これがダイエットになる。

内面から可愛くなるから厚化粧の必要はない。そんな塾生がみんなだったらとっても塾が明るいのにね(*^_^*)

読無蔵は
・マッシュボブで元気さを強調して
・セシルかアンクルージュで爽やかな明るさを出して
・プレッピーで上品さを出すファッションが好き(^o^)わぁ〜ぃ!!

けど今の塾は「何かが起こらないように的指導」だからダメかも！　読無蔵も世間からから「弾き（はじき)」だけど、読無蔵が世間を「弾き（はじき)」していることに向こう(世間）は気づいていない！　ウフ!!「完全な発達障害児」。

だから自分に自信を持って色んな行動をしてね！　そうすれば内面からの素直さが更なる「可愛さ効果」になるから!!

読無蔵は何もできなくてご免なさい。けど、「塾生中央委員会」を通じておかしいと思うことは意見書で出す方法もあるよね！　ただ塾則で禁止となっているモノだから、規則の再考問題だから大変かな!!

後１年…最高な塾生活となるように、内面磨いて可愛いギャル目指してね！

何かあったらいつでも言ってね!!　バックアップできることがあったらするからね！

また、今後とも宜しくお願いします(^_^)

素敵へ　　　　　　　　読無蔵　ホワイトデー

追伸

命　バレンタインは有難う！　これからも構ちょしてね！

わぁ〜ぃ

★優（ゆう）ちゃん　謝罪文

優は物事に一生懸命取り組む娘。嘘をついてしまった優へ

の謝罪文

読無蔵　優に謝らなければならないことがあります。ご免なさい。どうもすいませんでした。

何かというと「マラソン補習授業」です。この前の授業の時、

「後、３周残っているから今日走ってしまえばOK」と読無蔵は優に言いました。しかし、教科会議で「補習無参加の塾生は成績評価を単位未得とする」と決定しました。だから優の科目評価は「単位未得」です。本当にご免なさい。けれど、３周走ったことは認めるということで「優の補習授業」はありません。優には次学期に一生懸命やってほしいと思っています。

追伸

優、あと少しで卒業だね！　今学期の授業は欠席が多くて、優の普段点の評価は余りよい評価ではなかったよ！　最終学期は最後の塾生活。何日もないから塾休まずに来てくれると読無蔵は嬉しいな！　授業ももう何時間しかない。塾の授業ももう数えるほどだね！

「飛ぶ鳥後を濁さず」これからの優には大きな真っ白い「キャンバス」が広がっている。そこに絵を描いていくのは優自身だから「人に誇れる絵」を描いていってほしいな(*^_^*)

そのためにも土台となるユース塾生活の最後を有意義に過ごしてね！

読無蔵からのお願いでした。

優へ　　　　　　　読無蔵

本当にどうもすいませんでした。ご免なさいです。許してね(^o^)

★歩夢（あゆむ）ちゃんへの手紙

歩夢はとても素直な純真さを持った娘。大切なことって？

歩夢　読無蔵、普通をPC辞典でひいてみたの。そしたらこんなのが出てた！

[用法]普通・普段・通常―「普通（普段・通常）は六時半に起きる」のように、平生（へいぜい・普段）の意では相通じて用いられる。

◇「普通」は意味の範囲が広く、「どこにでも普通に生えている草」のように、ありふれている、珍しくないの意、「ごく普通の子」「普通科」のように、特に変わりがない・平均的・一般的なの意に使われる。これらは「普段」「通常」は使えない。

◇「普段」は、常日ごろの意に重点があり、「普段の力を出せた」「普段の心がけの問題だ」などでは「普通」「通常」は使えない。

◇「通常」は文章語的。いつもどおりで特別の事情がないこと・場合をいう。「勤務時間は通常九時から五時までとする」は、「普通」も使えるが、特別の事情があれば変わることもあるという含みも込められている。

親鸞.comより。「平生業成（へいぜいごうじょう）」とは？

あなたは、平生業成という言葉をご存じでしょうか？　これは、親鸞聖人の教えを漢字四字で表された、浄土真宗の一枚看板なのです。

よくバスガイドさんなんかが「今日はみなさんの平生業成

がよかったからお天気に恵まれましたね」などと、「平生の行い」のように使っているのは、間違いです。

「平生業成」こそ、親鸞聖人の教えの特色であり、すべてであり、命であるとさえ言われます。では、平生業成とは、どんな意味なのでしょうか。

「平生（へいぜい）」とは？　まず、「平生」とは、死んだ後ではない。「生きている時」ということです。

「生きている時」と聞くと、あと50年も60年もあるように思いますが、そうとは限りません。毎日沢山の人が、交通事故などで亡くなっています。若い人でも死ぬのです。

アメリカでベストセラーのエッセイ「ザ・イヤー　オブマジカルシンキング」にはこう書かれています。

人生は、あまりに早く変わってしまう。

人生は、一瞬のうちに変化してしまう。

夕食の席についた時、人生は終わってしまう。

一体どんなことがあったのかというと、作者のジョアン・ディディオンさんは、2003年12月30日、年末のできごとをこう記しています。

——ちょうどジョアンと彼女の夫が夕食の席についた時……

突然、重度の心臓麻痺が……

ジョアンの夫を死に至らしめた—それは、普段と全く変わらない、いつも通りの一日の終わりのことでした。スコッチをちびちびやりながら、彼女と話をしていたジョアンの夫は、突然、左手を挙げたまま、ガクッと動かなくなった。ジョアンは何かの冗談だと思って、「あなた、やめてよ」と言った。

しかし、もう二度と彼には届かない。永遠の別れになってしまう。

この世は皆、しばらくの縁と言われます。しばらくの間、

友人であり、恋人であり、

先輩であり、後輩であり、

夫婦であり、家族なのです。

そうと知れば、一瞬一瞬を大切にせずにおれなくなります。お互い、とりかえしのつかない今を過ごしているのです。二度と会えないかも知れません。

いつ死ぬかわからない私たちにとって、「平生」は、今しかないのです。

「また今度」でもなければ

「またいつか」でもありません。

「今が勝負ですよ」

ということです。

「業（ごう）」とは？「業」とは、事業の業の字を書いて「ごう」と読みます。

人生の大事業のことです。

人生の大事業とは、これ一つ果たしたなら、いつ死んでも悔いなしといえるような、人生究極の目的のことです。だから、とりあえず今はこれを目指すというような、目先の小目標ではありません。

受験生が勉強するのは、とりあえず今は入試の合格を目指すから。大学に合格をしたら

とりあえず今は、

スポーツをやる。

カラオケに行く。

旅行に行く。
デートに行く。
宿題をやりとげる。
資格試験の合格を目指す。
就職内定をとる。
結婚を目指す。
そして子供を育てる。

こんなふうに私たちの人生はとりあえず今はこれを目指す。

という目先の小目標が次から次へとやってきて、本当の人生の目的とは何か、知る心を見失ってしまうのです。親鸞聖人が、人生の大事業といわれているのは、目先の小目標のことではなく、人生究極のゴールのことです。「成（じょう）」とは？「成」とは、完成する、達成するということです。

だから、人生には、とりあえずこれを目指すという目先の小目標ではなく、これ一つ果たさねばならないという、大事な目的がある。

それは、現在、完成できる。

だから完成しなさいよ！　ということです。

だから、その目的を果たすまで絶対あきらめてはいけない！　自殺してはいけない！

どんなに苦しいことがあっても、この人生の大事業を完成するまで生き抜きなさいよ。

ということです。

以上PC辞典・親鸞.comより

普段て奥深いね！　普段は２度と戻らない…「今」…

だからこそ、その今を大切に生きる！　異常か異常ではないかは関係ない。本人がしっかりとした態度と姿勢を確立しているかだと思う。

人って、自分に忠実に生きていれば他人がどう判断しようと関係ない。読無蔵は基本的には一人が好き。だから全体から「はじき」されている。けど読無蔵は全体を「はじき」している。世間は「はじき」されてることに気が付かない(^^)

自分の人生だもの！　自分が「やりたいようにやる」それでいいんじゃないのかな(^o^)

けど他人に迷惑をかけてまで自分を通すのはいけないよね！…それさえ守ればOKじゃないのかな!!　歩夢にはこれから

良いこと

楽しいこと

嬉しいこと

感激することがいっぱいある。

そしてちょっとだけ

辛いこと

悲しいことがある。

それは咲顔のスパイスだよ！　楽しいことばかりでは楽しいことがつまらないことになっちゃう。

けど悲しいというスパイスが入れば人生は常に楽しくなる！(^o^)(^_^)(*^_^*)(^o^)(^_^)(*^_^*)

そしていつまでも素敵な笑顔のある女性になっていく。だから嫌な事って楽しいことの原点、土台だと思う。だから嫌なことがあったらやったー!!　って嬉しがらなきゃね!!

その為の方法@なんちゃって術@

なんだ馬鹿野郎！　ざけんなよ!!

「な～んちゃって…ウフ!!」て一人笑い!!

馬鹿野郎が

「何か情けないちっちゃなモノ」に感じてくる!!

こんなつまらないことにヤキモキしてたら、自分が馬鹿野郎になっちゃう!!

止ーめた(^_^)ポジティブシンキング！　わぁ～ぃ！わぁ～ぃ!!

私は「馬鹿珍」だってなる。読無蔵お勧めの「な～んちゃって…ウフ!!」術！

やってみてね!!　これからの歩夢の人生が大きく輝くことを信じてます!!

歩夢へ　何もできなくてご免なさい　ただの親父の一人言でした　　　　読無蔵

★世輪（せわ）ちゃんへの激励文

世輪は素直な優しい娘。そんな世輪への激励文！

世輪は自分の生活をどう思う。社会の中で生活するってどういう事だろう。

それはね…「当たり前の事を当たり前にやる」その事だと思う。

けどね……「それができないのが人間。それができたらスーパースター」!!

だから読無蔵にもできない。

けどね……「できないからできるように行動する」そのことは誰にでもできる。それをしないのはいけない事だと思う。

だからね！　凄い事とをしようと思ってもできないモノは

できない。それでいい！　人ってのは「つぶやく事が大切」。よーし！　何とか！　絶対に！　必ず…と思い込みすぎると人間の筋肉は硬直する。硬直すると体が動かなくなる。だからささやく程度が丁度いい。

私は変わる！　私はできる！　私は後悔しない！　成績もOK！

とささやいてみよう。人間の脳は「勘違い脳」。口の中に梅干しがいっぱい！　そう思うと唾液が出てくる。だから

私は変わる！　私はできる！　私は後悔しない！　成績もOK！

と思えばその方向に必ず動き出す。動き出したら乗っていればいい。「できる駅」行きの列車は「私は後悔しない」というエネルギーで「成績もOK」という荷物を運んでくれる。

そして「できる駅」に着いた時、世輪は新しい自分に変わっている。変わるって「ささやき」から始まるんだよ！

「変わりたい」ではなく「変わる」。「～したい」はしない自分がいるという事なんだ。だから「～だ」と断言する。そうすると断言した自分がイメージできる。

イメージ力は言葉の10万倍と言われている。「新しい自分をイメージ」して、来年の一年終了時には「咲顔な世輪」でいようね!!

そういう行動は親も協力してくれるし、読無蔵も協力するからね!!

「YOU」気を持って「CAN」ばろう!!

YOU　CAN　…　君（世輪）ならできる!!

世輪へ　　　　　BY読無蔵

●何をするべきなのか！

1．求人誌「チャンス」chance HP

この国では犯罪者の３人に１人（38.2%）は再び刑務所に戻っているんだって！

何で？

ほんのちょっとした思いもよらないことがきっかけで歯車が狂うことはたくさんあるよね。やり直したいと思った人がやり直せない社会。チャンスの編集長三宅晶子さんは元受刑者や少年院上がりの青少年達を後押しする会社を立ち上げた人なの。

一度の失敗で社会からつまはじきするこの国。人生をやり直そうと思ってもやり直せない環境。罪を償った後、人生をやり直せるような環境って作れないのかな？

ある日ね。自分の生活が一変した時に自分は絶対に犯罪をしないって言い切れるかな？　人間ってそんなに強い人ばかりじゃない。大多数はどうして？　っていう人だと思う。

三宅さんはこう言ってるの。

・罪を犯した人の社会復帰に大きな壁。
・刑務所の作業報酬金平均１ヵ月4340円。そのため、手持ちが数万円で社会に放り出される。
・出所しても家族や知人に頼れず孤立してしまう。
・住居が借りられずホームレスになり仕事に就けない。

だから再犯率って30%を超えてしまうらしいのね。「よし！これからだ」と思ってもやり直せない現状。何かの行動には必ずその裏があるよね。そこを見逃して今映ってるところだけで判断するっていつまでたっても変わらないということだと思うよ。そういう社会が「現実の社会」なんだと思うな。

三宅さんはこうも言っているの。

頑張れって背中を押してくれる人が誰か一人いたら、それが血が繋がっていなくても人生が切り替わるきっかけになる。だからね。そこに寄り添う人がいる。それだけだけど大きく違うんだよと思うな。読無蔵は常にそれを感じている。だから三宅さんが求人誌を創刊しようとした時に気を付けたこと。「社長の顔写真…出来る限り笑ったものを下さい」って言うんだって。

受刑者が思わず頼りたくなる人柄のにじみ出た写真。社長の顔写真によっても応募率が変わるらしいよ。寄り添ってもらえるんだという安心感からかな？

三宅さんの座右の銘は「人生すべてネタ」なんだって。だからこうも言っているの。「人生すべてネタになるように生きればいい」。もし、ネタにならないことをしてしまったとしても、そこから人の役に立つように一生懸命生きて、最後に笑って死ねたらそれでいい。

そのための要素３つ。

１.「覚悟をもって謝る」

魂がくもっていることがあれば、勇気を出して謝ること。

２.「すべてのことに感謝する」

困難や怒りや悲しみに対してさえ、「成長させてくれてありがとうございます」と、感謝すること。

３.「目の前の誰かを喜ばせる」

人を喜ばせると、魂は輝く。仕事でもなんでも、何か頼まれたら、損得一切考えず、「試されてる」と思って全力でやること。

君達の人生をつくるのは、親や生まれ育った環境じゃない。あらゆる場面で今後どういう行動を選択していくか、ただそれだけ。なんだって！

最後にね。三宅さんのこの言葉

人間というのは悲しい時に悲しい顔をするものではない。どんな状況なのかをしっかりと把握すること。笑っていたって悲しい時もある。悲しい表情でも嬉しい時もある（嬉し泣きや感動泣き）のだ。喜怒哀楽ってそんな単純なものではない。ふとしたはずみで壊れてしまう日常がある。

「ここみどう？」

※注(^ε^)「協力雇用主制度」

犯罪・非行の前歴のために定職に就くことが容易でない刑務所出所者等を、その事情を理解した上で雇用し、改善更生に協力する民間の事業主。

2．オストメイトさんって知ってるかな？（モデル　エマ・大辻・ピックルスさん）

様々な病気や事故などにより、お腹に排泄のための『ストーマ（人工肛門・人工膀胱)』を造設した人のことを『オストメイト』さんと言うんだって。ストーマとは腸や尿管をお腹の外に出して作った人工肛門・人工膀胱のことらしいのね。装着したパウチと呼ばれる袋に排泄物を溜めるなどして、日常生活を送っているみたい。

けどね。ちょっと臭い匂いがすると「自分が臭っているのではないか」って思っちゃう。この国の社会は「おしっこ、うんち、おなら」は汚いもの（悪い）という観念が根強いのね。だからからかわれたり排除しようとしたり、それって「生活の全面否定…生きていることの否定」となるんだって。こんなところにもいじめがあるんだよ。

オストメイトさん「排泄物と付き合うの」。恋人じゃないよ。けど生きていくために必要なもの。嫌だと思っても別れられないんだよね。どんなに心が折れてしまう思いをしても！　体の一部だから。国内のオストメイトさんは約21万（大腸がん・子宮内膜症・潰瘍性大腸炎・交通事故）なんだって。その内「温泉や銭湯を利用しない」人は約４割。人目を気にして生きているみたい。

みんなはこのマーク何だか知ってるかな！オストメイトさん対応の多機能トイレの入口・案内誘導プレートだよ。このマークを見かけた時にはね。そのトイレがオストメイトさんに配慮されたトイレなのね。だから使用についての配慮を心掛けることだよね。お願いです。

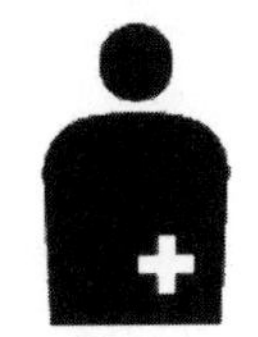

それに公衆浴場への入浴。ストーマ装具を正しく装着していれば、入浴中に外れることはなく、衛生上何ら問題はないんだって。けど、入浴施設側の理解不足や他の入浴客からの誤解と偏見によるクレームにより、オストメイトであることを理由に入浴を拒否される事例が各地で発生しているみたい。

ストーマって何？　ストーマとはギリシャ語で「口」。医学的には、手術で身体に造った腸管や尿管の開口部のこと、ようするに人工肛門・人工膀胱などのことをいうみたい。

ストーマは、病気や事故のため、新たに腹部に造設された排泄口のことなんだって。ストーマには括約筋がないため、ストーマ用装具をお腹に貼って排泄をコントロールするらしいの。

ストーマ装具をつけたまま入浴もできるし、お湯の温度に充分に耐えられる材質・構造なので、入浴中に装具が外れる心配はないんだって。なぜってオストメイトさんは定期的にストーマ装具の交換を行い、適切に装着しているからみたい。

だから、入浴中に排泄があっても、装具に溜まるから問題はないのね。オストメイトさんを見かけたら、何か手伝うことはあるのかな。オストメイトさんはストーマを自己管理しているの。だから、オストメイトさんを特別扱いする必要はまったくないみたいだよ。

なりたくってなったんじゃない。いつ誰がどうなるか分からない。明日、あなたがそうなる可能性だっていっぱいある。それなのに差別されるって「ここみどう？」

＊読無蔵談

オストメイトさんでもないのに勝手なことを言ってごめんなさい。

3．海老原宏美さん（真の共生社会を目指すより）

1歳半で脊髄性筋萎縮症（SMA・spinal muscular atrophy・スパイナル脊髄・マスキュラー筋肉のアチュフィ萎縮症）と診断され3歳までの命と告げられたの。車いすで小学校、中学校、高校と地域の普通校に通い、大学進学を機に一人ぐらし（海老原家の掟・高校卒業後は実家を出ること…24時間介助）をスタート。その後、自力での呼吸が難しくなり人工呼吸器を使って生活してたんだって。

彼女が言うにはね。共生とは誰も排除しない。取り残さないってことで「ここにいてもいいという条件を作らない」ことみたい。お金がかかる。人に迷惑をかける。それは我がままではないかって言われた。

障害者は特別支援学校か特別学級へ行くという世間の決まり（根強い分離教育…健常者は障害者と関わらない）。だから世間には経験不足から「しんどいだろう。可哀そう」が出てくる。時には「汚いからこっちへ来るな」。先入観、偏見だよね。

「息をしているだけでほめられる風潮に違和感がある」と投げ掛け、分離教育は「あなたのため」という「思いやり差別」で本人に選択肢がないと批判したの。弱者の象徴として声を上げれば「高齢者や子ども、皆に優しい街をつくれる」んだって。

そして、頑張れって言っても出来ない子供（喋れない等）に頑張れ頑張れと言い続けるのは「その子の存在の否定」につながりかねない。「出来なくてもいいんだよ」と言える社会が必要だって。凄く考えさせられる言葉だと思わない？

人だから「何か貢献しなければいけない」等の考え方。それは？　例えば「命」。命の価値は平等と言われるけど命に価値はないんだって。価値とは見つけるものらしいよ。

富士山の価値って何？　富士山とはただ土が盛り上がっているもの。それに綺麗とか雄大とかの価値を付けているんだって。けど富士山は勝手に盛り上がっているだけ。よくよく考えるとそれに価値はないらしいよ。行動して「働いているとか貢献している」とかではない。ただいるだけ。

だから、価値とは「見出しているもの、作り出しているもの」なんだって。価値とは有る物ではなく創り出すものらしいよ。

何々（なになに）なんだから（障害者だから・女だから・男だから）とういう条件を作らないことが大切みたい。共生とは学校で習うことじゃない。自分とは違う色んな人との関わりを通して体験し、喧嘩したり、議論したりしながら「まあそういうのもアリか……と思えるようになること」なんだって。

障害者問題って自分とは無関係っていう意識があって「内なる差別」って言うのがあるみたい。「重い障害者は施設入所したり、精神科病院へ入院はやむを得ない」といった見方。健常者は「放っておこう」係わりたくないというのが本音らしいの。

大阪では両親に約16年間監禁された女性が座敷牢（ざしきろう）での凍死事件。報道で取り上げられても議論が深まることはなかったのね。

あのね。最近のデータでは、障害者は963万人（強度の難聴や弱視、発達障害等は除外）。高齢認知症は推定600万人で合計は1560万人（人口の12.4％）を超えてるんだって（障害者白書）。「少数者」で片づけられない問題じゃないのかな。

「障害者には思いやりを」という考え方もあるけど、その反面「重度障害者は生きている意味があるのか」という偏見や差別も根強いみたい。

読無蔵は思うの。「息をしているだけでほめられる」生きていることが不思議ってこと？　人間の「人は人・自分が一番」が根本にある言葉だと思わない？　それに病気に打ち勝って明るく生きるって何なの。明るさって暗いがあるから明るいがあるんだよね。けど周りはその暗さを分からない。人を蹴落として自分が輝こうとする人は自分が経験しなければいけない暗さを人にさせて輝きを得ようとする。それが正しいと思ってる。

そう自分が思うことは正しいってことになるのかな。暗さを押し付けられた人は悲しいのにね。○×思想って人の汚さを顕著にするものじゃないのかな。読無蔵は発達障害児だから。これだって思うと一途（良く言うと）・単純（悪く言うとかな）・同調しなさい（世間体なら）・けどどれにも正解はないと思う。

けどね。言えることは「正しいと思うことほど汚い裏を持つ」ってこと。表裏だもん。だから読無蔵は○×思想が大嫌い。これこそ勝手な意見なのかもね！

上昇志向の人は○×思考の人が多いよね。損得思考とも言うけどね。いくらいいこと言っても損のなることは絶対と言っていい程する気はないかな。

とても悲しいことがあります。ご逝去されたということ。ご冥福をお祈り申し上げます。

4．地上に降りた天使・浪花莉愛（なにわりな）さん

あのね、みんなは浪花莉愛さんって知ってる？　1歳8ヶ月で脳腫瘍（退形成性上衣腫）と診断され手術。後遺症で気管切開。声を失うの。病気は進行し、体の不自由さは増すものの、特別支援学校ではなく希望した地域の小中学校に進学。再発を繰り返すも一生懸命楽しく人生を全うした人。2022

年４月、中学１年生で永眠。医療的ケア児が地域の学校に通う道を開いた先駆者の天使さんなのね。

@浪花莉愛さん父親さん談

福井市における医療的ケア児の進む道を開いていった。ですからそういう使命を持って生まれたのかな。それをちゃんとやり切って中学まで行けました。そういった所では役目を果たして旅だったのかなと思う。

あのね。「ここみどう？」読無蔵には答えられない。大きな意義を持ち過ぎてるから。「当たり前でない環境（偏見かな）で当たり前のことを当たり前にやろうとしてその道を切り開く」って凄いことだと思う。そしてそれを支える人々の絆。

出来ればみんなも莉愛さんと周りの人との絆について考えてみようよ。彼女の残したもの、伝えたかったものは何かをみつけられるよう、模索することの意義はとても大きなものじゃないのかな！

＊紅谷浩之さん（在宅医・莉愛さん担当医）

新しい当たり前を一緒に作りましょう。出来ることを増やす。新しい体験を増やすことが大事。一つしかなければ選択肢は一つだけど色んな事を知れば大きく進歩（悩む）。それが大事。

＊失ったものを数えるな。残されたものを最大限に生かせ（パラリンピックの父・グットマン博士）

＊国枝さん（パラテニス選手）

・ラケットにも刻まれている言葉「俺は最強だ」。

・フェラーさんは記者に「日本人はなぜ４大大会で優勝できない」と聞かれたら「国枝がいるじゃないか」と答えた。

＊ちょっと一言「君のひとみは10000ボルト歌詞・堀内孝雄さん」

「まぶしすぎる朝に　出会った時の　そんな心のときめきを知らぬ間にふりまき　消えていった　季節外れのミストレル君の瞳は10000ボルト　地上に降りた最後の天使」

・地上に降りた天使の莉愛さん「ご冥福をお祈り申し上げます」

●みんなで考えること

1．赤ちゃんへの寄り添い

①中絶って

あのね。10代の妊娠中絶は今や12,000件越え。けど人工妊娠中絶って人工的な手段（手術または薬品）で胎児を殺すことを指すんだよ。ではどういう風に行うの？

＊初期中絶（～妊娠11週目程度まで）

頚管（子宮の入り口）拡張後、掻爬（そうは）術や産婦人科器具「胎盤鉗子（かんし）やキュレット（耳かきが大きくなったような器具）、吸引器など」で胎児をバラバラにして取り除く中絶手術が未だに行われているんだよ。

＊妊娠６週（手足、臓器もできてるよ）

医者が「掻破（そうは）しようとするとね。胎児はどうなるか知ってる？　異常に「心音が高まり」必死に逃げようとするんだって。聞こえるかな。「ママ…ママ」えっ「ママが私を殺すのって！」

＊中期中絶（妊娠12週程度～21週目まで）

胎児は大きくなりつつあるの。だから、そんな胎児は…生まないと中絶できないの。どういうことか知ってる？　多くはプロスタグランジン製剤（膣剤、静脈内点滴）でね、人工的に陣痛を起こさせるの。合法的死産（脳も発達している子供の合法的殺人）。それに妊娠12週以降は死産届をママは提出する必要があるんだよ。

＊「ちょっとこぼれ話・触覚」（HUMANIENCE皮膚より）

胎児期から新生児期にかけては触覚経験（妊娠７週目頃から触れ始める）が脳の発達をけん引するらしいよ。触覚を通じて（子宮の壁に触ったり自分の体に触る等の色んな行動）生きるための準備（生存の可能性を高める）をして、新生児後は観たものや聞いたことを結び付けて脳を発達させてるみたい。そんな懸命な命を葬り去れるかな。「ここみどう？」

＊後期中絶（妊娠22週以降〜）

申し出による中絶は法的に認められていないんだよ。母胎生命維持が困難な時や胎児の生存の見込みが無いと判断された時にだけ認められてる。

けどね。よ〜く・よく聞いてほしいな。中絶方法は、胎児の体を切断した頭蓋骨を粉砕して産道から取り出す等の方法が用いられるんだって。これって完全なバラバラ殺人？

一般的な中絶の主な方法は搔爬（そうは）法というのね。手術方法は特殊なハサミ状の器具（胎盤鋏子…きょうし）を使って、子宮内の胎児や胎盤を搔き出すの。

中絶理由はね、何と経済的なものによる無条件中絶。何と中絶の95％が強姦等の理由（被害者）ではなく親の都合。是非とも（本当に）もう一度考えてほしいな。

＊中絶胎児の処理法

12週未満の大部分の中絶胎児はね。医療廃棄物（感染性廃棄物）として廃棄されるんだって。あのね。もう一度言うよ。廃棄物だよ！

そして12週以上の死胎はね。墓地埋葬法に規定する「死体」として火葬・埋葬すべきことと規定されてるの。悲惨なんだよ。

※注(^ε^)「医療廃棄物（いりょうはいきぶつ）」

医療行為に関係して排出される廃棄物（ゴミ）として扱われる。胎児はただのゴミと化してしまうんだよ！

＊ある中絶ママの手記

妊娠中にお腹を触れなかった。赤ちゃんへの罪悪感。お腹を触ると愛（いと）しさから罪悪感が生まれるから。中絶してからお腹を触る。何も動かない。その後、他の赤ちゃんを見る度に、「生きていれば今はどの位なのかな」と思うと涙が出てくる。

中絶手術って無抵抗な赤ちゃんをある日突然、繰り返すよ！　無抵抗な赤ちゃんをある日突然、ペンチのような器具で粉々に砕くのね。

もう嫌だ！　人工的に、『いないものとする』その行為は痛みも半端なく、得るものは1つもない。

あのね、今の医療ではほとんどの赤ちゃんは「救命処置装置」によって死なずに生きられるんだって。けどね。中絶って、たった1度だけ、産声を上げて生まれた赤ちゃんに対して「ママに抱かれることもなく窒息死」させる行為だよ。

＊初期中絶中期中絶も悲惨で残酷なの。

・顔も知らない人に突然粉々にされたらどうする？

・首を絞められて、呼吸困難から窒息死だよ。どうする??

あるデータではね「人工中絶の約３パーセント強の胎児は、母体から取り出されても生きている」んだって。次の手記・真剣な気持ちで読んでみてね・お願いします。

＊ある助産師さんの手記

21週のベビーを娩出…。そのベビー！　泣いたの！　元気いっぱいに手足を動かして！　お皿には羊水が溜まっていた。医師はそっとベビーの口をふさぎ、顔を羊水に沈めた。数分経つとベビーは動かなくなった……。

＊ある妊婦の手記

出産後、ベビーは大きな声で泣いていた。看護師さんがベビーを連れて行った。医師が注射を打ってからは声が聞こえなくなった。私は人殺し。一度だけの産声でベビーは殺されるのである。

それに法律上の手続き…知ってるかな？　妊娠12週以降の中絶の場合の義務項目

・死産届けの提出

・火葬による埋葬

＊中絶の現状

10代の女性で妊娠した人の約65％は中絶をしているの。中絶者の半数以上がストレスによる症状が発生したり、中絶者の20％は心的外傷後ストレス障害（PTSD）になる女性が多いのね。

それに手術中の大量出血で生命を落とすことだってあるんだって。不妊症になり、二度と子供を生めない体になる可能性もあるよね。

お腹の中のベビーは普通、臓器も手足も形成されているの。

そのベビーを挿入したハサミやカンシで捕まえて殺そうとすると、何とベビーはそれを察知して羊水の中で必死に逃げ回るんだって。何と心音は恐怖で高まるの。その逃げる胎児の足を鉗子（かんし）でつかみ、そして体を裂き、頭はそのままでは摘出できないから砕くの。法では裁かれない逃げる子供を追い詰めて殺す猟奇殺人なんだよ！　妊娠中絶が一番多いのは20 ～ 24歳。年間約20 ～ 30万件の合法的人殺しが行われている。けど、多くのベビーは「闇から闇に葬られる」ことが多いんだって。みんな世間体を気遣って届け出しないみたい！　一説には年間100万人に達しているだろうだって。
※注(^ε^)「Post Traumatic Stress Disorder・心的外傷後ストレス障害」

色々な危険（死）等に直面した後、その体験記憶が自分の意志とは関係なくフラッシュバックや悪夢となり、不安や緊張が高まり現実感がなくなってしまう症状。

こんな社会で人を中傷したりいじめたりできるの？

マザーテレサさんは「中絶は暴力であり、心の貧しさである」と。

だから寄り添える社会が必要ではないかな？　ある人が言ってるよ。

「自分を正当化するために〈中絶する権利〉を振りかざしベビーを殺す側に回らないで！」赤ちゃんが欲しくても生めない人も多い。赤ちゃんは生きるために尊い命を授かるのです。赤ちゃんを中絶しないで下さい。

そうでなければ（しっかりと考えるためのちょっとゆとりタイム）

「月にかわっておしっ〇よ」？　なにぃ……？　やだぁ……！
「月にかわってお仕置きよ」だぁ　英語ではIn the name of the moon, I'll punish you !
「in the name of ～（～の名において、～の名目で）・punish（人、罪を）罰する、こらしめる」
　永遠のセーラームーン（世界的に示した女性の地位向上と自立がテーマ）でした！
　あのね。人間ってめったにない出来事（ユニークor思いもよらないもの）を聞くと「集中力」が高まるみたい。人って普通と違うと「あれ？（印象に残る）」って思うんだって。みんなと同じだと「あぁ～（気にも留めない）」となるらしいよ。だから子供からもセーラームーンからもお仕置きされないように……
「お母さん生んでくれてありがとう」
　と言われるようにね！　読無蔵からのお願いです！
※注(-.-)とても重要で悲しいこと・でも進まなければならないレイプ妊娠！
　レイプは妊娠しやすい？　そうなの。精神的ショックで排卵誘発が起こるみたい。また、生命の危機を感じると子孫を残そうとする本能が働くんだって。対処法はというとアフターピル。性行為から72時間以内に１錠を服用するのね。避妊率は95％、飲むのが早ければ早いほど効果が高く、12時間以内に服用すれば99％以上の確率で避妊できるみたいだよ。
　だから、泣かないで直ぐに産婦人科へ行ってほしいな。そんな気持ちではないかもしれないけど。レイプの場合には無料で診てもらえるみたい。また、産婦人科では「犯人のDNA採取、治療、被害診断書等を作成してくれるんだって。（けどレイプでも相手の同意を求める医療機関もあり「たらい回し」も…これが現実（納得がいかない面もあるということ）！

また、確率は低いけど妊娠することもあるよね。その場合には妊娠22週未満の間に出産or中絶を決めるんだって。中絶費用は公共機関が負担してくれるみたい。出産の場合には養子という方法もあるらしいよ。

だから読無蔵が言うことではないかも知れない。本当に何も分からないのに勝手な意見でごめんなさい。ただ前に進んで根。そして次の根を張ってほしいな。顔晴れだよ！

②人工妊娠中絶経口薬

人工妊娠中絶の経口薬「メフィーゴパック」について、厚生労働省の専門部会は使用することを了承（2023年１月）したんだって。承認されれば、国内では初の経口中絶薬みたい。この中絶薬ってどんなもの？

＊ミフェプリストン

主に妊娠を継続するために必要なプロゲステロンと呼ばれるホルモンを遮断する薬

＊ミソプロストール

主に子宮の入り口を開き、子宮収縮（陣痛）をおこす薬

この２種類を組み合わせて服用する（対象は妊娠９週までの妊婦）ことで、妊娠を継続するホルモンの働きを抑え、子宮内から内容物を排出させるらしいよ。治験では、93.3％の確率で24時間以内の中絶が確認されたみたい

これまでは国内の中絶って、金属器具を使った「掻爬法

（そうはほう）」などが用いられているよね。海外では中絶薬が主流の国（世界82の国や地域）なんだって。

@中絶の現状

・吸引法（管で吸い出す）と掻爬法（子宮に器具を入れて書き出す）で…1日400件

年間約15万件、1日あたり400件近くの中絶が実施。「WHOは、かき出す方法は時代遅れ、吸引法や飲む中絶薬に切り替えるべき」と指摘してるのね。我が国の中絶技術は高く、安全で約15分で終わるので経口薬を必要としてこなかった背景もあるんだって。

けど、この決定は「承認を了承するというところで留まる」なのね。慎重な審議を行う必要性と広く国民からの意見を募集するパブリックコメント（事前に一般から意見を求める制度）を実施。それらの結果を参考に薬食審・薬事分科会での再審議をするみたい。そして正式承認される見通しらしいよ。

＊メリット面

・費用が安価

＊副作用等

・中絶薬失敗率は約８％（人工妊娠中絶手術よりも高確率）
・異所性妊娠の場合は卵管破裂などの可能性
・頭痛、腹痛、腰背痛
・下痢、吐き気
・発熱、悪寒、めまい

＊危険性について

・大量出血を起こす可能性

一般人が堕胎することは、自己堕胎罪と呼ばれる罪にあたり、法律で禁止されてるの。だから自分自身での「中絶薬の使用」は認められていないのね。それに、中絶薬は妊娠初期しか使えず、失敗率も決して低くないのが現状みたい。

「病院に行かなくても中絶できるし、安く、親にバレることなく中絶ができそう」このような理由で、中絶薬の購入をすると反対に大きなリスクを背負い込むかも！

確実に中絶できるっていう保証はないよ。妊娠だと思ったら「婦人科受診」これを心掛けようね。

③セクシュアル・リプロダクティブ・ヘルス／ライツとは？
(Sexual and Reproductive Health and Rights・SRHR・性と生殖に関する健康と権利)

▼SRHRとは基本的人権の一つ。年齢や性別に左右されず、安全な性生活や、自分のセクシュアリティを自己決定でき、また妊娠・中絶・出産に関して十分な知識が得られ、女性自身が「子供を産むかどうか」「何人持つのか」「どの間隔で産むか」「どう産むか（たとえば無痛分娩をするか否か)」などを自由に決めることができる権利と定義。自分の体のことは自分で決める権利。

1994年の国際人口開発会議「ICPD(International Conference on Population and Development)」で初めて提唱され、現在はSDGs「持続可能な開発目標（Sustainable Development Goals：SDGs)」の「目標３：すべての人に健康と福祉を」「目標５：ジェンダー平等を達成しよう」でもリプロダクティブ・ヘルス／ライツに関する目標が含まれているんだって。

＊リプロダクティブ・ヘルス／ライツを巡る様々な課題

・安全に出産できない。
・子供を持たないという決断が尊重されない。
・パートナーが避妊をしてくれない。
・保険で適応される避妊方法が限られている。
・人工中絶を法律上選ぶことができない。
・不妊治療に対する偏見や差別がある。
・児童婚を強いられる。
・女性性器切除（female genital mutilation、FGM）を強いられる。
・性暴力による望まない妊娠。
・生殖に関する教育体制が整っていない。
・生理痛に対する十分な理解がない。

※注(＾ε＾)「FGM」

世界30カ国約２億人女性がFGM経験者というデータもあるの。その内15歳未満の女の子は4,400万人。なんと2030年までに、さらに１億5,000万人の15～19歳の女性がFGM経験者になる見込みらしいよ。FGMは多くの場合「５歳の誕生日を迎える前」に行なわれるみたい。大人の女性になるための通過儀礼とされ、結婚の条件にもなっている地域もあるんだって。人権侵害という観点で世界的懸念問題となってるらしいよ。女の子（ギャル）はどう考えるかな。自分の性器が切り取られるって。男の子も考えてね。自分の彼女の性器が切り取られることを！

特に医療制度が整っていない国や地域では妊産婦死亡が深刻で、WHOによると、世界では毎日810人の妊婦が、治療や予防が可能な妊娠・出産の合併症によって亡くなっているんだって。さらにその３分の２はサハラ以南のアフリカに集中しているみたい。

リプロダクティブ・ヘルス／ライツは、特定の性別や年代に限定されないけど、現状として子供を産む「女性」、知識や経験が乏しい「少女」「若者」、十分な資力がない「貧困層」や知識に乏しい人が弱者になりやすいみたい。女性のとっては妊娠・出産によって、ライフサイクルや身体に男性にはない特有の問題があるらしいの。これらが解決しないのは、各国の文化や慣習も大きく影響しているみたい。

日本では、性に関することを「恥」「はしたない」と考える風潮が強く、話題にしにくい文化的背景があるのね。リプロダクティブ・ヘルス／ライツの正しい理念が基本的人権として尊重されることがみんな（自治体等も含む）に求めることだと思うよ。

▼ちょっと豆知識　JOICFP「ジョイセフの正式名称は（公益財団法人ジョイセフ）」

Japanese Organization for International Cooperation in Family Planningの頭文字・世界の妊産婦と女性の命と健康を守るために活動している日本生まれの国際協力NGO

＊提唱事項

・セクシュアル・ヘルス

自分の「性」について、心身ともに満たされ幸せを感じ、また社会的にも認められていること。

・リプロダクティブ・ヘルス

妊娠したい人、したくない人、産む・産まないに興味も関心もない人、アセクシャル（無性愛、非性愛）の人を問わず、心身ともに満たされ健康であること。
・セクシュアル・ライツ
セクシュアリティ「性」を自分で決められる権利。「愛する人、プライバシー、性的な快楽、性のあり方（男か女かそのどちらでもないか)」を自分で決められる権利。
・リプロダクティブ・ライツ
「産むか産まないか、いつ・何人子供を持つか」を自分で決める権利。妊娠、出産、中絶について十分な情報を得られ、「生殖」におけるすべてのことを自分決定できる権利。
※読無蔵発障訓
中絶って人殺しかも知れない。けど断腸の思いでそれをしなければならない。または「せずにはならない人」も世の中にはいるってこと。それを忘れてはいけないよね。前にも言ったけど「駄目は×。〇ではない」という考え方では、世の中は判断出来ないってこと。
それを考え「△の意見」を尊重出来る人になってほしい。苦しみは人には分からない。
けど黙って寄り添うことはできる。その大切さを持てる人であれ……！　知ったかぶって御免なさいね。
④メンタルクライシス（心の危機）は子供のことが大好きな真面目なパパやママ
産後の「ママうつ」はね。約10％の人に発症し、同じ割合でパパにもあるんだって。パパママ同時リスクは「３〜４％」みたい。色々な機関等の支援サービスで周りが気付いてあげて当事者の行動（きっかけが自分で作れない）の手助けをしてあげる。寄り添うことがとっても必要かな。

あのね。メンタルクライシス経験者（138人）に「あなたの心を追い詰めるものはなんですか？」っていうアンケートを行なったのね。

1．孤独感
2．体の疲れ
3．パートナー
4．家事
5．仕事との両立

統計的にメンタルヘルスケアが必要な妊産婦の数は、全国で年間約４万人（全妊産婦の４％）と推計されるみたい（厚生労働科学研究の研究班）。

けどね。半数はメンタルヘルスケアを受けず周囲から孤立状態。日本産婦人科医会によると「女性にとって妊娠・出産・育児は、ライフサイクルにおけるもっとも複雑なイベント」で特に出産したばかりの女性は、精神障害の発症の脆弱性（ぜいじゃくせい…もろくて弱い）を持ちやすいみたい。

メンタルヘルスの問題は、育児不安、育児ノイローゼ等につながり、乳幼児期の体験は脳の発達にも影響を与えるらしいよ（NHK・すくすく子育て）。

だからね。大切なことは自分は一人だってことを自覚する。
「普通（世間）は一人じゃないよ。仲間がいるよって言う…そんなの傷のなめ合いだと思うな。」

そして、どうしたらいいかを考えるのね。すると周りにもいる他の「たった一人」の人が見えてくると思うよ。傷の舐め合いではない傷の元を断つ何かが見えてくるんじゃないのかな。それが本当の強さなんじゃないかと思うよ。

▼ちょっと「Hey listen! guess what? ヘイ　リッスン　ゲスワット」…子育てワンポイントアドバイス

・抱っこする時の抱っこ紐のバックルは首ではなく背中にしてちょっと狭めする。

・お尻に手を回す手の平を上ではなく下にする。

ちょっとした工夫みたいだけど、少しは「おんぶ人」が楽になったら嬉しいな！

⑤出産と産後の数時間のマジックアワー

マジックアワーとブレストクロール（乳房を目指して這う動き）！

あのね。生まれてから60分間（マジックアワー）が、その子の「今後の育児に関する大きな要素」だってこと、知ってる？　子供との最初で一度しかない感動の共有。

生まれたばかりの新生児も這うことができるんだよ！　次に這うことができるのは、半年後なんだって！

新生児はね。乳首に届くように母親のお腹の上に寝かせると、乳首に吸いつくために、腕と脚を使いながら母親の身体をはいはいして進む本能を持っているの。乳は飲まないかもしれないけど、その機会を与えることが大切だと思うな。

飲まない（赤ちゃんが乳首をくわえられない）場合は、看護師さん等にポジショニングをサポートしてもらい、半分リクライニングの状態で新生児にまかせた状態でくっつく授乳姿勢を取るんだって。

なぜ這い上がるかというと、理由は乳輪（乳首周りの暗い色の皮膚）にあるモントゴメリー腺（乳輪や乳頭を保護するために皮脂を分泌する役割）から分泌される皮脂の匂いに新生児が引きつけられるからだって！　生まれてすぐ、母乳が飲めるように新生児はすごい本能を備え持っているんだよ！人間も動物なのね！

新生児がこの最初の60分間に乳首に吸いつくと、母親の身体の中で連鎖反応が起こり、新生児への授乳を開始し、新生児を守り始めるの。授乳を始めるためのグッドタイミング。

女性って妊娠すると妊娠ホルモンのプロゲステロンが母乳を作るプロラクチンホルモンの働きを阻止するの。出産後の後産（胎盤排出）でプロゲステロンの分泌は少なくなっていくんだけど、これが出産の当日に「たくさんの母乳がすぐに出ない」要因なの。このプロゲステロンの低下には数日が必要なんだって！

だからね。母乳の分泌を開始するためには、産後すぐ新生児に乳首をくわえてもらって、リズムカルに吸ってもらい、乳房の細胞にGOサインを出すことが必要なの。

あとね！　カンガルーケア（母親の胸の上で裸で皮膚と皮膚を触れ合わせる）がオキシトシンの分泌を促すみたい。オキシトシンって母乳の分泌の開始を助けて、初乳を新生児に与えられるように働くのね。産後の最初の１時間…母親と新生児のオキシトシンレベルはものすごく高くって、けど、すぐに低下してしまうらしいの。

オキシトシンは母乳分泌だけでなく、授乳のための脳刺激を起こさせ、肌と肌の触れあいが母親と新生児を穏やかな気持ちにさせて、新生児をあまり泣かせず母親の痛みも軽減する働きを持ってるみたい。

それって！　コルチゾールのレベル（ストレスレベル）を

下げ、これからの長い寄り添いの原点を作ることになるんだって!!

この特別な最初の授乳が終わったら、体重測定をして服を着せて、リラックスして抱き寄せ、赤ちゃんとのスキンシップタイム。これにより更に「親愛ホルモン」であるオキシトシンが母親と新生児から分泌される。「オキシトシンって通常下垂体から分泌・けど皮膚自体でも作られているらしいの。だから肌と肌（裸の触れ合い）が一番かな」これは初乳を出すのに不可欠なものなのね。

また、母乳を飲むことで、母親の産後の回復を新生児が手伝っているんだよ。

なぜってオキシトシンが子宮を収縮させるためで、産後の１時間、このホルモンは自然と胎盤を押し出して出血量を減らすらしいの。

帝王切開の出産でも最初の１時間は新生児に乳首を吸いつかせて、授乳しスキンシップ（肌と肌の触れ合い）をしてほしいな！　重要事項だよ!!

新生児を抱けない場合は誰かが代わりに肌と肌を触れ合わせる…これで、母親の準備ができるまで、新生児は「安全・愛情・ぬくもり」を感じることができるみたい。

また、新生児が直接母乳を飲めない場合は、できるようになるまで、早いうちに頻繁にさく乳を始めると良いと言われてるの。「早い授乳は、母親と新生児との親密な関係を得ることができる」と言われるけど絶対というものではないらしいのね。大切なことは授乳のための母乳を出す準備だって。

初めは母乳が出るように、さく乳したり、さく乳器を使ったりして、初乳を集め、その後新生児に与える準備をする。母乳は新生児の健康がすぐれない場合大きなメリットがあり、とても重要なんだって。

新生児をきれいに洗って母親の横に寝かせる。それも大事かもしれないけど「ブレストクロール」は行われない。大きな自立の最初の行動を阻止してしまうのはとても悲しいことだと思うの。

お願いリッヒー(聞いて聞いて知る) ＝「リッスン（聞く)・ヒヤー（聞いて知る)」

GALや妊婦さん！　出産後の最初の１時間（マジックアワー)。この大切さを忘れないでほしいな！　読無蔵からのお願い「リッヒー」だよ！　男性諸君の協力もね！

２．幼児への寄り添い

①クーイング・喃語（なんご)・言語獲得の第一歩

生後間もない赤ちゃんは、泣くことで「気持ちわるい！」「お腹すいた！」等のコミュニケーションを取ろうとするのね。けど、この段階では不快な事を知らせているだけで「おしめを変えて」等のやってほしいことを知らせようとはしていないらしいの。

それでも、泣けば「気持ちよくしてくれる」「お腹いっぱいにしてくれる」と言うことを知っていく大切な機会みたい。

そして徐々に「クーイング」を始めるんだって。ねぇ・聞いてって！「アーアー、クー、アーウ」まだ言葉は話せないけど、だんだんこんな声が出せるようになってきたんだよって。自己主張を始めるらしいのね。舌を使わない独自の発声方法なんだって。

クーイングって口喉（のど）など「声を出すのに必要な器官」が発達してきた証拠みたい。泣き声とは違って「意志疎通をしようとする声」ではないけど「赤ちゃんの機嫌が良くてくつろいでいる時」に出る声みたいだよ。

クーイングっていうのは「まだ話せない赤ちゃんだけの発声法」。徐々にあやされると「笑ったり、手足をバタバタ」したりするらしいの。

赤ちゃん自身から身近な大人に笑いかけたりとするようになる一つのアプローチと捉えて「赤ちゃんの声をまねする」や「ごきげんだね」と優しく返事するコミュニケーションを取ることがオキシトシン（親愛ホルモン）分泌にもつながっていくのかな。

その後（首も座り自分の体を支える力がついてくる４～６ヵ月以降）、赤ちゃんが「ププー」「アーウ」など二つ以上の音を舌を使って声を発っし出すのね。これを「喃語（なんご）」と言うんだって。これが「コミュニケーションの始まり」みたい。この時から赤ちゃんと楽しくやり取りをし始めることが大切かな。赤ちゃんが楽しいという感情をしっかりと身につけていけるようになるからなんだって。

赤ちゃんはね。こうして母親からかけられた言葉を繰り返そうとする。声マネ能力っていうらしいけど「母親アウアウ・赤ちゃんアウアウ」が言語発達の基本らしいよ。

＊コミュニケーションの発展性（言語から身体活動へ）

・「ピンポンルール」

会話において互いに話す時間を約４～６割で話すと会話が弾むんだって。「自分対相手＝４：６・自分対相手＝５：

5」みたいに。だから、話す時間が6割を超えると相手は「何で自分ばっかり」と思ちゃう。けど4割を下回ると「興味ないの」になっちゃうみたいだよ。だからだいたい「4～6割」の枠に話の度合いを調整すると話が弾むんだって。

会話の中で「バランス悪いかな？」って思う人「双方向のキャッチボール」であることを念頭にどの位のスピードで投げたらいいかを調整して「ピンポンルール」を取り入れてみてね……(^O^)そうすれば咲顔だよ！

・あのね。宮田 紘平（東京大学）さんによると、体を動かして人と同じ動きをするのが「ダンス」なんだって。そして周りの人と同じような声を出すコミュニケーションが「言葉」らしいの。だから、ダンスと言葉は互いに影響し合いながら共に進化してきたみたい。ミラーニューロン（物まねニューロン）…人の動きを自分の動きに変換するシステム。これはコミュニケーション能力のポイントなのかも知れないね。

・ダンスコミュニケーション（コンドルズ・近藤良平さん・マイネ王より）

体を使ったコミュニケーションの基本は「相手を信じて触れ合う」ことだって。ダンスを通じて「心と体」を緩（ゆる）ませようとするのね。私達の体は普通、常に緊張しているみたい。だから「緩める」らしいよ。

小さい時はボディタッチに違和感はないみたい（幼児って男女関係なく無邪気に遊んでる）。思春期になると自我と恥じらいからタッチコミュニケーションって減ってくらしいよ。そうすると「心を開いて人と触れ合う」ことに抵抗を感じるようになっちゃうんだって。握手もハグもする機会ってほとんど無いみたい。だから「人を信じること」。その信頼関係が大事みたい。

＊実践１

①握手して１人が自分の方に思いっ切り引っ張る。次に引っ張ったり押したりする。

②手の平を互いに合わせ、１人が動かしもう１人は手を合わせたままそれに付いていく。

③目隠しをしたパートナーの手を引いて、もう１人が建物の中を連れて歩き回る。

これらはペアになった相手を信頼して、自分の身を預けないと成立しない動きみたい。

１人ではなく必ず２人以上のチームで体を動かしてチームメイトを常に意識するようにする。一人一人がチームメイトに対する責任を感じるようになるんだって。

留意点

・声を出さない。

・体に触れて意思疎通をする。

体を動かしながら「人を信頼する」ことを身をもって体験することで、心と体の緊張がほぐれてく。握手って自分が手を差し出して、相手も同じように返す。嫌ならしない。そして目を閉じる。これでもう完璧！

＊実践２

①パートナーのゆっくりしたチョップを、全身を使って避ける。

②深いチョップが来た。避けた体は想像以上に反った。「そ

の動きはもう踊っているようなもの」だって。

＊実践３

①全身を使って「波」を作り、パートナーと波のやりとりをする。

②パートナーが作った「波」をつないだ両手を通して受け取り、その動きに応じて自分も同じような波を作る。パートナーの動きをきちんと把握することがポイント。指→手→腕→肩→胴体とスムーズに動かさないと「波」に見えないので想像以上に難しいみたい。

体を動かしたりすることって基本に楽しさがあるんだって。通常偉いと言われる人でも分け隔てなくチームを組むと参加者同士が仲良くなることもあるらしいの。観えない部分が観えて来るかもしれないね。相手を信頼することの素晴らしさを実感すればチームワークは良くなっていくよね。ほんの少しの実践が大きな成果（コミュニケーション）を生むってことかな。

＊ちょっと零れ話⑴「人の空間認識」

眼を瞑って片足で立つのね。ふらついたりするよね。けど、人差し指で被検者の体に触れてごらん。ふらつきがぴたりと止まるのね。これは触られた手に神経が集中したり、安心感を持ったりするためらしいよ。

ちょっとの行動で物事は大きく変わるの。駄目だと言う前に行動することだと思うな！

＊ちょっと零れ話⑵「リズム感って何？」

リズム感の違いって何が違うの？（東京大学宮田紘平さん）

・予測能力

リズムって「次に来るもの」が予測できないと、体も音に対して準備出来ないらしいの。

音に対してどれだけ正確に予測できるのか。音がいつ来るのかを予測しないと運動の準備ができないんだって。だから、音楽の拍に合わせて常に運動を準備することが「予測」になるみたい。だから「反射神経とリズム感」って別者らしいのね。

・リズム

ずっと予定調和だと変化がなく面白くないのね。そこであえて微妙な外し方をするのがリズム感らしいの。そのセンスは後天的に獲得された言語なんだって。小さい頃から触れるリズムは言葉として捉えられるみたいだけど、言葉は一定の音がずっと流れているわけではないのね。

強拍や微弱があり一定のリズムがあるみたい。それに触れるからこそ音楽を聴いた時に「この音楽はこういうリズム」と経験的なもので同じリズムでも感じ方が違うだって。人によっては「トントントン」を「ズッタズッタズッタ」と感じるってことかな。

＊言葉において

・英語はストレスアクセントと言って強弱アクセント。

・日本語は高低のアクセント。

だからアクセントの違いはあまり治らないみたい。それを克服すると流暢な外国語がしゃべれるようになるらしいよ。そしてダンスにおける「フリーダンス」。これは自分の心の動きの表現であって集団ダンスとは違うんだって。自己表現力かな？

協調性と規範性をもとにダンスって考えられていたんだけど「それを否定して良い」という自由さが新しいダンスを生むらしいよ。だから言語もダンスもちょっと外れた所（どういう意味かはみんなの感じ方次第）に新しい発見があるっていうことだと思うよ。

当たり前のことを当たり前にすることも大切だけど、そこから「当たり」の「前」のことをすることが「新しい発想の原点」なのかも知れないよ。「ここみどう？」

※注(^ε^)「当たり」の「前」

「当たりだと喜ぶ」その「前」の事前行動の変化

②言葉の発達段階って？

・１歳：主語

・２歳：主語、述語

・３歳：主語、述語、修飾語

・４歳：主語、述語、修飾語、接続語

・５歳：主語、述語、修飾語、接続語、独立語

と「言葉の種類」で文章構成における「発達段階の目安」としてみたらどうかな。

@主語

文の中で「何が・誰が」にあたる文節だって。名詞に「は」「が」「も」などの助詞とセットになっている場合が多いみたい。日本語ではね、「主役が述語で脇役が主語」らしいの。

@述語

述語とは、文の中で、（どうする・どんなだ・何だ・ある・いる・ない）に当たる文節だって。述語は、文末にある

ことが多く、主語を説明してるらしいよ。

@修飾語

修飾語とは、「他の文節を詳しく説明する文節」みたい。文は、「主語」と「述語」だけでも成り立つけどただの伝達になってしまうのね。そこで、主語や述語をさらに詳しく説明するために「修飾語」の出番となるんだって。「状況や様子・程度などを表す場合」具体的には「いつ」「どこで」「何で」「何を」「どんな」「どんなに」「どのくらい」などを説明する場合に使うのね。

@接続語

前後の文や文節をつなぐ働きをする文節のことらしい。

@独立語

他の文節とは直接関係がない文節のこと。「呼びかけ」「感動」「応答」「提示」などを表す文節のことを言うみたい。

・(呼びかけ)　ねえ、どうかして。

・(感動)　ああ、なんて凄いの。

・(応答)　はい、私が読無蔵です。

・(提示)　読無蔵、それは日本一アホな人です。

ほぼ100%、文頭に置かれて読点（、）が打ってあるので、独立語だとすぐに解りやすよね。

③もう一度ってどういうこと？

素敵なことじゃないのかな。例えば人が逢えなくなれば「もう二度と」になってしまうよね。もう一度って再生しようってことだもの。だからもう一度がもう二度とにならないことが大切だと思うな。失敗してもチャレンジできる機会があるってことがみんなの輪を作っていくのかな。そしたら後悔はないよね。

けど、今の世の中はもう一度と思っていてもその機会を抹殺してしまってるよね。中傷とかでもう二度とにしてしまってるよね。悲しいな。だから寄り添うことが大切だぁ……

④出来ないことを考えるのではなくできることを考えること

@ローレン・アイズリーの「星投げびと」

海岸を散歩していると、少年がヒトデを海に投げていた。何をしているのかと尋ねると、少年は「海に戻してやらないと、ヒトデが死んでしまう」と答えた。

私はそんなことをしても、海岸中がヒトデだらけなんだから、すべてのヒトデを助けられないし、意味がないだろうと言うと…少年は少し考え、またヒトデを海に投げた。そして私にこう言ったのだ。「でも今投げたヒトデにとっては意味があるでしょ」と。

子供って学ぶことに対して純粋な好奇心を持っている。コーチはその学びの喜びを生徒から学ぶべきじゃないのかな。

@読無蔵の干し無げびと

干し…故意に仕事や役割を与えないでほうっておく。また、無視する。

無げ…心からではない、口先ばかりの言葉。

海岸を散歩していると、少年が人手を膿（うみ…死んだ細菌などを含む不透明な粘液）から拾ってた。何をしているのかと尋ねると、少年は「膿から戻してやらないと、人手が死んでしまう」と答えた。

私はそんなことをしても、世の中が人手不足だらけなんだから、すべての人に人手を必要とは出来ないし、意味がないだろうと言うと、少年は少し考え、また人手を朧から拾った。そして私にこう言ったのだ。「でも今拾った人手にとっては意味があるでしょ」と。

大人って人に対して邪悪な悪戯な心を持っている。子供はその邪悪さを大人から学んでしまっているんじゃないのかな。「干し無げビト」って今の社会にいっぱいいる人かな。人との関わりは持たない。会社で「良し！　飲みにケーション」って言ったら「急に言われても」で終わり。その代わり口だけは利く。口達者なのね。いざとなれば関わりを持とうとせずにその場からいなくなる。自分が大切だから。「自分が」って大事なことだよね。けど「自分だけが」ってなるとちょっと違うんじゃないのかな。「ここみどう？」

朧から拾えば新鮮さは保てる。汚い社会に入れておけば汚く直ぐ染まってしまう。汚い社会とは教育の社会…色々学ぶ場所（学校等）じゃないのかな。人手とは新鮮な気持ちを持つ働き手…労働力だ。変わろう！「きょういく&がっこう!!」

●支援って何？（未開地における仲間造り）

1．グラスルーツとは（電気も水道もない…観せること）

グラスルーツって何だろうろう。隠れて見えない草の根元。そう未開の地のことなんじゃないのかな。

電気も水道もない未開の地。読無蔵はある団体の要請により、そんな未開の地でさっかー教室を行っていたのね。

学校は２部制。学校数が少ないために午前の部と午後の部に分かれて生徒が登校してくるの。授業時間は午前の部が早ければ朝の７時～11時まで。１時間の休息を経て、午後の部が12時～16時。なぜこんなに朝が早いのか知ってる？

何せ、学校の敷地内に朝食の屋台が出ているの。一食の値段は100～150円位。登校に数時間かかる生徒もいるのね。それでも学校に来るの。それが当たり前だと何の不思議でもないのかな。

みんなは想像できるかな！　朝早いのは電気がないため。要するに明るい時間帯にしか学校は開校できないの。それに子供は農家の重要な働き手。学校に来られない子供もいる状態の中で、学校に来るということは大きな喜びと楽しみなのね。

みんなの中には学校なんてなんだと思っている人もいるだろうと思う。けど、学校に来ることを「楽しみの一つ」としてみてはどうだろうか。

新しい世界が見えてくるかもしれないよね……(^_^)

そんな場所でのさっかー指導。果たして指導するってことが良いことなのだろうか。そんなところでの指導って勝手な自己満足じゃないかと思うよ。教えるのではなく共に学ぶことかな。それもまずはさっかーというものが何かを見せることだよね。だって電気も水道もなく、新聞も週刊誌も何もない。さっかーを観たことがないの。

読無蔵は考えていた。まずしなければならないのはビデオ機器を持ち込んで、子供達にサッカーのゲームを観せること。「さっかーって何か」を共有することが共に学ぶという原点ではないかと感じているのね。

偉い人（慈善事業家）の「この子のためにとか、何とかしてやろう」とか言うのは上から目線から出る言葉ってことをこの人達は知らないんじゃないかと思うよ。お金だけ出せば慈善事業をしていると思っている人が多いのかな。寄り添うとは助けようではなく「共に」ということが前提で何かを得るということだと思うな。そうでない人御免なさい。
※注（^ε^）「同情とは人を見下す行為（上から目線）」
「同情するなら金をくれ！」は平成6年（1994年）、日本テレビ系で放送されたドラマ「家なき子・安達祐実さん」で有名になったセリフである。
＊後進国でのスポーツ指導とは
「研究＋発想の転換」が必要だよね。そして「DO・自分が情報の発信源（信玄）」となること。「人は石垣人は城」だよね。だからさっかーを広めようでは駄目なの。
・スポーツを広めようという観点
　だから「さっかー×教育」ではなく「作家ー×社会性」etcなんだと思う。
　まずは物事において「知ってもらう」こと。知らないってことは始まらないってことだと思うな。だから支援しようではないのね。仲間になろうが必要かな。「構ってちゃん」になるってことだと思うな。
「行って体験する」と「持って帰ってきて体験する」とでは大違いなんだって。「行って感じること」と「持って帰ってきたものを感じる」とでは大きな違いってことだよね。
　例えばフルーツ。産地で大地を感じて食べた味と同じフルーツでも家に持って帰ってきて食べた味では段違い平行棒（親父だぁ）に違うと思うな。
　けど「まねっこ」では駄目だよね。独自の文化を確立するってことじゃないのかな。

2．レフリー業務

ある高校でのさっかー教室。その高校の女子チームが隣の町の高校の女子チームと練習試合を行うとのこと。これは面白い。読無蔵、胸ワクワクで開始を待っていたの。

ふと審判を観るとウォームアップをしている。おっ、凄いな！　こんな未開地の田舎の女子チームの試合で「きちんと準備」しているなんて！　しかし、不思議なことに「ちょっと大きめな石」を拾い集めているのではないか！　ポケット一杯に！　変な審判だな？　読無蔵は感じたの！

さて練習試合が始まった。何と観客は生徒や近所の人を含めて200 ～ 300人もいる。

一大イベントなの。娯楽というものがなかなかないこの地域では、このような試合も大きなイベントとなるのね。試合開始から数分が経過した。

何せ会場はグランドという草原、野っ原なの。だから羊の群れが試合のピッチを横切り始めたの。わぁ～！　これは試合中断だと思った瞬間！　そこには驚きの光景が!!

主審が先ほど拾い集めていた石ころを羊の群れに対して、勢いよく投げ始めたの。先頭の羊が驚いて逃げ始めると、それに続いて羊の群れが、ピッチから立ち去り始めたのである。驚くべきスーパー審判技術。

何と、拾い集めていた石ころは「危険回避」のための審判道具だったのね。そして「的当てというスローイン技術」。ここの審判には必須要素ってこと。凄いよね！　にほんの審判さん。臨機応変な審判をしてね。

3．何が必要か！(ボールは作る物…ゴミは捨てるほどある)

読無蔵。発展途上国での活動。電気も水道もない地区。

・何が一番足りないの。……それはお金。

・何が一番あるものなの。…それはゴミ。

お金がないからボールは買えない。だからボールを持参して支援する。それはとても大切なことだけど、だったらボールがパンクしたらどうするの？　サッカーはできないのかな？　ここでどうする（ここみどう？)。

ごみは何せ捨てるほどあるんだよ。だからゴミでボールを作る。硬いモノを芯にして、それにゴミをまいていく。そして、最後にガムテープで巻いていくの。結構このボール。蹴っても蹴ってもパンクはしない。当たり前かぁ…！

けどボールの材料は捨てるほどあるからガムテープさえあればいくらでも再生できる。

支援って何。援助じゃないんだと思う。一緒に楽しむこと。一緒に活動すること。

だから読無蔵は国立体育専門学校の学生（大学に体育学部がないため体育指導者を育成してる公的機関）と一緒にボールを作ったの。そしてそのボールでゲームをするのね。この学生たちは国内の色んなところから寄宿生として来ている(貧困地域からの学生が多い）から。

故郷にボールがなくたって「スポーツの楽しさを広める」ことがとても重要だってこと。それをみんなで共有してほしい。もっと原点を見つめ直してほしいなって思うよ。

この生徒たちが卒業してゴミボールでスポーツの楽しさと作家一の底辺拡大をしてくれる。何年後にはその成果がきっと現れてくると思う。ドキドキワクワクだよね。

何か凄いことをやって、そしてグラスルーツって言ってる人がいるけど、それって「自己満足」じゃないのかな。エリート的教育と普及は別物だと思うよ。本当のグラスルーツっていうのは「こういうこと…ゴミボールの普及」じゃないのかな。

勝手な意見ですので、多大な支援をしている関係諸機関の方々にはお詫び申し上げます。

4．支援は仲間作り…支円なの（援助ではないぞ）

「さっかーを教えるのではない…スポーツの楽しさを一緒に学ぶのだ」

あのね。スポーツ支援事業って教えるってことじゃないんだ。…スポーツの楽しさを一緒に学ぶことなの。物資での支援。資金での支援。それも凄く大切かも知れない。けど物資やお金はやがてはなくなるものなの。なくなればほしくなる。知らなかった贅沢。それを知れば幸せなのかな。今手に入れることが出来るもの（何でもいいの）を得られる幸せ。それをまず共有することが大切じゃないのかな。支（支える）円（和）だよ。

5．隅っこの主役（盲目の少年）

ある小学校でのさっかー教室。一人の少年に出会う。両手で何かを探ろうとしている。みんなと違う行動が多い。何と盲目なのね。しかし、興味は旺盛。いろんなものに触ろうとする。ボールにもゴールにもビブスにも。そしてニコっと笑うのである。その子を周りも邪魔者扱いしない。みんなが主役なの。「純真さ」って文明人が忘れてきてしまっているものじゃないのかな。

今の文明社会。自分が一番。そのためには人はどうでもいい。嫌な世の中だよね。それを周りは黙認している。自分には関係ないのである。「みんなが主役」そんな社会が訪れることを読無蔵は願っている。みんなはそのために「何をしなければをいけないか」を模索してほしいな(^o^)咲顔でね！

6．保育園での30分間（動かない子が2年後には動く）

さて、そんな地域の保育園でのさっかー教室。相手は保育園年中組。読無蔵！　よ～し！　みんなと一緒に遊ぶぞ！ゴールと人数分のボールを持っていざ出陣!!

5分経つ！10分経つ！15分経つ！20分経つ！25分経つ！30分経つ！

よ～し！　終わりだぁ…？　時間は30分経ったのだが園児たちは何をした…？

園児達はただ30分間立っていただけなの。言葉は通じない。テレビもラジオも週刊誌も何もない。そのため、さっかーという言葉すら知らない。園児達は何をしていいのかが分からなかったのね。生じっか「さっかーを通じて一緒に遊ぼう」なんて意気込んだ読無蔵。世間知らずの「空気　読無蔵」…「KY」大発揮なの。

如何、自分勝手な思い込みをしたのか…読無蔵は初体験。自分の未熟さを痛感させられたのである。

それから2年後。保育園と小学校が一緒になっている学校の敷地に到着。目の前には2年前に立ちんぼしてた子供達がいる。けど、ボールを追ってキャキャ騒いでいる子供達がいる。学校に到着した時…何と…わぁ～ぃ！　と飛び出てきたのが２年前の立ちんぼ軍団。グラスルーツってこういうことなんだと実感。

読無蔵…その夜、ただ感激！　一人で泣いたのである。涙がちょちょ切れる「なみちょぎ」だぁ！

7．血だらけの少女（1年後には飛び出してくる）

みんなは知っているだろうか。発展途上国の学校には体育の授業がないということを。なぜって？　午前と午後の２部制授業。登校しても１日４時間の授業。そんなに少ないの？

そう！　授業時間が限られているのね。主要教科以外の時間はないの。だから、身体を動かす「さっかー教室」はみんなの楽しみの１つなんだって。

そんな小学校にさっかー教室を開催しに行ったの。グランドという名ばかりの草むら＆ゴミ捨て場。まず行うのは空き地のゴミ拾い。石ころやガラスの破片等を目を皿のようにして拾うことなの。それが最大のオーガナイズ（準備）なのね。

よ～し！　これでOK！　さてさっかー教室が始まった。数分後１人の女の子が大粒の涙をこぼして泣き出したのである。慌てて行ってみると辺りは真っ赤。足の裏からの大量出血。

ガラスの破片で足の裏を切ってしまったのね。なぜそんなに簡単に怪我するの？

それは何と、サッカーを行う時は裸足（普段の生活も裸足で靴の習慣があまりない）なの。先生が靴（殆どがビーチサンダル）を脱いで集合というのである。

裸足は痛くないのかな…それが勝手な思い込みなのね。殆ど靴を履くという習慣がないから靴はかえって痛いみたい。

読無蔵は思った。この娘は多分もうさっかーは嫌いになっちゃうのだろうなと！

次の年、また同じ小学校でのさっかー教室。わぁ〜ぃ！と教室を飛び出てきた中に昨年の「血だらけっ娘」。読無蔵…その夜、ただ感激！　また一人で泣いたのである。

8．パンクボール

貧民街の子供たちはパンクしたボールを蹴っていたの。ボールってパンクする？　そうボールってパンクするの。パンクしたボールの補充は？　出来ない…だってそんな余裕はない……勘違いしてたの。間違っていた。ボールを寄付した。いいことをした。上から目線。彼らの目線ではないのね。ボールを寄付していい気になっていた自分がいた。いつでも手に入るボール。それが本当は必要なのね。

貧民街って何があると思う？　辺りを見回せば…そうゴミの山。なんと「ごみは捨てるほどある……」ウフ！

そう！　ゴミボールの作り方（前出）だ。ガムテープさえあればいつでも作れる。高価なボールをみんなに持っていくことも大切。けど本当の支援ってこれだってことにやっと気づいた（読無蔵が作ったんでは意味がない。貧民街の子供たちが自分で作ることだよ）。

まずは固いゴミを芯にする。そして柔らかいゴミを周りに巻いていく。その上からガムテープでまた巻いていく。ちょうどいい大きさになったらさらに強く巻いて形を整える。

ゴミボールの完成。

ゴミボールの利点は転がり過ぎないこと。これって重要なんだよ。狭い範囲でもゲームができるってこと。高価なボールは転がっちゃう。良く転がるボールはサッカーコートでゲームをするためのボール。そんなの貧民街にはない。狭い路地なんだ。そこでは適度に転がらないゴミボール最高!!

9．何が当たり前

昔はね。夜は暗いのが当たり前だったの。今はね。夜でも明るいのが当たり前なの。

先進国の殆どの人は暗いと生活できない。なぜなの？

発展途上国を考えてみようよ。暗いのが当たり前なんだよ。世の中は不公平で充ちているのね。食べたくても食べられない。生きようとしても生死をさまようような生活しかできない。

＊ある国の事情

３か月で狩漁の給料20万リエ（約６千円)。

１日獲ったら獲った分だけ売って使っちゃう（魚は取っておけない…腐ってしまう・冷蔵庫なんてないから）だから貯金はない。

子供の小学校退学なんてザラ・だいいち学校行ってない子供が多い。それに湖上生活者は雨季においては学校がない…学校は乾季のみ。６年間学校に行くのは稀なのね。けど、貧しくても「のどかで明るい家庭」がある。あのね。いじめ等は裕福から出てくる産物なんだと思うな。

だから、家庭環境に恵まれている子供にどれだけのポテンシャル（潜在能力や可能性、将来性）があるか。100点満点で90点の子供には10点の余裕しかない。けど貧民街の子供・10点しかない子供には90点の伸び率があるよね。本当のポテンシャルは「恵まれた世界の大人」が自己判断で「勝手に恵まれないと見込んでいる子供達」の方にいっぱいあるんじゃないのかな。それを理解して一緒に学ぶ大人が増えれば世界は変わっていくのにね

●武田家の人々

（Xジェンダー＆いじめ＆戦国ギャル命）

1．武田信玄さん

①武田二十四将図と徳川十六神将図

この違い知ってるかな、すぐ気が付く人って普段からの行動がそういう人だよ。答えは…「徳川十六神将図」には16人の将が描かれてるのね。武田信玄さんの「武田二十四将図」は数えると23将しかいないのね。自分も24将の一人として描かれているの。トップダウン（縦伝達命令列）だけでなく、時には家臣と対等（横同等列）の立場を取ることって良きリーダーの姿だよね。

②聞くということ

信玄さんは家臣達を集めてお話したの。何よりも大事なのは「武功・忠孝の者」から話を聞くこと。一日に一つ聞けば一月で三十・一年で三百六十も聞いたことになる。去年の自分よりはるかに優れた人となるんだって。

※注(^ε^)「戦国時代は太陰太陽暦」

基本は1ヵ月約30日。毎年約11日ずれていくことから、太陰太陽暦ではおよそ3年に1回、閏月（うるうづき）という1ヵ月を入れて1年を365日としていた。

③悲惨な戦法

「戦わずして勝つ」が信玄さんのモットー。だからそのために心理作戦を多く用いたのね。

・城攻めでは敵の城外に将兵の首を並べ士気を削ぐ戦法。
・敵の女性や子どもを下男や下女に落とす。

勝つための心理作戦として「凄惨なこと」も案外行なっていた武将なんだって。何故なら恐怖感を抱かせ、戦わずして勝つ（自軍の戦力を削がないようにする）ための布石だったと言われているのね。

※注（^ε^）「ちょっとこぼれ話・もぐら攻め」

何と、トンネルを掘って城を壊す戦法。信玄さん、鉱山開発にも力を入れていた（経済力強化）の。そこで金堀衆の優れた技術を「城攻めに活用」したのね。

徳川家康さんの野田城（愛知県）を攻めた時、本丸・二ノ丸間の塀を崩して連絡を絶ち、本丸の井戸に向かってトンネルを掘り、井戸水を抜き、堀に流れ込む水も断ったのね。完全に水の手を断たれた野田城側は、籠城を続けることができず、陥落しちゃった。恐るべき金堀衆！！

④恋人？

あのね、戦国時代って男性同士の恋愛が多かったんだって。織田信長さんや伊達政宗さんにも同性の恋人がいたみたい。信玄さんは春日源助さんという家臣に恋をし（LOVE満開）、ラブレターで猛アタック（LOVE注入）。恋の行方は……！

信玄さんは源助さんからつれない態度を取られ続けちゃうのね。けど強引に「相手の気持ちをねじふせたり」それに「恋を諦めたり」することはなかったんだって。一途・片思い相手に熱い想いを伝えるピュアな信玄さん…きゃわゆす！

それにね。信玄さんは弥七郎という他の少年にもこっそりとアタックをしていたんだって。そのことが源助さんにバレそうになると今度もLOVE満開（今度はいいわけ）の手紙を送ったらしいよ。信玄さんの側面（恋愛）を知ると信玄さんってLOVE友（ズッ友）みたいに感じられてこない？

偉人だってひとりの人間だってこと。信玄さんのセクシュアリティはバイセクシュアル（Xジェンダー両性）だよ。すごっく進んだ世界だったんだね……？　ｳﾌ

2．武田義信さん

正式な武田家の嫡男。将来を嘱望され、川中島合戦でも大活躍、そのため家臣の信望もあったみたい。けど嫁の父、今川義元さんの死（桶狭間の戦いで敗れ討ち死）が彼の人生を変えちゃうの。

なんと駿河は義元さんの死後、出来損ないと言われていた息子の今川氏真さんが跡を継いだの。海がない甲斐の武田家にとって駿河はどうしても手に入れたい土地だったわけ。

そこで信玄さんは義信さんに相談するけど、正義感が強い義信さんは猛反対。そのため親子の仲は悪化する一方だったみたいなの。それに乗じて心もとない家臣から「義信様ご謀反の疑いあり」囁（ささや）かれたりしたのね。信玄さんも人の子。疑心暗鬼となった信玄さんは嫡男の嫁（今川の娘）を離縁させ、義信さんを東光寺というお寺に幽閉してしまったの。けど義信さんは幽閉から二年後に自害。愛情の深さが「玉に瑕（きず）」ってことだってあるんだよね。けど、信玄さんが義信をすぐに殺さず生かしておいたのは、親子の愛情があったからかもしれないね。戦国の悲しさ（事情により寄り添えない）かな。

3．武田勝頼さん（弾きにされた唯一の子供？）

信玄さんは諏訪に侵攻し諏訪一族を滅亡させるの。そして、諏訪領主・頼重さんの娘を側室（諏訪御料人）にしちゃうのね。彼女は、人質として武田家に差し出されていた女性。なんと父を殺した信玄さんの側室となっちゃう。のちに子供を産んで死去。この子供が武田勝頼さんなの。

さて問題。勝頼さんて他の子供たちと違う所は何処でしょう？　ピ・ピ・ピ・プー…解ったかな？

この「勝頼」という名前、武田氏の通字である「信」が入っていないのね。勝頼さんの嫡男信勝さんには「信」が入っている。

これは勝頼さんは「跡取り候補」として見なされていなかったことを意味するものなのかな？　ようするに勝頼さんって母方の諏訪家の名跡を継いで、諏訪氏の通字である「頼」を貰い受けた「諏訪四郎勝頼」さんなのね。勝頼さんは「絶えた諏訪氏を継承する人物」と武田家ではみなされていたみたい。けど、勝頼さんは信玄さんの死によって家督相続ってことになっちゃった。それがね。なんと一説には信玄さんは孫の信勝（勝頼嫡男）さんに家督を継がせることを望み、勝頼さんには信勝さんが成人となるまでの間の「後見人」を命じたという伝承もあるんだって。世の中って非情、信玄さんの嫡男・義信さんの死で、状況は一変し、四男の勝頼さんが武田家を継承になったのね。

・長男義信さん　正嫡だったが謀反の罪で自害（悲劇の御曹司）
・次男信親さん　盲目で出家

・三男信之さん　早世（早死）
・四男勝頼さん　跡継ぎ

これって準備もなしに急に表舞台へと担ぎ出されたようなものだよね。「甲陽軍鑑」に載っている信玄さんの遺言。信玄さんの遺言といえば「自分の死を３年秘匿（ひとく・秘密にして隠しておくこと）せよ」っていうのが有名だよね。けどその後にこんなことが書かれていたんだって。

「跡の儀は、四郎むすこ信勝十六歳の時家督なり。其間は、陣代を四郎勝頼と申付候」

「四郎」とは勝頼さんのことだよね。家督は勝頼さんの嫡男である「信勝」さんが16歳となった時にと指示されてるの。それまでの間、勝頼さんが「陣代（後見人もしくは仮の大将という意味合いの言葉）」として行うと。ようするに勝頼さんは、正式な武田家の家督継承者として認めていなかったっていうことなのかな？

さらに「な・なんという内容」の遺言が！

「武田の旗はもたする事無用也。まして我そんしのはた・将軍地蔵の旗・八幡大菩薩の小旗、いづれも一切もたすべからず。—（中略）—諏訪法性の甲（かぶと）は勝頼著候て、其後是を信勝に譲候へ」

武田家の旗は持つなと。そんし（孫子）の旗（風林火山の軍旗）もなの。勝頼さんは、これらの旗を持つことが許されなかったのね。その裏の意味はね。勝頼さんは諏訪家の人間であり武田家の人間ではないのだということみたい。

勝頼さんは父信玄さんの後を追うように領土拡大に明け暮れ、信玄さんも落城させられなかった遠江高天神城（静岡掛川）の攻略に成功して一時は「武田家最大の領地」を確保するようになっていくの。
※注　高天神城（静岡県掛川市。小規模ながら、山城として堅固さを誇る）
高天神城は２つの峰に分かれ城郭が築かれていた。最初に西の丸に攻め入った（城の兵糧の大部分が保管させていた）。何故って「兵糧の供給を断つこと」で敵の戦意を挫こうとした。これを攻略することで次々に他の城郭が降伏。

けどね。甲陽軍鑑にこのような「信玄さんの言葉」が載ってるの。
我が国を滅ぼし、我が家を破る大将、四人まします。
・第一番は馬鹿なる大将　・第二番は利口すぎたる大将、
・第三番は臆病なる大将　・第四番は強すぎたる大将なり
勝頼さんは強すぎたる大将だったのかな？　父が大き過ぎて、その後を追い求め、行き詰まってしまった感のある勝頼さん。跡取りにならなければ「諏訪四郎勝頼」として諏訪で母子仲良く暮らしていたのかも…だよね！

4．北条夫人（戦国ギャルの心意気・「寄り添うこと命」）

①人柄

19歳で夫との死を選び、壮絶な最期を迎えた戦国GAL・武田勝頼夫人（北条夫人）さん。最初の妻（龍勝院殿の継室）の後妻として迎えられるのが北条氏康さんの６女「北条夫人」なのね。北条夫人が勝頼さん（当時32歳）のもとに嫁いだのは何と14歳。

彼女について武田家の菩提寺である恵林寺住職・快川紹喜

さんが伝えているのね「善人といることは、上質の香をたいた部屋に入るようなもの。北条夫人こそ、その善人である」。

凄く慈愛に満ち溢れた人だったみたい。若いながらも誰にでも優しく接していたんだって。華のある女性だったみたいだよ。だって最後まで勝頼さんを裏切らずに傍にいた北条夫人は「信念」を持った戦国GALだったのかな。

②武田家滅亡への道

勝頼さんは父信玄さんも成し得なかった高天神城（前記）を陥落させ、武名を上げたのね。けど翌年の「長篠の戦い」で織田信長・徳川家康連合軍相手に武田家武勇の騎馬隊は壊滅させられちゃう。勝頼さんに対する評価はこの合戦から崩壊していくの。

※注(^ε^)「長篠の戦い」

三河国長篠城をめぐって、織田信長・徳川家康連合軍3万8000と武田勝頼軍1万5000との間で行われた戦い。織田軍が新戦法・鉄砲三段撃ちを行った。

けど勝頼さんはこれを機として信玄さんの旧体制を新たにするのね。新しい家臣を召し抱え、北条氏との同盟を結ぶの。北条氏康（うじやす）さんの末娘、北条氏政（うじまさ）さんの妹と政略結婚するのね。これが北条夫人なの。けど、この同盟も、そう長くは続かない。越後の上杉謙信さんの死後、上杉家の後継者争い「御館（おだて）の乱」が勃発。これが原因で北条氏との同盟は解消の一途へ向かうの。だから、勝頼さんは氏政さんの妹である「北条夫人」を小田原城へと送り返そうとしたのね。けど彼女は拒否。勝頼さんの元に残ったの。

※注(^ε^)「御館の乱」

越後で上杉謙信さんが死去すると後継者争い「上杉景虎さんと上杉景勝さんとの争い…御館の乱」が発生し、勝頼さんも最初は北条夫人の実兄である北条氏政さんの要請もあって、北条夫人の実兄にあたる上杉景虎さんを支持していたのね。

けど後継者争いの相手（上杉景勝さん方）が乱を制すると勝頼さんは景勝さんと甲越（甲州と越後）同盟を結んじゃうの。後継者争いに敗れた景虎さんは自害に追いやられ「甲相（甲州と相模国・湘南）同盟」は破綻しちゃうのね。武田家と敵対姿勢となった北条氏は三河（愛知県）の徳川家康さんとの同盟関係を結び勝頼さんを狙い撃ち（北条氏政さん、徳川家康さんに挟まれる）と苦しい立場に追い込むの。そんなさなか、徳川家康さんが高天神城を奪取する（勝頼さんは援軍を出せず）の。これが勝頼さんが高天神城を見捨てたという話となるのね。城を見捨てるような武将についてはいけないと「武田家臣離反」は一気に加速して不満爆発、勝頼さんは滅亡へと歩み始めるわけ。

高天神城を失った勝頼さんは、本拠地を新たな居城である「新府城（現在の山梨県韮崎市中田町の城。国の史跡に指定)」へと移すのね。織田・徳川軍に追われた勝頼さんは新府城に帰還し、戦線の再構築を図ったみたい。未完成の新府城を完成させて守りを固め、織田勢を迎え撃とうとしたらしいの。

そんな勝頼さんに対してなんと信じていた重臣の木曾義昌（きそよしまさ・信濃国木曾谷）さんの裏切りが……。だって義昌さんには「勝頼さんの妹（真理姫さん)」が嫁いでいたんだよ。妹婿までもが勝頼さんを見捨てたのね。そのため、勝頼さんは「木曾退治」としてこの謀反に対して出陣。人質であったの義昌さんの年老いた70歳の母や、13歳の嫡男などと処刑して新府城を出陣したの。

この道中で北条夫人が武田家の安泰を願い「武田八幡宮に戦勝祈願の願文を奉納」したのね。

※注(^ε^)「願文」

韮崎市（山梨）にある武田八幡宮が所蔵（和紙１枚に26行びっしりとなんと57文字を書き込んだ「必死の戦勝祈願」)。奉納者は「源勝頼うち」。「源勝頼」さんって勝頼さんのこと。この「うち」さんこそ願文の主「北条（勝頼）夫人」。懸命に神仏を祈り、夫の無事を祈願する「うち」さんが感じられるんだって。

願文の最後には「この大願が成就するなら、勝頼と私でともに社殿を磨きたて、回廊を建立いたします…」と誓いを述べ、最後に「みなもとのかつ頼うち」つまり源勝頼の妻、と署名して締めくくっているのね。

「逆臣を糾弾し、それを呪詛（しゅーそ・神仏に祈願して人をのろうこと）し、また、勝頼さんの加護を頼み、その冥加（みょうが・神仏の加護や恩恵）を得ようとしたの。それに大願成就の暁には、勝頼さんと二人揃って奉仕（謹んで仕える）するって言ってるのね。仲良かったんだと思うよ！

③新府城を出ての逃避行

しかし、その間に織田軍、徳川軍が甲斐に侵攻。武田勝頼さんに対する包囲網はMAXで狭められていく。そして高遠城（長野県伊那市）陥落。守備兵の数は３千で、武田盛信さんは織田信忠の降伏勧告を退けて抗戦するが、守備隊は玉砕し織田勢は伊那方面からも甲斐へ侵攻するの。
※注(^ε^)「武田盛信（信玄５男）さん」

織田軍はほとんど武田軍に抵抗されることもなく甲斐へ向かうことができていた。しかし、伊那を抜けて高遠へ差し掛かったところで、まったく逃げもせず戦う気満々の武田軍が……。これが五男盛信さんの軍勢なの。織田の大軍に対してまったく怯むことなく戦い続け、織田軍に大打撃を与えるの。これほど強い武田の軍勢が残っていたとは織田軍も「寝耳に水状態」。しかし「多勢に無勢」。いよいよ最期の時が。武門の誉れ高き盛信さんは自刃。けどね。その戦いぶりは後世まで語り草になるものだったみたいだね。１つの信念って物事を揺り動かす力（兄弟愛？）・寄り添いの信念かな！

けど、新府城はまだ未完成であり、大軍を迎え撃つには不十分と言う判断となり（『甲陽軍鑑』によると嫡男信勝さんはいさぎよく新府城で討死すべきだと主張したみたい）真田昌幸さんの岩櫃城（群馬県吾妻町）に逃亡するか、小山田信茂さんの岩殿城（大月）に逃亡するか軍議を開いたの。
・小山田信茂さんは、岩櫃城行きが遠路であり、雪が深いことから、岩殿城行きを勧める。・真田昌幸さんは居城で要害な岩櫃城（群馬県東吾妻町）への避難を勧める。

勝頼さんも最初は岩櫃城行きを受け入れたらしいの。けど、他の家老たちが、真田さんは新参者で信頼できないと諌め、譜代家老小山田信茂さんの持ち城である甲斐都留郡岩殿城（大月市）を目指すことになるのね。

こうして、勝頼さんは新府城に火を放ってから、岩殿城

（いわどのじょう、山梨県大月市）へと向かうことになったの。

日中に甲斐善光寺に立ち寄り、僅か１日で甲府盆地を走り抜け、夕方おそく大善寺（勝沼）に到着。しかし、夜陰にまぎれて、多くの家来が逃走しちゃうの。

大善寺では境内に庵を構えていた武田信虎（信玄さん父）さんの弟・勝沼信友さんの娘といわれる理慶尼（りけいに）さんが武田勝頼さん一行を出迎え、厚くもてなしたみたい。この理慶尼さんが書いた「理慶尼記」は別名「武田勝頼滅亡記」と呼ばれ、武田勝頼さんの最後の様子を叙事詩的に描いていて、現在大善寺に写本が残されているらしいよ。

その後、小山田信茂さんは母を武田勝頼に人質として差し出し、一足先に岩殿城へ出発。武田勝頼さん一行も岩殿城を目指し出発し、途中、横吹（現在の山梨県甲州市大和町共和地区）で休憩。

そして、笹子峠の麓（ふもと）に着いたの。武田勝頼さんは駒飼（現在の日影・笹子峠道）、家来は鶴瀬（山梨県甲州市大和町）に宿泊し、小山田信茂さんからの迎えの軍を待ってたの。

そしたらね。待ちに待った小山田信茂さんの従兄弟で家人の小山田行村（小山田八左衛門尉行村）さんが駒飼に来て、武田勝頼さんに拝謁（はいえつ）。翌日の朝、小山田信茂さん自身が迎えに来ると述べたの。けどね。その夜、人質だった母親を連れて行方不明に。その後、笹子峠（大月への峠）の入口に差し掛かると、えっ？　行こうとしていた小山田（岩殿城）の軍勢に進行を阻止されるの。騙されたのね。そのため勝頼さん達は岩殿山城へは入れずじまい。周囲には、織田軍の滝川一益（たきがわかずます）さんの先陣たちが迫ってくる状態。勝頼さんは行き場をなくし、行き先を天目山（てんもくざん、山梨県甲州市）へと変更するのね。この場所って先祖の武田信満（のぶみつ）さんが戦死した地。城を出た時の「500から600」ほどの兵はどんどんと逃亡し、何と残っていたのは40数名。

武田家祖先の墓がある天目山栖雲寺を目指し、そこで最後の戦いを挑むことにしたの。

けどね。天目山栖雲寺には行けず、初鹿野から日川の峡谷づたいに田野の里（大和町）に午後到着。

そして、武田勝頼さんは、死出のはなむけにと死を覚悟した者達だけで息子・武田信勝さんに家督を譲る儀式を行なったんだって。

勝頼さんは再びここまで付き添ってくれた北条夫人を「北条氏のもとへと逃がそう」としたみたい。まだまだギャルの北条夫人をなんとか生きて実家に戻してやりたいと勝頼さんの思いは強かったらしいの。

けどね。勝頼夫人の思いは強く、勝頼さんと死を共にする気だったらしいよ。

④悲惨な逃避行の勝頼さん一行（甲乱記）

勝頼さんは馬300匹、人夫500人を出すように触れ回ったけど国内は大混乱、百姓達は身の危険から山野に逃げ込んでしまい、馬１匹・人夫１人も集まらなかったらしいよ。狼狽（ろうばい）した家臣達は、北条夫人のための輿だけは用意しようとしたけど、輿を担ぐ人夫が現れない。そのため「怪しげな」農耕馬１匹を召し出して「草で作った即席の鞍」を置いて、これに乗ってもらうことになったんだって。

けどね。それは恵まれた待遇だったのね。だって北条夫人に従う女房（武家女官）たちは、履き慣れない草鞋（わらじ）を履いて、徒歩で付き従ったんだって。

彼女達は敵襲という声に怯え、慣れない山道を徒歩で歩き、足は血で染まり、敵に捕まっても「もう歩くことはできない」と倒れこんでしまう者が続出したみたい。

⑤武田家滅亡

山霧の中、武田勝頼さんは、現在の景徳院（徳川家康の命により建立された寺）より少し下流にあたる鳥居畑に陣を張ったみたい。小宮山友晴さんは更に100mほど下流部分の四郎作に陣を構え、四郎作の戦い（天目山の戦い）となるのね。

武田勢は僅か数人で、織田勢の滝川一益さんら約4,000名と戦ったの。小宮山友晴さんは十数本の矢を受け討死。鳥居畑でも武田勢は全員討死。景徳院の下を流れる日川の「姫が淵」と呼ばれる場では敵に追いつめられた侍女16人が自刃し、川に身を投げたんだって。

武田勝頼さん、武田信勝さん、金丸定光さん、土屋昌恒さんらは戦うが、武田信勝さんは鉄砲で打たれ、動けなくなり土屋昌恒さんに介錯され自刃（享年16）。

⑥19歳の後妻が見せたあっぱれな散り際

武田信勝さんの最期を見届けた北条夫人は武田勝頼さんの前で自刃。北条夫人は自ら西方浄土に向かって念仏を唱えて一言ったんだって。

「私は北条早雲以来の弓矢の家柄に生まれた女、見事な最期

を遂げて見せましょう。どうぞ、最後の模様を実家に伝えてください」（河合敦著『神社で読み解く日本史の謎』より一部抜粋）

自ら守り刀を口に含み、ぐっと両手で押し込む。見事な散り際だったみたい。彼女の最期は「壮絶」という言葉が似合うものだったらしいよ。

倒れた北条夫人の近くで武田勝頼さんも自刃（享年37）。介錯した土屋昌恒さんも自刃（享年27）。

殉死者は勝頼さんの高遠時代（信濃伊那谷）の家臣が多く、諏訪衆とみられる人物もいて、武田上級譜代の山県・原・内藤・馬場・春日などの縁者は一人もいなかったんだって。だから勝頼さんはやはり武田勝頼さんではなく諏訪勝頼さんだったみたい。

勝頼さんを重臣たちが裏切る中、ただ１人、人生の最期まで彼を信じて傍を離れなかった北条夫人。戦勝祈願においてまでも「勝頼さんは悪くない」と切に訴えた奥様なの。裏切りの連続にあった勝頼さん。けど死ぬ間際は１人ではなかった。

「勝頼さん命」の最愛の人「北条夫人」がいた。

当時まだ19歳の北条夫人。勝頼さんの思いやりと北条夫人の「最後まで勝頼さんとともにという一途さ」・今のカップルにも見習ってほしいな（戦国GALの寄り添い）。もう歴女さんにはたまらないお話じゃないのかな。

⑦殉死者

ちなみに『信長公記』は、殉死した侍分41名、上臈・侍女は50人、『甲陽軍鑑』は、家臣は４人だったとするけど、その詳細は明らかになってないみたい。

ほとんど途中で離反したけれども、最後まで従った男性（武士・僧）の人数に対して、半分が侍女（女性）なのは注目すべき点なのね。女性の一途さ・強さかな！

景徳院（甲州市田野）の牌子では殉死は「僧が２人、士33人、女子16人の計51人」となっているのね。

また、他では殉死者は36人、上臈（じょうろう・身分の高い女性）、侍女は綾糸を筆頭に16人となっているの。だけどその詳細は明らかになってないみたい。けどね。「リッヒー・聞いて聞いて！」ここで特筆すべき点があるの。

殆どの取り巻き（男性）は勝頼さんを裏切って途中で離反していった。その中で最後まで従った男性（武士・僧）に対して、なんと16名もの侍女（女性）が殉死してる（前記）。みんな北条夫人とほぼ同年齢。これは他にはあまり類を見ないものらしいのね。戦国ギャルの心意気だと思わない。心霊スポット扱いをされているみたいだけど、読無蔵は思うの。これこそがギャルの真骨頂…ここはギャルの聖地・大パワースポットだって！　歴女もギャルも一度は行ってみる価値があるんじゃないのかな！

⑧忠臣の２武将「(最後まで忠義（寄り添い）を尽くす)」

・土屋昌恒（つちやまさつね）さん

敵方の織田軍から「高名を後代に」「比類ない働き」と称賛された武将がいたみたい。一説には「片手で千人を斬った」などと言われる。この働き（追撃を遅らせた）のため勝頼さんは捕えられることなく自害できたんだって。

・小宮山友晴（こみやまともはる）さん

天目山は残雪を残して寒気厳しく、その夜、疲れ果てた主従の元に、「譜代の臣でありながら、武田家最後の戦いに臨めぬのは末代までの恥辱」であり、「御盾となり高恩の万分の一にも報いたい」と自身の忠節を貫く為に勝頼最後の地・天目山に駆け付けた。

最後の戦いにて御盾になりたいと進上し許される。

人って何が大切？　そんなことをしっかりと考えさせてくれる武将さん達だと思うよ！

⑨北条夫人と武田勝頼さんの墓と辞世の句

景徳院境内にある武田勝頼さんの墓。中央が勝頼さん。右が北条夫人、左が信勝さんのものだって。戦国という時代で「兄たちとの死別や敵対関係という苦しい現実」を目のあたりにした北条夫人。

＊夫・勝頼さんと武田家への献身を最後まで貫いた北条夫人の辞世の句２首。

・「黒髪の乱れたる世ぞ果てしなき　思いに消ゆる　露の玉の緒」

（訳）黒髪が乱れ髪のように世は乱れ、色々思う（あなたを思う）私の命も露のしずくのようにはかなく消えゆくばかりです。

・「帰る雁　頼む疎隔の言の葉を　持ちて相模の国府（こふ）に落とせよ」

（訳）南に帰っていく帰る雁　頼む疎隔（そかく）の言の葉を　持ちて相模の　国府（こふ）に落とせよ

【意訳】飛んで行く雁よ、私の実家を通るなら「ごめんなさい」と伝えておくれ……私は、もう帰れないから。（いく雁

よ、長い疎遠のわび言を小田原に運んでください）

『小田原北条記』では「先年、わが弟の越後三郎（景虎）危急の時、私から色々嘆願したにも関わらず、あなたはお聞き入れになりませんでした。今更命が惜しいと、何の面目があって小田原に帰れましょうか。」と最期に語り、北条家に顔向けできないと恥じ入って自害したと記している。「帰る雁　頼む疎隔の言の葉を　持ちて相模の国府（こふ）に落とせよ」（南に帰っていく雁よ、長い疎遠の詫び言を小田原に運んでくれないか）という、もう一首を残したみたい。

＊勝頼さんの辞世の句（理慶尼記）

朧（おぼろ）なる　月のほのかに　雲かすみ　晴て行衛（ゆくえ）の　西の山の端（は）

これを受けて、重臣の土屋昌恒さんが詠んだ返歌は

俤（おもかげ）の　みをしはなれぬ　月なれば　出るも入るも　おなじ山の端（は）

＊武田信勝さん（勝頼さん嫡子）

あだに見よ　誰もあらしの桜花　咲きちるほどは春の夜の夢

⑩小山田信茂さん（寄り添いを無視した武将の末路）

最後に織田勢へ寝返ったことにより、多少、知行は減らされても、織田の配下として生き残れると思ったのかな。

武田滅亡後、すぐに甲府善光寺を本陣としていた織田信忠さんを訪ね、謁見するものの「主君・武田勝頼さんを裏切るとは何たる失態」と甲府善光寺において、堀尾吉晴（尾張統一の信長さんに仕え、その家臣の木下秀吉（豊臣秀吉）さんに付属された）さんの家臣・則武三太夫（のりたけさんだゆ

う）さんが介錯のもと小山田信茂さんは切腹。小山田氏に応じていた秋山万可斎（あきやままんかさい）さんの他、同行していた70歳前後の老母、妻、さらにわずか８歳の小山田信茂さんの子や３歳の娘までもが処刑されたみたい。

裏切り者には罰が下るってことかな。信じることの大切さ、寄り添うことの大切さをもう一度見つめ直してほしいと思うな。

⑪歴史探訪

＊武田八幡神社

これは山梨県韮崎市にあるの。境内にはパワースポットと言われる御神木があるのね。武田八幡神社は岩清水八幡宮から勧請（かんじょう：分霊して他の神社に移す）して建てられたんだって。

甲斐武田家の祖となる「武田信義さん」が、ここで元服した縁から武田家の氏神として庇護（ひご・かばい守ること）することになった神社なの。

それから数百年後、信玄さんが国主になって一番最初に行った事業が武田八幡神社の再建なんだって。信玄さんの日本統一への道は武田八幡神社を再建することから始まったとも言えるのかな。武田八幡神社の総門には巨大な大杉があり、なんと樹齢は700年にもなるみたい。武田家の歴史を見守って来た御神木なのね。

あのね。武田神社ってあるでしょ。この神社は武田家の館跡に建てられた神社で、武田信玄さんをお祭りしているの。武田神社は武田一族が滅亡した後に建てられた神社だから、武田一族が信仰した氏神は武田八幡神社の方だったのね。

静かな雰囲気はまさしく歴史の世界への入り口。ここ武田八幡神社はとても静かな環境を保っているの。なにより信玄さんを祭った神社ではなく、信玄さんが祈願を行った神社なんだよ。総門をくぐるとまるで「戦国時代にタイムスリップ」してしまったような感覚で北条夫人がお出迎えしてくれるような気になるよ。総門をくぐり石段を登ると「舞殿」、さらに「拝殿」があってその奥に「本殿」があるの。その本殿裏にある御神木は、本殿の裏に位置することから「様々な願いを受け止めている」ってと言われているのね。信玄さんも勝頼さんも北条夫人も様々な願いをかけていたのかな。

武田家の始まりと滅亡が詰まったパワースポットだよ。絶対行ってみる価値は絶大。何かが変わるかも知れないね。近くには新府城跡や涙の森があるからできれば足を伸ばしてみたらどうかな。勉強になるし、面白いかもね。

＊涙の森（韮崎市上ノ山）

炎に包まれる新府城を振り返り、北条夫人が涙にくれたといわれている場所なの。

「うつつには　おもほえがたきこのところ　あだにさめぬる春の夜の夢」と詠んだとされてるのね。煌びやかな行列を連ねて新府に入ったのは12月24日。そして、３月３日にはここを去らねばならないことを嘆き悲しみ、新府に住んだことは春の夢のごとくであったとの思いなのかな。さらに、慣れぬ馬に乗った際に、早朝であったため空にはまだ月が昇っていたんだって。それを仰ぎ見て、「春霞　たち出れともいく度か　跡をかへして　三日月の空」と詠んだみたい。

また、「なみだの森」から南方約１kmの甲斐市宇津谷地区には「回看塚（みかえりづか）」というのがあって「武田家終焉」を見つめることができるらしいよ。

＊姫ヶ淵

北条夫人の侍女16人は若い生命を日川の淵に身を投じて殉死したと伝承されている。後世ではこの淵を「姫ヶ淵」と言い伝えているのね。石碑には北条夫人を含めた17名が表現されているの。侍女達を顕彰し慰霊したものなのね。

＊田野の景徳院

武田家終焉の地。勝頼さんと北条夫人、信勝さんを弔うために徳川家康が建立したのね。静寂で山門がド迫力。近くには姫ヶ淵、鳥居畑古戦場跡、土屋惣蔵片手切り史跡といった武田家関連の史跡があるみたい。

★読無蔵物思（ものおもわしい・ものを思うこと）

北条夫人って一説には「幼い頃から北条と武田の同盟の証として武田勝頼に嫁ぐ事が決まっていた」んだって。小さい頃からこの様に言われて育った北条夫人。勇猛果敢な武田の騎馬隊も長篠合戦で織田・徳川の鉄砲隊によって惨敗。武田の運命は傾く一方であり、「同盟を結んでも北条に得無し」と兄・氏政さんに婚約を破棄されようとしたらしいの。

けど、幼い頃から勝頼さんの許嫁（いいなずけ）的な存在であった北条夫人はそんなもの（婚約破棄）を押し切って勝頼さんの妻になったのね。

勝頼さん31歳、北条夫人14歳。勝頼さんの嫡子（信勝さん）とは３歳しか違わないの。そんな年の差カップル。けど凄く明るい性格だったらしいの。

「恵林寺・快川和尚」さんが「一緒にいると芝蘭（しらん）

の咲く部屋にいるよう」（前述）と讃（たた）えただけのことはある武田家にとっては凄く良き女性（ビッグギャル）だったみたい。そんな勝頼さんと北条夫人とその従徒の人達。それぞれが凄いと思わない？　今の世の中見習わなければならないことが「一杯だ」と読無蔵は思ってる。みんなもパワースポットとして捉えて、一度足を運ばせる価値はあると思うな。

そして「寄り添うことの大切さ」を見つめ直してほしいな。今の世の中を変えるのは若いみんなの力（ギャル・ギャル男を筆頭に）だから……！　そして虐げられてる（痛みを知っている）人達だから……それを見守る熟年の力（そう信じてる）だから!!

●ものの考え方

1．虹（井の中の蛙では駄目だと思うな）

『最上級の最高』という意味で、本当すごいと思った時に『マジそれは虹』って感じで使うんだって。みんなで「マジはそれは虹」っていい合えたら本当に「マジにそれは虹」だよね。けどね。リッピー！

＊虹の色って？（ウェーザーニュース）

色数	地　　域	種				類				
8色	アフリカ.アル部族	赤	橙	黄	黄緑	緑	青	藍	紫	
7色	日本・オランダ・イタリア・韓国	赤	橙	黄		緑	青	藍	紫	
6色	アメリカ・イギリス	赤	橙	黄		緑	青		紫	
5色	ドイツ・フランス・中国・メキシコ	赤	橙	黄		緑	青			
4色	ロシア・インドネシア.フロ-レス島	赤		黄		緑	青			
3色	台湾.ブヌン族	赤		黄					紫	
2色	南アジア.バイガ族	赤								黒

日本では７色とされている虹の色は、国によって異なるの

ね。見えている虹の色が違うからではなく、色を表現する言葉の違いなんだって。

「暖色系の色を赤・寒色系の色を黒」と表現するためらしいの。だから虹を２色とするところもあるのね。色の見方やその色を表す言葉の有無が国や文化によって異なるため、虹の色と色数に違いが出るみたい。同じ国でも人によっても答える虹の数が違うってこともあるみたいだよ。

日本人は太陽を描く時、赤色で描くけど、欧米では黄色で描くらしいの。そのため、英語では、太陽の光は“yellow sunshine”と言うのね。日本語のイメージだと、太陽は「真っ赤な太陽」であり、決して「真っ黄色の太陽」にはならないよね。

虹が７色に見える国もあれば、８色に見える国もあるのと同じで、色の見え方も違うのかも？　だからこれが正しいということはそんなにないってこと。固定観念は世界では通じないの。広い眼（拾い眼・落ちている大事なものを観逃すな）で物事を判断するってことが大事かな。

＊ちょっと一休み「もう１つ…「虹」と言えば歌：菅田将暉さんだよね！」

歌詞「泣いていいんだよ　そんな一言に僕は救われたんだよ　ほんとにありがとう　情けないけれどだらしないけれど
君を想う事だけで明日が輝く　ありのままの二人でいいよ
陽だまりみつけて遊ぼうよ」

２．東大生が育つ家の特徴（育てるということ）

ある調査の結果…東大生1000人にアンケートを実施した！

①勉強した場所は？

1位　リビング

②身近にあったものは？

・1位　時計　・2位　本棚（図鑑）　・3位　地球儀（地図）

勉強の場所は、「自分の部屋」ではなく、家族から見える範囲（リビング）で強制されることなく勉強する人が多く、家族から見守られているという面や分からないことがあったらすぐに聞ける環境が重要なんだって。だから、リビングにはやや大きめのダイニングテーブル（勉強ができる環境）が置いてあるらしいよ！

③身近にあるもの「本棚」

リビングやトイレ「手の届くところ」に本棚がある。様々な分野に興味を持ちすぐにそれを理解する行動が取れる環境があることが「勉強が好きになるポイント」みたい。

様々な場所に本棚を置いて、いろいろな本を用意する！これって子供が「賢く育つポイント」になるのかな！

④地球儀＆地図（世界の国旗）

子供って「イラスト、色、形」に敏感に反応するんだって。だからリビングのすぐ手に取れる場所に地球儀があり壁に地図が張ってある環境はとっても素敵な環境みたい。

潜在意識化で「綺麗なものや鮮やかなもの」は、自然と頭にインプットされるらしいの。

国旗はカラフルで動物の絵があり、星があり、様々な図形が組み合わさっている。家のリビングに国旗が示されている世界地図や地球儀があり、それらが自然に目に飛び込むような環境にあれば、グローバルな世界を体験させることになると思うな。

地球儀や世界地図、更には日本地図で視野を広くしていく。そして親子で「家庭での世界旅行・日本旅行していく」。想像だから何でもできる。大きなグローバル（世界的規模）な視野を養えるんじゃないのかな！　だから、『頭がいい子（世間的評価）の家のリビングには必ず「辞書」「地図」「図鑑」がある』だって。けどよく言う「積読」ではダメ！　生活の一部として使うことが大切らしいよ！

読書する時は脳の中の「言語野…側頭葉や前頭葉」が活性化。図鑑にいたっては写真やイラストがあって図形認識機能の発達にも影響を与えるみたい！　凄いよね！

小さい子には「身近な地図の作製」も重要らしいよ。よく「交通マップ」って危険箇所を地図化するものがあるよね。それに感動する場所も加えてみてはどうかな。イラスト加えて親子で散歩する。親子関係にも良い影響を与えるしね…輪ぁ〜い！

3．お蔭さまでと有難う

①御蔭様で…陰にありがとう…陰で支えてくれる人にありがとう。

陰に様をつけてるんだよ！　和〜ぃ・輪〜ぃ！　日陰に日が当たってる。目に見えないものが自分に力を貸してくれた。特定なものではなく何かが働いてくれた。ご先祖様とか神様仏様とかを偉大な人と信仰することからだと言うけれど、本当は裏の汚い部分に光を当て、表の偽りの綺麗さを洗い流そうという意味じゃないのかな？

ある人は「諸法無我」を頂ける大切な意味を持っていると言っているけど。

「諸法無我（しょほうむが)」とは、平たく言えば「世の中のものは全て単独で存在しているのではなく、関わりの中で生きている」という意味らしいのね。

人間は「にんげん」とも読むけど、仏教では「じんかん」と読み、人は関わり（間柄を持つ事）によって「人間」になる、と言う事を説いてるみたい。

とにかくお蔭様…最高だぁ！

あのね。蓮（はす）って知ってる。蓮は泥の中に根を張り水面で綺麗な花を咲かすの。蓮の花言葉には「清らかな心」だって。蓮はlotus（ロータス)。

「ブルータス、お前もか」（ラテン語：Et tu, Brute?/Et tū, Brūte?）は、信頼していた者の裏切りを表現する言葉だけど、「ロータス、お前もか」は「信頼の清らかな心、お前もか」ってことになると思わない。信頼してた者の絆を深める言葉だけど…ウフ、有難うだね！

４．何が必要なの！

①センス　オブ　ワンダー

「知る」ことは「感じる」ことの半分も重要ではないんだって。自然を通して何かに出会い、それに対して強く感じる時、その先に確固たる知識や知恵が生まれ、生き生きとした精神力が生まれる。こんな風にレイチェル・カーソン（アメリカ・生物学者）さんは言ってるのね。レイチェルさんの力強いメッセージが、かつて子供だったすべての大人に贈られているみたい。

②潜在意識

潜在意識は、コントロールが難しく殆どの人が思うようにコントロールできない（それを表に出せるのは、少なければ３％・普通５％・出せても10％）と言われているのね。

けど、人の意識って潜在意識が占める割合はなんと平均95％だって。

穴が開いてるドーナツがある。誰も文句はいわないよね。美味しいという人もいる。けど食パンの真ん中が空いてたら「なんだ」と文句ばかりだよね。同じパンなのにだよ。

駄目って世間評価なの。それならよく見せようとしないければいいと思わない？「駄目でもOK」それが普通とみんなが認めればいいっていうこと。

潜在意識って安定志向の大男なの。だからそれと勝負するなら顕在意識でそれなりの物を出せばいい。一寸法師が勝つためには何をした？　鬼という大きな顕在意識に対して小さい一寸法師は「顕在意識を思考という部分」で大きく（潜在意識を大きくして小さい部分をカバー）したの。

人は勝ちたいと思うと現実的なミサイルを思い浮かべちゃう。けど大きな損失も付きまとう。針という刀は見た目は小さい（顕在意識）けど（思考力）という潜在意識を大きくし効果を高めたということなんじゃないのかな。氷山って見える部分は少しで、海に沈んでいる部分が殆どなんだって（図）。

眼に見えている顕在意識能力は大男の方が強い。けど小男の方がいっぱい潜在意識を出したらどうなる？　出力能力は小男の方が多くなる。だから強くなるよね！

一点に集中にして、どんどん、どんどんチャレンジ（潜在

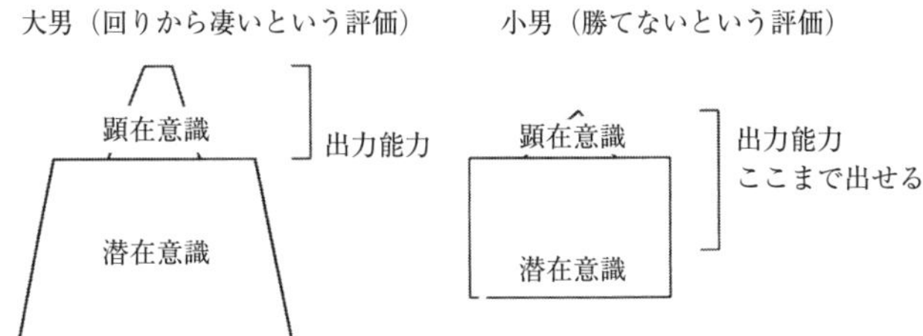

意識が出せるようになれば）していけば大男は負けちゃうんだよ。不安なんて自分が勝手に作ってる安定志向の潜在意識君だと思うな。やることを明確にして行動する「おじいさんが作ってくれた針の刀（小男の力）でお腹と目を刺して（思考力）鬼（大男）を追い払ったちゃう」。自分の持っているものを最大限に出してほしいな！

5．子供の成長には親の意識改革が必要？

指導者って親に理解をしてもらおうと「色んなことをするコーチ」がいるみたい。けど、それをしようとすれば果たしてうまくいくのかな。理解って自分の理論を押し付けてもダメじゃないのかな。

あるスポーツクラブ。子供がそこで活動（練習等）をする。そして家に帰って親に「今日は楽しかった。こんなことしたんだよ」って家族の会話が弾む。そんな活動（練習等）をしているか。そして子供がワクワクして家に帰ったか。そのワクワク感が親にも伝わったのか？「ワクワク伝染病」。その病気の原因はコーチの「オーガナイズ」だと思うな。コーチさん。流行らせよう！　ワクワク伝染病。発生源は君打（きみだ）ぁ……！「ここみどう？」。

6．平野未来（シナモンAI社長）さん

夫婦で点数を決める。７点以下なら話し合う（お互いが今どれくらい幸せかを10点満点で聞く・夫婦で毎日「幸せ度を点数化」する）んだって。お互いに自分がしてほしいことを言いやすいシチュエーションになっていて、未来が大好きで幸せにしたい。

仕事面。マイクロソフトの研究で人の集中力が持続できる時間って８秒と言われているらしいのね。だから、プレゼンスライドは１枚当たり10秒程度で終わらせるようにしているみたい。スライドに大きく画像を張ってプレゼン資料は１枚10秒で読み終える。簡単な言葉で短くビジュアルも使ってという風にしているんだって。

今世紀末（2081～2100年）に世界の気温は「2.6～4.8℃上昇」すると言われているの。２℃上昇すると世界的には2.8億人の難民が発生するんだって。大気汚染と幸福度には負の相関があるらしいの。

例えば神社に30個のお願いをする…約３分。自分でも気づかなかった「こういったことを実現したい」とか「こういったものが欲しい」とかそういうモノが出てくるみたい。自分の子供とか孫がよりよい生活ができるため、このチームの後輩や入ってきたいと思う選手に最高のプレーが出来るような下地を作るんだって。

志を分解すると「武士（もののふ）」と「心」。士（武士）には一本筋が通っているものがあるらしいの。＆その心。それが合わさって「志」だって。

いざ鎌倉…何かあった時には自分が打って出る。それが大切みたい。

【作家一変（読無蔵の専門種目）】

●読無蔵に影響を与えたレジェント

1．寄り添うことの大切さ

読無蔵の出会った指導者の中で「能ある鷹は爪を隠す」的存在。ある州のある競技においてのチャンピオン。こん棒のような腕にゴッツい身体。グローブの様な拳（こぶし）。ドデカイずう体。どう見ても違う世界に住む人である。しかし、ほとんど威圧的な態度をとらない。身体自体は威圧的ではあるが？　そしていつも温和。

人の話を聞き、そして頷く。嘘と分かっていてもである。それが寄り添うことの原点だということを身を以って示してくれた指導者なのね。

2．凄いって謙虚

全国においても有数なスポーツ指導者。にほん高校選手権大会で全国優勝を成し遂げた。ある祝賀会での席。俺は３冠王になったと言った。全国の主要大会においての３冠？

違ったの！「観察…感動…感謝」。良く状況を観て判断し、そして心を揺り動かして感動し、そのことに感謝する。人は「その繰り返しの人生」だぞだって！

全国大会の試合前日ミーティング。「明日の試合は点を取りに行くな。しっかりと自分達のやってきたことをやれ！」だって。個人技をすべて出して戦ったら差があるから10点位は取れる、しかし、上に行ったらそうはいかない。武田信玄さんを地で行ってる。１、２回戦で楽に点を取っても同じようにトップレベルでは点は取れない。トップレベルでも点を取れる形で点を取れということ。考えることが先を見てる。これが凄さ！

3．分からないことを分からす大切さ

この人も凄いの一言。読無蔵の人生を変えた人。ある田舎の地域から世界へ通用する選手を何人も育てた人。この人をその地域に招聘した人も凄い人だけどね。どんなことをしたのか。まず、この田舎の地域に最新の筋力測定器を持ち込んで小学生の筋力を計ったの。そして子供達に運動生理学の話をしたの。もちろん子供たちは理解できない。そんなのお構いなし。その次の年も、またその次の年もだよ！　だけどさ…

その子達が中学生になった…何と世界のトップレベルと同じ話をしているの。その人曰く、子供というのはね「分かんないことを分んない」と思わせたら伸びるのは早いんだ。

分んないからって世間が言う分かり始める（中学・高校）歳まで待っていたら本当に分かるのは20歳過ぎちゃうよ。それはその選手にとって悲しいことなんだよ！　大人は子供に子供として接する。人間同士なんだから基本は「人」として接するべきじゃないのかな！

それにね！　指導者っていうのは20年後にその競技がどうなっているかを見極めることが大切なんだって。「いいかい。陸上の20年前の世界記録を調べてごらん。今の高校生がタイムスリップしたら殆どの種目で世界一だよ。ということはね。反対を考えてごらん。

20年後のその競技がどうなってるかをしっかりと考え、

今の世界に持ってくる。そうすれば高校生が世界一になれるってこと。勝てないということは考える力がないということだよ。が〜ん…癌・ガ〜ン（銃）…脳天の病気と撃ち向きのショックだったんだ！

＊無蔵の独り言

読無蔵君、読無蔵君ってすごく可愛がってもらった。最高の田舎のおっちゃんの一人！　惜しい人を失くした。お亡くなりになってしまったの。死因は…ご冥福お祈りしています。

＊ちょっとこぼれ話１「二所ノ関部屋（茨城県・元横綱稀勢の里・きせのさと）」

@未来を見据えた指導

・一つ一つ「繰り返し繰り返し・やり続けてやり続けて」その結果の１年だと思う。そしてやはり10年後もその積み重ねだと思う。
・徹底的に鍛えて怪我をせず、長く関取でいられるような力士に育てたい（関東大会優勝の花房君の入門コメント・長い選手生命を見据えた指導)。
・自分を信じなさい。それがないと上に行けない。
・土俵に上がるだけで大きな拍手があって大声援になるような力士を育てていきたい。

あのね。読無蔵は思うの。未来を見据え一緒に成長していこうというコメントだよね。大横綱を造りたいって言うんじゃないの。「長く愛される力士」が稽古の骨子かな。こんな指導者に育てられてる力士はみんなに愛される力士になると思うな。

※余談［茨城県・魅力度ランキングは最下位の47位当たり］

こんな素晴らしい二所ノ関部屋。「茨城ご当地お勧めスポット」だよ。もっとみんなに周知してもらうような県民の働きかけが必要だと思うな（勝手な意見で御免なさい）。

＊ちょっとこぼれ話２「知るって何？」

①求められることってすごく怖くないですか（田中みな実さん）

求められなくなった時に私の何がイケなかったんだろうって。見飽きたらもうそこで終了なんですよ。消耗品だから。雨の日の試合をカンカン照りの日に冷たいジュースを飲みながら振り返る。生理的感情が違うのに分析になるのかな。今は延々には続かない…だから20年後を考え続ける。

②立花隆さん

知の営みはやればやるほど分からないことがさらに広がっていく。何を知らないか何をどれほど知らないか。だんだん分かってきた。知らなさの度合いが分かってきた。

「分かるとは知らないこと」って奥が深いよね。知らないということを分かっていくってことかな？　現代社会において最大の問題はあらゆる知識がどんどん細分化し断片化し、ありとあらゆる専門家が実は断片のことしか知らないみたい。専門家って総合的に物を知らないらしいよ。それが現代における最も危機な部分なんだって、そこの断片化した知を総合する方向にいかなければいけないみたい。自分を教養人に育てられるかどうかは自分自身の意志と能力と努力次第だって。

知に終わりはない。動物は遺伝情報が主体、人間は遺伝情報と言語情報とで伝えていく。偉い人って知ったかぶりの極致かな。知らないということは大きな財産だということを知らない悲しさだよね。

4．メンタル

凄くバイタリティのある人。お寺の住職さんなんだけど精神論と心理学を結び付けた人。

メンタルではもの凄い人がもう一人いるんだけど、その人は次回にして、まずはこの人からね。人の持つ第六感。何が大切かって。研究者であり実践者、そして仏教者として、「こころ」の問題に長く取り組み続け、西洋科学の観点と、東洋思想の観点を融合させることで、誰でも違和感なく実践可能なメンタルトレーニングを確立した人。この人のメンタルトレーニングの原理原則。人は人を創るって言うけど「人は自然に創られる」っていう自由的発想を教えてくれた人かな。

5．栄養学

とてもセレブな小母さま。人が持っている自然治癒力を如何に活用するか。ドクターなんだけど栄養については独自の考え方を持ってるの。理論に裏付けられた栄養実践。食品が持っている力をいかに身体で発揮させるか。

ある日、読無蔵はその人に聞いたの。選手にプロテインを飲まそうと思っているんですけどどうでしょうか？　って。

そしたらね「そんなもの止めなさい」だって。あのね。煮干しをね。黒砂糖とかつお節とで絡め煮して、牛乳と一緒に練習後に取りなさい。身体にいいものっていうのは自然の食品から取るものなのよ！　だって。

本当のプロというのはこういう人のことを言うんだね！

●資本は体

あのね。ウォーミングアップは多くの人が大切と認識しているよね。けど試合が終わったからと言って「クーリングダウン」をしないで、疲労した身体をほったらかしにしていないだろうか？　じゃぁハーフタイムはどうしてる？　自分の体を理解することはアスリートの強みだと思うよ。

①ウォーミグアップ…これから始める運動のために身体と心の準備をする時間。
②ハーフタイム………試合の流れを維持したり変えたりするための施策時間。
③クーリングダウン…身体の回復の手助けの時間。

この３つ「ウォーミングアップ・ハーフタイム・クーリングダウン」はワンセットだと思うな。質の高い運動を安全に行なうために欠くことのできないものだよね。

具体的には……自分の体を

①ウォーミングアップ…「確かめる」（戦闘態勢の体になっているか）
②ハーフタイム…………「機能する」（後半も十分に機能する体になっているか）
③クーリングダウン……「控える」（次に試合に対して控えた体になっているか）

まず身体を「確かめる」。そして「機能する」。最後に次の試合に「控える」を頭に入れてね。そして、この３つをしっかりとやってほしいな。怪我のない選手生命の長い選手でいるために……じゃその要素とは何？

①ウォーミングアップ（たしかめる）

⑴「た」体温を上げる

体温（筋温）が１度上がると筋肉がほぐれて血液の循環が良くなり酸素と栄養の供給がスムーズになるんだって。細胞の代謝率が約13％増えるみたい。筋温は39度（体温にすると38.5度）位がOK。けどただ単に体温を上げる（サウナスーツやお風呂に入る）では効果がないみたい（皮膚温が上がっただけですぐに元に戻ってしまう）。

身体を動かし、心臓から送り出される血流量を増やして、熱生産を行うことによって筋温を上げることが大切らしいよ。

⑵「し」神経系を変える

スポーツで求められる動作の準備（ダッシュ、ジャンプ、ターンなど）を含む種目特性に合わせた動作を行い、筋肉の動きと神経の繋がりを高め、反応を良くしようよ。低年代の子供たちの場合は遊びやゲームの要素を用いて様々な動作を取り入れようね。そして眼と脳のウォーミングアップも忘れずに…どうするかって？

眼…瞬間視（２人１組・一人が目を瞑り合図で眼を開け他者が指で出した数字を読み取る）

脳…計算問題（読み取った数字で簡単な足し算や引き算・掛け算をする）

＊この両方の事項を網羅しているのがビジョントレーニングだよ。

⑶「か」関節可動域を広げる

静的（座位で動かない）ストレッチ＆動的（動いての）ストレッチ「スタティックストイレッチ＆ダイナミックストレッチ」で関節の可動域を広げ柔軟性を高めてみよう。体温を少し上げてから筋肉伸展動的ストレッチを行って関節の可動域を広げるといいみたい。

ストレッチは筋肉を緩めるNO（一酸化窒素）が分泌されるらしいの。ポイントは30秒の休憩（同じ足を休息を挟んで２回行うと血管拡張にいいみたい）

・具体的方法

１膝裏の血管伸ばし

直立の姿勢から片足を前に出して膝裏を伸ばす（30秒休息して２回行う）。

２片足は前に出して曲げる。もう一方の足を後ろに伸ばす（脚の付け根の血管伸ばし）。背筋を伸ばして目線は前にもっていく（腸腰筋伸ばし）。

３太ももの前の血管伸ばし

片足を曲げて大腿四頭筋ストレッチ。

４ふくらはぎ

正座をしてストレッチする方の足を立てて両手を添え、上体は前に体重をかける。

＊ふくらはぎが「第２の心臓」と言われる理由

血管には、動脈と静脈があるよね。

・動脈（酸素や栄養豊富な血液を心臓から体のすみずみまで運ぶ血管）……「上水道」

・静脈（体内で発生した老廃物を含んだ血液を心臓に向かって戻す血管）…「下水道」

この時、重力に逆らって下から上へ血液を送り出す役目が「ふくらはぎ」。

・足の静脈にはところどころに血液の逆流を防ぐ弁がついて

いる。ウォームアップでふくらはぎのぶらぶら体操（足先を持ってもらい足全体を振ってもらう）をすることに意義はあると思うよ。自分で決めてね！

⑷「め」メンタルの効用

気分の高揚を図り（声を出す等）、心理的準備（心の準備、チームの一体感）を盛り上げようよ。(「チルッてギャルピー」や「いえぃ」・「忍者だ忍忍」)

※注(＾ε＾)「忍者だ忍忍」

忍者の使命は「指令を必ず伝達する」こと。討ち死にはやってはいけないことなのね。

だから諦めてはいけない。最後まで！　最後まで！　だよ！

⑸「る」ルンルン気分でOK

ルンルン…最高の気分で試合がしたくっての状態にしようね。ウォーミングアップの時間は夏場なら約20～25分、冬場なら25～30分程度。気温の変化によって時間は調節してみよう。

この国ではウォーミングアップが長い傾向（１時間以上は日常茶飯事）にあるよね。試合に必要なエネルギーを使い過ぎないように注意することも必要かな。また、自分の目標を決めておくことも重要だと思うよ。

②ハーフタイム（きのうする）

⑴「き」筋温を下げる

筋温がね。41度以上になってしまうと筋肉の中のたんぱく質が変性してしまうみたい。だから少しゆとりを持たせた39度位がちょうどいい筋温とされているのね。ハーフタイムで頭や体に水をかけている行為を見たことがあるかな。筋肉を冷却することで筋肉を収縮しやすい適正温度に近づけることができるの。この適温まで下げる行為をクーリングというの。

だけどね。試合後のアイシングとは違うの。筋肉感覚が失われる程の冷却は、筋収縮がうまくいかなくて逆効果となってしまうのね。だから首の付け根やリンパ節などの大きな血管があるところを冷却して、血流を通じて筋肉を適温に持っていくの。5～10度の氷水で日照りが取れる程度（個人差があるが約5分）冷却するのが望ましいみたい。

また、ユニフォームなどの衣類を濡らし過ぎると環境によっては必要以上に体温が下がってしまうので要注意だよ。

クーリングって後半のパフォーマンスの向上のみならず、試合後の疲労や筋肉痛も軽減すると言われているので積極的に取り入れていこうよ。ハーフタイム明けの数分間の出来が試合を大きく左右することが多いよね。後半戦をよい入り方で臨むためにもクーリングの知識は身に付けておこうね。

⑵「の」脳温を下げる

あのね。血液の温度が39度、これが長く続くと変性が始まり44度を超えると数時間で脳死に至るんだって。だから、運動中に脳を冷やして脳温を下げておくことは必要なことみたい。

暑熱環境下での運動においては、深部体温の上昇に伴って換気量（VE ventilatory equivalent・換気＆価値・大きさ）の増加が見られるのね。この換気亢進反応は体内の二酸化炭素（CO_2）を過剰に排出して、動脈血中二酸化炭素分圧を低下させるの。これにより脳血管が収縮し脳血流量の低下を招くのね。

そうすると脳における熱除去低下による脳温上昇や中枢性疲労が起こり、熱中症や運動パフォーマンスの低下を引き起こすんだって。脳温を下げるには、脳に血液を運ぶ動脈が流れる首などを濡れたタオルなどで冷やすのが効果的だよ。

また鼻の温度。これも下げると効果的だって知ってる？氷を口に含み鼻腔を冷やし間接的に脳温を冷やすの。運動に関係する小脳（頭の後頭部）を直接冷やすのもいいみたい。

⑶「う」ウォーター補給

水分が不足すると粘土の高いドロドロの血液となり、酸素や老廃物を運ぶ力も鈍ってしまうみたい。だからこまめに補給する必要があるのね。水分が補給されないままでいると身体の熱放出が滞り（とどこおり）、体温はどんどん上昇してしまうの。まず体重の

・１％が汗として失われるとスポーツパフォーマンスの低下が始まる。
・２％が失われると自覚症状はないが確実に動きが鈍くなってくる。
・３～４％の減少ではパフォーマンスの低下や疲れが自他ともに認識されるようになる。
・５％以上の水分が失われると吐き気やめまいなどが生じ、時には意識障害などが起こる。

水分補給はこまめにが一番。普段から15～20分に１回は飲めるよう練習中にもコート内に試合と同じ情況を設定してペットボトルを置いて、水分摂取練習をしておこうね。

⑷「す」スイッチを入れ替えよう

前半の問題点を再構築するの。試合っていざ始まっちゃうと試合前のミーティングで確認したことができなかったり、頭の中から吹っ飛んじゃうことってあるよね。再確認事項ってことかな！

⑸「る」ルンルン気分でOK

自分の立てた目標の「達成できた所を選手同士で互いに褒め合う」のね。コーチも「選手が達成できた目標」を褒めるの。褒め合うことで気分は高揚…「よっしゃ」って気分になれると思うよ。そして思い出して！

希愛だ！　喜愛だ！　輝愛だ！

（きあいだ、きあいだ、きあいだ）

・希望という愛・喜びという愛・輝きという愛　この３つの「き愛」が勝利を呼び込むのだぁ～！

③クーリングダウン……「ひかえる」（次に試合に対して控えた体になっているか）

⑴「ひ」冷やす

冷やす（アイシング）って「Rest（レスト・安静）、Icing（アイシング・冷却）、Compression（コンプレッション・圧迫）、Elevation（エレベーション・挙上）・Specialist（スペシャリスト・専門家）」の頭文字をとった「RICES」の中の１つだよね。

アイシングすると「１・強い冷感、２・灼熱感、３・疼痛、４・感覚消失」の順で感覚が消失するんだって。この間約15～20分みたい。だからね。感覚がなくなったらアイシングを終了するようにすることが望ましいみたいだよ。

実際に、捻挫や打ち身などをした時に氷嚢などで冷やす方法はどうやるのかな？

@まず知ってほしいこと（授業で習ったと思うけど・思い出してみて）

・水１gの温度を１℃上げるのに必要な熱量は
　1.0カロリー。

・氷１gの温度を１℃上げるのに必要な熱量は
　0.5カロリー。

・０℃の氷１gを０℃の水１gにするのに必要な熱量は
　80.0カロリー。

1．ビニール袋に氷と水を入れる。

2．ビニール袋の口の部分をすぼめてビニール内の空気を吸いだす。

3．患部に当てて、ミニラップで巻く（100円ショップで売ってるよ）。

4．RICE「Rest（安静）・Icing（冷却）・Compression（圧迫）・Elevation（挙上）」の処置を行なう。

5．状況に応じては専門医（S）に連れていく（RICES）。

ビニール袋に氷だけ入れると患部から奪う熱量は0.5カロリー。けど水を入れて氷が水になる状態にすると患部から奪う熱量は80カロリー。水だけなら患部から奪う熱量は１カロリー。そしてビニール袋から空気を抜かないと患部にうまく接着できないよね。

これで理科（物理）の豆知識確保。冷やす（アイシング）はOKかな。

⑵「か」回復を促す

ジョギングやウォーキングで徐々に強度を下げて心拍数を

落としていくのね。効果は

・心拍数を通常に戻す。

・運動で酷使した部分に溜まった疲労物質を血流にのせて分解・排出する。

そんな効果が期待できるらしいよ。ジョギングは少し遅く感じる呼吸が落ち着いてくる速さでOKみたい。だんだん拍動が落ち着いてきたらウォーキング（たまには深呼吸を入れる）に切り替えて行くといいみたい。

そうすると血液循環がスムーズになって、酸素と栄養を十分体中に送り届けることができるようになるらしいよ。

⑶「え」栄養

疲労回復には早めの栄養補給が重要なんだって。特に筋肉リカバリーには「速やかな（30分以内）タンパク質摂取」って言われてる。けど読無蔵は違うのね。試合後の血液は筋肉に行ってるよね。それが臓器に戻らなければいけないんじゃないのかな。だからダウン終了後の時間を含めた「１時間〜１時間半以内」でいいんじゃないのかな。もしすぐにというなら最低限の栄養素となるバナナやおにぎりを少し摂取かな。読無蔵が実践している方法はね。バナナと鉄タブを溶かしたオレンジジュース。いいかどうかは分からないけど。

⑷「る」ルンルン気分でOK

あのね。試合後のミーティング「基本的には反省しない」方がいいと思うな。よくある試合後のミーティング。

・駄目コーチ　何やってんだ。やる気あるのか。こんなこと教えてねーぞ！　反省しろ！

・駄目男（だめお）　今日はここが駄目でした。

・駄目太（だめた）　今日はここも駄目でした。
・駄目子（だめこ）　次は頑張ります。

みんなでダメの上塗り。コーチってね。怒ると自分が一番になってきちゃうみたいだよ！

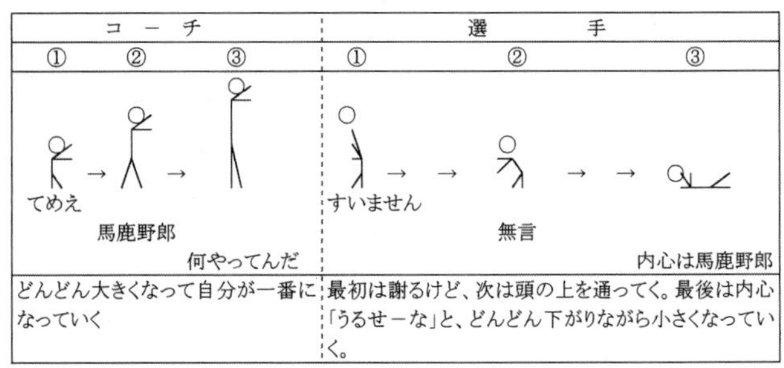

コーチ			選手		
①	②	③	①	②	③
てめえ	馬鹿野郎	何やってんだ	すいません	無言	内心は馬鹿野郎
どんどん大きくなって自分が一番になっていく			最初は謝るけど、次は頭の上を通ってく。最後は内心「うるせーな」と、どんどん下がりながら小さくなっていく。		

●トレーニングと回復

1．アクティブリカバリーとは

日本語に直すと「積極的休養」。軽く運動することにより血液循環を良くして疲労物質を取り除く回復方法みたい。休むわけではなく動くことで休養するという意味なのね。激しい運動後に軽いジョグ（jog・有酸素運動…最大心拍数の50～60％が目安）などをすることにより回復が促されるというものらしいよ。運動後すぐに軽運動を行うことによってその後のパフォーマンス低下を防ぐというものみたい。じっと安静にしている状態よりも軽運動を行うことによって回復が促されるのね。

2．ポジティブリカバリーとは

クールダウンの最後に潤滑油を身体という機械に差し、次の活動をスムーズに行えるようにするものみたい（小さなグリットでステップ運動を数回行う…１～２分)。この国では殆ど行われていないけど、試してみる価値はありそうだよ！

３．適度な運動は体にとってポジティブ効果

アクティブリカバリーとポジティブリカバリー（active recovery and positive recovery)。普通の人は「疲労解消の最善策は何もせずじっとしているのが一番」と感じている人が多いのね。けど、それはどうかな。

軽運動の数時間後には身体はどうなる？　疲労回復物資FRの量は疲労因子FFよりも多くなり、運動によって出現したFFだけでなく、溜まっていた普段の疲れにまで作用してくれるらしいよ。ポイントは息が上がらない程度に体を動かすというところみたい。

※注(^ε^)「FF＆FR」

FRとはFatigue Recover Factorの略…疲労回復因子（ファティーグ　リカバー　ファクター)

FFとはFatigue Factorの略…疲労因子で疲労の原因（ファティーグ　ファクター)

イミダゾールジペプチドというアミノ酸の一種を摂取するとFRの産生量が多くなるみたい。鶏の胸肉、牛肉、豚肉、マグロ等に含有（特に鶏胸肉）だよ。

●作家ー（さっかー）を多面的に見てみよう！

（読無蔵の目指しているのは作家ー。けど読無蔵は擦過ーからまだ抜け出れてない)

１．絵

プレーヤーの身体って絵の具なんだと思うよ。筆は脚かな。キャンバスがグランド。だからね。

・好きな絵の具を使える（自由に）ように、そのために身体（絵具）を常にメンテナンス（綺麗に準備）しておかなければいけないよね。
・そして脚（筆）もうまく描ける（走れる）ようにメンテナンス（手入れと準備）する必要があると思うよ。
・最後にグランド（キャンバス）で最高のパフォーマンス（絵）を発揮（描く）するの。

そうすれば人に感動を与えることができると思う。そんな作家ーとしての絵の描ける人間であってほしいな。

※注（^ε^）「こぼれ話・ペディキュア」

あのね。マニキュア＆ペディキュアって本来の意味は「手」を意味するラテン語「manus（マヌス）・足を意味するpedis（ペディ）」と手入れを意味する「cura（キュア）」なんだって。だからオシャレだけではないの。手入れという意味。けどコーチの中には「そんなものにウツツぬかすな」っていう人が結構いるよね。

反対に「特に女子チーム」ならペディキュアコンクールを開催したら？　そしてベストペディキュア賞を授与するの。綺麗になろうとすることは女の子を成長させる条件。綺麗な脚はコンディショニングの良い脚となると思うな。そうすればみんなが咲顔。最高だと思わない？

２．作家ーの本質とは！

①サッカーのパスの本質は円

サッカーのパスの本質は円、線だと終わりがあるが円だと終わりはない。終われない…ずっとパスが続くことになるよね。円は0次元の点が集まったもの。何もないと思うものでもちりも積もれば輪というコミュニケーションを構成することができるよ。「無（0）の境地」は大成（円）の基だと思うよ。「楔（くさび）のパス」は円の直径だよね。直線のパスも円上を結ぶものと考えればパスは途切れることはないと思うな。円は「縁・宴」だから！　円運動を見つめ直すことがパスを見つめ直すことに繋がるのかな。

②超えろ！　ドラエもん!!

「作家ー」の要素

＊次元での物語

・０次元…点での作家ー（個人で戦局を打破しようとする、ドリブル等）
　時には強引な突破も必要だけど孤立してしまうよね。

・１次元…線での作家ー（パスコースができる）
　味方とのパス交換（ワンツー等は出来るけど狙われやすいよね）

・２次元…面での作家ー
　パスコースが２つになって攻撃の幅が広がったぁ！

・３次元…立体での作家ー
　ヘディングやちょこんと出すループパス等の空間認知だよ！

・４次元…時間軸が伴う作家ー
　オーバーラップやクエティング

・異次元（無限大）…円運動も含む
　ドラえもんの４次元ポケットは何でも出て来るよね。それが連続して次々と出てきたり、同時に２つ出てきたりしたらもの凄いと思わない？

それに線というのは途切れちゃうの。円になれば循環する。だから無限大で円運動的要素を含んだらもっと次々と出てくるんじゃないのかな……！

※注（^ε^）クエティング「クリエイティングからのエクスプロイティングプレー」

Creating & Exploiting（創造と活用）

③７つのNO

１．No line （ライン）　ライン

・順番待ちの時間を無くす。

２．No lecture （レクチャー）説明

・長々とした説明はしない。

３．No laps （ラップ） ラップ

・ただグランドを走るだけの練習はしない。

４．No whistle （ホイッスル）笛

・サッカーでの笛はストップ動作、ボールの音に反応させよう（叩いたり・バウンドさせたりする）。

・集合の時は選手の声で（ゲーム中に監督が集まれと言うことはない）。

５．No sword （ワード）　刀　無刀

・切り合いではない。サッカーのルールブック（原版）ではenemy（エナミー・敵）ではなくopponent（アポーネント・相手）と表示されてる。

６．No teach （ティーチ） 教えるな

・選手の意見を聞く。そしてDO。

7．No fight　（ファイト）頑張るな

・「頑張れ」は「頑張らない自分がいる」ということ。顔晴れが大切。

これがクリイエイティブ（creative・創造的）選手を育成する条件だと思うよ！

④シュートって

ゴールちゃん（恋人）へのパス（ラブコール）がシュートだと思うのね。ゴールちゃんに寄り添ってゴールちゃんとハグする。ゴールちゃんとの愛の絆がシュート。

愛の恋路を邪魔するGK君。それを如何に乗り越えるかの方法が「ループシュートやバナナシュート」じゃないのかな。愛のために色んな方法に挑戦していつも愛を成就させようね。

だから得点王なんて言わないの。愛の成就王。それをみんなで祝ってあげたら嬉しくなっちゃうと思うけどね。またナイスシュートはナイスラブに変えてみよう。「ここみどう？」

＊シュートを生むための土台

・あるコーチは試合が終わって帰ってきた選手にお疲れって言う。

・あるコーチは有難うって握手する。

枯れてる心には「太陽の光」ではなくて「水」を上げたいなって。花って勝手に咲かないの。だけど雑草は勝手に咲く。人は雑草になれって言う。俺は雑草だっていう人がいる。

だけど雑草なんて人はほとんどいないと思うな。雑草って理想なのね。そのくせ俺は雑草だからという人がいっぱいいる。けど、殆どが普通の花なの。何かしてもらわないと花を咲かすことができない。駄目な奴なんじゃないのかな。よう

するに背伸びをしたがるの。だったら駄目に自信を持った方がいいよね。

発達障害児の独り言だけどね。

何を問いかけているのか分かるかな？　分かんねーだろうな！（古い！　誰だか分かるかな？）

分かろうと考えてみてくれると嬉しいな！

＊比喩的シュート

大きな穴に水を注ぎ込む時はドバーッと出すよね。けど小さい穴ならチョロッとでないと水は注げない。ドーンとシュートする時と混戦でのつま先突っつきシュート。状況に応じてだよ。だからドーンの時は放水だぁ。しっかり狙う時はチョロッとだぁ…オノマトペって必要だよね！

３．自分一人でプレーしているんじゃない。

⑴応援する観客がいてプレーさせてもらってる。

見えない（縁の下）人達がいることを忘れてはいけない。

⑵練習前にボールに今日もよろしく。終わったら有難うって言う。

大切にしろって言わない。ボールって仲間だから。喧嘩もするからね。

⑶若い選手とベテランとでは「見える景色」が違う。若手とベテランでは違うということかな。だから互いがよく見えるように補助（踏み台になる。望遠鏡になる）する。それが寄り添うということだと思うよ。

⑷「いいかげん」は「いい　影　ん～（なんだってこと）」

・下向きは「いい下限」…下向きばかりではいけないけど自分の底辺を確認しよう。

・前向きは「いい加減」…前をしっかり向いて物事を観察し調整しよう。
・上向きは「いい寡言」…口数が少ない事・おしゃべりの前に行動しよう。

そして「いいか！　源（みなもと）」で「ハイタッチ」だぁ。

(5)チーム寮で生活してる。２人で１部屋。ルームメイトとどういう接し方をする？　２人が互いに寮の部屋に帰ったらルームメイトがどんな話をしてくれるかを考えてみる。

絆って自分のことの前に「人」だと思うけどね。

●さっかーをサッカーと言うな・作家ーだぞ～ん

（だぞ～ん・DAZN・作家ーは全てのスポーツを網羅してるのね）

1．作家ー

人生って人の数だけある。同じじゃないよね。回り道だって無数なんだよ。色んなものを自分の中に持ってる人が作家。「作家ー」もそうなのね。今までスルーしたものに気を止め、気を止めていたものをスルーすることも必要だと思うよ。

2．ファン（押し）を固めてからチームを創る

好きなら好きというものに「好き」という名前を付ける必要はない（口に出す必要はないってこと）。

胸が焦がれちゃう。ああ胸が痛い。そういう表現でいいんじゃないのかな。だからサッカーを「サッカーです」と言葉に出して説明する必要はないと思うな。だってね。樋口一葉さん・さだまさしさんの歌等も、その情景描写でその「場」を描いてるよね。だからね。こんな風に捉えてみてはどうかな？

①現実直視の表現…未来選手の蹴ったボールは豪快なシュートでゴールとなったのである。
②情緒描写の表現…清流に乗った未来君の魂は炎となって相手の心に吸い込まれたのである。

花鳥風月（かちょうふうげつ）って知ってる？　自然の美しい風景。転じて、自然の風物・景色を題材にして詩歌を作ったり、絵を描いたりすること。風流なこと。風雅な遊びのこと。それでさっかーを捉えると作家ーになるの。

こんな風にね！

・しっかりとした正確なパス・そしてシュート

ボールを清流に乗せてね（スーイスイ）・よーし！　滝だ（ドドーン）！　これは「樋口一葉さん的作家ー」

・ゴールについて

渡君からゴール君へ清流のごとく魂が送られる。ゴール君。その魂を相手のハートに！

どうだ！　受け取ったぞ。熱いハートを受け取ったぞ。

・落語家の談春さんは女性の話をする時には想像で「股に女性器を作る」んだって。女性を手振りとかで表現するんじゃないみたい！　読無蔵のメンブラ（変態扱いされる）もそうなんだけどな！

※注(^ε^)「メンブラ（メンズブラジャー）」

目的は「安らぎを得るため」なのね。キュッと優しく抱きしめられている感じが安らぎを生むの。

・着けていると安心感に満たされる。
・人に優しく出来る。

メンズブラを着けると身も心も清らかな乙女心を実感でき

るみたい。特に営業マン。常に冷静さが必要なため、常用している人が結構いるみたいだよ。安心感以外に「姿勢が良くなる」というメリットもあるんだって。男性諸君試してみる？そんな勇気はないだろうな……ある人、御免なさいね！

３．最強のシャウトとは

「あ」「い」「う」「え」「お」の母音のどれが一番力が出るのか？

ある「super（スーパー）実験」によると「いー！」や「えー！」と大声を上げる方が筋力が高まるという結果になったらしいの。

逆に「うー！」と言う掛け声には、あまり筋力アップの効果はないみたい。確かに「うっ！」では何となく力が出なさそうだよね。「殴られたりすると（うっ）て声が出たりするもんね」。

１位の「い」では筋力が11.5％アップし５位の「う」でも6.6％増加するんだって。そうなると最高の掛け声は「いえっぃ！」というシャウトかな。瞬間的に身体能力を高めたい場合には「いえっぃ！　と大声でシャウト」が効率よい掛け声みたいだよ。

みんなで叫ぼう「いえっぃ！」

ちなみに「い」「え」「あ」「お」「う」の順で筋力アップ効果になるみたい。

●何が必要なの！

１．センス　オブ　ワンダー

「知る」ことは「感じる」ことの半分も重要ではないんだって。自然を通して何かに出会い、それに対して強く感じる時、その先に確固たる知識や知恵が生まれ、生き生きとした精神力が生まれる。こんな風にレイチェル・カーソン（アメリカ・生物学者）さんは言ってるのね。レイチェルさんの力強いメッセージが、かつて子供だったすべての大人に贈られているみたい。

2．金子みすゞさんの育てるとは？

彼女の詩は「視点の逆転の詩」と言われているらしいよ。それに当時の詩は「文学的な文語の難しい言葉で格調高く書かれていた」けどみすゞさんは「口語体の話し言葉で詩を書いた」んだって。その詩を「みすゞさんの詩（し）」と「読無蔵の死（し）」とで対比してみようね。

ふしぎ「不思議」

不可思議（ふかしぎ）が語源。
意味は「思いをはかることはできない」「仏の知恵や神通力は人間の考えが及ばない」ということ。

私は不思議でたまらない、
黒い雲からふる雨が、
銀にひかっていることが。

私は不思議でたまらない、
青い桑の葉たべている、
蚕が白くなることが。

私は不思議でたまらない、
たれもいじらぬ夕顔が、
ひとりでぱらりと開くのが。

私は不思議でたまらない、
誰にきいても笑ってて、
あたりまえだ、ということが。

いじめ「威自痲」
（威）張って（自）分を（痲・しび）れさす
自己顕示欲が快感となりいじめが
引き起こされるということ。

私は不思議でたまらない
黒い心から出る物が
銀に光ってしまうのが

私は不思議でたまらない
パワセクハラしてる人が
世間では偉いと思われることが

私は不思議でたまらない
誰もがいじめだと思うのに
誰も何もしないのが

私は不思議でたまらない
誰に聞いても何もないって
だけど、凄いいじめということが

子供って「不思議の申し子」だよね。子供の頃はみんな「なんで・どうして？」って質問してた。けど大人の意見は「大人になったらわかるよ」というものばかり。「おかしい…お菓子いい」と感じてた人も多いはず（お菓子いい…お菓子を貰ってはぐらされてしまうこと）。

けど年食ったって分からないものは分からないよね。大人の悪い癖。不思議と感じたことを「当たり前」としてしまってないかな。子供心を大切にして純粋な問いかけをしている「みすゞさん」を見習わなければね。

大人も子供と「不思議」を感じたら「子供の成長に大きな影響」を与えていくのにね。

「何故」を子供と一緒に考えることが「センス　オブ　ワンダー」なんだと思うよ。だからこの詩からはみすゞさんが「とても言葉を大切にそして工夫した」かが読み取れるんだって。

１倒置法「行の順序を逆」にして「不思議」を最初に持ってきて「思い」を強めてる。

@「みすゞさん」の詩	@「通常文」
私は不思議でたまらない、	黒い雲からふる雨が、
黒い雲からふる雨が、	銀にひかっていることが、
銀にひかっていることが。	私は不思議でたまらない。

２反復法。同じ言葉や似た言葉をくり返すことでその言葉を強調したり、気持ちを高めたり、リズム感を付ける効果。

「私は不思議でたまらない」という言葉が４回くり返されているよね。寄せては返す波のような心地よさを表しているんだって。

そして最後に「あたりまえ」という人々に対して、「不思議でたまらない」と締めくくっているのね。

そうだ…「不思議って不思議だってことかな？　解んなくなくちゃうな！」

子供の謎を「子供視点と大人が考える子供視点」で考えてみようよ？　そうすれば子供は勉強（自然や生物）に対して楽しさを感じていけるんじゃないのかな。

ここで１つ。不思議への対処法…どんな砲弾（法談）かな…散歩砲（法）だよ。親は（おや？）って思うから親なんだよ。

１ペットボトルを半分に切る。
２それに紐をつけ肩からかけれるようにする。
３散歩に持っていく。
４子供が興味を示した物を宝物としてボトルに入れる。
５帰ってきたら宝物でコンミュニケーションを育む。

話（わ）〜ぃ和（わ）ぃ・大人も楽しめよ…って！

※注(^ε^)「金子みすゞさん」

本名は金子 テル〈かねこ テル〉さん。大正末期から昭和初期にかけて活躍した日本の童謡詩人。26歳で夭逝（ようせい・早死）するまで約500編の詩を遺（のこ）す。

【エピローグ】

●きょういくって（寄り添うって何？）

きょういくって何。読無蔵が大切にしたいもの。それはきょういくにおいて「色んなものが奪われてはいけない」ということ。奪われた人の「悲しさ、辛さ、無常さ」は人には解らない。胸を掻きむしられるような感情。それに耐えられなくなる。自暴自棄の闇。そして非行や悪行に走ってしまう人もいる。人間の美しさは内面にあるって言うけど人に観えなきゃ意味はない。「努力は必ず誰かが見ている」何てお体裁だと思う。

今の世の中は「建前としがらみ」が社会通念となっているんじゃないのかな。それが社会の「法律」なのかな。
「自分の何かが変わればすべてが変わる」変わるわけないよね。

だから「私」という一人ではなく「みんな」・「Ｉ」ではなく「Everyone」それが大切だよね。そうでなければいつしか殻に閉じこもるようになる。大事なことは目に見えないから。小さな人間が起こした小さなことをみんなの力で大きな力に変えてほしいな。

だから「Ｉ」ではなく「Everyone」。雨の日も風の日もいつも咲顔で。そんなことは無理だよね。けどそういうふうにしたいなって思う。「いつも咲顔でアホニナレヨ」。
「悲しみの中では生きていけるけど苦しみの中では生きてはいけない（さくらの親子丼）」。

今の教育の場では「講師（教師）が講師（教師）という鎧」を着ている。
「塾生（生徒）も塾生（生徒）という鎧」を着ている。

自分が感じたものには説得力があるって言うけど、それには「自分の感じたものを人に伝えられる能力」が必要だよね。そんなの凡人にはない。「負のスパイラル」の始まり。

誰もができる仕事を頑張りなさい。それはどういうこと。「簡単な仕事ができないお前でも、この位の仕事なら出来るから」ってことかな。頑張れって頑張らない自分がいるからってこと！「否定語」だよ。

仕事に「簡単・難しい」なんてない。「きょういく」にだって大人（講師・教師）・若輩（塾生・生徒）なんてない「（脅威く）にはあるかも」。塾（学校）は「講師（教師）が塾生（生徒）を教える」。これが間違いだよね。塾（学校）って「仲間を創る所」だよね。

だから本当はみんなが仲間なんだと思う。大人と子供が仲間になるところ。だからね。
「塾生（生徒）が講師（教師）に意見してはいけない」のかな。反対に、「講師（教師）が塾生（生徒）に土下座出来るかな」それって必要だと思わないかな。

だから「塾生（生徒）が講師（教師）に食って掛かったっていいじゃん」

それを「受け止める自信が講師（教師）にないから、世間体を気にするから」

そこには「血は流れない」
「傷ついて本当の血を流せば体に仲間という本当の血が流れ

る」のにね。

塾生（生徒）が何かを起こす。講師（教師）は取り調べをするの。何で吐かないのかって。もう間違ってると思わない？

取り調べして「吐くか吐かないかなんて仲間のすることではない」よね。それは警察業務。それに何か問題起こすと塾（学校）を去っていくことになる。去って行った塾生（生徒）に対しては何もしない「塾（学校）」という組織。その塾（学校）にしがみ付いている講師（教師）。仲間なら去って行った「塾生（生徒）＝仲間」に対して講師（教師）は何かしたのかな。何もしない。仲間って思ってないから。仲間じゃないから。

講師（教師）って観えない人間に対しては何もしない。しようと思ったこともないだろうね。

「塾（学校）にいる塾生（生徒）より塾（学校）を去った塾生（生徒）に何ができるか」が講師（教師）のやるべきことなのに。それが「協思・今日志＝（きょうし）」。本当の仲間造りというのは

「その場にいない人間がそこにいたことが良かったなって思うこと」

世間知らずの講師（教師）には解らないかも。去っていく人には必ずそれなりの理由がある。言えない何かの理由がある。それを大切にして仲間として一緒に……！

ある講師（教師）は毎日朝６時から熱中症予防のために体育館の窓と通風孔をすべて開ける。体育館の男女トイレを全て雑巾がけする。そしてトイレ設置の鏡を拭く。水回りの清掃をして女子のためのナプキンのストック（生理の貧困）を

確認する。何故って組織においての顔…それはトイレ、来校者がまた来たいと思う安らぎのあるトイレ。それがものすごく大切。それが組織の顔だから。第一印象に残るのは組織の応接室の綺麗さではない。観えない部分だけど心に残る場所。「それがトイレ」。

けど講師（教師）はトイレの雑巾がけなんてしないよね。トイレって普段は観えないどうでもいい部分だと思っているから。だから、そこの大切さは忘れられている。だから世の中は変わらない。

観えない部分をみんなが観ようとすれば世の中は大きく変わっていくと思うよ。闇に光が灯るようにね。

１日最高14時間グランド整備する。塾（学校）に足りないもの（合宿所の洗濯機、ウェイト場の足りない器具、部活用品）を自費で購入する。けど誰も知らない。人は見えている部分だけで人間を判断する。観ようとはしない。人は人。それで生活できるから。けど、観えない部分を解ろうとするのが本当の仲間造りだと思うよ。だから今の塾（学校）での目標「年齢の違う仲間造り」出来ないだろうな！

●人は寛大になるな！

偉い人は「寛大になれ」と言う。人を許すことが重要？読無蔵は発達障害児だからそうは思わない。人を許さないことが重要だと思ってる。学校辞めろと言った専門学校の監督、ざまぁみろと言い放った塾生とその仲間、パワハラを繰り返した塾長等（河馬嘆）は絶対に許さない。けどそれだからって何をするわけでもない。自分で思うことだから。それは「こうにはならないぞ」って事であり「孝にはなるぞ」ってこと。

溜め込んで欲求不満になってしまえば「過ちに走ってしまう」かも知れない。そうならないためにも聖人でなくたっていいんだと思うな。凡人＝盆靭「ぼんじん…（盆：ぼん…平らな器）・（靭：じん…なめし皮のように、丈夫で柔らか）」最高！

だって丈夫で柔らかな器で物事を受け止めれるのが凡人＝盆靭だぁ！　やっぱこじつけ親父でした……

●究極の発達障害児・読無蔵からのお願い・支援とは（共に成長していこう）

何かをしてあげよう？　これは支援ではない（エゴの押し付け・けど気付かない）と思うな。だからね。共（友）に切磋琢磨してみようっていう人。いましたら是非とも協力してほしいな。いや下さいね。お願い致します。

具体的にはね。100年以上の伝統芸能を引き継いでいるけど、その灯が危うい状態の伊香○芸妓衆＆電気も水道も通っていない柬埔寨への仲間造り（学校建設及び国立体育専門学校の生徒や地域指導者への講習会等の資金援助）。

※注（^ε^）「柬埔寨」読みは自分で調べてね。

国の平均年齢は24.5歳。数十年前の独裁者による大量虐殺の影響で、50～60代以上の人口は少ない。知識人からの虐殺だったため子供医者「何も分からない人が医療従事」等の問題も起こる。眼鏡をかけて読書をするだけで異端分子とされ処刑されたこともあるらしい。

「知らない」ということをみんなで「知るってこと」に変えて行きたいな。そのための寄り添い（資金援助）連絡お待ちしております。

＊ラストのちょっと骨休み「それが大事」歌詞（歌：大事MANブラザーズバンド）

負けない事　投げ出さない事　逃げ出さない事　信じ抜く事

駄目になりそうな時　それが一番大事　　　!!

●最後に

この本における情報、見解はあくまでも一説であり、その真偽を確定するモノではありません。「読無蔵（発達障害児）の意見」という姿勢でお楽しみ頂ければと思っております。それに、この本はフィクションです。登場する団体、名称、人物等は実在のものとは関係ありません。「ホンマでっか」という姿勢でお楽しみ頂けると幸いです。

著者プロフィール

小林 俊文（こばやし としふみ）

読無蔵の親友。焼き饅頭州元少年選抜監督。二本作家ー協会A級ジェネラル。キッズインストラクター。先駆者的思想のため「虐め・中傷・パワハラ」を受ける。趣味はバイク＆愛犬との交流。究極の発達障害児である。

空気読無蔵（くうきよめないぞう）のア・ホ・ニ・ナ・レ・ヨ

2024年2月15日　初版第1刷発行

著　者　小林 俊文
発行者　瓜谷 綱延
発行所　株式会社文芸社
〒160-0022　東京都新宿区新宿1－10－1
電話　03-5369-3060（代表）
03-5369-2299（販売）

印刷所　株式会社暁印刷

ISBN978-4-286-24880-6
JASRAC　出2309382－301, NexTone PB000054458